c/o AutorenServices.de
Birkenallee 24
36037 Fulda
Für Pakete bitte gesondert via Instagram oder Facebook anfragen.
Umschlaggestaltung, Illustration Innengestaltung: Anna Hein (@annafuchsia)
Illustrationen ink.: Ana Neves (@ananevesart)
Illustration Karte: Francesca Peluso
Buchsatz: Laura Nickel
Lektorat, Korrektorat: Charlotte Kliemann
Druck: Amazon Media EU S.à r.l., 5 Rue Plaetis, L-2338, Luxembourg
ISBN: 9798590174164

Bibliografische Information der Deutschen Nationalbibliothek: Die Deutsche Nationalbibliothek verzeichnet diese Publikation in der Deutschen Nationalbibliografie; detaillierte bibliografische Daten sind im Internet über

http://dnb.d-nb.de abrufbar.

Jessica Wismar

Mitter Nachts Schwarz

Dienerin des Schicksals

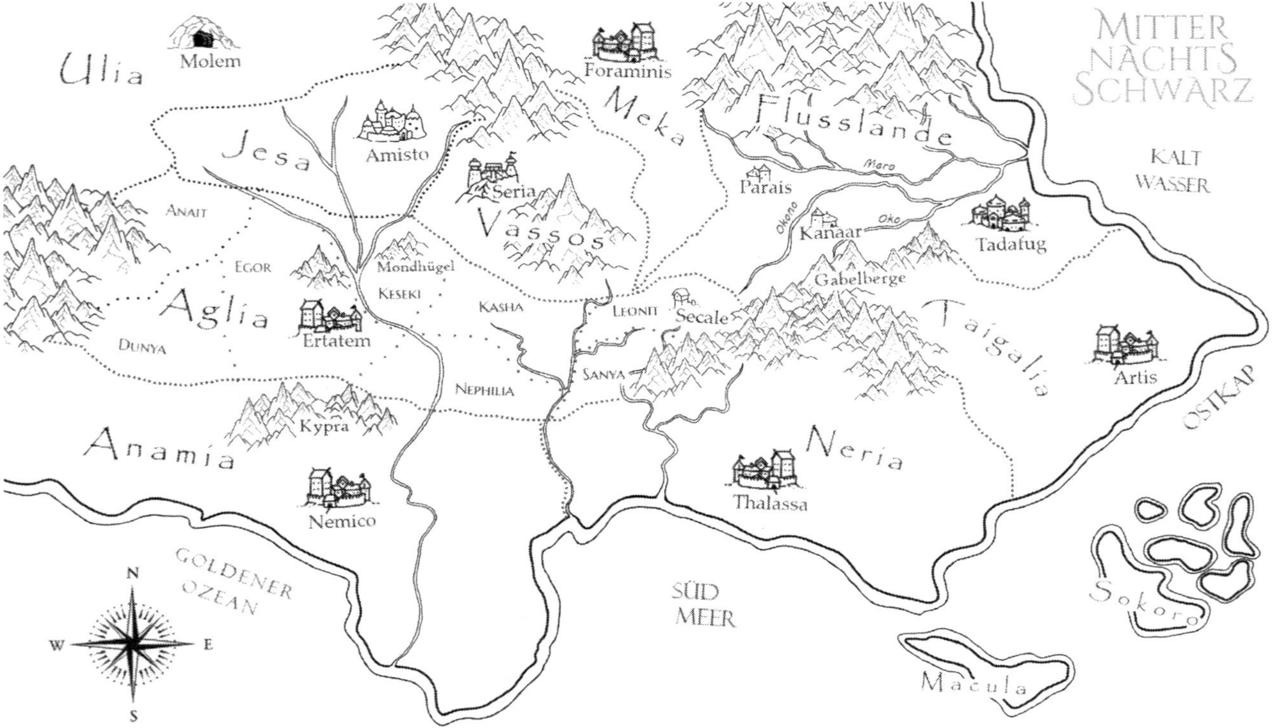
Ulia
Molem
Foraminis
Mitter
Nachts
Schwarz
Meka
Flusslande
Jesa
Amisto
Seria
Vassos
Parais
Mero
Okeno
Kanaar
Oko
Tadafug
Kalt
Wasser
Anait
Egor
Mondhügel
Keseki
Kasha
Leonit
Secale
Gabelberge
Taigalia
Artis
Ostkap
Aglia
Dunya
Ertatem
Nephilia
Sanya
Kypra
Anamia
Neria
Thalassa
Nemico
Goldener
Ozean
Süd
Meer
Sokoro
Macula
N
W
E
S

Ein ausführliches Personenverzeichnis sowie Worterklärungen findet ihr am Ende des Buches. Ebenso die *TRIGGERWARNUNG*, die sich auf Gewaltszenen bezieht.

Ich widme dieses Buch allen Menschen, die ihr eigenes Päckchen zu tragen haben. WIR sind mehr, als du vielleicht gedacht hättest.

Die acht Heiligen der acht Domänen: Ingenia

Videre	Herrin der Jagd
Missa	Herrin der Geister
Alma	Herrin der Sinne
Diane	Herrin der Nacht
Eleya	Herrin der Lüfte
Tenis	Herrin des Willens
Terra	Herrin des Lebens
Saab	Herrin des Todes

ELEYA
VIDERE
ALMA
DIANE
MISSA
TERRA
TENIS
SAAB

I

Mit ausholenden Schritten hetzte ich durch die geschlagene Bresche nach vorne und drang mitten in die feindlichen Linien vor. Ich warf mich zu Boden und hieb mit einer Hacke ein Loch in die feuchte Erde.

Ein Pfeil sauste über mich hinweg, und doch durfte ich mich nicht ablenken lassen und musste auf mein Team vertrauen. Ich platzierte die kleine unscheinbare Puk-förmige Waffe der Anamie in dem flink gegrabenen Loch und überschüttete sie wieder mit schwarzbrauner Erde. Dann erhob ich mich und rannte zurück. Ich achtete keine Sekunde auf die immer weiter neben mir herunterprasselnden Pfeile oder auf die Teammitglieder, die für meinen Schutz verantwortlich waren. Konnte ich auch gar nicht. Es hieß rein, platzieren, raus. Überleben war schön, aber nicht oberste Priorität.

Der Lärm des Schlachtfeldes war unsagbar laut, überflutete aber nicht wirklich meine Sinne wie früher einmal. Ich war diese Geräusche so gewöhnt, dass ich sie kaum noch wahrnahm.

»Netter Run«, erklang die Stimme eines jungen Mannes. Ich sah zur Seite. Er stand neben mir und klopfte mir lobend auf die Schulter. Seine strahlend blauen Augen verrieten mir, dass er ein Anamie war. Ich lächelte mein falsches Lächeln, das ich in all diesen Jahren perfektioniert hatte.

In diesem Moment schlug ein Geschoss neben uns ein. Es

piepte drei Mal, und ich packte den Mann und riss ihn instinktiv zu Boden. Ein langgezogener Piepton erklang in dem Moment, in dem wir im feuchten Morast des regennassen Bodens aufschlugen. Dann dröhnte eine Explosion über das Schlachtfeld und schleuderte Dreck durch die Luft.

Kurz hatte ich ein unangenehmes Fiepen im Ohr. Der Dreck prasselte in feuchten Klumpen auf uns nieder, während ich schon wieder aufstand. Mit einem schnellen Blick zählte ich sieben Opfer, die stöhnend am Boden lagen und sich wanden. Ich steckte meinen Zeigefinger, an den Daumen gelegt, unter meine Zunge und pfiff laut. Dann hob ich meine Faust in die Höhe und gab damit das Signal für die Medika.

»Du hast mich gerettet«, hörte ich die staunende, überwältigte Stimme des jungen Mannes. Er erhob sich und sah dabei zu mir auf, als wäre ich ein verdammtes Wunder.

Ich schnaubte unbeeindruckt. Er war noch ziemlich grün hinter den Ohren. Dieser arme Tropf würde den heutigen Tag wahrscheinlich nicht überleben. Ich zuckte mit den Schultern. Mitleid hatten sie mir abtrainiert.

»Das sind Sternbomber. Die schießen in einem Winkel von fünfundvierzig Grad. Solange du am Boden liegst, hast du gute Überlebenschancen.« Ich verschwieg mal kurz, dass die auch manchmal schief losgingen und man dann am Boden genauso getroffen wurde. Allerdings im Liegen gerne mal in die Fußsohlen. Das Gift der Pfeilgeschosse war in der Hälfte der Fälle tödlich, aber bis dahin litt man bittere Schmerzen. Die spitzen metallenen Geschosse wurden bei der Explosion so kraftvoll abgefeuert, dass sie bis in die Knochen der Fußsohle eindrangen. Es war ein langsamer, qualvoller Tod. Es sei denn, die Medika gaben schnell genug das Gegengift.

Ich wandte mich ab und lief zurück zum Sammelpunkt.

Die Läufer hatten überall die neuen Puk-Waffen platzieren sollen. Ich war gespannt, wer erfolgreich gewesen war und welcher Schutztrupp wohl versagt hatte. Einer versagte eigentlich immer.

»Hey, warte mal!«

Ich drehte mich um und musterte den staunenden jungen Mann. Er kam mir hinterher und streckte mir strahlend seine Hand entgegen. »Ich bin …«

»So gut wie tot, wenn du dich so leicht vom Gegner ablenken lässt. Konzentrier dich. Freu dich am Abend, wenn du die Schlacht überlebt hast, nicht mitten in der Schlacht, um …«

Von hinten drang ein Pfeil durch die Brust des jungen Mannes, dessen Euphorie gerade eben noch aus jeder seiner Poren gestrahlt hatte. Jetzt starrte er ungläubig auf die carbonverstärkte Spitze des Pfeiles in seiner Brust. Er blinzelte und hob seine zitternden Finger an das feucht schimmernde Metall, von dem aus Blut durch seine Uniform sickerte.

Ich hatte nie verstanden, warum sie keine Panzerung trugen. Seufzend legte ich meine Hand auf seine Schulter. »Du bist für dein Land gestorben und wirst daher ins Elysium eingehen!«, versprach ich ihm den Humbug, an den sie glaubten.

Sein panischer Blick in Todesangst hob sich zu mir. Als ob ich ihm helfen könnte! Er griff Halt suchend nach meinen Schultern. Gleichmütig hielt ich seinem zusammensinkenden Körper stand und fing ihn auf. Langsam legte ich ihn am Boden ab. Der junge Mann röchelte, und Blut trat über seine Lippen, gepaart mit einem Laut, als hätte er sich verschluckt. Seine strahlend blauen Augen fanden meine. Ich sah die flehende Bitte um Hilfe darin, doch ich konnte ihm nicht helfen. Früher einmal hatte mich so eine Szene verstört, mich tief innen berührt, und meine Hilflosigkeit hatte mich aufgefressen. Früher …

Inzwischen war ich zu abgestumpft, solches Leid zu sehr gewöhnt und dem Leben gegenüber zu kalt geworden. Ich ließ ihn zu Boden gleiten und war prompt genervt, als er ohne Zweifel erwartete, dass ich bei ihm blieb, bis er gestorben war.

Ich sah hinüber zum Treffpunkt und überlegte, ob es zu frevelhaft wäre, einfach zu gehen. Er starb ja sowieso. Niemand würde wissen, dass ich ihn hatte allein sterben lassen. Und wenn er erst gestorben war, würde es ihn auch nicht mehr interessieren.

Seine Hand umklammerte meinen Unterarm. Ich sah hinab in das angstvoll verzerrte Gesicht. Tränen rannen über seine Wangen, und sein flehender Blick durchdrang die eiskalte Steinschicht, die ich in all den Jahren sorgsam um mein Herz errichtet hatte. Genervt seufzend drehte ich mich ganz zu ihm um, packte seine Hand mit meiner und kniete mich neben ihn.

Mit meiner noch freien Hand griff ich an seine Schulter und beugte mich über ihn. »Atme langsam«, wies ich ihn an. »Und schließ deine Augen.« Ich drückte seine Hand fest und zog sie an meine Brust. »Denk an das schönste Erlebnis deines Lebens zurück«, begann ich ihm das Sterben zu erleichtern.

»Lin!«, rief jemand nach mir. Ich ignorierte es und fuhr mit ruhiger, tiefer Stimme fort.

»Atme langsam. Denke daran, wie du dich damals gefühlt hast. Erinnere dich an die Töne und Gerüche. Kehre dorthin zurück.«

Er tat einen röchelnden Atemzug und hustete Blut. Es sickerte über seine Lippen und färbte seine weißen Zähne gelblich rot. Sterben war nicht schön. Sterben war nicht leicht.

»Kehre dorthin zurück«, flüsterte ich sanft und doch eindringlich. Ein weiterer röchelnder Atemzug. Dann sackten seine Schultern herab, und seine Lunge ließ die Luft entweichen, die er angestaut hatte. Seine Hand fiel aus meiner, und sein Kopf rollte zur Seite.

Hier auf dem Schlachtfeld starb man schnell. Manchmal. Schlimmer war es für jene, die von den Medika gerettet wurden, nur um auf einer Pritsche elendig dahinzusiechen. Sterben konnte sich über Tage und Wochen hinziehen. So gesehen hatte er Glück gehabt.

»Kommst du jetzt endlich?«, fuhr Nastja mich an, die hasserfüllt auf den jungen Mann hinabblickte. Sie war wie ich, eine entführte Tochter. Keine Anamie, keine von ihnen. Ja, ich hasste sie auch, aber der junge Mann hatte keine von uns beiden entführt. Er war genauso eine Schachfigur in diesem Krieg wie wir beide. Ich konnte ihn nicht so hassen, wie Nastja es konnte.

»Wir haben den Fünften verloren«, informierte Nastja mich, und ich musste mir einen freudig überraschten Blick verkneifen. Damit waren es nur noch Nastja, Phineas, Kassandra und ich. Meine Freiheit rückte unerwartet plötzlich in greifbare Nähe.

2

Keuchend stieß ich meinen Atem aus. Als graue Wolke sammelte er sich vor mir in der Luft, doch schon lief ich hindurch und wirbelte sie auseinander. Mit jedem ausholenden Schritt brachte ich mehr Abstand zwischen sie und uns.

»Noch dreißig Minuten«, informierte Phineas uns.

Ich hätte mir eine kürzere Zeit gewünscht, mehr Abstand zu ihnen und weniger Abstand zu unserer Freiheit. Ich wünschte mir das so sehr, dass es schmerzte und ich ein Horror-Szenario nach dem nächsten vor meinem inneren Auge vorbeihuschen sah. Die altbekannte Panik kratzte von innen an der starren Oberfläche, unter der ich sie sorgsam verbarg. Hätte ich sie zugelassen, hätte ich in den letzten Monaten nicht überlebt.

»Sind wir noch auf Kurs?«, fragte Nastja mich leise und doch eindringlich. Wir waren alle gleichsam angespannt. Wir hatten brav die Kommandobesprechung mitgemacht und uns nichts anmerken lassen. Das war beinahe der schwerste Zug gewesen. Dann hatte man uns in die Kämpfe geschickt, und wir vier hatten die Gelegenheit genutzt. So viele Jahre hatten wir auf diesen Moment gewartet, ein jeder von uns.

»Sind wir«, bestätigte Phineas nach einem kurzen Blick auf den Wayfi in seiner Hand.

»Wir brauchen bald wieder einen Bachlauf oder etwas in der Art«, warf Kassandra ein.

»In etwa drei Minuten«, informierte ich sie. Das hier war mein Land. Deshalb war ich hierher auf Mission geschickt worden, viele Male. In dieser Gegend das letzte Mal vor drei Jahren. Drei Jahre, in denen ich diese Fluchtroute niemals vergessen hatte, weil sie so perfekt war. Ich brauchte keinen Wayfi, um das zu wissen.

»Danach die Felsen, richtig?«, fragte Phineas nach. Er hätte nicht fragen müssen, da war ich mir sicher. Denn das kleine Gerät an seinem Arm zeigte ein Hologramm mit einer topografischen Karte der Umgebung. Doch bei uns allen lagen die Nerven blank. Schon merkwürdig für einen Trupp langjähriger Spione.

Nun schwiegen wir alle wieder. Es war auch gar nicht nötig, etwas zu sagen. Wenn wir die Felsen erreichten und etwa eine viertel Stunde später hinter uns ließen, würden wir wieder rennen. Jetzt war es besser, ruhiger zu atmen. Durch dieses Dickicht hier konnte man sowieso nicht schnell laufen.

Ich kletterte über einen gigantischen umgefallenen Baumstamm. Vor drei Jahren hatte der noch nicht hier gelegen. Aber nichts, wirklich nichts würde mich heute aufhalten. Die Freiheit war in derart greifbarer Nähe, dass ich gnadenlos alles töten würde, was mir in den Weg trat. Ich ließ mir das nicht nehmen!

»Da vorne«, informierte Phineas uns schließlich. Er lief voran und entdeckte den Bachlauf als Erster.

Für einen kurzen Moment hielt ich inne und sah die Grenze zur Freiheit. Ich sah mein Ziel. Es war sehr unwahrscheinlich, dass sie uns jagten und jetzt noch unsere Spur hatten. Aber selbst wenn sie die Hunde nutzten, spätestens im Wasser würden sie unsere Fährte verlieren. Und wenn wir über die

Felsen den Bach verließen, war die Spur auch am anderen Ufer nur schwer zu finden und noch schwerer zu verfolgen.

Kassandra lief an mir vorbei und grinste mich an. »Komm schon, Lin!« Ich musste unweigerlich auch grinsen. Wir waren so gut wie frei. Alles war nach Plan gelaufen, und sie würden es erst bemerken, wenn sie uns den nächsten Auftrag erteilen wollten. Deshalb hatten wir warten müssen, bis der Getreue, das fünfte Mitglied unseres Teams, in einer Schlacht starb. Sika, unser Entführer, ging davon aus, dass wir alle Getreue der Anamie waren, umgekrempelt durch ihre jahrelange Erziehung, loyal seiner Führung gegenüber. Aber wir vier, wir hatten nie vergessen, woher wir kamen, und irgendwann erkannt, wie unmoralisch und ehrlos das Leben als Läufer der Anamie war. Seit wir uns gefunden hatten, fieberten wir diesem Tag entgegen.

Jetzt, da der Getreue tot war, hatten wir unbemerkt fliehen können. Sein Tod gab uns die Gewissheit, dass man unser Fehlen nicht bemerkte, im besten Fall nicht einmal zu dem Tag zurückverfolgen konnte, an dem wir ausgebrochen waren, denn nun lebte außer uns vieren niemand mehr in unserer Baracke, der unsere Flucht bemerken konnte. Der Plan war gut, perfekt. Er bedachte alles, schließlich hatte ich sechs Jahre meines Lebens an ihm gefeilt.

»Na, komm.« Nastja klopfte im Vorbeigehen auf meine Schulter, und ich folgte ihr und reihte mich hinter ihr ein. Wir stiegen gemeinsam die leichte Böschung hinab. Das feuchte Gras war rutschig, und ich schlitterte ein Stück. Doch ich rannte los und fing so den Schwung ab, wobei ich an Kassandra und Nastja vorbeilief, die langsamer und bedachter hinabstiegen. Unten angekommen hüpfte ich in das Wasser und musste mir einen freudigen Schrei verkneifen. Nur weil es gut lief, musste ich ja nicht leichtsinnig werden.

Kassandra stieg hinter mir deutlich leiser in den gurgelnden Bach und warf mir einen tadelnden Blick zu. Ich konnte nicht anders, als ihr die Zunge rauszustrecken. Die schwarzhaarige Kriegerin, die ihre Haare stets zu einem wirren Knoten am Hinterkopf zusammenband, rollte mit den Augen und lief dann den Bachlauf hinauf.

Das kalte Wasser zog an meiner Kleidung und durchweichte meine Schuhe. Dennoch verlor ich meinen Halt nicht. Wir liefen zügig weiter, kaum behindert durch das immer tiefere Wasser. Bald schon reichte es uns bis zur Hüfte, und ich wusste, jetzt machte der Bach noch zwei Biegungen zwischen den dicht stehenden Bäumen und Büschen hindurch, und dann erreichten wir die Felsen. Das Wasser war beißend kalt, doch die noch erstaunliche warme Herbstluft sorgte dafür, dass lediglich ein Schauer durch meinen Körper rann und ich nicht ernsthaft anfing zu frieren.

Ich hatte Angst davor, dass Sika, der Bastard, der unser Kommandant war, plötzlich aus dem Unterholz trat und uns wieder zurückschleifte, so kurz vor unserem Ziel. Eigentlich war ich sehr sicher, dass nichts dergleichen passieren würde. Dennoch malte mein Kopf sich die schlimmsten Visionen aus, und ich wusste, das hatte erst ein Ende, wenn ich heute Nacht in einem Bett fernab der Front schlief.

Ich watete den anderen hinterher und spürte den starken Strom, gegen den ich nun doch ordentlich arbeiten musste, jetzt da ich so tief im Wasser war. Aber mit jedem Schritt wurde es seichter und der schlickige Grund steiniger. Dann endlich kam die vorletzte Biegung. Ich stapfte weiter, eine Stufe im Bachlauf hinauf. Das Wasser spülte jetzt nur noch um meine Waden, während ich um die Ecke bog.

Nastja war so schnell, als könnte das Wasser sie nicht im Geringsten bremsen. Sie rannte beinahe, und so bog sie schon um die letzte Krümmung, während ich noch auf halbem Weg zwischen den beiden Biegungen war. Links von mir erhob sich eine hohe Lehmwand, die mir einen gewissen Sichtschutz bot. Oberhalb davon standen in einem kurzen Abschnitt keine Büsche, und die Sonne drang durch die Äste und Blätter der umstehenden Bäume. Die warmen Strahlen trafen direkt auf meine Haut.

Für einen winzigen Moment hob ich mein Gesicht der Wärme entgegen und genoss, meine Augen schließend, das Gefühl von Freiheit. Dann ermahnte ich mich, nicht denselben Fehler zu machen wie dieser junge Mann, dem ich auf dem Schlachtfeld begegnet war, und eilte weiter. Ich war frei, wenn ich den Bachlauf und das Felsenmeer hinter mir gelassen hatte, erst dann!

Plötzlich schienen mir die Meter bis zur zweiten Biegung des Baches endlos. Als würde die Zeit langsamer vergehen und mir Raum geben zu begreifen, dass gerade mein gesamtes Leben im Begriff war, sich zu ändern. Ein Neuanfang, eine zweite Chance. Eine Chance auf ein Leben, auf Freiheit. Nicht auf Ruhm, aber der war nichts wert, wenn man nicht mehr als ein Sklave des Feindes war. Mir bedeutete jeder Schritt gerade die Welt.

Als würde das Leben die Verzögerung einholen wollen und vorspulen, rannen die nächsten Momente nur so dahin. Ich überwand die letzte Krümmung und stieg mit meinem Team an dem Meer aus Felsen aus dem Bachlauf. Wir erklommen die höheren Wacker, deren Größe jeden von uns überragte. Doch nicht zu weit, sodass wir problemlos hinaufsteigen und dann von Stein zu Stein springen konnten. Mit enormer Geschwindigkeit flogen wir über die Schluchten zwischen den Felsen hinweg. Daneben zu treten hätte das Ende der Flucht bedeutet, doch durch unsere Erziehung hatte keiner von uns auch nur den Hauch von Sorge, diese Hürden nicht überwinden zu können.

Ich folgte der feuchten Spur Phineas' und wurde mir der verräterischen dunklen Abdrücke bewusst, die unsere Nässe auf den grauen Steinen hinterließ. Für einen Moment sah ich über meine Schulter und erkannte den anthrazitfarbenen Pfad auf den hellgrauen Oberflächen, der wie ein Leitsignal unseren Weg markierte. Daran hatte ich nicht gedacht.

Ich schaute unter mich und musterte die dunklen Flecken. Meine Kleidung tropfte noch immer, und bei jedem Schritt quatschten meine Füße in den Schuhen. Ein leiser Fluch entschlüpfte meinen Lippen. Ob sie uns auf diese Weise doch folgen könnten?

»Was ist?«, fragte Nastja in meine Gedanken hinein. Ich zeigte unter mich auf den dunklen Fleck Feuchtigkeit. »Wir hinterlassen Spuren.«

Nastja kniff ihre Augen zusammen und sah hinter mich. Auch sie schätzte die Gefahr ab und nickte kurz mit zusammengebissenem Kiefer. »Die trocknet.«

»Ja, das denke ich auch. Nur wie schnell?«

Ich zog eine Schnute, eine meiner Macken, wenn ich nachdachte. Sofort unterließ ich es, weil es verräterisch war und wir eingebläut bekommen hatten, uns niemals selbst zu verraten. Etwas, das ich vor Nastja und den anderen eigentlich nicht durchziehen musste, aber die Erziehung war zu tief in uns allen verwurzelt.

»Ich schätze das Risiko gering ein. Komm, weiter!«

Ich nickte. Das sah ich ebenso. Nastja rannte weiter, um zu den anderen aufzuschließen, die in etwa hundert Metern angehalten und wachsam zurückgeblickt hatten. Ich folgte meiner Kameradin und flog über das Meer aus über die Jahre abgerundeten Steinen. Früher musste das einmal ein Flussbett gewesen sein. Nur Wasser vermochte Steine dieser Größe so ebenmäßig abzurunden.

Nach einem gefühlten Wimpernschlag waren wir am Ende dieser steinernen Steigung angekommen. Wir verließen die Felsen und nahmen die letzten Meter querfeldein hinauf zur Kuppe der Hügelkette von Ertatem, der Hauptstadt der Aglaia. Jeder Schritt ließ das Adrenalin in meinen Adern anschwellen. So viele Jahre, so endlose Stunden, so viel Hoffnung und Enttäuschung und wieder aufkeimende Hoffnung. Mein Leben hatte nur ein einziges Ziel gehabt, diesen Moment.

Das Rascheln der Blätter und Knacken kleinerer Äste begleitete meine letzten Schritte in die Freiheit. Keiner von uns sprach ein einziges Wort. Für jeden von uns war dies der eine Moment, von dem wir die letzten Jahre, teilweise sogar Jahrzehnte geträumt hatten. Der Moment, für den wir jeden Tag wieder aufgestanden waren und durchgehalten hatten.

Phineas kam als Erster oben an und blickte schwer atmend hinunter. Ich sah Kassandra an seine Seite treten und dort oben einen ungläubigen Lacher ausstoßen. Nastja trat an Phineas' andere Seite. Sie ging in die Hocke und blickte hinab. Hinab in unser neues Leben, ins Tal der Sonne, der Hauptstadt von Aglia, meiner Heimat.

Mit meinem letzten Schritt trat ich neben Nastja und dann an ihr vorbei auf der anderen Seite des Hügels wieder eine Winzigkeit hinab. Das hier war meine Grenze zwischen Vergangenheit und Zukunft, zwischen ihnen und jenen, die mein Volk waren. Ich war frei.

Tränen unfassbarer Erleichterung stiegen in meine Augen. Das Adrenalin schien überall in meinem Körper zu explodieren und zu Glück zu werden. Die Anspannung fiel auf einen Schlag von mir ab, und ich versank im Anblick der Hauptstadt. Die Hütten aus Holz und Lehm am Fuß der Hügelkette gehörten zu den ärmsten Bereichen und waren doch tausendmal besser als alles, was ich bei den Anamie gesehen hatte. Weil die, die hier lebten, frei waren und ihre eigenen Dächer über dem Kopf hatten. Je weiter ich das Tal entlangblickte, desto größer und wohlhabender wurden die Bauten. Ertatem schlängelte sich zu beiden Seiten eines Flusslaufs das gewundene Tal entlang. An der Stelle, an der das Tal sich gabelte, brandete der Ort den Berg links des Tals halb hinauf, und dort oben auf halber Höhe am Rand eines klippenartigen Vorsprungs erhob sich das Schloss des Regenten. Es wurde gerade von der Abendsonne angestrahlt und glitzerte regelrecht.

Phineas trat dicht an mich heran und legte mir eine Hand auf die Schulter. »Danke, Lin«, brachte er inbrünstig heraus.

»Ohne euch hätte ich das nie durchziehen können«, widersprach ich ihm. Sein Dank wirkte, als wäre unsere Freiheit meine Leistung. Aber das entsprach nicht der Wahrheit. Wir waren ein Team und hatten das hier gemeinsam erreicht.

Ich legte meine Hand auf seine und drückte seine kühlen Finger auf meiner Schulter. Sie waren meine Familie geworden. Sie waren alles, was ich hatte und was mir etwas bedeutete.

»Dann auf in unser neues Leben.« Kassandra trat an uns vorbei und lief mit ausholenden Schritten den Hügel hinunter in das Tal zu unseren Füßen. Wo auch immer wir am Ende landen würden, unser Leben würde nie wieder wie früher sein.

Jetzt hier so zu stehen und in meine Zukunft zu blicken weckte einen alten Schmerz. Uns Entführten sagte man immer, niemand würde daheim auf uns warten. Aber was, wenn das gelogen war? Wartete hier in Aglia vielleicht eine Familie auf mich? Würden sie mich denn nach Jahren als Kämpferin des Feindes überhaupt willkommen heißen? Oder noch schlimmer, würde Sika mich nicht genau dort vermuten, wenn er meine Flucht bemerkte? Und brächte ich meine Familie dann nicht auch in Gefahr? Und auch meine drei Freunde, die hier neben mir standen? Musste ich nicht ihre Sicherheit und die meiner Familie über alles Persönliche stellen? Falls meine Eltern überhaupt noch lebten ... Ich sah auf Ertatem hinunter, und ich schwor mir, jeden Gedanken an meine Familie aus meinem Kopf zu verbannen.

Nastja erhob sich neben mir und warf mir einen kurzen aufgewühlten Blick zu. Für jeden von uns bedeutete dieser Moment etwas anderes, und doch bedeutete er für uns alle die Welt.

Nastja strich im Vorbeigehen über meinen Arm, ihre Art, Danke zu sagen. Dann folgte sie Kassandra. Ich holte tief Luft und schweifte noch einmal mit meinem Blick über die Stadt dort unten im Tal. Ein letzter Eindruck meines Neuanfangs. Was auch immer uns jetzt erwartete, es war besser als das, was hinter uns lag. Sicher würde man uns ungern zusammenbleiben lassen. Das war uns bewusst, aber nur ein kleiner Preis für das, was wir durch diesen Schritt erhielten.

3

Der Weg zwischen den Hütten war staubig und nicht mehr als platt getretene Erde. Ich war schon einmal hier gewesen, vor langer Zeit. Seither war die Stadt weiter gewachsen, doch die Wege waren immer noch dieselben.

Kinder tobten zwischen den Häusern, und ihr Lachen durchdrang mich bis in die tiefsten Schichten meines Selbst. Dieser Laut war so ungewohnt und so schön. Er ging mir unter die Haut und trieb ein echtes Lächeln auf meine Lippen. Eine Form von Leichtigkeit federte meine nächsten beschwingten Schritte.

In einer Gasse links von mir trat ein Junge gegen einen Ball und ein anderer fing das fliegende Leder. Sie wirkten hochkonzentriert, bis ein Mädchen zwischen ihnen hindurchrannte und dem Jungen den Ball aus der Hand schlug. Die Jungs beschwerten sich laut, und das Mädchen streckte ihnen die Zunge raus. Das war nur eine von vielen Szenen, die sich um uns herum abspielten und das Zeugnis von Freiheit waren. Einer Freiheit, die ich selbst nie erlebt hatte. Wenn doch, dann konnte ich mich zumindest nicht daran erinnern.

Ich kämmte meine kinnlangen blonden Haare mit den Händen leicht in mein Gesicht. Ich wollte nicht, dass sie sahen, dass ich eine Aglaia war. Fremde aus anderen Völkern waren hier in der Hauptstadt nicht selten. Daher war es nicht schlimm, dass Kassandra und Nastja ihre Haare zusammengebunden hatten und so ihre abgerundeten Ohren offenbarten. Ich war die Einzige, die ihre Ohren verbarg. Ich tat es nicht aus schützenden oder strategischen Gründen, sondern … aus emotionaler Unsicherheit. Mir das einzugestehen war ernüchternd. Bisher eine abgebrühte, emotionslose Spionin, ließ ich mich von meinen Ohren und meiner Zugehörigkeit zu diesem Volk so verunsichern wie noch nie in meinem Leben. Ich hätte über mich selbst lachen können, nur war mir gar nicht nach Lachen zumute. Das hier war alles, was ich mir je ersehnt hatte, und vielleicht genau deshalb so maßlos überfordernd.

Der Lärm der alltäglichen Betriebsamkeit um mich herum flutete seltsam intensiv meine Sinne, und ich wäre am liebsten stehengeblieben und hätte mir die Ohren zugehalten, so aufgerieben fühlte ich mich.

»Habt ihr auch so einen Hunger?«, erklang Phineas' Stimme zwischen all dem Lärm der spielenden Kinder, der diskutierenden Erwachsenen, der Händler mit ihren Karren und der umhereilenden Aglaia, die ihrer Arbeit nachgingen. Ein Mann mit einem Karren voller Stoffe, der von einem Yeka gezogen wurde, nickte uns freundlich grüßend zu und fuhr dann die Straße entlang ins Herz der Stadt hinein. Die hölzernen Räder seines Karrens wirbelten hinter ihm jede Menge Staub auf, den eine Händlerin am Straßenrand mit mürrischer Miene von ihren Waren fortwedelte, lecker aussehendem Gebäck. Mir lief das Wasser im Mund zusammen, und als ich weiterging, drang mir der süße, warme Duft dieser Backwaren in die Nase. Mein Magen knurrte sofort.

»Dort vorne ist ein Gasthaus«, rief Kassandra und zeigte die Straße hinunter. Sie hatte recht, dort hing ein hölzernes Schild über einer geöffneten Tür. Wir steuerten darauf zu und traten dann in die Stube ein. Der Raum war weit größer, als ich von außen erwartet hätte. Alles hier drinnen war aus Holz, selbst der Boden. Das verlieh dem Ort eine angenehm urige Wärme. Ich fühlte mich prompt wohl.

Eine Frau in einem braunen Kleid und mit einer weißen Schürze, an der sie sich ihre feuchten, leicht geröteten Hände abwischte, trat uns lächelnd entgegen. »Was kann ich für euch tun?«

»Wir haben Hunger und brauchen ein Bett für die Nacht.«

»Habt sonst nichts mehr bekommen, was?« Die Frau grinste und legte ihren Kopf schief. Ich verstand nicht so recht, wovon sie sprach, aber wir hatten oft genug in der Ausbildung und auf Mission Situationen spontan annehmen müssen, wie sie sich ergaben.

Nastja entschied als Erste, wie wir auftreten sollten. »Nein, wir kommen von Süden. Es ist die erste Stube, die wir aufsuchen.«

»Stube?« Die Frau lachte auf. »Wo kommst du her? Bei uns heißt es Gasthaus.«

Nastja tippte sich schmunzelnd an ihre Ohren. »Jedenfalls nicht von hier.«

Die Frau, vermutlich die Wirtin, musterte uns jetzt alle etwas genauer, und ihre Augen wurden größer. »Von Süden sagst du?«

»Wir sind Flüchtige«, eröffnete Nastja ihr, und ich zuckte innerlich zusammen, wenn ich mir auch äußerlich nichts anmerken ließ. Sie zog es ja nur konsequent durch. Aber ihr offenes Eingeständnis würde sicher früher oder später die Garde der Aglaia auf der Bildfläche erscheinen lassen, denn wir hätten ja auch Spione sein und dem Feind dienen können. In diesem scheinbar ewig andauernden Krieg eine Möglichkeit, mit der sie hier sicher rechneten. Wir waren ja auch immer auf Mission in unsere eigenen Länder geschickt worden.

»Na, dann werdet ihr mir wohl als Nächstes sagen, dass ihr nicht für das Essen und dieses Bett bezahlen wollt, was?«, brummte sie und verzog mürrisch ihr Gesicht. Sie reagierte weit gefasster, als ich erwartet hätte.

»Doch, wir haben ein wenig Geld. Für Essen und eine Nacht sollte es reichen«, mischte Phineas sich freundlich lächelnd ein und klimperte mit dem Ledersäckchen an seinem Gürtel.

»Fein, wenn ihr zahlen könnt, dann folgt mir. Solltet ihr mich über den Tisch ziehen wollen, werdet ihr es bereuen«, versprach sie mit argwöhnischem Blick über ihre Schulter, als sie schon voranging.

»Irre ich mich oder ist sie ungewöhnlich misstrauisch und gereizt?«, fragte Kassandra mich leise. Die Wirtin führte uns derweil an einen Tisch in der Mitte des Raums. Ich hätte zwar lieber in der Ecke gesessen mit gutem Blick auf den Eingang, aber wir waren zu viert und konnten dadurch alle Richtungen beobachten. Also war ich nicht unhöflich und setzte mich mit den anderen an die vier Seiten des quadratischen Tisches aus altem ausgeblichenem Holz.

»Was wollt ihr trinken?«, fragte die Wirtin und zückte einen kleinen Bildschirm, das Erste, das etwas teurer war hier in diesem Raum. Von den technischen Errungenschaften der Aglaia hatte ich hier am Rand der Hauptstadt noch nicht viel gesehen. Aber das war nicht so verwunderlich. Seit die Anamie diesen Krieg begonnen hatten, dienten die meisten technischen Forschungen der Entwicklung von Waffen und der Verteidigung. Für Fortschritte, die das alltägliche Leben erleichterten, blieb da kaum Geld oder Zeit.

»Etwas Fruchtiges«, bestellte Kassandra, und ihre Augen funkelten vorfreudig. Ich musste lächeln. Sie war die Sanfteste von uns, und doch trog der Schein. Denn Kassandra war die Erfolgreichste von uns, wenn es um Tötungen ging, die nach Unfällen oder natürlichen Toden aussehen sollten.

»Bier!«, verlangte Nastja. Seit ich ihr von diesem Getränk erzählt hatte, das es bei den Anamie nicht gab, wollte sie es probieren. Die Freiheit, nun zu wählen, was wir trinken wollten, nutzte jeder von uns auf seine Weise in vollen Zügen aus.

Nachdem Phineas ein klares stilles Wasser und ich ein Kimci bestellt hatten, verließ die Wirtin uns wieder, und wir hatten einen Moment für uns.

»Du hättest uns ruhig mehr Zeit lassen können, das hier zu genießen«, beschwerte Kassandra sich bei Nastja. Die blonde schlanke Frau, der man ihre Stärke kaum ansah, zuckte nur mit den Schultern. Ihr Haar war zu dicken verfilzten Zöpfen verdrillt, die sie mit einem starken geflochtenen Lederband nach hinten gebunden trug. Ihr Ohrring baumelte, als sie ihren Kopf zur Seite legte. »Warum aufschieben, was sowieso passieren muss?«

»Weil wir eine Pause verdient haben!«

»Eine Pause bedeutet nur Gefahr. Wenn Sika unser Fehlen bemerkt und er durch welchen mistigen Zufall auch immer herausbekommt, wohin wir geflohen sind, setzt er die Läufer auf unsere Ermordung an. Also sollten wir zusehen, dass wir unseren Platz in dieser Welt schnell finden.«

»Also willst du, dass wir uns trennen.« Phineas brummte die Worte mit düsterem Blick. Ich konnte es ihm nachempfinden. Ich mochte sie alle sehr und wollte keinen von ihnen missen. Sie hatten so viele Jahre mein Leben mit mir geteilt und mich hier in die Freiheit begleitet. Ich wollte sie für immer bei mir behalten. Aber Nastja hatte recht. Es war gefährlich, zusammenzubleiben.

»Wenn wir einen Platz weiter im Landesinneren finden, fernab der Hauptstadt, könnten wir zusammenbleiben«, wandte Kassandra wie jedes Mal ein, wenn wir zu diesem Teil des Plans kamen.

»Ihr wollt ins Landesinnere. Ich will an die Front und es ihnen heimzahlen!«, knurrte Nastja nun zum ersten Mal ganz offen, was wir alle schon die letzten Monate vermutet hatten. Nastja war auf eine bestimmte Weise gebrochen worden. Sie hatte nie ihr Ziel in der Freiheit gesehen wie wir anderen. Für sie ging es vor allem um die Möglichkeit, sich zu rächen. Und ich konnte sie verstehen, auch wenn ich mir für sie etwas anderes wünschte.

Die Wirtin trat zwischen Kassandra und mich und stellte unsere Getränke vor uns ab, die sie auf einem prall gefüllten Tablett mit noch zahlreichen anderen Getränken balancierte. »So, bitte schön. Zu essen gibt es nur Haxe oder Gringe-Eintopf.«

»Was ist Gringe-Eintopf?«, fragte Phineas. Er hasste Fleisch, und Haxe klang natürlich nach Fleisch. Auf Mission durfte man nicht auffallen, weshalb man sich über alle Kleinigkeiten informieren musste, um als einheimisch durchzugehen. Daher wusste ich auch, dass Haxe ein Haufen Fleisch an einem Knochen war. Es gab verschiedene Tiere, deren Haxen man aß. Am schmackhaftesten waren meiner Meinung nach Yeka-Haxen, da diese Tiere aber ihren Nutzen als Zugtiere hatten, gab es hier in den ärmeren Gasthäusern meist nur Yunx-Haxen.

»Gringe-Eintopf wird aus den verschiedenen Knollen der Saison zubereitet. Die Basis ist immer eine kräftige Kräuterbrühe, und wenn der Bogner vorbeischaut, machen wir auch gerne Wildfleisch hinein«, erklärte die Wirtin freundlich.

Phineas runzelte kurz seine Stirn und meinte dann: »Den Eintopf bitte.«

»Für mich auch«, bat Kassandra. Nastja wollte die Haxe, und mir war es im Grunde egal. Ich hatte einfach nur riesigen Hunger. Vermutlich hätte ich beides verschlingen können. Ich entschied mich ebenfalls für die Haxe.

Als die Wirtin unseren Tisch wieder verließ, griffen wir alle unsere Getränke. Serviert wurden sie in hölzernen Kelchen. Das war näher am Schloss anders, dort gab es in den Gasthöfen Kristallkelche, aber hier am Stadtrand genügten die Holzkelche.

»Auf die Freiheit!« Nastja hob ihren Kelch vor sich in die Höhe. Darauf stießen wir anderen nur zu gerne mit ihr an. Ich nahm einen kräftigen Schluck vom Kimci. Das bittere Aroma der Kräuter mischte sich mit der Süße des Zuckers und hatte dabei eine angenehme Frische. Ich liebte dieses Getränk, seit ich es zum ersten Mal gekostet hatte.

Ich stellte meinen Becher vor mir ab und blickte in die dunkle Flüssigkeit, deren Farbe man in diesem Holzbecher nicht erkennen konnte. Ein zarter feiner Schaum schwamm auf der Oberfläche und löste sich mit der Zeit auf. Ich konnte nicht glauben, dass wir hier zusammensaßen. Frei und ohne eine klare Zukunft.

»Es wird Zeit, dass wir darüber reden, wie es jetzt weitergeht«, entschied Nastja.

Phineas verzog sein Gesicht und nahm noch einen Schluck seines Wassers. Er starrte düster auf den Holzkelch zwischen seinen Händen.

»Es nützt nichts, es weiter aufzuschieben«, beharrte Nastja, als auch keiner von uns anderen in das Gespräch einstieg.

»Doch. Ich will diesen Tag einfach nur genießen«, widersprach Phineas.

»Ja, ich auch«, stimmte Kassandra zu. »Aber Nastja hat die Bombe ja schon platzen lassen. Ich glaube kaum, dass wir diesen Tag Ruhe bekommen.«

»Eben«, griff Nastja sofort das Gespräch auf und wollte es vertiefen, doch Phineas schlug mit der Faust auf den Tisch. »Nein.«

Ich holte tief Luft. »Lasst uns für heute einfach Spaß haben und diesen Tag genießen. Alles andere können wir später klären.«

Phineas nickte und Kassandra lächelte. Genau das wollten sie, und ehrlich gesagt sah ich nicht ein, es ihnen zu verwehren. Wir wussten sowieso noch nicht, wie sie auf uns reagieren würden. Also gab es auch nichts, worüber wir hätten sprechen können. Auch wenn Nastja das nicht gefiel, beugte sie sich der Mehrheit und nahm einen weiteren kräftigen Schluck ihres Bieres.

4

Ich saß auf einem Tisch, an den dicken Holzpfosten in der Mitte des Schankraums gelehnt. Ein Bein auf der Lehne des Stuhls links von mir aufgestellt, balancierte ich die Gitarrencister auf meinem Oberschenkel und zupfte ein Volkslied der Aglaia, während die Männer am Tisch vor mir laut dazu grölten. Ihr Bariton klang angenehm volltönend und rau. Ich kam aus dem Grinsen nicht mehr heraus.

Nastja und Kassandra tanzten ausgelassen auf der Fläche vor dem Tisch der Männergesangsgruppe, die sich zufällig zusammengefunden hatte, nachdem ich meine Künste an diesem Saiteninstrument ausprobiert hatte.

»Kannst du das glauben?«, erklang Phineas' lachende Stimme dicht an meinem Ohr. Er versuchte, mit lauter Stimme den Lärm im Raum zu übertönen, damit ich ihn verstehen konnte, obwohl er dicht bei mir stand, seitlich an denselben Pfosten gelehnt, an dem auch ich mein Gewicht abstützte.

»Wir haben Spaß!«, erinnerte ich ihn.

Phineas lachte rau und stimmte in den Klatschrhythmus ein, den die Männer angestimmt hatten. Die Aglaia auf der Tanzfläche sprangen und hüpften im Rhythmus. Einige Frauen schwangen ihre Röcke im Takt und lachten ausgelassen. Nastja und Kassandra schlugen sich gut und wurden von Männern in die Höhe gewirbelt. Die stickige Luft trieb mir den Schweiß auf die Stirn, und doch hatte ich mich noch nie so leicht gefühlt wie in diesem Moment.

Wie gerne ich das hier für immer weiter genossen hätte. Doch in der Mitte des Lieds hatte sich das Setting geändert. Ob Nastja jetzt bereuen würde, uns so früh verraten zu haben?

Die Männer hielten den Ton, und ich schlug den letzten Akkord an. Dann war das Lied zu Ende, und alle brachen in lauten freudigen Jubel aus. Sie klatschten und lachten, klopften einander auf die Schultern oder küssten sich im Überschwang der Freude hier im Raum. Dieses Bild hätte so einige Narben meiner Vergangenheit lindern können. Doch ich war schon wieder im Kampfmodus. Meine so lange trainierten Instinkte hatten die Führung übernommen, denn dort vorne an der Tür stand ein Schlossgardist und beobachtete mich wachsam.

»Kennst du ‚Die Sonne lacht'?«, fragte der Mann, der auf dem Stuhl saß, auf dessen Lehne ich mein Bein aufstützte. Ich grinste ihn an. Eine gute Wahl. Ein gutes Lied. Und ich kannte es. Aber ich hatte jetzt etwas anderes zu tun.

»Gönn mir eine Pause«, verlangte ich lachend und klopfte ihm auf die Schulter. Ich drückte Phineas das Instrument in die Hand und grinste ihn an. »Du könntest deine Ballade zum Besten geben«, schlug ich aus bewusst strategischen Gründen vor.

»Aber sie ist in meiner Heimatsprache.«

»Das macht nichts«, ermunterte der Mann mit dem tiefen Bariton Phineas. »Balladen versteht man auch so sehr gut.« Dann pfiff er laut und kündigte Phineas und seine Ballade an. Der perfekte Moment für mich, aus dem Aufmerksamkeitsdunst der Leute im Raum zu verschwinden und in der Menge unterzutauchen.

Ich huschte durch den Raum, die Möbel und die Bewegung der Massen nutzend, um mich unbemerkt dem Gardisten zu nähern. Mal ging ich mehrere Schritte auf einmal, dann verweilte ich mit einem scheinbaren Vorwand, wobei ich mal hinter einem Pärchen, mal hinter einer Gruppe sich zuprostender Kerle in Deckung ging. Zwischen den Aglaia im Raum hindurch linsend, näherte ich mich meinem Beobachter, der mein Verschwinden bemerkt hatte und den Raum mit zusammengekniffenen Augen nach mir absuchte.

Ich trat an die Außenwand zur Straße, und positionierte mich so zwischen den Tischen, dass ich ihn von schräg hinten beobachten konnte. Der Mann lehnte lässig an einer Säule im Raum und sah wie alle anderen zu der singenden und musizierenden Gruppe hinüber. Seine Statur sprach eindeutig von hartem Training. Seine makellose und helle Haut ließ mich erahnen, welcher Domäne der Aglaia er angehörte, den Egor. Nicht verwunderlich für einen Gardisten, denn die Egor stellten als Kriegerdomäne die meisten von ihnen.

Dann war er vermutlich ein beeindruckender Kämpfer, und sicher war er nicht allein hier. Nun näherte ich mich lautlos seiner Position, was inzwischen wegen der sehnsuchtsvollen Stille im Raum nicht mehr so leicht war. Phineas fesselte sie alle mit seiner melancholischen Stimme und der herzergreifenden Ballade, die er gerade vortrug.

Ich trat von hinten seitlich an den Pfosten, an dessen anderer Seite der Gardist lehnte, und spiegelte seine Haltung. Genau wie er sah ich interessiert und scheinbar gebannt dem beeindruckenden Musiker zu. Doch meine Aufmerksamkeit galt ihm allein. »Was führt einen Schlossgardisten im Dienst wohl genau heute Abend hierher?«, fragte ich gespielt neugierig, als hätte ich es auf einen Flirt abgesehen.

Er zuckte nicht zusammen und reagierte auch sonst erst mal nicht. Eine Beherrschtheit, die mich durchaus beeindruckte. »Hast du alles gesehen, was du von dahinten sehen wolltest?«, fragte er nun und überraschte mich damit. Dann war mein Anschleichen wohl nicht so erfolgreich gewesen, wie er mich hatte glauben lassen. Er war wirklich gut.

»Das wird sich erst noch herausstellen.«

Phineas' Gesang drang durch den gesamten Schankraum, und ich hörte hinter mir eine Frau seufzen. Vor mir kuschelte sich eine füllige Wäscherin, die noch ihre charakteristische Waschhaube trug, an ihren zierlichen Partner, der sie liebevoll in den Arm nahm und einen zarten Kuss auf ihren Scheitel hauchte. Es war nicht das erste Mal, dass ich sah, welche Wirkung Phineas' Stimme und das Spiel seiner Mimik auf seine Zuhörer hatten, und doch überraschte es mich jedes Mal aufs Neue.

»Ich würde eine Szene gerne vermeiden«, eröffnete ich ihm schließlich. »Und dass du allein reingekommen bist und nicht sofort eingegriffen hast, gibt mir Grund zur Hoffnung.«

Nun sah er mich am Pfosten vorbei an. Seine braunen Augen musterten mich fest und abwägend. Ich musste an das Eisblau der Augen der Anamie denken und wie warm und anders im Vergleich dazu seine braunen Augen wirkten. Nicht so kalt und penetrant. Und doch huschte mein Blick prüfend zu den spitzen Ohren, die bewiesen, dass er keiner von ihnen war, purer Reflex!

Seine Gesichtszüge waren scharf geschnitten, und ein dunkler Schatten lag auf seinem Kiefer. Die dichten schlanken Augenbrauen verliehen seinem Blick eine eindringliche Intensität, und die gefurchte Stirn wurde halb hinter braunem, perfekt verwuscheltem Haar verborgen. Er gab sich sicher jeden Morgen viel Mühe für diesen unordentlichen Look, der durchaus heiß aussah, das musste ich ihm lassen.

»Warum denkst du, bin ich hier?«, fragte er scheinbar überrascht. Ich schnaubte innerlich auf. So ein Schauspieler.

»Weil du die Information erhalten hast, dass sich hier vier Flüchtlinge aufhalten, die von Süden gekommen sind, also vermutlich von der Front. Da ihr nicht dumm seid, müsst ihr herausfinden, ob sie wirklich Flüchtlinge sind oder Spione des Feindes. Also bist du hergekommen, um … und jetzt darfst du den Satz vollenden.« Ich lächelte ihn kühl an.

Ein Schmunzeln zuckte um seine Mundwinkel.

»Wobei es schon reichlich dämlich von uns wäre, uns zu verraten, wenn wir Spione wären«, gab ich zu bedenken.

»Oder ziemlich gerissen.«

Seine tiefe Stimme war rau und verdammt männlich. Sie passte perfekt zu seinem gestählten Körper.

Ich schnalzte tadelnd mit der Zunge. »So ein doppeltes Spiel ist viel zu anstrengend.«

Der Gardist sah zu Phineas und meinte: »Dann wäre ich wohl hier, um euch mitzunehmen.«

Das hatte ich mir gedacht. »Es wäre mir recht, wenn wir daraus keine Szene machen würden.«

»Das sagtest du bereits. Aber wieso?«

»Weil wir Flüchtlinge sind, und der Feind ein gesteigertes Interesse daran hat, uns auszuschalten, ehe wir außerhalb seiner Reichweite sind. Wenn alles nach Plan gelaufen ist, wissen die Anamie nicht einmal, dass wir verschwunden sind. Dennoch möchte ich kein unnötiges Risiko eingehen. Daher wäre es mir lieber, wenn keiner hier mitbekommt, dass die Schlossgarde die vier Flüchtlinge mitgenommen hat.«

Während meiner Worte hatte er seinen Kopf zu mir gedreht, und seine Augenbraue war immer weiter seine Stirn hinaufgewandert. Ich zuckte mit den Schultern und grinste ihn an. »Hab nie behauptet, das hier würde ein leichter Auftrag für dich werden.«

Ein amüsiertes Funkeln huschte durch seine einladend warmen Augen. Dann sah er in den Raum und musterte die anderen drei, einen nach dem anderen. »Wenn es ist, wie du sagst, wieso sollte ich dir trauen?«

Ich nickte. »Stimmt. Dazu hast du keinen Grund.«

»Vor allem, da ihr alle Fremde seid«, fügte er hinzu. Ich strich bewusst mein kinnlanges blondes Haar hinter mein linkes Ohr und offenbarte ihm so meine Abstammung. Für einen Moment verfing sich sein Blick an meinem zugespitzten Ohr, dann wandte ich meinen Kopf und sah ihn fest an. »Das hier ist meine Heimat. Und es kann über Leben entscheiden, ob du mir jetzt vertraust oder nicht.«

Seine Kiefer mahlten nachdenklich. »Wie soll das laufen?«, fragte er, offenbar wenig geneigt, mir entgegenzukommen. Doch er gab mir eine Chance.

»Ich begleite dich. Die anderen kommen einzeln in der Nacht nach und stoßen am Ziel zu uns, wo immer das sein wird. Auf diese Weise sieht es so aus, als hätte ich einfach nur entschieden, die Nacht mit einem heißen Typen zu verbringen. Nichts, was einen Verdacht erregen würde, sollten Spione des Feindes es in Erfahrung bringen.«

Er verzog amüsiert seine schmalen Lippen. »Und jetzt nehme ich an, du willst, dass ich dir den Zielort nenne?«

»Muss nicht sein. Die anderen finden mich auch ohne einen Hinweis.« Ich zuckte entspannt mit den Schultern. Es war mir tatsächlich egal, ob er es uns leicht oder schwer machte. So oder so würde im Laufe der Nacht der Rest zu mir stoßen, wo auch immer ich dann war.

»Glaub nicht, ich wäre so leichtsinnig, dich ins Schloss zu bringen.«

»Bin ich nicht. Aber ein Bett wäre nett. Sonst muss ich darauf bestehen, dass ich dir erst morgen früh folge. Wir haben uns alle so sehr auf unsere erste Nacht in einem echten Bett gefreut.«

Er sah zu den anderen und dachte einen Moment lang nach, wobei er seine vor der Brust verschränkten Arme nicht lockerte oder sonst irgendwie seine Zustimmung signalisierte. Er hatte sich noch nicht entschieden.

»Nehmen wir an, ich stimme zu, was würdest du als Nächstes tun?«

»Ich würde Kassandra informieren, weil sie mir am nächsten steht und es daher am wenigsten auffallen würde. Dann würde ich mit ein wenig schauspielerischem Einsatz die Gerüchteküche schüren und mit dir diesen Raum verlassen.«

Er musste grinsen. »Ich bin geneigt, dir zuzustimmen, einfach weil ich das zu gerne sehen würde.«

Das nahm ich als Zustimmung, egal ob er es so meinte. Er war nicht abgeneigt und brauchte einen Schubs in die richtige Richtung. Also stieß ich mich vom Pfosten ab und schlängelte mich leise zu Kassandra durch. »Ich werde wohl die Nacht jede Menge Spaß haben.«

Kassandra sah mich schockiert an. Verständlich. Sie wusste, dass ich so was nicht machte. Nastja schon, ich dagegen … Aber nachdem ich über meine Schulter genickt hatte und sie den Gardisten entdeckt und auch schnell richtig bewertet hatte, lächelte sie mir zu. »Ich sag den anderen Bescheid.«

»Wir sehen uns dann in ein paar Stunden«, informierte ich sie noch, damit sie wusste, wann sie mir folgen sollten. So sehr Kassandra sich auch ihren Frieden und ihre Ruhe wünschte, auch sie war wie wir anderen eine ausgebildete

Läuferin und verdammt gut in ihrem Job. Sie wusste, was zu tun war, und hatte sofort begriffen, was mein Plan war. Nach so vielen Jahren gemeinsamer Arbeit kannten und verstanden wir einander.

»Viel Spaß.« Sie grinste mich süffisant an, ein kleiner Seitenhieb, und ich senkte errötend meine Lider, perfekt in der Rolle, die ich spielen würde. Meine Teamkameradin hatte sofort erkannt, welcher der klügste Weg war, um mit dem Schlossgardisten den Schankraum zu verlassen.

Nun trat ich den Weg zurück an und heftete absichtlich meinen unterdrückt sehnsuchtsvollen Blick auf den starken dunklen Mann, der da so lässig am Pfosten lehnte. Er blickte mir hungrig entgegen, auch er spielte ziemlich gut, und ich fragte mich unweigerlich, wie viel er gerade spielte. Sicher ging ihm das genauso. Aber er hatte bewiesen, wie gut er war, daher versuchte ich das aufgeregte, ungebetene Flattern in meinem Bauch zu unterdrücken und hielt sehr nah vor ihm an.

»Ich bin bereit.«

»Verträgst du auch meine Antwort?«

Ich sah ihn verwirrt an.

»Ich spiele mit, aber ich spiele nach meinen eigenen Regeln und bin dabei sehr überzeugend«, drohte er mir regelrecht. Ich musste schmunzeln. So ein Angeber. Auf diese Art herausgefordert legte ich meine gespreizten Finger auf den Leinenstoff an seinem Bauch und strich über die harten Muskeln nach oben. Er öffnete seine verschränkten Arme, um meinen fordernden Händen Platz zu machen, und fixierte meine nach oben fahrenden Finger. Ich strich über steinharte Brustmuskeln und dann um seine kräftigen Schultern herum. In seinem Nacken verschränkte ich meine Hände und sah hinauf in sein dunkles Gesicht.

Der Gardist, dessen Namen ich nicht einmal kannte, fuhr in mein Haar und machte so allen meine spitzen Ohren sichtbar, die deutlich meine Zugehörigkeit zu seinem Volk preisgaben. Er war wirklich verdammt gut. Dann neigte er plötzlich seinen Kopf in meine Richtung, und ich konnte die Überraschung nicht ganz verbergen. Er senkte tatsächlich seine Lippen auf meine herab und überwältigte mich damit. Niemals würde ich ihm verraten, dass dies mein erster Kuss war. Er spielte ganz oder gar nicht, und ich würde den Teufel tun und jetzt versagen. Also bewegte ich meine Lippen an seinen und zog mich an ihn.

Das Gefühl war so dermaßen überfordernd. Mein Bauch kribbelte wie verrückt, meine Augen verdrehten sich leicht unter meinen geschlossenen Lidern, und mein Herz flatterte wie die Flügel eines Seskas. Ich vergrub meine Finger in seinem Haar und zog an seinem Kopf, unsicher ob ich ihn näher haben oder wegstoßen wollte. Unsere Lippen verschmolzen miteinander, und die Wärme und Weichheit seiner zärtlich leidenschaftlichen Berührung stand im Kontrast zum Kratzen seiner stoppeligen Wange an meiner.

Er löste seine Lippen von meinen und sein dunkler erhitzter Blick ließ meine Wangen brennen. Ich hätte nicht sagen können, ob er spielte oder nicht. Das verunsicherte mich schwer, und es war gefährlich. Seine Hände griffen in seinen Nacken und lösten meine. Doch statt mich wegzustoßen, wie ich es intuitiv erwartete, behielt er eine Hand in seiner und zog mich in Richtung Tür. Für einen winzigen Moment war ich überwältigt von der Situation, meiner erwachten Lust, seinem viel zu guten schauspielerischen Talent, meinem mir so fremden Hunger nach mehr und seiner männlich stoischen Art. Dann riss ich mich zusammen und lächelte verschmitzt, gespielt vorfreudig auf das, was wir nun dort draußen miteinander tun würden.

Der fähige Gardist führte mich aus dem warmen hellen Schankraum hinaus in die kühle dunkle Nacht. Meine erhitzten Wangen brannten in der kühlen Luft. Er steuerte nach Norden die staubige unbefestigte Straße hinauf. Ich machte ein paar größere Schritte, um an seiner Seite gehen zu können. Ich würde ihm sicher nicht gehorsam hinterherdackeln. Und ich musste mich schnell wieder zusammenreißen. Mein aufgewühltes Inneres war nur hinderlich auf Mission. Außerdem durfte ich nicht vergessen, Fährten zu legen, damit die anderen mir auch folgen konnten.

»Ein Name wäre jetzt mal nett«, nahm ich das Gespräch wieder auf.

»Stimmt. Wie heißt du?«, fragte er, und ich musste grinsen. Natürlich wollte er, dass ich meinen zuerst nannte. Aber damit hatte ich keine Probleme. »Lin.«

Er sah kurz zu mir herüber, als hätte ihn mein Einlenken überrascht. Ich fragte mich, was wohl in ihm vorging. Aber dann schalt ich mich eine Idiotin. Er machte nur seinen Job, und ich sollte daran denken, dass auch ich nur meinen machte. Der Kuss war nur so verwirrend gewesen, weil es mein erster gewesen war. Für ihn war er sicher unbedeutend. Er sah nicht aus, als hätte er noch nie eine Frau geküsst. Und ehrlich gesagt konnte ich mir auch nicht vorstellen, dass das sein erster Kuss gewesen war. Dazu hatte er viel zu gut geschmeckt.

»Und du?«, bohrte ich nach, als er mir zu lange schwieg.

Er zögerte einen winzigen Moment, was die Lüge für mich seltsam deutlich machte. »Dante«, sagte er, und ich wusste, dass es gelogen sein musste. Was das anging, ließen meine Instinkte und meine Erfahrung mich so gut wie nie im Stich.

Nun gut, also vorerst Dante. Wie auch immer er in Wirklichkeit hieß. Immerhin hatte ich jetzt einen Namen zu meinem ersten Kuss. Ich verzog mürrisch mein Gesicht. Wundervoll: einen Fake-Namen zu einem Fake-Kuss.

5

INGENIA
VIDERE – HERRIN DER JAGD

Die Fäden der Energie leiteten hin zu einer Szene, die das Kitrinos für wichtig hielt. Ein Diener seines Herrn schlich durch den Wald auf die Hütte zwischen den Tannen zu. Die dunkelgrünen Zweige hingen weit über das Dach und schlossen das kleine Häuslein dicht ein. Seine Schritte wohlbedacht, leise und doch kaum zögernd. *Er wusste, wohin er wollte.*

Aus der Hütte stieg in einem dünnen Faden heller Rauch auf und wurde durch die vielen Zweige zerstreut, sodass er über dem Wald nicht mehr als Säule sichtbar war. *Die Hütte war bewohnt.*

Der Diener zog die Kapuze, die er trug, etwas tiefer über sein Gesicht. Dann blickte er sich um, wobei seine spitzen hellen Ohren im Dämmerlicht des heranbrechenden Morgens hervorblitzten.

Die Tür wurde geöffnet, ehe der in den braunen rauen Umhang Gewandete anklopfen konnte. Eine Frau, in schlichte Stoffe gewickelt, mit verwahrlostem Äußerem, erschien im Türrahmen. Ihre leicht gebeugte Haltung täuschte über ihr Alter hinweg. Der Staub ließ ihr eigentlich braunes Haar grau erscheinen, der Schmutz im Gesicht suggerierte Falten, die nicht existierten. *Sie war nicht die Alte, für die man sie halten könnte.*

»Im Palast ist eine junge Frau erschienen, die haargenau so aussieht, wie du in ihrem Alter ausgesehen hast.«

Das Kitrinos spürte die Erschütterung. Ein lange herrschendes Ungleichgewicht war dabei, sich wieder in seine vorgesehene Lotstellung zu bewegen. Der Diener fragte es nicht wirklich und erhielt doch durch die schockierte Reaktion der verwahrlosten, gebrochenen Frau seine Antwort. *Eine Antwort, die für seinen Herren alles änderte.*

»Wie konntest du ihm das antun?«, fragte der Verhüllte.

Die Frau hielt die Tränen nicht einmal zurück. Sie griff verzweifelt in die Robe des Dieners und begann, ihn anzuflehen. Die Szene verschwamm. Das Kitrinos hatte offenbart, was hatte offenbart werden müssen.

Videre schloss ihre Augen und holte tief Luft. Wenn das Kitrinos ihr etwas zeigte, verließ sie für einen Moment ihren Körper. Ein unangenehmes, wenn auch notwendiges Gefühl. Sie hatte den Diener nicht erkannt, er war nur gut den Aglaia zuzuordnen gewesen, aber die Frau … Videre hatte lange gebraucht, ihre einstige Lehrerin in diesem Wrack wiederzuerkennen. Sie begriff die Tragweite und eilte sofort zum Schrank im hinteren Teil der Kammer. Sie musste nach Ertatem und hoffen, dass ihr Herr noch immer dort verweilte. Eilig packte sie ihre Sachen zusammen. Sie musste ihn warnen, und sie musste Missa aufsuchen. Sie brauchte den Rat der Seherin, denn die Vision, die Videre einst von diesem Mädchen gehabt hatte, war jetzt, da es doch noch lebte, plötzlich von größter Bedeutung.

6

Ich saß an einem runden Tisch in einem warm beleuchteten Raum. Obwohl das Licht inzwischen eigentlich nicht mehr nötig gewesen wäre, brannten die Lampen an den Wänden, und auch das Windlicht auf der Tischmitte flackerte immer noch. Das Wachs war inzwischen größtenteils verlaufen oder verbrannt. Das allein demonstrierte schon, wie lange wir hier sinnlos herumsaßen. Meine erste Nacht in Freiheit hatte ich mir wahrlich anders vorgestellt.

Das leise Schnarchen war für den Moment noch der einzige Laut im Raum. Phineas hatte diese Gabe, immer und überall schlafen zu können, und vor allem auch verdammt tief. Zumindest solange eine von uns im Raum war. Und da die anderen wussten, dass ich die Einzige war, die in solchen Situationen kein Auge zubekam, schliefen sie alle, sich meiner Wache sicher.

Ich stand leise auf und lief hinüber zu der bodentiefen Fensterfront. Niemals hätte ich erwartet, dass sie uns ins Schloss bringen würden. Bis jetzt verstand ich diesen Zug nicht. Zunächst hatte Dante mich in ein Gardistenquartier mitgenommen und sich davongemacht. Nach drei Stunden waren die anderen zu mir gestoßen, und gemeinsam waren wir dann hierhergebracht worden, wo wir seither warteten. Dante hatte ich die ganze Nacht nicht noch einmal zu Gesicht bekommen.

Dort unten auf den schön angelegten Straßen erwachte die Stadt im matten Schein der Morgensonne. Sanfter Nebel hing über den tiefer liegenden Bereichen der Stadt dort im Tal. Hier am Berghang schien die Sonne bereits auf die steinernen glatt gezogenen Straßen und Wege, die penibel angelegt und sauber waren. Wunderschöne Zierrabatten schmückten die Wege und die atemberaubenden Villen hier im direkten Umfeld des Schlosses. Wie gerne ich die Scheibe öffnen und den sanften energiegeladenen Klängen des Morgens lauschen würde. Die Geräusche des heranbrechenden Tages waren meine liebsten. Sie waren voller Hoffnung und Tatendrang, geladen mit Erwartungen, Zielen und Wünschen. Ich liebte es, wenn die ersten Vögel ihr Lied sangen, die ersten Geräusche erwachenden Lebens die Straßen füllten und nach und nach die emsige Betriebsamkeit des Tages wie eine anbrandende Welle über einen Ort schwemmte.

Das Schnarchen verstummte. Ich brauchte mich nicht umzudrehen, ich wusste, Phineas würde bald aufwachen und Nastja würde ihm sicher nachfolgen. Kassandra war bereits wach. Ihr Atemrhythmus hatte sich verändert, als ich an diese gigantische Glasscheibe getreten war.

Das leise Rascheln von Stoff erklang hinter mir, gerade als ich eine Frau unten aus einem Garten treten sah. Sie trug schlichte Kleidung und einen großen geflochtenen Korb unterm Arm. Sicher eine Angestellte der reichen Familie, der diese Villa aus rotgelb meliertem Stein gehörte. Vermutlich erledigte sie die Besorgungen des Tages, noch ehe ein einziges Familienmitglied den Tag begrüßt hatte.

Kaum wahrnehmbare Schritte kündigten Kassandra an, die ihr dunkles Haar im Gehen zu dem üblichen Knoten am Hinterkopf zusammenband. Es war immer ihre erste Geste nach dem Aufstehen, daher brauchte ich gar nicht hinzusehen. Ich hörte das leise Streichen ihrer Finger durch ihr Haar, und das genügte mir. Wir hatten so viele Jahre gemeinsam den Morgen begrüßt, dass ich selbst die kleinsten Geräusche ihren Routinen zuordnen konnte.

»Also ist auch den Rest der Nacht nichts passiert«, stellte Kassandra fest. Die schlanke, groß gewachsene Frau trug ein weißes gewickeltes Kleid und enganliegende weiße Hosen unter dem geschlitzten Rock des Kleides, sonst hätte sie niemals kämpfen können, wie sie es vermochte. Dennoch verstand ich bis heute nicht, wie man als Agentin freiwillig ein Kleid tragen konnte, und noch dazu eines, das so wenig Haut bedeckte und dafür so viel Stoff brauchte.

»Alles ruhig geblieben.«

»Wieso machen sie das?«

Ich zuckte mit den Schultern. Darüber konnte ich nur spekulieren. Es konnte tausend Gründe haben, weshalb man uns hier festhielt, im Schloss und ohne mit uns gesprochen zu haben. Aber mir wollte kein so richtig plausibles Motiv einfallen, denn es war im Grunde fahrlässig, uns ins Schloss zu holen. Wenn wir nun Spione wären und keine Flüchtlinge, hätten sie uns an genau den Ort gebracht, zu dem wir vermutlich gewollt hätten. Ich verstand nicht, was sie damit bezweckten.

Ein schmatzendes Geräusch in meinem Rücken kündigte Phineas' Erwachen an. Er brummte leise und drehte sich wie immer auf die andere Seite. Ein kurzer Blick über die Schulter zeigte mir, dass Nastja genüsslich gähnte und sich aufrichtete. Sie hatte sich zwei Stühle zusammengestellt und sich darauf zusammengerollt. Diese zierliche Person passte tatsächlich komplett auf die kleine Fläche der beiden Stühle. Eine Tatsache, über die ich immer wieder staunen musste.

Nastja streckte sich mit einem fiependen Geräusch, und

ihre Muskeln zitterten dabei leicht. Dann gähnte sie noch einmal herzhaft und erhob sich. Sie rollte ihre Schultern und blickte sich dann um.

»Denkst du, sie trennen uns?«, fragte Kassandra leise.

Die fähige Spionin war für einen Moment verschwunden und offenbarte mir den unsicheren Kern ihres Wesens, der sich nach familiärer Bande und einer Heimat sehnte. In diesen Momenten wünschte ich ihr jemanden, der sie in die Arme nahm und liebevoll an sich drückte. Nur war ich nicht so jemand und aus unserem Team auch sonst keiner. Also sah ich sie nur mit dem Verständnis an, das ich inzwischen für sie aufbringen konnte, wenn unsere Wesen sich auch grundlegend unterschieden. »Es wäre der sicherste Weg für uns.«

»Ich weiß. Aber ich will nicht von euch getrennt werden«, gestand sie eine offensichtliche Tatsache.

»Egal wie sie entscheiden, es ist es zu unserem Vorteil«, mischte Nastja sich ein und stellte die Stühle wieder an ihren Platz. »Wenn sie uns trennen, sind wir sicherer. Wenn sie uns nicht trennen, können wir weiterhin zusammenbleiben.«

Kassandra wägte die Worte ab und verzog ihren Mund. Schließlich nickte sie zustimmend. Unsere Zukunft war ungewiss, und das war uns von Anfang an klar gewesen. Wir hatten erreicht, was wir angestrebt hatten. Von jetzt an mussten wir flexibel bleiben und unseren Platz in dieser neuen Welt finden. Das würde für uns alle eine Weile und sicher für jeden unterschiedlich lang dauern, aber unterm Strich waren wir frei, und das war erst einmal alles, was zählte.

Schritte erklangen draußen auf dem Gang. Weil ich wusste, dass Phineas nicht wollen würde, dass man ihn beim Schlafen erwischte, ahmte ich sehr leise den Laut eines Sonnenvogels nach. Phineas war sofort auf den Beinen und kampfbereit. Er blinzelte, dann rieb er sich den Schlaf aus den Augen.

Noch bevor er sich bei mir über das rüde Wecken beschweren konnte, wurde die Tür geöffnet. Drei Männer traten ein, keiner von ihnen war Dante. Ich hatte das Gefühl, ich würde diesen Gardisten nie wiedersehen, sonst wäre er in den letzten zwölf Stunden sicher noch einmal aufgetaucht.

»Guten Morgen«, begrüßte uns der Mann in der Mitte. Er trug feine Kleidung, und seine Haltung wirkte stolz. Sicher bekleidete er einen hohen Rang und bildete sich einiges darauf ein. Sein hellbraunes Haar trug er lang und an den Schläfen geflochten, sodass seine spitzen Ohren nicht von seinem Haar verdeckt werden konnten. Er verschränkte seine gestreckten, schlanken Finger ineinander und lächelte dann herablassend, als wären wir allein durch seine Anwesenheit gesegnet.

»Ich hoffe, ihr hattet eine angenehme Nacht.« Worte, die hätten höflich sein können, doch die Floskel verlor jeden Wert, besonders angesichts der Tatsache, dass man uns schlicht hier in diesem Raum hatte versauern lassen, ohne Kissen, Decken oder gar Betten. Ich zog eine Augenbraue arrogant in die Höhe und beließ es dabei. Diese Spielchen kannte ich, sie waren Teil meiner Ausbildung gewesen. Das Schlafen unter widrigen Bedingungen, um den möglichen Feind mürbe zu machen, die anschließende Respektlosigkeit, um ihn aus der Fassung zu bringen und ihn zu Fehlern zu verleiten. Alte und einfallslose Spielchen, die wirkungslos an uns abperlten.

»Wenn ihr mir dann bitte folgen wollt.« Es war keine Bitte, auch wenn seine Worte so klingen sollten. Ich setzte mich in Bewegung, und die anderen schlossen sich mir wortlos an. Solange wir noch nicht bei jenem waren, der die Entscheidung treffen würde, war jeder Wortwechsel verschwendete

Zeit und auch eine Möglichkeit, Fehler zu machen. Daher schwieg ich, womit ich mein Leben lang gut gefahren war.

Der Mann führte uns zahllose Gänge entlang, Treppen hinauf und wieder hinunter, durch Räume hindurch, deren Funktion nicht wirklich aus dem Mobiliar ersichtlich war, und immer weiter. Er versuchte sicher, unsere Orientierung auszutricksen. Vergeblich.

Schließlich hielt er auf eine Tür aus milchigem Glas zu, deren Griffe golden schimmerten. Die beiden Gardisten an der Tür waren fein säuberlich herausgeputzt und trugen die Farben der Stadt, grün und blau. Eine Kombination, die ich häufig nicht günstig fand, aber das intensive Blau und das dunkle Grün in Kombination mit goldenen Borten und Nähten sah wirklich edel aus.

Unser Führer gab ihnen mit einem nebensächlichen Handwedeln das Zeichen, die Türen für ihn und seine Begleiter zu öffnen. Ich mochte so einen Umgang mit dem Personal gar nicht. Aber ich war auch viel häufiger das Personal gewesen als jene, denen man diente.

Die Gardisten bewegten sich in harmonischem Gleichklang und öffneten beinahe lautlos die große Tür. Der Mann, der uns führte, betrat den Raum dahinter, in dem viel mehr Personen standen und uns entgegensahen, als ich erwartet hätte.

Der Mann trat in die Mitte des Raumes und neigte dann ehrerbietig den Kopf vor zwei Männern, die auf einem erhöhten Podest standen und sich unterhielten. Alle schienen einem dieser beiden Männer dort oben auf dem Podest zugewandt zu sein. Vermutlich war einer der beiden der König der Könige. Ein unglaublich snobistischer Titel und doch treffend für die Position, die er innehatte. Ich hatte ihn bisher auf keiner meiner Missionen zu Gesicht bekommen, weshalb ich ihn jetzt auch nicht erkennen würde. Doch der Körpersprache der beiden Männer nach zu urteilen, war der größere mit dem rotgoldenen Rauschebart der mächtigere.

Die Personen rechts und links von uns bildeten einen Kreis, auf dessen Fläche wir nun standen. Der Mann mit dem rotgoldenen Bart nickte seinem Gesprächspartner zu, der daraufhin das Papier in seiner Hand zusammenrollte und sich zurückzog, womit er meine Vermutung weiter bekräftigte. Da das alles aber auch ein Schauspiel sein konnte, war ich vorsichtig, meine Schlussfolgerung als gegeben anzunehmen.

»Mein Herr, ich bringe Euch die Flüchtlinge«, verkündete unser Führer. Dann zog er sich an den Rand zurück und wurde Teil der starrenden Masse an gut gekleideten Personen.

»Die Frage ist doch, warum du so einen Umweg genommen hast«, brummte Phineas.

Der Mann, den ich für den König der Könige hielt, war muskulös und breitschultrig. Er blickte auf uns herab und betrachtete uns prüfend. Phineas ließ sich davon nicht beeindrucken und verschränkte die Arme vor der Brust. »Im Ernst, wir hätten nach der Hälfte der Zeit hier sein können. Er sollte eine Führung bekommen, damit er sich nicht so entsetzlich verläuft«, provozierte Phineas und grinste dann herausfordernd den Mann auf dem Podest an.

»Willst du mir damit beweisen, dass du schon einmal hier gewesen bist?«, fragte dieser mit grollender tiefer Stimme.

»Keinesfalls. Aber ich kann mich orientieren. Und ich erkenne Treppen wieder, wenn ich sie mehrmals sehe.«

Ich musste schmunzeln. Das war so typisch Phineas.

»Also dann willst du mir beweisen, dass du einen guten Orientierungssinn hast?«, brummte der Mann und trat zurück zu einem der drei großen Stühle, die hinter ihm auf dem Podest standen. Er setzte sich gemütlich auf den mittleren und lehnte sich zurück. Uns musternd überschlug er seine Beine und rieb über seinen Bart.

»Wieso sollte ich glauben, dass ihr Flüchtlinge seid?«, fragte er uns frei heraus.

Nastja rollte mit den Augen. Sie war nicht so besonders gut in Diplomatie. Sie war pragmatisch veranlagt und genoss es, erfolgreich zu sein, besonders in Kämpfen und eher gröberen Missionen. »Wie sollten wir beweisen, dass es so ist? Die Zeit wird es zeigen.«

Er nickte zustimmend. »So wird es wohl sein. Warum habt ihr euch zu erkennen gegeben?«, fragte er weiter.

»Wir sind gemeinsam geflohen, doch weiter zusammenzubleiben erhöht das Risiko, dass der Feind unseren Aufenthaltsort herausfindet und uns auslöscht. Zusammengefasst, reiner Selbstschutz.«

»Euer Hoheit!«, korrigierte der Mann, der uns hergeführt hatte Nastja mit vorwurfsvoller Stimme. Seine nach vorne gelehnte Haltung zeugte von unterdrückter Wut. Er sah vorsichtig hinauf zu seinem Herrn und warf Nastja dann einen wütenden Blick aus zusammengekniffenen Augen zu.

Sie zog zur Antwort nur eine Augenbraue hoch. Dann sah sie den König der Könige wieder an. »Ich persönlich würde mich freuen, Euch im Kampf gegen die Anamie von Nutzen zu sein.«

»Ach? Ist das so?«

»Ja, ist es. Ich will sie für das büßen lassen, was sie mir angetan haben. Mein Hass sitzt tief, daher ist meine Loyalität jedem gewiss, der gegen sie kämpft«, schwor sie und offenbarte mir damit eine Seite, von der ich immer geahnt hatte, dass sie in Nastja schlummerte. Sie war einen halben Kopf kleiner als ich, und ihr zierlicher Körperbau erweckte ein falsches Bild dieser brutalen, gnadenlosen Kämpferin.

Sie gehörte zu den Besten, und die Konsequenz, mit der sie jede Mission umsetzte, suchte ihresgleichen. Sie wäre ein unglaublicher Gewinn für den Kampf gegen die Anamie. Die Frage war nur, ob die Aglaia ihr die Chance dazu gaben.

»Verlockend. Doch ich möchte das Leben meiner Männer nicht für ein verlockendes Angebot aufs Spiel setzen.«

»Ein besonnener Gedanke. Wenn Ihr mir versprecht, dass ich am Ende, wenn ich die Treueprüfung bestanden habe, Anamie abschlachten darf, werde ich mich Eurem Kommando beugen und mich jedem Test unterziehen«, versprach sie.

Ich musste sie einfach anstarren. Das war der Moment. Ich verlor meine Schwester. Nein, ich hatte sie schon viel früher verloren, an den Hass auf unsere Peiniger. Nur jetzt wurde es mir und auch allen anderen klar. Ich hätte sie gerne an mich gerissen und sie niemals losgelassen. Aber das wäre nur eine weitere Form von Gefangenschaft gewesen. Daher verabschiedete ich mich im Stillen von der beeindruckenden Frau. Nastjas verfilzte blonde dicke Zöpfe waren wie immer zu einem voluminösen Zopf zusammengebunden, der beinahe größer war als der zierliche kleine Kopf. Ich prägte mir jedes Detail meiner Schwester im Herzen ein. Sah ihre scharfen Wangenknochen und ihre zarten Arme, die ihre Stärke und ihre unglaubliche Kampfkraft verbargen. Für den Bruchteil einer Sekunde trafen sich unsere Blicke, und auch Nastja verabschiedete sich. Ich respektierte sie zu sehr, um sie von ihren Wünschen abzubringen und somit meine eigenen zu verfolgen. Ich liebte sie zu sehr, um mir nicht zu wünschen, der König der Könige würde Nein sagen. Aber ich verbarg diesen Wunsch tief in meinem Innern und ermutigte sie mit meinem Blick, ihren Weg zu gehen und kein schlechtes Gewissen zu haben. Ich würde sie immer lieben und niemals vergessen und hoffte, dass der Krieg irgendwann sein Ende fand und das Schicksal unsere Wege wieder miteinander verband.

»Ich nehme dein Angebot an«, verkündete der König der Könige und winkte einen Mann heran, der an Nastjas Seite trat und sich gehorsam verbeugte. Er trug dieselbe Uniform wie die Gardisten am Eingang und bedeutete Nastja, ihm zu folgen. Sie warf einen letzten, um Entschuldigung bittenden Blick in unsere Richtung und folgte dann dem Mann, der sie aus meinem Leben führte.

Bemüht, mir meine Emotionen nicht anmerken zu lassen, drehte ich mich zu dem Mann um, der über unsere Zukunft entschied. Wir hatten ihm diese Macht gegeben und erhofften uns Sicherheit und einen Neustart davon.

»Und der Rest von euch?«

Phineas und Kassandra warfen mir unsichere Blicke zu. Nastja hatte genau gewusst, was sie wollte. Unsere Wünsche dagegen waren nicht so einfach zu formulieren. Wir wollten einen Neustart in Freiheit. Bloß war es vermessen und wenig hilfreich, dieses Ziel zu formulieren.

»Mir scheint, du bist die Anführerin deiner kleinen Gruppe«, wandte er seine Worte an mich. Ich hielt seinem Blick stand und wartete, was er nun verlangen würde.

»Für eine Anführerin hast du aber wenig zu sagen«, tadelte er mich.

»Ich nutze Worte, wenn ich etwas zu sagen habe. Alles andere ist Zeitverschwendung«, erklärte ich mein Schweigen und kurz stockte der König. Dann musste er lachen, und das Publikum stimmte sofort mit ein. Ich sah mich angeekelt um. Was denn? Hatten die keine eigene Meinung? Lachten sie nur, weil er gelacht hatte? Ich entdeckte einen jungen Mann, der zwar schmunzelte, aber keineswegs in das affektierte Lachen seiner Nachbarn einstimmte. Das machte ihn sofort sympathisch.

»Schneid hast du, Mädchen.« Seine Worte klangen lobend, auch wenn ich es kaum als schmeichelhaftes Lob empfand. *Mädchen* war herabwürdigend und so nicht treffend für meine Person. Es stieß mir bitter auf, aber ich ließ mich nicht provozieren. Also wartete ich, was er nun entscheiden würde.

»Ich denke, es wäre klug, euch eine Weile im Auge zu behalten, und zwar hier in meiner Reichweite. Prinz Alael, tritt vor.«

Der junge Mann, der mir eben positiv aufgefallen war, trat aus der Menge und wandte sich dem Mann auf dem Podest zu. Er verneigte sich leicht.

»Du wirst dich der drei übrigen Flüchtlinge annehmen«, entschied der König der Könige.

»Das werde ich«, versprach der junge Prinz und wandte sich dann uns zu. Er nickte einmal Richtung Ausgang. »Folgt mir«, unterstrich er seine Forderung und ging uns voran. Vorerst zufrieden mit dieser Wendung folgte ich ihm brav, und Kassandra wie auch Phineas schlossen sich mir an. Wir ließen den Saal mit dem seltsamen Publikum ohne eigenen Willen und dem mächtigen Herrscher hinter uns. Ich wusste durch meine Missionen das eine oder andere, aber sicher nicht alles. Daher war ich gespannt, mehr zu entdecken über meine neue Heimat und mein eigenes Volk. Und dieser Prinz, der uns voranging, weckte ebenfalls meine Neugier. Seine Zustimmung war zu schnell und einfach gewesen, das mussten die beiden Männer schon vorher besprochen haben, anders konnte ich mir diese emotionslose Treue nicht erklären. Immerhin war er ein Prinz und stand im Rang kaum unter dem König der Könige.

7

»Willkommen, meine durstigen kleinen Helden der Zukunft«, säuselte die schrullige Frau vorne auf der Bühne. Ihr graues Haar im locker hochgesteckten Knoten wippte bei jedem ihrer Schritte über das Parkett unter ihren Füßen. Sie faltete mit sehnsuchtsvoll in die Ferne gehobenem Blick ihre Hände und seufzte nostalgisch auf, als sie an der Bühnenkante ankam. »Wie jedes Jahr gestalte ich das Lustspiel zum Jahrestag der Krönung unseres Herrschers aller Herrscher«, fuhr sie mit ihrem Vortrag fort.

»Für so einen Dreck habe ich mich nicht gemeldet«, murrte Phineas, der neben mir an die hölzerne Wand gelehnt auf dem Boden saß. Nur Kassandra war weiter vorne im Zuschauerraum bei den anderen begeisterten Lauschern. Seit sie erfahren hatte, womit wir uns die nächsten Tage beschäftigen würden, war sie Feuer und Flamme. Phineas und ich dagegen …

»Der Titel unseres diesjährigen Stückes lautet: Die Herrin der Flammen.« Sie sprach diesen Titel voller Ehrfurcht aus, und aus den Reihen der jungen Erwachsenen antwortete ihr ein begeistertes Murmeln. Das hier war eine perverse Form eines Balzrituals, wie ich es noch in keiner anderen Gesellschaft erlebt hatte. Die jungen Erwachsenen der Adels- und Königshäuser führten zum Jahrestag der Krönung ein Stück auf, um sich einander anzunähern und herauszufinden, mit wem Eheschließungen denkbar wären. Natürlich steckte auch eine politische Komponente darin, und ich hatte inzwischen durchaus verstanden, dass unser Gastgeber *der* begehrte Junggeselle aktuell im Land war.

»Heute findet das Vorsprechen statt. Meine Lieben, dort hinten auf dem Tisch liegen die drei Szenen bereit und die Liste mit Rollen. Lest euch die Szenen durch, tragt in die Liste die Rollen ein, für die ihr vorsprechen wollt, und dann lernt euren Text. Heute Nachmittag beginnt das Vorsprechen.« Sie klatschte freudig in ihre Hände und schritt voller Tatendrang von der Bühne.

Die Blicke der Gruppe richteten sich nach hinten in unsere Richtung, woraufhin ich den Tisch neben mir beäugte und feststellen musste, dass dies jener Tisch mit den Szenen und der Liste der Rollen war. Alle stürmten auf uns zu, manche gesitteter, andere hemmungslos sich gegenseitig behindernd und wegstoßend. Als die ersten fein gekleideten Sprösslinge der mächtigsten Familien am Tisch ankamen, sprang ich auf und nahm Abstand. Phineas folgte mir schnell und das keine Sekunde zu früh, denn nun kam der Hauptteil der annähernd zwanzig jungen Erwachsenen an und brandete gegen den Tisch. Dort wurde gedrängelt, gezogen und gezerrt. Ich konnte nicht fassen, wie unwürdig sich die zukünftigen Würdenträger hier gerade verhielten.

»Ich verstehe das einfach nicht«, brummte Phineas kopfschüttelnd, als eine junge Frau eine andere aus der ersten Reihe wegzerrte und an ihr vorbeigriff.

»Es ist eine Art Ritual«, erklärte unser Gastgeber, der unbemerkt neben uns getreten war.

»Ein sehr seltsames Ritual«, wandte ich angewidert ein.

Prinz Alael lachte und schaute mit hinter dem Rücken verschränkten Händen auf den wimmelnden Haufen am Tisch. »Die Besetzung der Rollen hat nicht selten einen Einfluss auf die zukünftigen Ehen«, räumte er ein.

Ich starrte ihn fassungslos an. »Wie das?«

Er lächelte. »In jedem Stück geht es um eine tragische Liebesgeschichte. Die Hauptrollen werden nicht selten so besetzt, dass eine vorteilhafte Ehe daraus werden könnte, und ein Liebespaar zu spielen, weckt wohl Gefühle, habe ich mir sagen lassen.«

Ich musterte ihn interessiert und versuchte, mich auf seine Worte einzulassen. So gesehen konnte ich mir das durchaus vorstellen. »Wie viel Liebesbeziehung ist diese gespielte Liebesbeziehung?«, fragte ich nach, um besser einschätzen zu können, ob ich geneigt war, ihm recht zu geben.

Er sah mich mit einem verschmitzten Lächeln an, bei dem seine vollen Lippen eine Reihe strahlend weißer Zähne entblößten. »So richtig Liebesbeziehung, mit Umarmungen, Streicheleinheiten und Küssen.« Er wackelte am Ende verspielt mit seinen Augenbrauen, und ich musste einfach lächeln.

»Ist das so?«

»Oh ja!«, ereiferte er sich weiter. »Stell dir nur vor, wie schnell zarte Mädchenherzen sich an einen attraktiven heißen Junggesellen verlieren, wenn er sie in den Proben wieder und wieder küsst«, amüsierte er sich hinter vorgehaltener Hand. Es machte Spaß, so mit ihm herumzualbern. Er war charismatisch und gut aussehend. Ich konnte mir gut vorstellen, dass genau das passieren würde.

»Die Frage ist, wie echt diese Gefühle dann sind«, gab ich zu bedenken, nachdem mir klar geworden war, dass wir hier gerade Witze über seine Zukunft machten.

Er zuckte mit den Schultern. »Ich werde es zum Glück nie erfahren.«

Das erstaunte mich jetzt. »Ich dachte, du hättest die männliche Hauptrolle sicher«, wandte Phineas ein.

Alael grinste süffisant und sah hinüber zum Tisch mit den drängelnden Aglaia, die unbedingt eine bestimmte Rolle ergattern wollten. Sein Lächeln verrutschte etwas, wenn er auch bemüht war, die erheiterte Maske aufrechtzuerhalten. »Ich bin einen Handel eingegangen, um diesem Schicksal zu entgehen. Was zum Glück noch niemand weiß.«

»Einen Handel?«, fragte Phineas nach, auch wenn ich schon eine Ahnung hatte, worin dieser Handel bestand. Immerhin war es mir von Anfang an seltsam vorgekommen, dass der begehrteste Junggeselle und noch dazu ein Prinz vom König der Könige die Verantwortung für uns übertragen bekommen hatte. Er hatte seine Chance gewittert, und ich war nicht böse darüber. In dem Flügel des Schlosses, den Alael bewohnte, hatten wir ein weiches Bett und genug Essen. Dazu keine gaffenden Blicke. Insgesamt hätten wir es deutlich schlechter treffen können.

Alael wich aus. »Unwichtig. Es zählt nur, dass ich jede Menge Zeit für euch habe, da ich die Hauptrolle nicht spielen werde.«

»Und was fangen wir mit dieser Zeit an?«, fragte Phineas hoffnungsvoll.

»In der nächsten Woche bis zum Fest? Bühnengestaltung«, gestand er, und Phineas verzog sein Gesicht unwillig, woraufhin Alael sofort hinzufügte: »Keine Sorge, das macht Spaß. Ein bisschen handwerkliche Arbeit schadet nicht, und den anderen beim Sich-Abmühen zuzusehen kann schon lustig sein.«

Phineas schien noch nicht überzeugt. Doch ich klopfte ihm aufmunternd auf die Schulter und nickte zu Kassandra, die unsicher am Rand der Gruppe stand und darauf wartete, sich eintragen zu dürfen. Als Phineas sie entdeckte, lächelte er warm. Ich hatte schon oft den Verdacht gehabt, dass die beiden einander mehr mochten, als man Geschwister lieben würde. Und jetzt, fernab des Feindes, hatten sie endlich die Freiheit, sich mit dem auseinanderzusetzen, was sie wollten. Und offenbar wollte Kassandra in diesem Stück mitspielen.

»Sprecht doch auch vor«, schlug Alael vor.

»Niemals!«, stieß Phineas hervor, und ich musste auflachen. Offenbar gab es für ihn kaum eine schlimmere Vorstellung. Ich hatte ihn selten so vehement erlebt.

»Und du?«, wandte der Prinz sich an mich. Für einen Moment musterte ich den gut aussehenden jungen Mann mit den weichen attraktiven Zügen und den vollen Lippen. Sein hellbraunes Haar fiel elegant geschwungen in Wellen von seinem seitlichen Scheitel auseinander und unterstrich sein charismatisches Aussehen. Seine hellen Augen passten perfekt in das zarte, attraktive Äußere des Prinzen. Allein dafür hätte er schon ein begehrter Junggeselle sein können. Soweit ich es richtig aus verschiedenen schmachtenden Gesprächen herausgehört hatte, gab es derzeit nur zwei Prinzen im heiratsfähigen Alter, was ihn noch mal deutlich begehrter machte.

Ich fragte mich prompt, wer der andere war. Mein Blick schweifte zu der Gruppe, und ich suchte sie nach einem zweiten jungen Mann ab, der eine ähnliche Aufmerksamkeit erregte wie Alael. Doch ich fand keinen. Ob er überhaupt hier war? Immerhin war hier niemand, der auffällig unattraktiv war. Nur so hätte ich mir eine Missachtung eines heiratsfähigen Prinzen erklären können.

»Keine Hemmungen. Ich soll euch sogar ermuntern mitzumachen«, ermutigte Alael mich. Vermutlich hatte er meinen Blick zu der Gruppe fehlgedeutet. Ich korrigierte es schnell: »Nein, danke. Ich bin keine gute Schauspielerin.«

Phineas schnaubte und verriet mich damit. Ich warf ihm einen bösen Blick zu. Nur weil ich gut in Rollen schlüpfen konnte, hieß das nicht, dass ich es gerne machte. Im Gegenteil. Ich war froh, wenn ich das für eine Zeit lang nicht mehr musste. Über all meine Rollen hatte ich es irgendwie verpasst herauszufinden, wer ich eigentlich war.

Die Traube um den Tisch lichtete sich, und Alael nutzte den Moment geschickt, das musste ich ihm lassen. Seine warme große Hand umschloss sanft meinen Oberarm. »Lass uns mal rübergehen und ein Textbuch ergattern.« Er zog mich aufmunternd mit sich und ließ es so aussehen, als ob wir nur ein Textbuch für ihn holten. Und wie ich es erwartet hatte, drückte er mir eines in die Hand, als wir am Tisch ankamen. Dann griff er selbst eines und ging weiter zu einer Reihe Stühle im hinteren Bereich des Zuschauerraumes. Natürlich wollte er, dass ich ihm folgte, und nach einem kurzen trotzigen Zögern machte ich das sogar. Nicht weil er mich ausgetrickst hatte, sondern weil es mir unangenehm war, mitten im Raum allein herumzustehen.

»Wollen wir die Szene zusammen lesen?«, fragte er mich unschuldig, und ich verzog tadelnd meinen Mund. Ich ließ ihn durch einen eindeutigen Blick wissen, dass ich ihn durchschaut hatte, und er legte sofort ein ertapptes Grinsen auf. Er war der geborene Charmeur, der vermutlich mit jeder Missetat durchkam, wenn er so lächelte wie jetzt gerade.

Als hätte dieser Gardist in dem Gasthaus etwas tief Schlummerndes in mir erweckt, begann mein Bauch bei diesem Lächeln ebenso zu kribbeln wie vor vier Nächten, in diesem Schankraum bei meinem allerersten Kuss, auch wenn es ein Fake-Kuss war. Ob Alael genauso gut küssen konnte?

Ich musterte seinen Körper nun auf eine ganz andere Weise und stellte schnell fest, dass dieses Etwas in mir nicht abgeneigt war. Er war einfach heiß und charmant.

»Ich würde es lieber erst einmal allein lesen«, gestand ich, halb weil es wirklich so war, halb weil ich Zeit brauchte, mir darüber klar zu werden, was hier gerade mit mir passierte. Ich war sonst nicht flatterhaft oder gar emotional. Das hatte man mir ausgetrieben. Woher kam das also auf einmal?

»Natürlich. Wenn du Fragen hast, immer raus damit.«

Ich nickte und begann, das Textbuch mit den drei Szenen zu überfliegen. Nach den ersten drei Worten fiel mir Phineas siedend heiß wieder ein, und ich suchte den Raum nach ihm ab. Als ich aber ihn und Kassandra auf dem Boden beieinandersitzen und über dem Textbuch brüten sah, musste ich zufrieden lächeln und widmete mich beruhigt wieder meinem Text.

Ich flog über die Zeilen und brauchte einige Zeit, bis ich verstand, was ich da las. Ein kurzer Blick zum Seitenanfang bestätigte es, es war eine Szene aus der Mitte des Stücks, eine tragische Liebesszene zwischen den Hauptrollen vermutlich. Die Herrin der Flammen war im Gegensatz zu meinen Erwartungen eine junge Frau und sehr viel weniger göttlich, als ich es aufgrund des Titels erwartet hätte. Sie hatte irgendeine Aufgabe, die sie an der Liebschaft hinderte, zumindest an der mit dem Mann in der Szene.

Ich blätterte um und las, gefesselt von der Dramatik, weiter über diese Herrin der Flammen und ihr Schicksal, denn jede der drei Szenen war mit ihr. Es gab eine Intrigantin im Stück, die das Herz des jungen Desmodus gewinnen wollte, dem Mann, dem auch das Herz der Herrin der Flammen gehörte.

Außerdem gab es einen zweiten Mann im Leben der Herrin der Flammen. Ich blätterte wieder um und stellte unbefriedigt fest, dass es die letzte Seite im Textbuch war. Ich begriff die Zusammenhänge nicht ganz, wollte aber unbedingt wissen, wie sich all das zu einer Geschichte fügte. Auch wenn ich sicher nicht mitspielen würde, so war ich doch neugierig auf die Handlung.

»Hast du Fragen?«, flüsterte Alael.

Erst wollte ich ihn fragen, warum er flüsterte. Doch da wurde mir schon klar, dass es sehr still im Raum geworden war. Alle sahen vertieft in ihre Textbücher. Der eine oder andere bewegte regelrecht manisch seine Lippen, aber sie alle waren sehr leise. Was für ein Kontrast zu der Situation vorher.

»Diese Herrin der Flammen ist recht jung, oder?«

»Oh ja. Sie hat eine tragische Geschichte. Ihr Leben bestand aus Leid, und sie hat jeden verloren, der ihr je etwas bedeutet hat, mal durch die Eingriffe des Kitrinos in ihre Pfade, mal dadurch dass diese geliebten Aglaia ihr Leben verloren. Sie ist einsam und gezeichnet vom Leben, wenn sie ihre Gabe entwickelt und zur Herrin der Flammen wird.«

»Das passiert dann vermutlich am Anfang des Stückes, oder?«

»Ja genau.«

»Und was ist ihr Schicksal? Diese Aufgabe, die sie daran hindert, mit Desmodus zusammen zu sein?«, fragte ich leise weiter.

»Die Herrin der Flammen wird die Ingenia ihrer Domäne und beendet den Krieg der Kriege«, erklärte er bereitwillig. Er hatte sich vorgelehnt, um leise sprechen zu können, wodurch wir einander sehr nah waren. Ich spürte seine Wärme und ein sanftes Prickeln auf meiner Haut, als mir unsere Nähe bewusst wurde.

»Was ist eine Ingenia?«

»Jede Domäne der Aglaia hat eine eigene Ingenia, eine Heilige mit einer heiligen Gabe. Sie liest die Fäden des Kitrinos und ist eine Dienerin dieser Energie, die dafür sorgen soll, dass alles im Gleichgewicht bleibt.«

»Kitrinos?«

»Eine Energie, die alles Lebendige durchströmt und die Wege aller miteinander verbindet. Es sorgt dafür, dass alles im Gleichgewicht bleibt und nie eine Seite zu mächtig wird«, erklärte er mir diesen Aberglauben, denn etwas anderes konnte es nicht sein. Alles im Gleichgewicht? Die Anamie waren so was von nicht im Gleichgewicht. Sie waren mächtig und brutal und viel zu erfolgreich damit. Kaum einer konnte sie aufhalten. Sie führten an zwei Fronten gleichzeitig Krieg und das schon seit mindestens sechzehn Jahren, vermutlich länger. Da war nicht der Hauch eines Gleichgewichts für mich zu erkennen.

»Und wieso kann sie nicht lieben *und* ihre Aufgabe erfüllen?«, fragte ich nach einem der Dinge, die mich an der Geschichte störten.

Er grinste. »Weil es so dramatischer ist. Die Prophezeiung über die Herrin der Flammen gibt nur sehr wenig eindeutige Fakten her. Daher wurden verschiedene Interpretationen angefertigt, und irgendwann ist daraus dieses Stück geworden. Das meiste ist also Dramatik.«

»Es gibt eine echte Prophezeiung zu dieser Geschichte? Eine, an die man glaubt?«, fragte ich ernsthaft überrascht. Es war das eine, den Aberglauben des Alltags in ein Stück einfließen zu lassen, aber etwas vollkommen anderes, auch noch an eine Prophezeiung zu glauben. Auf der anderen Seite, wenn sie an eine verbindende Energie und heilige begabte Wesen glaubten, warum nicht auch an Prophezeiungen?

Sie … mein Volk. Aber sicher nicht alle. Es gab auch unter den Anamie Gläubige und Ungläubige. Allerdings hätte ich erwartet, dass er als Prinz vernünftig war. Na ja, so konnte man sich irren.

»Magst du die Prophezeiung hören?«, fragte er mit gesenkter und verschwörerischer Stimme.

»Nicht unbedingt. Mir reicht das hier.«

Er schmunzelte. »Du bist nicht überzeugt, stimmt's?«

»Nicht wirklich, nein.«

»Warte nur ab, bis du zum ersten Mal einer Ingenia begegnet bist.«

»Einer? Sind das immer Frauen?«

»Ja. Immer.«

»Das finde ich direkt sympathisch.«

Er grinste. Alael verstand ganz genau, dass ich ablenkte. Und diesmal ließ er es zu. Allerdings wohl nicht, weil er aufgab, sondern weil er sich so sicher war, dass die Zukunft mich eines Besseren belehren würde und er keine Überzeugungsarbeit leisten musste. Das war viel effektiver als jede Beteuerung, dass diese Wesen tatsächlich existierten. Nur, wenn es diese so mächtigen Ingenia gab, wieso griffen sie dann nicht in den Krieg ein und beendeten ihn?

8

Gemeinsam mit Alael und Kassandra stand ich auf der Bühne und begriff nicht so ganz, wie ich in diese Situation geraten war.

»Und jetzt beginnt bitte«, wies die schrullige Künstlerin mit dem grauen Haar uns an. Varieta, eine leidenschaftliche Schauspielerin, die einst als Beste im ganzen Land gegolten hatte und inzwischen seit acht Jahren das Lustspiel zum Jahrestag der Krönung produzieren durfte, hatte eine leicht abgehobene Ausdrucksweise.

Ich wusste nicht, ob es mein ungesunder Ehrgeiz war, aber ich spielte die mir zugewiesene Rolle als Herrin der Flammen voller Überzeugung mit allen Tricks und Kniffen, die ich in meiner Ausbildung kennengelernt hatte. Kassandra war dabei eine große Hilfe, denn wir waren ein eingespieltes Team. Aber eigentlich hatte ich die Rolle gar nicht haben wollen. Ich wollte überhaupt keine Rolle. Ich stand nur hier, weil niemand anderes mit Kassandra hatte vorspielen wollen, und ich spielte nur die Herrin der Flammen, weil ich mir nach Alaels Erklärungen absolut sicher war, dass ich diese Rolle niemals aufführen würde.

Es war eine Streitszene mit Alael, der Sam spielte, den engsten Vertrauten der Herrin der Flammen, und Kassandra als ihre Zofe würde mitten hineinplatzen. Ich legte alle

Überzeugung in mein Schauspiel und überrumpelte Alael damit durchaus.

»Du dreckiger Mistkerl!«, fuhr ich ihn an und spielte verletzten Stolz. »Du hast mir Treue geschworen!«

Alael fing sich schnell wieder. Er bezwang seine Überraschung und trat mit geballter Faust einen Schritt auf mich zu. »Und du hast mir versprochen, mich niemals zu belügen!«, schleuderte er mir kalt entgegen, als wäre das eine angemessene Rechtfertigung.

»Ich habe nicht gelogen!«

»Die Wahrheit zu verschweigen ist wie lügen.«

»Ist es nicht. Da spricht nur dein verletzter Stolz aus dir. Und statt es aufzuklären, bist du hingegangen und hast das Einzige gemacht, von dem du sicher wusstest, dass es mich verletzen würde. Du hast dich gerächt. Anstatt mir zu vertrauen und deinen Schwur zu halten, hast du dich gerächt.« Ich ließ meine Stimme am Ende zittern und legte all den wütenden Schmerz in meine Züge, den diese Herrin der Flammen spüren musste. Ich hatte es mein Leben lang gehasst, wenn man mir vorwarf, ich hätte jemanden angelogen, nur weil ich Dinge verheimlicht hatte. Es gab manchmal zwingende Gründe, etwas nicht jedem auf die Nase zu binden. Schweigen war nicht lügen. Es war nicht schön, aber nicht willentlich falsch. Es war etwas grundlegend anderes. Ich fühlte mit dieser Rolle so mit!

»Dann vertrau mir jetzt«, bat er eindringlich und streckte seine Hand als Annäherung zu mir aus. Ich starrte auf die hoffnungsvoll gereckten Finger. Ich wünschte, sie würde ihm in dieser Szene an den Kopf schleudern, was er verdiente. Ihm stand dieses Entgegenkommen der armen Frau nicht zu. Er hatte sich in jeder Beziehung falsch verhalten und erwartete dann, dass sie ihm vertraute? Sie hätte ihn anschreien und zur Hölle wünschen sollen. Doch ihre Gefühle mussten zu stark sein, denn laut Skript verzieh sie ihm, vorerst. Bis er sie schließlich so hinterging, dass es ein Leben kostete, später, in Akt drei. Also trat ich zögernd einen Schritt auf ihn zu. Ich hob meine Finger und verharrte unsicher mitten in der Bewegung. Ich sah ihm tief in die Augen. Auch wenn es nicht im Skript stand, sie sollte zögern, nach allem, was er ihr angetan hatte. Doch dann lächelte Alael, und ich konnte gut verstehen, wenn eine Frau bei diesem ermunternden und einladenden Blick einknickte und alle Sorgen über Bord warf. Also legte ich meine Hand in seine und ließ seine warmen großen Finger meine umschließen. Er zog mich etwas näher zu sich, und ich hob automatisch meine Hand. Damit stieß ich gegen seine muskulöse Brust und hielt mich so etwas auf Abstand. Alael war verdammt gut gebaut, das musste ich ihm lassen. Das leicht nervöse Flattern meldete sich zurück, und ich leckte mir unwillkürlich über die Lippen, als ich hinauf auf seinen geschwungenen roten Mund blickte. Er verzog sich zu einem charmanten Lächeln, und ich war mir nicht mehr sicher, ob wir noch spielten. Für einen winzigen Moment verlor ich meine Rolle und war schlicht eine junge Frau nah an einem attraktiven jungen Mann.

»Du bist dran«, flüsterte Alael und erinnerte mich, dass die Szene noch nicht zu Ende war. Ach ja. Ups.

»Ich vertraue dir, Sam. Aber noch kann ich es niemandem sagen, nicht einmal dir«, brachte ich gequält und mich entschuldigend heraus. Die Herrin der Flammen liebte diesen Sam und wollte ihm vertrauen, doch sie durfte es ihm nicht sagen. Die Folgen wären katastrophal, daher war ihre Entscheidung die einzig richtige in meinen Augen. Und Sam … nun ja, der war ein egoistisches Arschloch.

»Das ist nicht Vertrauen!«, warf er mir rüde vor und packte meine Handgelenke.

»Doch, ich schwöre es. Ich *kann* es dir nicht sagen.«

»Nein, du willst nicht!«

»Ich will! Ich will so sehr«, brachte ich stockend heraus und ließ Tränen in meine Augen steigen. Dazu ein Zittern meiner Unterlippe … das war eine der besten Waffen einer Frau, auf Kommando zum Häufchen Elend zu werden, das Mitleid erregte.

Alael riss verwirrt die Augen auf.

»Hey, ihr beiden. Schön, dass ich euch endlich finde. Sam, ich habe die Heilerin ausfindig gemacht.« Kassandra, die Zofe und langjährige Vertraute der Herrin der Flammen, platzte brav nach Skript in die Szene. Alael spielte schön die Überraschung und den Konflikt, den Sam daraufhin empfinden sollte. Dann sah er mich mit mahlendem Unterkiefer an.

»Wir reden später weiter«, entschied Alael als Sam und strich mir aufmunternd über die Wange. Ich ging ab, wie das Skript es vorsah. Ich verschwand zwischen den großen, schweren samtenen Vorhängen, die man zu- und aufziehen konnte. Zur Bühne gedreht wartete ich, bis die Szene zu Ende war. Kassandra spielte gut, aber das wusste ich schon. Das Warten begann mich zu langweilen. Neugierig, wie der Stoff sich wohl anfühlen würde, strich ich über eine Wölbung der schweren Vorhänge. Er war rauer, als ich gedacht hätte, und gleichzeitig ebenmäßiger, als ich es von einem rauen Stoff erwartet hätte.

Die Szene auf der Bühne endete, und wie immer nach einem Vorsprechen wurde höflich geklatscht. Das eigentliche Schauspiel fand im Zuschauerraum statt. Dort unten saßen alle, die gerade nicht an der Reihe waren, und spielten Höflichkeit, während sie sich über die Akteure auf der Bühne das

Maul zerrissen. So viele dort unten wollten eine gute Rolle, am liebsten die Rolle der Herrin der Flammen. Aber eine größere Nebenrolle war ihnen auch recht, vermutlich waren deshalb die drei Szenen mit allen wichtigeren Nebenrollen für das Vorsprechen ausgewählt worden, und jeder hatte sich eine dieser Szenen ausgesucht. So hatte es heute unzählige Vorsprecherinnen für die Rolle der Herrin der Flammen geben können. Gesehen werden war die Devise. Es war beeindruckend, wie schnell der eine oder andere von hämischem Intrigieren zu charmanter Höflichkeit wechseln konnte. Das schafften selbst manche der jahrelang ausgebildeten Spione nicht.

Alael kam auf mich zu, und kaum dass er vom Zuschauerraum aus nicht mehr sichtbar war, verschwand das sonst so perfekte Lächeln, und Sorge trübte seine Züge. »Alles okay?«, fragte er mich, eindeutig mit einem Nein rechnend.

»Natürlich«, versicherte ich ihm.

»Das waren Tränen, Lin«, informierte er mich.

»Gespielte Tränen«, betonte ich.

Er zögerte. Dann gestand er: »So sah das aber nicht aus.«

»Du kennst mich nicht, mein Prinz. Mein Leben war ein anderes als deines. Glaub mir, diese Tränen waren nur gespielt«, versprach ich. Doch seine Miene wurde nicht fröhlicher.

»Ich weiß nicht, ob ich wissen will, warum du das so gut spielen kannst«, seufzte er.

»Ob du es wissen willst oder nicht, du wirst es nicht erfahren«, beendete ich seinen Konflikt. Er glaubte offenbar, wir hätten ein tieferes Verhältnis, doch ich hatte ihn noch keine einzige Sekunde lang unter meine Oberfläche blicken lassen. Das war auch nicht so schwer. Andeutungen reichten, um ihn zum Schweigen zu bringen. Ich hatte gelernt, den anderen glauben zu lassen, ich gäbe viel von mir preis, ohne es wirklich zu tun. Gerade wurde mir bewusst, dass ich das vielleicht auch Alael gegenüber getan hatte. Nicht mit Absicht, sondern aus Gewohnheit.

Alael musterte mich mit hin und her huschenden Augen. Er wirkte aufgewühlt. Was immer er sich gerade als Ursache für mein schauspielerisches Talent ausmalte, es war wohl nicht so schön. Wenn ich Fakten über mich offenließ, wusste ich, dass mein Gegenüber sich meist das ihm schlimmstmögliche Szenario im Kopf ausmalte. Sonst war es mir egal, aber Alael war freundlich und kümmerte sich gut um uns. Er war ehrlich und echt, zumindest soweit ich das bisher beurteilen konnte. Es war nicht fair, ihm das anzutun.

»Es ist sicher nicht so schlimm, wie du gerade denkst. Und wer weiß, wenn wir irgendwann einmal Freunde werden, verrate ich es dir vielleicht sogar.«

Noch ehe ich geendet hatte, schalt ich mich eine Idiotin.

»Ich bin dein Freund!«, schwor er feierlich, womit ich schon gerechnet hatte. Natürlich hatte er das gesagt, er, der behütet aufgewachsene, von allen geachtete Prinz. Er, mit dem alle befreundet sein wollten. Und doch hatte ich erwartet, dass gerade er zwischen Schmarotzern und Freunden unterscheiden konnte und dass ihm daher Freundschaft mehr bedeutete und damit unweigerlich nicht von heute auf morgen entstehen konnte.

»Freundschaft entsteht und wächst mit der Zeit«, suchte ich einen diplomatischen Weg, ihn nicht vor den Kopf zu stoßen. Er war noch nicht mein Freund, nicht aus meiner Perspektive. Alael verstand meine Zurückweisung und presste seine Lippen zusammen. Doch er reagierte nicht wütend. Er wirkte um Verständnis bemüht. Das rechnete ich ihm hoch an. Ein verwöhnter Prinz hätte auch ganz anders reagieren können.

»Brauchst du noch einen Moment, oder wollen wir zu den anderen zurück?«, fragte er, und an der Reihenfolge der Optionen und der Art, wie er die Worte betonte, erkannte ich, dass er von Ersterem ausging, sich aber das Zweite selbst wünschte.

»Lass uns zu den anderen gehen.«

Alael nickte und lief mit mir um den Vorhang herum und dann zum seitlichen Treppenabgang. In die vierte der provisorisch aufgestellten Bankreihe bog er ein und suchte sich mit mir einen Platz etwas abseits der Gruppe, aber nicht zu weit entfernt.

»Glanzleistung.« Phineas tauchte neben mir auf und setzte sich an meine andere Seite. »Bin immer wieder erstaunt von deinen Rollen, Lin«, lobte er mich.

Ich rollte mit den Augen. Phineas grinste breit und streckte mir die Zunge raus. Er sah schräg nach vorne, und als ich seinem Blick folgte, entdeckte ich Kassandra neben zwei jungen Frauen sitzen und sich mit ihnen unterhalten.

Am liebsten hätte ich ihn beruhigt, aber ich war nicht in der Position dafür. Es war möglich, dass Kassandra gerade Kontakte knüpfte, um eine Zukunft zu beginnen, die einmal ihr Alltag werden würde. Und es war möglich, dass sie diese Zukunft ohne uns begann. Allerdings glaubte ich, dass von uns dreien Kassandra diese Absicht am wenigsten verfolgte. Ich verspürte den Impuls, Phineas zu beruhigen. Doch sich einzumischen konnte hier nur Schaden anrichten. Daher behielt ich meine Meinung für mich, zumindest bis ich gefragt werden würde.

»Diese Herrin der Flammen, was kann die?«, fragte Phineas plötzlich Alael und riss seinen Blick von Kassandra los. Ich verkniff mir ein Schmunzeln. Phineas wollte doch nur Ablenkung. Bis heute verstand ich nicht, wieso er nicht mal sein Herz in die Hand nahm und Kassandra zeigte, wie er fühlte. Besonders jetzt, da wir nicht mehr bei den Anamie waren. Doch nur weil ich es nicht verstand, hieß das nicht, dass es falsch war. Ich konnte nicht in Phineas' Kopf blicken oder in Kassandras. Also hielt ich mich mit meinen verurteilenden Gedanken zurück und lehnte mich nach hinten, damit die beiden sich besser sehen konnten.

»Sie beherrscht das Feuer. Man glaubt, dass sie zwei Feuergeister als treue Begleiter hat und so das Feuer kontrolliert.«

»Wie kommt man denn auf so einen Unsinn?«, fragte Phineas.

Alael lachte. »Ich vergesse immer wieder, dass ihr nicht von hier seid und all das nicht wissen könnt«, gestand er. Dann begann er, es Phineas und damit auch mir zu erklären: »Das Volk der Aglaia besteht aus acht Domänen, jede Domäne hat ihr eigenes Königshaus, ihre eigenen Ressourcen, ihre eigenen charakteristischen Eigenschaften und ihre eigene Ingenia.« Das machte mich wachsam. Bis auf die Ingenia hatte ich das alles schon gewusst, aber der letzte Zusatz war neu für mich. Nach unserem ersten Gespräch hatte ich es für eine Legende gehalten. Das hier klang aber plötzlich sehr real.

»Was sind Ingenia?«, wollte Phineas wissen. Ich dachte an Alaels Erklärung. Acht Heilige mit heiligen Gaben, hatte er gesagt. Etwas, das ich für ein Ammenmärchen gehalten hatte.

»Ingenia sind Frauen, die eine besondere Verbindung zum Kitrinos haben. Kitrinos ist die Energie des Lebenden, die alles im Gleichgewicht hält. Und durch diese Verbindung haben alle diese Frauen besondere Gaben. Ich bin der Prinz der Keseki, und unsere Ingenia kann über ihr Lautenspiel die Gefühle ihrer Zuhörer beeinflussen. Das geht bis hin zu einem Willen, den sie einem aufzwingen kann. Und sie zählt nicht einmal zu den Mächtigsten. Sie ist von den Gaben her so etwa im Mittelfeld, würde ich sagen.« Er unterbrach sich und dachte darüber nach, ob seine Einschätzung zutraf. Dann nickte er und bestätigte noch mal seine Aussage.

»Jetzt im Ernst?«, fragte Phineas überrascht nach und hinderte Alael damit am Fortfahren.

Der Prinz grinste ein verschmitztes Grinsen. »Ehrenwort.«

»Wieso setzt ihr sie dann nicht im Krieg ein?«

Ich hielt Phineas' Frage für absolut berechtigt. Wenn diese mächtigen Wesen wirklich existierten und nicht bloßer Aberglauben waren, warum bedienten die Aglaia sich nicht ihrer Macht?

Alael wurde plötzlich sehr ernst. »Das Risiko wäre zu groß.«

Das verstand ich nicht und Phineas offensichtlich auch nicht. »Inwiefern?«

Alael zögerte nun zum ersten Mal mit einer Auskunft, und prompt wurde mir klar, dass wir alle unser Verhältnis zueinander vergessen hatten. Er beaufsichtigte uns, er, der Prinz der Keseki, uns, die Flüchtlinge des Feindes, die gut und gerne auch Spione hätten sein können. Es wäre dumm an seiner Stelle, diese Information zu verraten, und Alael war nicht dumm.

Phineas begriff es auch. »Kein Ding. Ist sowieso nicht so wichtig. Im Gegensatz zu Nastja haben wir drei genug Krieg in unserem Leben gehabt und wollen damit auch gar nichts mehr zu tun haben. Es ist eure Entscheidung und euer Kampf.«

Alael wirkte, als hätte Phineas ihn geschlagen, was ich nicht verstand. Aber ich akzeptierte es und wollte ihn ablenken und ihm nicht auch noch deutlich machen, dass dieser

Moment hier gerade eindeutig bewies, dass wir eben keine Freunde waren.

»Wenn jede Domäne ihre eigene Ingenia hat und diese Herrin der Flammen auch eine Ingenia ist, wäre sie dann die Ingenia der Ingenia wie euer König der Könige?«, fragte ich.

»Nein, so was gibt es nicht. Wir nehmen an, dass sie die Nachfolgerin einer Ingenia sein wird. Wenn eine der lebenden stirbt und eine Nachfolgerin an ihre Stelle tritt, könnte das die Herrin der Flammen sein.«

»Wenn sie nur eine weitere Ingenia ist, wieso gibt es dann eine Legende über sie?«

»Eine Prophezeiung«, korrigierte er mich.

»Prophezeiung eben«, ermunterte ich ihn, mir zu antworten. Für mich war der Unterschied eher unbedeutend, denn ich glaubte nicht an Übernatürliches, Prophezeiungen oder Götter.

»Weil sie den Krieg der Kriege beenden soll.«

»Dafür habt ihr ein Fable, was?«, brummte Phineas amüsiert.

»Wofür?«, fragte Alael.

»König der Könige, Krieg der Kriege …«

»Ja … naja.« Alael lächelte verlegen und grinste auf eine schelmische Weise. »Es klingt einfach epischer.«

Ich musste lachen. »Das ist die Erklärung?«

»Nein, aber ich glaube es manchmal«, gestand er.

»Was ist dann die Erklärung?«, hakte Phineas nach.

»Ihr da!«, rief Varieta uns zur Ruhe. Wir blickten zu der grauhaarigen Frau hinüber und kassierten einen tadelnden Blick, alle drei. Alael wurde da als Prinz auch nicht ausgenommen. Einvernehmlich zogen wir schuldbewusst unsere Köpfe ein. »Ich habe gefragt, ob noch jemand für den Helden vorspielen möchte.« Sie sah nun Alael intensiv an. Der zuckte mit den Schultern und erhob sich seufzend. Er hatte ja gesagt, dass die Gesellschaft am Hof von ihm erwartete, diese Rolle zu spielen, auch wenn er sich durch einen Deal da herausgewunden hatte, galt das offenbar nicht für das Vorspielen. Inzwischen wusste ich auch, dass der andere ledige Prinz der Prinz der Egor war und damit als Krieger schlicht und ergreifend auf Mission. Der Typ war mir sofort sympathisch. Alle, die diese Farce hier nicht mitspielten, waren mir sympathisch. Auch wenn Alael meinen Vorurteilen zum Trotz angenehm und nicht ein klassisch verwöhnter Prinz war.

Alael trat auf die Bühne und hinter ihm folgte eine junge Frau, bildhübsch, wohlproportioniert, mit perfekt liegendem braunem Haar und gefühlt perfekter Haut. Ob die auch so perfekt aussah, wenn ich näher dran war? So oder so würde ich mich nicht wundern, wenn das Mädchen die Rolle der Herrin der Flammen bekam und damit als Alaels Partnerin vorgesehen wäre.

»Celeste spielt deinen Gegenpart«, informierte Varieta Alael und schwebte mit eleganten Schritten von der Bühne. Überhaupt hatte diese grauhaarige schrullige Frau einen eigenartig schwebenden Laufstil, was ich bei der Masse an Oberkörper kaum glauben konnte. Sie wirkte wie ein einziger in Szene gesetzter Widerspruch, ein faszinierendes Wesen.

»Die ist eine Schlange, nimm dich vor der in Acht«, murmelte Phineas. Erst dachte ich, er würde Varieta meinen, doch dann folgte ich seinem Blick und entdeckte die bildhübsche, elegante junge Frau.

Ich sah ihn erstaunt an und bekam dankenswerterweise eine geflüsterte Erklärung. Währenddessen hielt ich meinen Blick nach vorne gerichtet und sah der perfekten Frau dabei zu, wie sie sich anmutig bewegte und ihren Text schon sicher beherrschte.

»Celeste ist die Tochter des Doje der Keseki.«

»Was ist ein Doje?«

»Der erste Mann. Also eine Art Stellvertreter. Damit ist sie die Ranghöchste, Nichtkönigliche, und es ist nicht selten, dass jemand wie sie die neue Königin wird, und genau so wurde Celeste ihr Leben lang erzogen.«

Ich wusste bereits, dass es ein männlich dominiertes Land war. Doch dass diese männliche Dominanz einen derart großen Einfluss auf das Leben eines kleinen Mädchens haben konnte, war mir zuwider und neu. Wobei es wohl nur die logische Konsequenz war, der ich mich bisher gekonnt verschlossen hatte.

»Celeste ist eine der besten Intrigantinnen ihres Alters«, fuhr Phineas fort, und seine Stimme schwang zwischen Abscheu und Bewunderung.

»Soll heißen?«

»Wenn es deine Mission wäre, den jungen Alael an dich zu binden, wie würdest du dafür sorgen?«

Ich blickte nach vorne. Na, indem ich diejenige um den Finger wickelte, die die Entscheidung über die Rollenvergabe hat. Allerdings hatte Alael das doch auch gemacht, oder? Immerhin wusste er schon, dass er Desmodus nicht spielen musste. Aber vielleicht hatte er es noch besser gemacht, er hatte einen Deal mit denen von ganz oben. Da hatte Varieta dann vielleicht gar nicht mehr mitzureden. So gesehen war Alael der bessere Intrigant.

»Varieta hat einen Sohn in der Armee. Er dient an der Front. Celeste hat Varieta zu verstehen gegeben, dass ihr Sohn bald heimkehren könnte, zum Beispiel zu ihrer Hochzeit, dafür könnte eine angehende Königin schon sorgen.«

Hm … Erpressen war stärker, als um den Finger wickeln.

»Bisher ist es nur kaltherzig und zielstrebig«, widersprach ich Phineas' Einschätzung von Celestes Wesen.

Celeste bewegte sich regelrecht schwebend über die Bühne. Ihre Ausstrahlung war beeindruckend und ihre Präsenz ebenso. Alael spielte ebenfalls wieder sehr gut, und so von außen betrachtet, passten sie auch beide gut zusammen.

»Es gibt noch zwei Konkurrentinnen. Eine Prinzessin der Anait und eine Tochter des Doje der Sanya. Ebenso gute Partien für Alael. Und, oh Wunder, die Prinzessin der Anait leidet seit Anfang der Woche an schweren Magenkrämpfen und Übelkeit, und die Tochter des Doje hat sich bei einem unglücklichen Sturz auf der Treppe gestern ihren Knöchel vertreten. Daher fallen beide unglücklicherweise für das Lustspiel aus.«

Ich sah Phineas überrascht an. Wenn es stimmte, was er da suggerierte, ging es weit über ungesunden Ehrgeiz hinaus. Das war schon krankhaft, wenn man derart gnadenlos über moralische Grenzen hinaus sein Ziel verfolgte.

»Einmal Spion, immer Spion, was?«, tadelte ich ihn.

Phineas grinste. Er war ein Schelm und konnte wohl offensichtlich nicht aus seiner Haut. So richtig übelnehmen konnte ich ihm das ja nicht. Schon gar nicht, wenn er sonst vor Langeweile vergehen würde. Er hatte sich bisher strikt geweigert, für irgendeine Rolle vorzusprechen, und ehrlich gesagt beneidete ich ihn um diese Konsequenz.

»Alael mag dich. Das sieht jeder, sie auch«, warnte Phineas mich. Das war zwar überflüssig, diesen Zusammenhang hatte ich auch schon erkannt, aber trotzdem nett.

»Alael ist nur freundlich, und ich komme als zukünftige Königin sowieso nicht infrage. Sie wäre dumm, ihre Zeit mit mir zu verschwenden.«

»Abwarten. Das kommt drauf an, wie Varieta jetzt die Rollen verteilt. Wenn Celeste ihren Willen bekommt, bin ich geneigt, dir zuzustimmen, wenn aber nicht, wird sie dir die Schuld daran geben.«

Damit hatte er leider recht. Die Szene endete, und Alael warf mir einen beinahe gequälten Blick zu, der Celeste nicht entging. Das, was mich daraufhin traf, konnte man kaum noch Blick nennen, das kam eher einem Mordversuch gleich.

9

INGENIA
MISSA – HERRIN DER GEISTER

Geführt durch die goldenen Fäden der alles umfassenden Energie tauchte Missa in eine Szene ein, die überall und zu jeder Zeit hätte stattfinden können. Sie hatte gelernt, in der Zeit Anzeichen zu suchen. Die schweren, Licht schluckenden Vorhänge verrieten ihr schnell, wo sie sich befand, und die Personen, ihr Aussehen, ihre Größe und ihre Konstellation verrieten die Zeit: Gegenwart.

Missa fühlte die Emotionen der Personen, ihre Wünsche und ihre Absichten. Es gab dunkle unter ihnen und helle, wie überall in ihrer Welt. Jene, die das Kitrinos verpesteten, und jene, die es in Richtung Licht zogen. Missa urteilte nicht, ein Wesen war nicht gefangen im aktuellen Zustand. Es konnte sein Innerstes umkehren, sowohl von dunkel zu hell als auch in die entgegengesetzte Richtung. Daher urteilte sie nicht und nahm ihnen nicht die Chance, diese Veränderung zu durchlaufen.

Das Paar auf der Bühne war … uneins. Gegensätzlich und nicht im Einklang. Aber das Kitrinos führte Missa weiter hinter die Vorhänge. Dort lauerte eine Dunkelheit im Verborgenen, die nicht entdeckt worden war und eine Gefahr für das Gleichgewicht bedeutete.

Missa wunderte sich. So etwas gab es überall. Spione, Intriganten, machtsüchtige Narzissten. Nichts Ungewöhnliches und erst einmal nichts, das genug Macht hätte, ein Gleichgewicht nachhaltig zu zerstören. Missa konnte das Gesicht der Dunkelheit nicht erkennen, also wollte das Kitrinos ihr etwas anderes zeigen. Sie hatte früh gelernt, nicht gegen den Fluss der Energie anzukämpfen und sich vertrauensvoll leiten zu lassen.

Die Fäden führten sie und zeigten ihr ein Mädchen. Eine junge Frau. Eine, die Missa noch nie gesehen hatte, was ungewöhnlich war. Die junge Frau hatte knapp über die Ohren reichendes blondes Haar, einen schlanken Körper und spitze Ohren. Genau die äußerlichen Attribute, die man bei den Involvierten des Lustspiels zur Ehrung des Königs der Könige erwartete.

Missa wurde nicht weitergeleitet. Also ging es um das Mädchen, um das herum alles andere nur verschwommen war. Sie musterte die Aglaia. Was sollte sie sehen?

Die junge Frau lachte und klopfte auf etwas in ihrer direkten Nachbarschaft. Dann horchte sie auf und hielt sich die Hand vor den Mund, um stumm weiterzulachen. Ihr Gesicht erstrahlte, und ihre Augenwinkel warfen Falten. Das Lachen war echt, und die junge Frau wirkte im Gleichgewicht. Ihre schlanken Beine steckten in ledernen Hosen, etwas ungewöhnlich am Hof, aber nicht unmöglich. Darüber trug sie ein grünes Oberteil, das einen Rockschoß hatte und an der Taille mit einem ledernen Gurt zugeschnürt wurde. Im tiefen V-Ausschnitt lugte ein cremeweißes Hemd hervor. Keine Farben eines Königshauses, keine Wappen oder sonstigen Hinweise auf ihre Herkunft.

Im Augenwinkel bemerkte Missa einen Schatten, eine Dunkelheit, die sich auf das Mädchen zubewegte. Die junge

Frau wirkte so, als wäre sie sich der Gefahr nicht im Mindesten bewusst oder auch nur wachsam. Missa dachte sofort an die bedrohliche Dunkelheit, die sie eben bemerkt hatte, doch plötzlich wurde ihr klar, dass sie eine weitere Präsenz im Kitrinos spürte. Sie verbarg sich, eine Fähigkeit, die nur sie besaß.

Die Dunkelheit hielt auf das Mädchen zu, drang ungehindert in die Brust des Mädchens ein, durchströmte es einmal und drang aus dem Rücken wieder aus. Die junge Frau schien nichts zu bemerken. Sie lachte weiter, wenn sie auch kurz stockte. Missa konnte nicht glauben, was da gerade passierte.

Die Dunkelheit glich nun einer gebauschten, wirbelnden Wolke und entschwand ins Nichts außerhalb ihres Sichtfeldes. Missa konnte beim besten Willen nicht erkennen, woher diese Dunkelheit gekommen war und wohin sie sich bewegte, aber mit dem Entschwinden der Wolke verschwand auch die andere Präsenz.

Missa musterte die junge Frau mit den kinnlangen Haaren, die schmeichelhaft um ihr schmales, scharf geschnittenes Gesicht fielen. Irgendwoher kam ihr dieses Gesicht bekannt vor, aus einer anderen Zeit, einer vergangenen Zeit.

Die junge Frau rieb sich leicht über ihre Brust und dann über ihren Oberarm, als wäre ihr kühl. Jetzt bemerkte Missa es, die Silhouette der Frau war blasser, weißlicher als vorher. Die Dunkelheit hatte der jungen Frau etwas genommen, etwas Warmes, und Missa hatte den sicheren Verdacht, dass es etwas Wichtiges war.

10

Alael und ich standen hinter den schweren schwarzen Vorhängen und linsten zwischen ihnen hindurch auf die Bühne, auf der Celeste gerade eine wundervolle Interpretation der Herrin der Flammen zum Besten gab, das musste ich ihr lassen. Ihr Held wurde allerdings nicht von Alael gespielt, sondern von einem adeligen Erben der Kasha.

»Du bist unglaublich«, flüsterte Alael motzend und stieß mir in die Rippen. Ich schubste ihn zurück, und er riss bestürzt den Mund auf, als er einen Schritt zur Seite stolperte. Dann verwandelten seine Züge sich, und ich sah den spielerischen Rachedurst in seinen Augen funkeln. Er hob drohend seine Finger und wollte mich durchkitzeln, das wusste ich sofort. Also packte ich eines der Holzschwerter, die ich für die beiden Jungs in der nächsten Szene bereithielt, und hob es abwehrend zwischen uns hoch.

Durch diese Geste herausgefordert, trat der Schalk in seinen Blick, und er hob seine Hände mit angewinkelten Armen seitlich auf die Höhe seiner Hüfte und spreizte seine Finger, als wollte er mich einfangen. Schmunzelnd bereitete ich mich auf seine Attacke vor.

»Die Schwerter«, verlangte ein gehetzter Simael. Zum Glück hatte ich trotz meines Vorsprechens keine Rolle bekommen und war nun Teil der Bühnencrew. Der Junge war vielleicht vierzehn Jahre alt und der Jüngste hier. Er schaute zwischen uns hin und her und streckte mir dann fordernd die Hand entgegen. »Na los, ich bin jetzt dran.«

»Mist.«

Simael rollte mit den Augen. »Verlegt doch eure Spielchen auf die Zeit nach der Generalprobe. Varieta dreht sonst noch durch.« Er riss mir das Schwert aus der Hand und nahm das zweite auch gleich für seinen Szenenpartner mit. Dann verschwand er in der Dunkelheit hinter der Bühne, und ich wusste, er lief hinter den Vorhängen einmal um die Bühne, um den Helden der Geschichte gleich von hinten anzugreifen.

Durch diese Unterbrechung in unserem Geplänkel war die Szene zwischen Alael und mir irgendwie vorbei. Ich zog den Vorhang minimal zur Seite, um wieder auf die Bühne blicken zu können. Alael trat nah an mich und schaute über meine Schulter. Ich spürte seine Nähe und atmete unwillkürlich etwas gepresster.

Die Spannung zwischen uns war in den letzten Tagen immer stärker geworden. Unsere Spielchen wurden immer intensiver und körperbetonter.

Plötzlich spürte ich seine Hand an meiner Taille und hielt prompt die Luft an. Die Neugier in mir hatte ein Level erreicht, das meine Gedanken beherrschte. Ich war vollkommen unerfahren auf diesem Feld, und ich war wissbegierig. Mit jeder Faser genoss ich das Kribbeln und wünschte mir, mehr zu entdecken, der Sehnsucht in mir nachzugeben, die erwacht war und meine Gedanken flutete.

Alaels Finger strichen von meiner Taille meine Seite hinauf. Seine Berührung war zart und erregend. Ich wusste nicht, was ich tun sollte. Alles in mir kribbelte wie verrückt. Meine Hand, die den Vorhang beiseitehielt, zitterte sogar vor Anspannung. Dieses Gefühl war berauschend.

Durch meine stumme Zustimmung ermuntert, kam er noch näher, und ich spürte seine Lippen hauchzart an meinem Nacken. Eine wilde Gänsehaut jagte über meinen Körper. Im Bruchteil einer Sekunde übernahmen meine Instinkte die Führung. Abwehren oder zulassen? Ohne bewusst zu entscheiden, lehnte ich meinen Kopf leicht zur Seite.

Alael legte einen echten Kuss auf die dargebotene Haut, und ein Schauer der Freude rann durch mich hindurch. Die zarten, kräftigen Finger des Prinzen fanden meine locker am Körper hängende Hand. Ohne weiter nachzudenken, verschränkte ich meine Finger mit seinen. Es war so aufregend. Jederzeit hätte jemand vorbeikommen und uns sehen können. Oder einer der Schauspieler auf der Bühne hätte seinen Blick in unsere Richtung wenden können. Die Dunkelheit hier hinter den Vorhängen der Bühne suggerierte eine Sicherheit, die es nicht gab. Ich erschauerte und empfing mit einem Laut des Genusses seinen nächsten Kuss.

Alael drehte mich mit sanftem Druck an der Taille zu sich um. Für einen Moment trafen sich unsere Blicke, verfingen sich ineinander, und für diesen kurzen Atemzug versank ich in den blaugrauen Kreisen und der Seele, die dahinterlag. Ich versank in dem guten, verspielten Mann, der er mir gegenüber war, und in der Verheißung des Moments.

Alael neigte sich mir entgegen. Ich schloss intuitiv meine Augen und lehnte mich ebenfalls nach vorne. Unsere Lippen trafen sich, und er umfing mit zärtlichen Gesten mein Gesicht. Der Kuss war fragend, kurz. Doch noch ehe ich hätte atmen können, beugte er sich schon wieder vor, und unsere Lippen trafen nun hungriger aufeinander.

Ein aufgeregtes Flattern schlug in meiner Brust, der heiße Druck seiner warmen Lippen schlug Funken in meinem Innern und weckte denselben Hunger wie der mysteriöse

Gardist in dieser Schankstube vor zehn Tagen. Erregt und hungrig nach mehr fuhr ich um seinen Nacken und vergrub meine Finger in seinem kurzen Haar. Ich krallte mich in die weichen Wellen und zog mich an ihn. Alael stöhnte leise gegen meine Lippen, bevor er meine Taille mit seinen starken Armen umschlang. Er zog mich eng an sich, und der Druck seiner Brust an meiner vertiefte das Kribbeln. Es sank meinen Körper hinab und bildete einen heißen Knoten an einer mir bis dahin unbekannten Stelle meines Körpers. Ich keuchte auf und war überwältigt von all diesen neuen Empfindungen.

Schritte erklangen, und meine alten Instinkte übernahmen. Ich sprang zurück und sah aufgeschreckt über meine Schulter zum Ursprung des Geräuschs. Einen quälend langen Moment geschah nichts, und ich schalt mich schon ein paranoides, schreckhaftes Mädchen, da trat ausgerechnet Celeste in den Gang hinter den Vorhängen und steuerte geradewegs auf uns zu.

Als sie näher kam, kniff sie ihre Augen zusammen und funkelte mich an. Sie hatte begriffen, was wir getan hatten. Woher auch immer, sie wusste es! Ich spürte meine Wangen heiß werden, eine Reaktion meines Körpers, die ich sonst nur spielte. O Mann, ich war gerade ein absoluter Grünschnabel.

Celeste wollte das Wort erheben, als laute Stimmen an unsere Ohren drangen und uns ablenkten. Gleichzeitig schauten wir in die Richtung der Stimmen, und Alael schob sofort den Vorhang zur Seite. Wir sahen nur einen kleinen Teil des Zuschauerraums, doch dort standen Gardisten … viele Gardisten.

»Was wollen die hier?«, brummte er.

»Uns von dieser Plage befreien?«, schlug Celeste mit bitterer Stimme vor. Wir beide schauten sie mit hochgezogenen Augenbrauen an, und sie verschränkte schnaubend die Arme vor der Brust. Sie wandte ihren wütenden Blick von uns ab, doch ich hatte den Hauch Verletztheit und den Beigeschmack von Enttäuschung durchaus wahrgenommen. Für sie brach eine Welt zusammen. Und das nur meinetwegen. Wüsste ich nicht, zu was sie fähig war, hätte ich direkt Mitleid mit ihr gehabt. Sie war ihr Leben lang dazu erzogen worden, sich Alael zu angeln, und alles wäre nach Plan gelaufen, wenn ich nicht aufgetaucht wäre. Dabei wollte ich mir den Prinzen gar nicht angeln.

»Lin! Phineas! Kassandra! Kommt ihr mal bitte!«, rief Varieta, und ihre Stimme war die Drillmaster-Stimme, die sie an den Tag legte, wenn sie zornig war.

»Oh, oh«, entfuhr es Alael. Ich musste schmunzeln, wie sich ein Prinz so sehr vor einer Schauspielerin fürchten konnte. Aber es war auch einfach süß. Entspannt trat ich durch den Vorhang auf die Bühne und lief auf den Saal zu. Phineas und Kassandra kamen vom gegenüberliegenden Bühnenende und dann an meine Seite.

»Ja?«, fragte ich und blieb absichtlich auf der Bühnenkante stehen. Ich ließ mich von Varieta nicht einschüchtern. Im Vergleich zu den Anamie war sie ein zahmes Sisi.

»Diese Herren hier wollen euch mir wegnehmen. Ich versicherte ihnen, dass ihr unabdingbar für das morgige Lustspiel zu *Ehren des Königs der Könige* seid!«, fuhr sie den edel gekleideten Mann an ihrer Seite an. Varieta überraschte mich mit dieser Parteinahme enorm. Ich konnte nicht glauben, dass sie uns beschützte. Damit hatte ich so gar nicht gerechnet.

Der edel gekleidete Mann hob seinen unbeeindruckten Blick zu mir und fixierte mich. »Wir brauchen einen von euch«, fiel er direkt mit dem Befehl über uns her.

»Wozu?«, fragte ich abwehrend und verschränkte meine Arme vor der Brust.

»Wir brauchen bestimmte Informationen, und ihr könntet sie haben.«

Ich dachte scharf nach. Von Anfang an war mir klar gewesen, dass es zu solchen Zusammenstößen kommen würde. Zahllose Stunden hatte ich mit der Frage zugebracht, wie viel wir ihnen geben mussten, um in Frieden zu leben, und wie viel wir nicht geben durften, weil sie uns sonst niemals in Ruhe lassen würden.

»Wir haben eurem König bereits gesagt, dass wir keinen Krieg mehr wollen. Wir werden nicht für euch kämpfen.« Unglücklich formuliert. Das wurde mir im Moment des Verklingens meiner Worte schon klar. Doch der Schaden war angerichtet. Der Mann funkelte mich zornig an. »Niemals würden wir einer wie dir im Kampf vertrauen!«, spie er aus.

»Was wollt ihr dann?«, fragte ich harsch, seinen verletzten Stolz übergehend.

»Reden.«

Wir starrten einander mit funkelnden Blicken an. Ich versuchte abzuwägen, ob das eine Falle war oder eine jener Situationen, in der Geben besser war als Schweigen. Phineas machte plötzlich neben mir einen Schritt nach vorne, doch ich schob mich vor ihn. Er und Kassandra mussten da rausgehalten werden, und ich wusste auch schon genau, wie ich das bewerkstelligen konnte. Vielleicht war das jetzt ja sogar die Gelegenheit, genau das zu tun.

»Fein, reden wir«, lenkte ich ein und sprang von der Bühne. Ich trat nah vor den Mann und hob mein Kinn, um ihn weiterhin anfunkeln zu können. »Aber glaubt keine Sekunde, ihr könntet mich zu etwas zwingen, was ich nicht will.«

Er zeigte mit abgehackter Bewegung rechts neben sich. Ich

sollte also vorgehen. Meinetwegen. Ohne einen Blick zurück lief ich auf die Reihe Gardisten zu, die auf dem breiten Gang bis zum Ende des Saals verstreut standen. Er hatte einen Haufen Gardisten mitgebracht. Wenn ich mich richtig an die Farben erinnerte, gehörte diese Truppe in sattem Grün zu den Nephilia.

Ich wurde von den Gardisten eingekesselt, und die Männer schräg vor mir leiteten mich den Weg entlang. Diesmal verzichteten sie auf unnötige Umwege. Sie führten mich in den Militärbereich des Schlosses, der weit unten in den unteren Etagen lag, die größtenteils in den Hang gebaut waren. Hier unten war es kühler als oben im Schloss. Dort im Bühnenraum hatten die heißen Scheinwerfer der Bühnenbeleuchtung noch zusätzlich alles aufgeheizt. Der plötzliche Temperaturabfall hier unten trieb mir jetzt eine leichte Gänsehaut auf die Arme.

Meine Ärmel herunterkrempelnd folgte ich den beiden Männern vor mir in einen beleuchteten fensterlosen Gang. Wir kamen an mehreren schlichten Türen vorbei, von denen einige offen standen. Hinter einer sah ich Schlafstätten, hinter einer anderen eine Art Küche, wieder eine andere offenbarte einige Bildschirme, vor denen Gardisten in allerlei Farben saßen, und durch eine fiel mein Blick auf eine Karte mit den aktuellen Stellungen an der Front. Verdammt unvorsichtig, mich so viel sehen zu lassen. Wenn die Stellungen keine Fälschung waren, würde die Armee der Aglaia bald in eine große Katastrophe rennen.

Vorerst behielt ich meine Beobachtungen für mich und tat ganz unschuldig. Schließlich brachten die Männer mich an eine weitere unscheinbare Tür und wiesen mir den Weg hinein.

»Danke«, säuselte ich leicht höhnisch. Als hätte ich eine Wahl gehabt. Na ja, zumindest keine, bei der ich nicht irgendjemandes Blut hätte vergießen müssen.

»Vorwärts«, murrte der Anführer dieser Truppe. Der Kerl konnte mich eindeutig nicht leiden. Ich zuckte mit den Schultern, das konnte ich ihm kaum verdenken. Ich hätte mich auch nicht gemocht, geschweige denn mich um Hilfe gebeten oder mir gar vertraut. Das war ein großes Wagnis … Vielleicht eine Verzweiflungstat.

»Wenn ihr mich so lieb bittet«, ätzte ich in seine Richtung und betrat dann den Raum. Zielstrebig lief ich auf den Tisch zu und setzte mich auf einen der Stühle. Sich so zu verhalten war unerwartet. Unerwartet und dadurch nicht vorhersehbar zu handeln war eine meiner Lieblingsstrategien in feindlichem Gebiet. Noch war ich mir unsicher, ob ich hier gerade auf feindlichem Gebiet war, also begab ich mich zumindest strategisch in bekannte Gefilde.

Lässig lehnte ich mich zurück und überschlug meine Beine. Ungeduldig wippte ich mit dem freihängenden Fuß und zog arrogant fordernd meine Augenbraue hoch. Sie mussten mich nicht mögen, sie mussten mich respektieren, oder zumindest ernst nehmen. Das verschreckte Mäuschen zu spielen kam also nicht infrage.

Durch eine andere Tür traten zwei Männer in den Raum. Der eine in den blaugrünen Farben der Königsgarde und einer in schlichtes Schwarz gekleidet. Uh, interessant. Ein Mann ohne klare Zugehörigkeit. Das war ja spannend.

Die beiden setzten sich zu mir an den Tisch, und der Anführer der Truppe, die mich hierher eskortiert hatte, kam auch noch in den Raum, dann wurden beide Türen geschlossen. Wir waren also zu viert, plus wer weiß wie viele Lauscher.

Der Mann in Sattgrün blieb an der Wand im Hintergrund.

Er verschränkte mit zornigem Blick auf mich seine Arme. Wer mich hier nicht haben wollte, war schon mal klar. Wer mich hier haben wollte, würde sich noch herausstellen.

»Du bist?«, fragte der Mann in Schwarz. Sein langes Haar trug er zu einem Knoten am oberen Hinterkopf zusammengebunden. Sein dichter Bart bedeckte sein komplettes Kinn. Ich wusste nicht, woher, aber ich war mir absolut sicher, dass er ein begnadeter Kämpfer war. Ich stellte mir einen Samurai vor mit einer übernatürlichen Begabung für die Schwerter. Dann wäre er ein Nahkampfsoldat ... oder ein Mann für spezielle Missionen, wie ich selbst.

»Wenn du das nicht weißt, wieso bin ich dann hier?«, entgegnete ich kühl und tadelnd.

Ein Schmunzeln zuckte um seinen Mundwinkel, auch wenn es im Bart beinahe vollkommen versank. Doch seine Augen verrieten ihn. »Du bist eine der Flüchtlinge, die vor zehn Tagen hier eingefallen sind. Nur welche du bist, weiß ich nicht.«

»Lin«, gab ich ihm Auskunft.

Er nickte, nicht wirklich als Reaktion, es war eher ein abwesendes, mechanisches Nicken, während man nachdachte und nach einer Antwort für sein Gegenüber suchte. Ein zeitschindendes Nicken. Er konnte nicht wie wir sein. Solche unbewussten Handlungen waren uns abtrainiert worden.

»Nun Lin, deine Freundin Nastja hat gesagt, sie kann uns in dieser einen Sache nicht helfen und wir müssten sehen, ob einer von euch es vielleicht könnte.«

»Aha«, machte ich nichtssagend.

Der Mann in Schwarz lehnte sich zurück und musterte mich ruhig. Er nahm eine Münze aus einer Falte seiner Jacke und begann damit auf der Tischplatte zu spielen. Er musterte die Münze, statt mich anzusehen. Wozu nur?

»Nastja hat uns sehr geholfen. Sie hat sich mein Vertrauen verdient.«

»War zu erwarten.« Ich zuckte unbeeindruckt mit den Schultern.

»War es das?«, fragte der Königsgardist wachsam.

»Natürlich. Sie hasst die Anamie mehr, als jemand es sich vorstellen könnte. Selbst mehr, als ich es mir vorstellen konnte. Ihr habt einen gemeinsamen Feind, also werdet ihr Freunde. Die älteste Wahrheit der Welt.«

»Ihr? Also hasst du die Anamie nicht?«, fragte der Mann im Hintergrund vorwurfsvoll.

»Das habe ich nicht gesagt.«

»Das Gegenteil aber auch nicht«, fuhr er mich an.

Ich schüttelte tadelnd meinen Kopf. »Und was brächte es mir, das zu sagen? Würdet ihr mir denn glauben?«

Der Mann in sattgrüner Uniform öffnete bereits seinen Mund zur Antwort, da hob der Mann in Schwarz seine Hand. Das Schweigen gab mir Aufschluss über die Rangordnung der Männer im Raum. Interessant. Jemand wie ich hätte nie die Macht, einen Mann der Königswache zum Schweigen zu bringen, denn auch dieser hatte wohl etwas sagen wollen. Ich sah nur, wie beide Uniformierten ihre Münder schlossen und ihre angreifende Haltung aufgaben.

»Nastja hat mir anvertraut, wie ihr in die Hände des Feindes geraten seid und auch wann«, begann der Mann nun aus einer anderen Richtung das Gespräch. Kurz flutete Wut und das Gefühl von Verrat meinen Körper, doch dann schüttelte ich diese hinderlichen Emotionen ab und analysierte, was er mir da gerade gesagt hatte. Nastja vertraute ihm. War das wirklich so, oder stellte er mir gerade eine Falle?

»Netter Versuch«, säuselte ich und kniff meine Augen zusammen. Ich lehnte mich vor und stützte mich mit meinen

Unterarmen auf der Tischplatte ab. »Dann teil mal dein wertvolles Wissen mit mir.«

Er senkte anerkennend sein Kinn. »Du warst vier.«

»Genug.«

Er nickte und lehnte sich zurück. Die Münze nahm er dabei vom Tisch und ließ sie mit flinken, gleitenden Bewegungen zwischen seinen Fingern tanzen, mal innen, mal außen von seiner Hand entlang. Er war geschickt und fingerfertig. Nicht überraschend.

»Ein Name wäre noch nett!«, verlangte ich.

Er grinste breit. »Ich bin Eskar. Und ich brauche die Information, wohin ihr wertvolle Gefangene gebracht habt. Nastja sagte, das wüsste nur einer von euch.«

Aha, darum ging es also. Wie gerne wäre ich nicht jene welche gewesen. Auf der anderen Seite konnten Phineas und Kassandra in Frieden weiter ihren Ruhestand genießen. Allerdings brauchte ich bald jemanden, der mich notfalls von solchen Zugriffen befreite. Denn heute würde ich ihnen sehr viel geben. Mehr als sie verlangten, weil durch meine Information so unfassbar viele von ihnen gerettet werden würden. So viele … Aglaia. So viele von *meinem* Volk.

II

Eskar und ich betrachteten die Karte zwischen uns auf dem Tisch. Inzwischen waren in dem kleinen Raum acht Personen. Mir war egal, wer wer war. Das zählte für mich nicht. Ich wollte ihre Strukturen nicht nutzen, wollte sie nicht manipulieren, und auch sonst wollte ich nichts von ihnen, außer meiner Ruhe.

»Hier ist die Blaupause nicht korrekt. Habt ihr einen Skimmer?« Ich sah Eskar fragend an. Der gab einem der Männer im Raum ein Zeichen. Dieser verschwand und tauchte wenig später schwer atmend mit einem rechteckigen, unscheinbar aussehenden Gerät wieder auf. Der Kasten war weit spektakulärer, als er von außen wirkte. Der Bote platzierte den Skimmer auf der Ecke der Karte und schaltete ihn ein. Das Gerät summte leise, kurz ratterte und ratschte es, ehe es einmal vibrierte und dann in ein rhythmisches, kaum hörbares Summen verfiel.

»Ein älteres Modell?«, fragte ich neckisch den Mann in Schwarz.

»Das neueste vom Markt.«

Ich musste lachend schnauben. In technischen Errungenschaften waren die Anamie den anderen Völkern so weit voraus, dass es manchmal wirklich ein unfairer Kampf war. Was brachte einem ein Skimmer, wenn er so laut war? So war das Gerät für Missionen vollkommen ungeeignet.

»Haben die ein neueres Modell?«, fragte Eskar sofort wachsam. Er war schnell von Begriff.

»Definitiv. Stumm. Und schnell!«, informierte ich ihn, als ich dem Kasten dabei zusah, wie er die Karte abfuhr und die Daten in sich aufnahm. Als ich die hellen Spuren auf der Karte entdeckte, die hinter dem Gerät auftauchten, schüttelte ich fassungslos den Kopf. »Rollen?«, fragte ich entgeistert.

»Wie sonst?«, fragte ein Mann im Hintergrund interessiert.

»Luftkissen?«, schlug ich die für mich offensichtliche Variante vor.

»Aah«, brummte der Fragende und rieb sich nachdenklich sein Kinn. Er schaute auf den Skimmer und kniff seine Augen zusammen. Dafür war ich nicht hier. Diese Art Informationen musste ich ihnen nicht unbedingt geben.

Der Skimmer war schließlich fertig und knallte auf die Platte. Er hatte wohl seine Rollen eingefahren. Logisch, wenn der weiter so vibrierte, würde das Hologramm vollkommen unscharf werden.

Dann spuckte das Gerät wieder die anfänglichen Töne aus, ehe es ein Hologramm in blau flackerndem Licht über sich in die Luft warf. Ich trat näher und griff aus Gewohnheit in das Hologramm, um es zu drehen. Nichts geschah.

»Jetzt ernsthaft?«, entfuhr es mir. Ich schaute Eskar mürrisch an. »Von wann ist diese Schrottkiste? Egal, antworte nicht! Wie drehe ich das Hologramm?«

Die Männer im Raum sahen mich aus aufgerissenen Augen an. Logisch. Nicht schön zu erfahren, wie weit der Feind einem voraus war. Eskar fing sich als Erster wieder und zeigte mir zwei Rädchen an der Linse des Skimmers auf seiner Oberseite. Fein. Ich drehte etwas an den Rädchen und begriff schnell, wie sie funktionierten. Mit wenigen Bewegungen kam ich zu der Stelle, die ich ihnen zeigen wollte. »Seht ihr hier, dieses Wandstück? Da ist eigentlich eine Tür und ein Treppenhaus dahinter. Das führt hinunter in einen Bunker. Weit unter der Erde.«

»Wie sollen wir da rankommen?«, fragte er in Gedanken.

»Gar nicht.« Ich zuckte mit den Schultern. »Darum geht es ja, dass die Geiseln eben nicht zurückerobert werden können.«

»Aufgeben ist keine Option«, knurrte ein Mann in purpurner Uniform.

»Aha. So wichtig also.« Ich sah mir den Plan noch mal genauer an. »Welchen Rang hat die Person?«

»Geht dich nichts an!«, blaffte der aufgebrachte Mann.

Ich ignorierte ihn und wandte mich an Eskar. »Wie soll ich euch helfen, wenn ihr mir nicht alles sagt?«

»Wir brauchen deine Hilfe nicht!«, blaffte der Mann in purpurner Kleidung. Vermutlich ging es um jemanden aus seiner Domäne. Es dauerte einen Moment, bis ich mich erinnerte. »Du bist ein Egor«, entfuhr es mir. Dann sah ich Eskar an. »Also geht es um den Prinzen«, schloss ich.

Der Mann in Schwarz presste seine Lippen zusammen, und die lastende Stille im Raum stimmte mir zu.

»Dann geben sie ihn euch bald zurück.«

»Wie bitte?«, zischte der Mann der Egor.

»Prinzen, Könige, Anführer oder jene, die einmal Anführer werden, nehmen die Anamie als Botschaft. Sie versehen diejenigen mit etwas, das sie töten wird. Dann geben sie sie ihrem Volk zurück, damit dieses hilflos dabei zusehen muss, wie sie sterben. Das demoralisiert wie nichts sonst. Der Anführer ist die Fackel in der Nacht, das was einen patriotischen Soldaten aufstehen lässt, selbst wenn er nicht mehr kann. Genau das nehmen sie ihren Feinden auf diese Weise.«

Die Männer im Raum sahen sich deutlich weniger schockiert an, als ich erwartet hätte. Aber natürlich, sie führten seit Jahren Krieg gegen die Anamie. Der Prinz war sicher nicht der Erste, der auf diese Weise zurückgegeben wurde. Manche schienen etwas zu erkennen, vielleicht erkannten sie jetzt zum ersten Mal den Zusammenhang. Meine Worte waren desillusionierend und grausam logisch. Sie nahmen den Männern die Hoffnung, ihren Prinzen zu retten. Na ja, einen ihrer Prinzen. Allerdings wohl einen jungen, der im heiratsfähigen Alter war und in einigen Jahren schon den Thron hätte besteigen sollen, was ihn zum perfekten Ziel machte.

Solange die Anamie immer noch dieselben kleinen bestialischen Geräte benutzten, würde ich das verhindern können, aber ich würde den Teufel tun, es jetzt zu versprechen, wenn ich es am Ende vielleicht gar nicht halten konnte.

»Wann?«, fragte schließlich der Mann in der purpurnen Uniform leise in die Stille hinein.

»Wie lange ist er denn weg?«, fragte ich ruhig gegen.

»Drei Nächte.«

So etwas hatte ich mir schon gedacht. »Dann in frühestens sechs Wochen«, offenbarte ich ihnen mit bemüht sachlicher Stimme.

»Und bis dahin sollen wir nichts tun?«, schrie der Mann mich in seinem verzweifelten Zorn an. Es entbrannte eine Diskussion zwischen ihnen, ob man mir wirklich trauen sollte und ob sie nicht doch eine Mission starten sollten, dann gäbe es wenigstens eine geringe Hoffnung. Ich verstand es, die, die ihnen zurückgegeben wurden, hatten nur eine Gnadenfrist, bis sie starben. Sie wollten verhindern, dass dies das Schicksal des Prinzen werden würde. Die Männer schaukelten sich in ihrer Diskussion gegenseitig hoch, bis sie sogar schon anfingen, einen Plan auszuhecken, wie sie in den schwer gesicherten feindlichen Stützpunkt eindringen könnten. Aussichtslose Ideen, die nur unnötig Leben kosten würden. Eskar war allerdings auffallend schweigsam.

Ich trat näher zu ihm und schaute auf das Hologramm, genau wie er. Offenbar dachte er auch über einen Weg in den Bunker nach, denn er spielte abwesend weiterhin mit der Münze in seiner Hand.

»Ihr habt ganz andere Probleme«, fuhr ich in seine Gedanken. Für einen winzigen Moment kam die Münze ins Stocken, doch dann tanzte sie wieder leichtfüßig über die Finger des Mannes.

»Du kannst dir wann anders über die aussichtslose Rettung eines Prinzen den Kopf zerbrechen, der euch sowieso zurückgegeben wird und bei dessen unweigerlich scheiternden Rettungsversuch unnötig Leben geopfert würden. Jetzt gilt es erst einmal, Tausende zu retten!«, zischte ich ernst.

Die Münze erstarrte.

»Wenn die Stellungen, die ich vorhin im Vorbeigehen sah, und meine Erinnerungen zum Rhythmus eurer Wachwechsel, der in drei Tagen stattfinden sollte, stimmen, werden Tausende Aglaia sterben.«

Die Münze fiel. Für einen lautlosen Moment sah ich sie fallen, und dann erscholl der metallische Klang der Münze auf Stein. Sie sprang zwei Mal ein Stück weiter, ehe sie rollte und schließlich liegen blieb. Die plötzliche Stille lastete auf mir, und ich spürte die brennenden Blicke der Männer.

»Was soll das heißen?«, fragte Eskar in einem tödlich leisen Ton.

»Sofern ich richtig liege, plant ihr in drei Tagen den Wachwechsel an der Front. Dabei werden ermüdete Truppen gegen ausgeruhte getauscht. Das macht ihr auf eine eingespielte Weise, in einer Wellenformation, sodass ihr weiterhin die

Frontlinie halten könnt. Die Anamie kennen eure Abläufe und haben einen Plan, diesen Wechsel für sich zu nutzen«, erklärte ich ihnen.

Plötzlich wurde ich herumgerissen und an meinem Oberteil gepackt. Ein zorniger Mann riss mich an sich, und ich musste mich auf meine Zehenspitzen stellen. Ich griff in seine Arme, weil mir mein Oberteil in den Hals schnürte und ich so den Druck auf meine Schlagader verringerte.

»Woher weißt du das?«, zischte mein Angreifer.

»Lass los!«

Er schüttelte mich in seiner Rage. »Sag mir, woher du das weißt!«

»Lass sie runter«, mischte Eskar sich mit leiser, aber entschiedener Stimme ein. Mein Angreifer zögerte, ließ dann aber widerwillig von mir ab.

Ich strich, mit einem tadelnden Blick in die Richtung des explodierten Mannes, imaginären Staub von meinen Armen und wandte mich dann erhobenen Hauptes zu Eskar um.

»Woher weißt du das?«

»Du kennst Nastja, was glaubst du wohl, woher ich das weiß?«

Er schien verwundert zu sein. »Soll das heißen, du bist wie sie?«

Sag Nein. Sag einfach Nein und denk dir eine andere Begründung aus, sonst lassen sie dich nie in Ruhe … »Ja.« Manchmal hasste ich mich und meine moralischen Werte so sehr!

»Was weißt du genau?«, fragte er nun in ganz anderem Ton. Nastja hatte sich wohl seinen Respekt verdient, denn Eskars Haltung mir gegenüber änderte sich gerade. Eine gewisse Härte und Arroganz wichen. Er hörte mir ernsthaft zu.

»Können wir zu den Karten, dann zeige ich es euch an der aktuellen Frontlinie.«

»Kommt nicht infrage!«, mischte sich der Mann in Sattgrün ein. Er mochte mich nicht. So gar nicht.

»So weit sind wir noch nicht«, lehnte Eskar meine Forderung ab und sagte damit im Grunde dasselbe, nur netter. Also verlangte ich ein Blatt Papier. Ich zeichnete in großen Strichen die aktuelle Frontlinie und hörte das Gemurmel und teilweise entsetzte Laute, als ich ihre Stellungen genau wiedergab. Mein fotografisches Gedächtnis war von Zeit zu Zeit sehr nützlich. Leider funktionierte es nur bei Karten und Texten. Gesichter konnte ich mir zum Beispiel kaum besser merken als jeder andere.

»In dieser Stellung seid ihr erst ganz neu. Vielleicht seit zwei Tagen. Es war ein überraschender Erfolg, sie haben euch kommen lassen, nicht wahr?« Ich sah Eskar erwartungsvoll an. Er musterte intensiv meine Skizze. Schließlich räumte er ein: »Vor drei Tagen.«

»Das haben sie gemacht, um euch auf diese Ebene zu bekommen.« Ich zeigte auf einen Landstrich, den ich dunkler schraffiert hatte. »Der Boden ist weicher, deshalb.« Dann sah ich Eskar direkt an. »Ihr habt drei Staffeln an der Frontlinie zwischen den hohen Klippen und dem reißenden Fluss. Es ist die perfekte Frontlinie, und ihr haltet sie jetzt seit wann, vier Jahren?«, fragte ich ihn nachdenklich. Eskar nickte nur zur Antwort.

»Und plötzlich haben sie euch ein Stück kommen lassen. Wieso? Das hat euch sicher nachdenklich gemacht. Deshalb haben sie es so früh gemacht, damit euer anfängliches Wundern vergeht. Die neue Linie kostet sie mehr Leben als die alte, aber das nehmen sie in Kauf, weil eure Wachablöse ihnen einen Gegenangriff ermöglicht und sie den weichen Boden unter euren Füßen brauchen«, fuhr ich fort.

»Wozu muss der Boden weich sein?«

»Um sehr schnell etwas darin zu vergraben. Eine Impulsor-Technik. Es ist ein kleines diskförmiges Gerät, gerade so groß wie ein Handteller. Sie stoßen in eure wechselnde Formation vor und schlagen dabei eine Bresche. Dann vergräbt einer das Teil, und sie lassen sich wieder zurückdrängen, euch wieder kommen, damit ihr den Tod unter eure Füße holt. Das machen sie an jeder Grenze zwischen den drei Staffeln, sodass sie am Ende vier Impulsoren in der Erde vergraben haben. Wenn die Linie wieder steht, zünden sie die Dinger. Der Impulsor tötet alles im Umkreis von fünfzig Metern. Im Hundert-Meter-Radius wird man ohnmächtig für mehrere Minuten, und im Hundertfünfzig-Meter-Bereich werden noch die Beinmuskeln beeinträchtigt und nicht selten gelähmt«, schilderte ich ihnen die Folgen dieser neuen Waffen. Die Anamie waren ihnen technologisch weit voraus. Ich war fast sicher, dass sie keine Ahnung von Impulsor-Waffen hatten. Zumindest wirkten sie so. Ihren geschockten Gesichtern nach zu urteilen, hatte ich es richtig eingeschätzt.

»Das wird ein reines Abschlachten«, entfuhr es dem Mann in Purpur, dem Kriegsherren der Egor, wenn ich es richtig mitbekommen hatte.

»Und danach sind die Linien offen. Sie könnten uns bis auf die offene Fläche hier zurückdrängen, und dann hätten wir die deutlich schlechtere Stellung, wenn wir sie überhaupt halten können«, fügte der Mann in Saftgrün hinzu, der neben Eskar an den Tisch getreten war und sich nun über die Skizze der Karte beugte. So langsam stieg ich hier durch. Die Farben der Männer waren die ihrer Domäne. Der Typ in Saftgrün war demnach der Kriegsherr der Nephilia. Na, dann musste ich mich nicht wundern, dass er mich nicht mochte, immerhin war ich eine Frau! Nephilia waren bekannt für ihr abwertendes Verhältnis zu Frauen. Man traute uns nichts zu, hielt uns für einfältig und geistig beschränkt. Kurzum, in seinen Augen konnte ich gar nichts Kluges sagen.

»Wenn sie unseren Wachwechsel nutzen, wie sollen wir sie dann aufhalten? Wir müssen die Staffeln austauschen. Die Männer sind müde und brauchen eine Pause.«

Mein erster Impuls war, ihnen meine Idee dazu zu sagen, doch ich bekämpfte ihn erfolgreich. Es war besser, sie entschieden das ohne mich. Außerdem waren sie sicher in der Lage, eine eigene Lösung zu finden, auch wenn es mir schwerfiel, meinen Mund zu halten und meine Idee, von der ich so überzeugt war, nicht hinauszuposaunen. Eine Macke, die ich in meinen Jahren bei den Anamie so stark ausgebildet hatte, dass sie mich schon selbst nervte.

»Braucht ihr mich noch?«, fragte ich Eskar leise, während die anderen schon begannen, sich in kleineren Gruppen zu beraten. Der Mann in Schwarz musterte mich einmal sehr eindringlich. Er schien abzuwägen, was er sagen sollte. Meine Frage konnte missverstanden werden, es könnte so aussehen, als wäre ich bereit, hier zu bleiben und meine Zeit doch wieder mit dem Kampf zu verbringen. War ich aber nicht!

»Ich formuliere es anders: Darf ich gehen?«

»Du scheinst nicht den Wunsch zu hegen, dich an deinen einstigen Entführern zu rächen«, dachte er laut nach.

»Keinesfalls!«, stimmte ich ihm zu. »Sie haben mir genug Zeit meines Lebens gestohlen.«

Ein Lächeln zuckte um seine Mundwinkel. Er wies mit einer leichten Geste seiner Hand in Richtung Tür. Dankbar verließ ich die Gruppe und sah zu, dass ich davonkam, ehe er es sich anders überlegen konnte. Vermutlich würden sie irgendwann wieder einmal auf mich zukommen, aber solange sie Nastja hatten und mich nicht brauchten, würde Eskar mich wohl mein Leben leben lassen. Die Erleichterung beschwingte meine Schritte, und ich flog regelrecht durch die Gänge und über die Treppen wieder hinauf in den nicht militärischen Teil des Schlosses. Jeder Schritt fort von dem Bunker der Truppen fühlte sich nach Freiheit an, und ich glaubte, allerlei angenehme Gerüche in der Luft wahrzunehmen. Eine Sinnestäuschung, die ich ausnahmsweise mal genoss. Immerhin konnte es hier drinnen unmöglich so intensiv nach Rosen duften, geschweige denn dass der süße Duft reifer Beeren damit vermischt sein konnte.

12

»Lin!«, rief jemand hinter mir, und ich fuhr herum. Dahin war die Freiheit, als ein Mann in ebenfalls schwarzer Kleidung auf mich zukam, er lief mit ausholenden Schritten. Ich war sicher, dass ich ihn dort unten nicht gesehen hatte. Ich war mir aber auch sicher, dass er einer von den drei Männern war, die seit unserer Ankunft hier unsere Überwachung übernommen hatten.

»Hey, hi!«, begrüßte er mich und kam vor mir zum Stehen. »Ich bin Sasch«, stellte er sich vor und streckte mir seine vollkommen tätowierte Hand entgegen. Solche Bemalungen faszinierten mich immer, und nicht selten war jemand mit so zahlreichen Tattoos ein interessanter, vielschichtiger Charakter. Direkt weckte dieser Aglaia meine Neugier.

»Was willst du?«, fragte ich bemüht höflich und hörte selbst, dass ich nur halb so höflich klang, wie ich gewollt hatte. Dazu die verschmähte Hand. Meine Ablehnung konnte man kaum subtil nennen.

Er schmunzelte und zog seine Hand zurück. Seine Haut wirkte durch all die Bemalungen dunkel, doch ich hätte kaum sagen können, welche Farbe sie ursprünglich mal hatte, wäre da nicht sein weitestgehend unbemaltes Gesicht. Ich konnte die Farbe seiner Haut nicht so recht benennen. So sah meine Haut aus, wenn ich drei Tage lang durch staubige Lehmwüsten gelaufen war. Ein leicht rötlichbrauner Ton und doch nicht richtig dunkel. Ich hätte ihn unweigerlich zu den Uliana einsortiert, doch seine spitzen Ohren zeichneten ihn als Aglaia aus. Ob er ein Mischling war?

Ich mochte Mischlinge! Ihnen fehlte der krankhafte Patriotismus, der von Reinheit als Gütekriterium eines Lebewesens sprach. Häufig waren sie weit angenehmere Weggesellen als die ach so arroganten Reinen. Eine politische Gruppe, die es in jedem Land gab. Nirgendwo so stark wie bei den Vassia, aber doch überall, auch hier bei den Aglaia. Ich behielt meine Ansicht für mich, wer wusste schon, wer noch zuhörte.

»Worüber hast du gerade so intensiv nachgedacht?«, fragte er mich.

»Nichts Wichtiges«, wehrte ich ab.

»Aha.« Er glaubte mir nicht. »Eskar schickt mich. Ich soll dich mal dem Team vorstellen.«

Ich zog meine Augenbrauen hoch. »Meinst du den drei Beobachtern, die ihr auf uns angesetzt habt? Du bist doch einer von ihnen, oder?«

Er grinste durchtrieben. »Deshalb also.«

»Deshalb was?«

»Deshalb will Eskar, dass ich dich dem Team vorstelle. Du bist gut!«

Ich zuckte mit den Schultern. »Kein Interesse.«

Seine freudestrahlende Miene sackte etwas in sich zusammen. »Du bist hier Gast. Es wäre unhöflich, wenn du diese Einladung ablehnst.« Das war eine kaum subtile Drohung, die ich nur zu gern ignorierte. Ich tippte mir zur Antwort an die Ohren. »Nicht so sehr Gast, wie du es gerade klingen lässt.«

Sasch legte seinen Kopf leicht schief und meinte dann: »Es ist nur ein erstes Kennenlernen. Da musst du dich nicht mit Händen und Füßen gegen wehren.«

»Da hast du es, ein *erstes*. Wenn ich das erste nicht zulasse, können auch keine weiteren folgen«, bügelte ich seinen Versuch ab.

Sasch räusperte sich unwillig. »Wenn du helfen kannst, wieso willst du nicht helfen? Es geht immerhin um dein eigenes Volk.«

»Ich habe genug vom Krieg. Mein Leben bestand aus Krieg. Das ist mehr als genug. Ich habe ein Recht auf ein Ende. Ich will nicht mehr. Ich kann nicht mehr!«, gab ich mehr preis, als ich eigentlich wollte. Aber er war so hartnäckig, dass ich das Gefühl hatte, er würde sonst keine Ruhe geben.

Doch meine Worte hatten nicht den gewünschten Effekt. Er wirkte nur noch wütender. »Ja, ein Leben voller Krieg … auf der Seite des Feindes!«, erinnerte er mich an eine unbequeme Wahrheit. Wie gerne hätte ich impulsiv reagiert und ihn angeschrien. Das war nicht fair. Ich hatte kaum eine Wahl gehabt. Da hieß es friss oder stirb. Töte oder werde getötet, folge oder verhungere. Die Ausbildung war lebensunwürdig gewesen. Brutal und manipulativ. Ich hatte sechs Jahre gebraucht, um entgegen meinem Wunsch nach Wärme und Anerkennung zu handeln und zum ersten Mal zu hinterfragen, was die, die meine Bezugspersonen geworden waren, mir einflüsterten. Sechs Jahre, in denen mein Wunsch nach Halt mich hatte blind folgen lassen. Der Weg aus diesem Gehorsam war ein langer gewesen. Mein erster Fluchtgedanke nicht mehr als ein impulsiver Trotz in der Pubertät.

»Kommst du jetzt?«, fuhr er mich harsch an.

»Lin? Die kann leider nicht.« Alael erschien plötzlich an meiner Seite und legte seinen Arm um meine Schulter. Mein Held! »Wir haben einen Termin bei König Ereos«, log der Prinz der Keseki.

»General Eskar will, dass ich sie dem Team vorstelle«, beharrte Sasch und ließ sich von Alael und dessen Position nicht einschüchtern. Und offenbar war General Eskar hochrangig, denn Alael versteifte sich unglücklich neben mir. Doch er blieb stur und zog die Lüge durch. »Tja, richte deinem General aus, dass das leider warten muss.« Damit nahm Alael meine Hand und zog mich mit sich. Ich musste mir ein zufriedenes Grinsen verkneifen und folgte Alael schnell. Als wir um die Ecke des Ganges gebogen waren, dachte ich, wir würden anhalten, doch Alael ging zielstrebig weiter.

»Wohin willst du?«

»Hab' ich doch gesagt, zu König Ereos.«

»Echt jetzt? Ich dachte, das war eine Notlüge.«

»Ja und nein. Ich will zu ihm, nur haben wir keinen Termin«, gestand Alael und marschierte weiter. Wir passierten zwei Flure, eine Treppe und dann eine lange Galerie, an deren Ende wir in einen anderen Gebäudeteil einbogen. Hier war alles in Blautönen gehalten, und die Treppen wanden sich spiralig in engen Türmen hinauf und hinab. Nach zwei solcher Treppen und einem eher kurzen, aber hellen Gang mit Pflanzenkübeln, in denen zartrosa Blüten ihren Duft verströmten, wurden wir von zwei Gardisten in azurfarbenen Uniformen eingelassen. Der Raum, den wir betraten, war ein kaum eingerichtetes Vorzimmer. Außer dekorativen Statuen, Vasen und Pflanzen war er leer. Hier warteten wir.

»Und was wollen wir von Ereos genau?«

»Schutz«, würgte Alael mich ab. Er zog mich an unseren immer noch verschlungenen Händen eng an sich. Im Grunde mochte ich es nicht, so bei einem Mann zu stehen. Auf diese Weise wirkte ich hilflos und schutzsuchend, und das war ich nicht. Aber das hier war seine Welt, nicht meine. Daher vertraute ich seinem Urteil und schmiegte mich an seine Seite.

Die breite Tür vor unserer Nase wurde geöffnet, und wir mussten einen Schritt zurücktreten, um auszuweichen. Ein ebenfalls blau uniformierter, schon etwas älterer Mann hielt uns die Tür auf. Wir traten ein, und er schloss sie wieder hinter uns. Ich hatte einen durchschnittlich großen Raum erwartet, doch ich betrat eine Halle. Am Ende der Halle gab es ein Podest aus schwarzem Stein, und darauf standen drei pompöse Stühle. Auf dem mittleren Stuhl saß ein groß gewachsener Mann. Breite Schultern wurden von einem azurfarbenen Umhang mit goldenen Stickereien bedeckt. Es sah edel aus.

Alael schritt zielstrebig auf den Mann zu, der seine Aufmerksamkeit noch auf einen anderen Mann, der sich zu ihm herabbeugte, gerichtet hatte. Sie sprachen leise miteinander. Dann verneigte der Mann sich noch etwas tiefer, wobei seine, zu schmalen Zöpfen geflochtenen, Schläfenhaare nach vorne fielen, und zog sich rückwärtsgehend zurück, bis er das Podest verlassen hatte. Seine sonst offenen langen Haare gaben durch diese Zöpfe seine spitzen Ohren frei.

»Willkommen«, erklang eine tiefe Stimme, die meinen Blick von diesem Mann losriss, der nun einem Wachhund gleich neben dem Podest wartete. Als ich den König vor mir erblickte, ergriff eine angespannte Beklommenheit von mir Besitz. Ich fühlte mich vollkommen verwirrt, er war vertraut, und zugleich war er Ehrfurcht gebietend groß und breitschultrig. Er war ein Berg von einem Mann, aber nicht unförmig, sondern muskulös und trainiert. Eigentlich war er zu alt, um in der Blüte seines Lebens zu stehen, aber dennoch wirkte er genau so. Sein Gesicht warf bereits Falten, doch der starke Kiefer, die breite Stirn und vor allem die breiten Schultern gaben ihm dennoch ein vor Kraft strotzendes Aussehen. Seine dunklen Schläfen waren leicht meliert, aber er wirkte nicht alt oder gebrechlich. Er übte eine faszinierende Anziehung auf mich aus.

»Prinz Alael, wie kann ich dir helfen?«, fragte er mit tiefer grollender Stimme. Eine Gänsehaut überzog meinen Nacken und kroch meine Arme hinunter. Ich hatte doch keine Angst vor diesem Mann, oder? Noch nie war ich so durcheinander gewesen wie in diesem Moment.

»König Ereos, ich komme mit einer ungewöhnlichen Bitte zu Euch.«

»So?«, fragte der König amüsiert, und sein Blick huschte zu mir. Seine braunen Augen waren seltsam vertraut und lösten eine Sehnsucht in mir aus, die etwas in mir zerspringen ließ.

»Ihr wisst ja bereits, dass wir vier Flüchtlinge aus Anamia aufgenommen haben. Der König der Könige hat drei der vier in meine Obhut gegeben, jene drei, die des Kämpfens müde sind und einen Neuanfang suchen, fernab von Schlachten und dem Krieg.« Was für eine schwülstige Einführung. Ich musste mir einen ungläubigen Blick verkneifen. Stattdessen sog ich den Anblick von König Ereos in mich auf. Was immer es war, was mich so verunsicherte, ich würde es herausfinden. Warnte mein Instinkt mich vor ihm? Konnte das sein?

»Ich nehme an, das Mädchen ist eine dieser Personen?«

»Ganz genau.«

»Und was willst du jetzt von mir?«

»Euren Schutz.«

Der König stockte kurz. Sein Blick huschte für einen Moment zu mir, und ich hätte schwören können, auch er war verwirrt. Doch der Moment verstrich so schnell, dass ich mir nicht sicher war. König Ereos richtete sich wachsam auf. Er hielt Alaels Blick stand und legte seine Hände offenbar entspannt auf die breiten Lehnen seines Stuhls. »Schutz?«

»Ich ersuche Euch, ihr Patron zu werden.«

»Wieso übernimmst du das nicht?«, fragte König Ereos scharf. Was immer das war, ein Patron, er hatte wenig Lust, meiner zu werden.

»Ich bin nur ein Prinz.«

Ereos lehnte sich vor, als wäre er wütend, und stützte einen Unterarm auf seinem Oberschenkel ab. »Das wirft mehr Fragen auf, als es beantwortet, junger Prinz.«

»Ich weiß, König Ereos.« Alael neigte um Entschuldigung bittend seinen Kopf. Hier waren die Machtverhältnisse klar. Ich war fasziniert von diesem Schauspiel.

»Nur damit ich weiß, mit wem ich mich anlege, vor wem möchtest du sie schützen?«, fragte Ereos mit seiner tiefen grollenden Stimme.

»Den Schwarzklingen«, kam die schlichte Antwort, die mir meinen Verdacht bestätigte, dass Eskar und dieser Sasch einer Art Spezialeinheit angehörten, denn das war keine Domäne der Aglaia wie die Egor, die Keseki und diejenigen, deren König Ereos war.

»Wieso habe ich es nur geahnt?«, murrte Ereos. Er lehnte sich zurück und strich gedankenversunken über sein stoppeliges Kinn. Die Stoppeln mussten schon einige Tage alt sein. Offensichtlich trug er den Bart bewusst so. Er verlieh ihm etwas Jugendliches und gleichzeitig etwas Hartes, Raues. Ich fragte mich, welcher Domäne er vorstand. Azurblau, wessen Farbe war das noch mal? Purpur war Egor, Sattgrün gehörte den Nephilia. Azurblau … entweder Sanya oder Anait. Ich war mir nicht sicher. Es war lange her, dass ich das letzte Mal in Ertatem auf Mission gewesen war.

»In Ordnung«, murrte er schließlich und wieder huschte sein Blick zu mir, doch diesmal verharrte er bei mir. Er musterte mich ausgiebig, und ich hatte das Gefühl, vollkommen entblößt vor ihm zu stehen. Dabei war das gar nicht möglich.

Er wusste nichts von mir. Woher auch? Und doch …

»Wie heißt du, Kind?«, fragte er mit seiner tiefen Stimme und bemühte sich um einen wohlwollenden Ton.

Ich war etwas verstimmt. »Zunächst einmal bin ich kein Kind. Ich bin eine Frau, und mein Name ist Lin.«

In seinen Augen erkannte ich einen plötzlichen Schreck, doch nur für einen winzigen Moment. Dann beherrschten seine gefassten, regelrecht strengen Züge wieder sein Gesicht.

»Wieso willst du aus der Reichweite der Schwarzklingen heraus?«

»Ich bin des Kämpfens müde. Seit ich denken kann, bin ich Spionin. Ich hatte keine Kindheit und kein Leben. Ich biete einen Kompromiss an: Ich bin bereit, mein Wissen über die Anamie zu teilen, aber ich bin nicht bereit, noch einmal an die Front zu gehen, egal auf welcher Seite des Schlachtfeldes.« Ich war vollkommen offen und direkt. Den Kompromiss bot ich eigentlich nur an, weil Saschs Vorwurf mir noch in den Ohren klingelte.

»Larak, mein Doje, wird dafür sorgen, dass du in meinen Flügel ziehen kannst und mit Kleidung in den Farben meiner Domäne ausgestattet wirst.« Ereos zeigte auf den groß gewachsenen Mann, der während unseres Gesprächs neben dem Podest gestanden und keine Miene verzogen hatte.

»Ist das nötig?«, fragte Alael zerknirscht.

»Wenn sie unter meinem Schutz stehen soll, dann ja, junger Prinz, dann ist das nötig«, fuhr Ereos ihn streng an.

Alael nickte widerwillig.

»Danke«, beeilte ich mich zu sagen. Auch wenn ich noch nicht alles verstand, so begriff ich doch, dass Ereos mich offenbar vor einem Einsatz an der Front bewahren konnte.

»Es heißt: danke, mein König«, verbesserte er mich ruhig.

Ich knirschte mit den Zähnen. Katzbuckeln war keine meiner Stärken, besonders wenn ich es nicht nur spielte.

»Sieh mich nicht so zornig an, Lin!«, maßregelte er mich. »Das sind nicht meine Regeln, sondern die des Hofes.«

Das wusste ich. Ich wusste es ja. Nur fielen sie mir deshalb nicht leichter. »Ja, mein König«, brachte ich hervor.

Er nickte einmal kurz, das genügte ihm.

»Mein König, ich habe Freunde, denen dasselbe Schicksal droht«, begann ich, und Ereos legte seinen Kopf leicht schräg. »Sie sind keine Aglaia, stimmt das?«

Ich stimmte ihm zu.

»Dann kann ich nicht ihr Patron werden. Aber Larak kann sicher einen Platz in unserem Flügel für sie finden, das erschwert den Schwarzklingen zumindest den Zugriff.«

»Danke, mein König.« Diesmal meinte ich es vollkommen ernst.

Alael senkte ebenfalls dankend seinen Kopf. Wir waren wohl entlassen, denn der Prinz nahm meine Hand und lief mit mir Richtung Ausgang.

»Alael?«

Er fuhr herum und sah zu König Ereos hoch. Auch ich blieb stehen und sah zurück.

»Morgen werden zahlreiche Könige im Schloss sein, die du hättest fragen können. Dein Vater eingeschlossen.«

»Das stimmt«, räumte Alael ein.

»Wieso also kommst du zu mir?«

»Weil Ihr auch noch hier sein werdet, wenn die Feierlichkeiten zu Ende gehen«, erklärte Alael, und ich fand, das war ein triftiger Grund. Er hatte mir erklärt, dass aus jeder Domäne ein Vertreter am Hof weilte. Meistens waren das die Thronerben oder Geschwister des aktuellen Regenten. König Ereos bildete die Ausnahme. Alael hatte angenommen, es läge an der lieblosen Ehe, die Ereos führte, seit seine erste Frau dem Wahnsinn anheimgefallen war. Laut Alael hatte man die erste Ehe annulliert, damit Ereos eine neue eingehen und Erben zeugen konnte. Ich war zwar neugierig, warum er der einzige König am Hof war, doch ich wollte nicht spekulieren und Gerüchte über den Mann verbreiten, dem ich zu Dank verpflichtet war, denn er sorgte gerade dafür, dass mein Wunsch in Erfüllung ging.

»Ihr könnt gehen. Lin sollte noch heute Abend umziehen, die Schwarzklingen können sehr hartnäckig sein, wenn sie etwas wollen.«

Alael knirschte mit den Zähnen, stimmte ihm aber zu. Dann verließen wir die große Halle, und Alael marschierte schnellen Schrittes mit mir den Weg wieder zurück bis hinüber in den nördlichen Teil des Schlosses, der teilweise in den Berg gebaut war und in dem das Theater lag.

Als wir eintraten, war ich verwirrt. Für mich war so viel passiert, seit ich die Gruppe verlassen hatte. Doch sie steckten noch immer in der Generalprobe und merkten gar nicht, dass wir zurück waren. Für sie war es ein Nachmittag wie viele andere gewesen. Für mich hatte sich gefühlt alles verändert.

13

INGENIA
ELEYA – HERRIN DER LÜFTE

Eleya saß im Schneidersitz auf dem Stein der Verbundenheit. Es war leichter, durch das Kitrinos an einen bestimmten Ort zu reisen, wenn man seine Suche kanalisieren konnte. Der Stein half dabei. Daher war sie in die Berge gereist, um diesen Stein aufzusuchen. Es wäre ihr lieber gewesen, er wäre näher am Domänenschloss, sie hasste es zu reisen … auf dem Rücken eines Tieres.

Sie schlug mit ihren großen Schwingen und legte sie enger an ihren Körper an. Eleya unterdrückte ein Grinsen. Wieso sollte sie auf dem Rücken eines Tieres reisen, wenn sie selbst in der Lage war, sich viel schneller fortzubewegen?

Sie schüttelte die tadelnde Stimme ihrer einstigen Lehrerin ab, die ihr stets eingeschärft hatte, ihre Fähigkeiten nur im Notfall zu nutzen, und schloss ihre Augen wieder. Ihre Fingerspitzen berührten sachte den Felsen unter ihrem Körper. Vorsichtig legte sie ihren Kopf in den Nacken und verließ ihren Körper. Sie glitt durch die hellen, warmen Fäden des Kitrinos, und anstatt sich leiten zu lassen, suchte sie aktiv nach der Energie des Prinzen. Sie hatte ihn immerhin in diese Lage gebracht, und da war es nur recht, dass sein Vater sie hierher schickte, um nach ihm zu sehen.

Das Kitrinos war heute widerspenstiger und zerrte hart an ihr. Sie fokussierte sich auf Prinz Fors und dachte an den Ort, an dem er gefangen war, hinter den feindlichen Linien in den Händen ihrer Widersacher. Ein Zustand, den sie erwartet hatte.

Sie bewegte sich auf die Front zu und wollte weiter, doch an einer Abzweigung riss das Kitrinos sie aus ihrer Bahn. Sie verlor die Kontrolle über ihren Weg und gab sofort auf, dagegen anzukämpfen. Man kämpfte nicht gegen das Kitrinos an, wenn es einmal die Kontrolle über einen Weg an sich genommen hatte. Das war die erste Regel zu transzendenten Reisen.

Eleya entspannte sich und ließ los. Das Kitrinos sog sie in eine weit entfernte Region, fernab der Stelle, an die sie eigentlich hatte reisen wollen. Das würde dem König nicht gefallen. Er war schon nicht glücklich gewesen, als sie ihm von ihrer Vision erzählt hatte. Doch die Könige vertrauten der Weisheit und den Gaben der Ingenia, also hatte er seinen Sohn auf die Mission geschickt und dem Leibwächter des Prinzen gesagt, dass Fors gefangen genommen werden musste, um eines Tages eine Frau finden zu können. Sie hätte es niemals so ausgedrückt. Das war viel zu schwach. Eleya hätte diese Person Seelengegenstück genannt. Sie wusste nur, dass der Prinz der Egor ein langes, glückliches Leben führen würde, wenn er eine bestimmte Person in sein Leben ließ. Ob diese Person ein guter Freund oder eine Liebschaft sein würde, ob sie männlich, weiblich, Aglaia oder sonst was war, wusste niemand, auch sie nicht.

Das Kitrinos hielt sie an und zeigte ihr eine kleine Lichtung. Sie versuchte herauszufinden, wo sie war, da sog das Kitrinos sie in die Sphäre der Szene, und sie verlor das Gefühl für sich und ihren Körper.

Eine Ingenia traf auf ihren Herren, einen König. Sie neigte respektvoll ihren Kopf und verharrte in der unterwürfigen Position, bis ihr Herr sie erlöste. Der gut genährte König zögerte, ehe er sie mit einem leisen Gruß erlöste. Die Ingenia trat etwas näher und sprach leise.

»Mein Herr, ich habe etwas gesehen, das Ihr wissen müsst.«

»Natürlich, sonst hättest du mich kaum hier heraus bestellt. Die Festlichkeiten beginnen in wenigen Stunden. Ich habe kaum Zeit. Es sollte besser wichtig sein!«, maßregelte er sie für ihren unglücklich gewählten Zeitpunkt. Die Ingenia zog unterwürfig ihren Kopf ein. Doch sie war sich der Wichtigkeit ihrer Nachricht sicher, sonst hätte sie nicht weitergesprochen. »Mein Herr, eine tot geglaubte Prinzessin ist heimgekehrt.«

»Was soll das heißen?«, blaffte der Mann, und in seinen Augen stand Angst. Seine fleischige Hand zitterte und umfasste fest den Knauf seines Schwertes. Sein Handrücken wurde weiß, so fest umklammerte er das Leder. »Du hast gesagt, sie würde in Flammen stehen.«

»Das habe ich.«

»Und dann stand sie in Flammen.«

»Das dachten wir alle.«

»Denken? Du solltest es wissen!«, warf er ihr zornig vor und erhob seine Stimme.

»Visionen können missverstanden werden.«

»Ach? Das ist ein großer Misthaufen! Sie darf nicht leben. Das zerstört alles!«, schrie er nun.

Die Ingenia senkte ihr Haupt. Da war noch mehr, das sie zu sagen hatte, doch die Rage ihres Herren ließ sie zögern.

»Sie muss sterben«, murmelte der König und wandte sich ab. Die Ingenia ruckte mit ihrem Kopf, und auch wenn der

König offensichtlich nicht hören wollte, was sie zu sagen hatte, bedeutete er ihr, fortzufahren.

»Das Kitrinos ist, sie betreffend, nun im Gleichgewicht.«

»Ach, ist es das?«, höhnte er. »Und was verdammt willst du damit sagen?«, fuhr er sie zornig an.

»Das Kitrinos will sie jetzt hier haben, lebendig«, umschiffte sie ein direktes Aussprechen. Sie zog ihren Kopf ein, und der König lief puterrot an. Er schien kurz davor zu sein, zu explodieren. Dann zog er in einer flinken, fließenden Bewegung sein Schwert aus der Scheide und hielt die Klinge drohend nur wenige Millimeter vor die verletzlich entblößte Kehle der Ingenia. »Du dienst mir!«, erinnerte er sie mit zischenden Worten. »Mir allein! Dein dämliches Kitrinos wird schon mit etwas Ungleichgewicht auskommen. Ist es ja bisher auch.«

Die Ingenia stand zitternd und mit erhobenen Händen vor ihm. Sie wandte ihren Blick ab. Sie hatte Angst, große Angst. »Ja, Herr«, flüsterte sie.

»Sehr gut.« Der König verharrte noch einen Moment in dieser drohenden Position. Dann zog er seine Waffe zurück und steckte sie in ihre Scheide.

Eleya wurde zurückkatapultiert und schlug in ihren Körper ein. Wie immer atmete sie schwer und keuchend. Auf ihre Unterarme gestützt versuchte sie, den Nachgeschmack der Szene wahrzunehmen. Das Kitrinos sprach Warnungen aus, zeigte aber auch Gleichgewichte, die sich neu einstellten, und Ereignisse, die das eine oder andere irgendwann einmal auslösen würden. Diesmal musste sie nicht lange suchen. Der Nachgeschmack kam, und er war kräftig. Er war so bitter und ekelhaft, dass ihr übel wurde und sie sich die Hand vor den Mund schlug, um sich nicht übergeben zu müssen.

Mit geschlossenen Augen versuchte sie, ruhig zu atmen.

Beruhigend strich sie mit der anderen Hand über ihren aufgepeitschten Magen und summte leise ein Lied, um sich abzulenken. Es brauchte einige Minuten, bis der Nachgeschmack verklang. So einen intensiven Geschmack hatte sie noch nie gehabt. Sie brauchte sich nicht fragen, ob das Kitrinos sie warnte oder ihr ein Gleichgewicht zeigte. So eindeutig hatte es noch nie gesprochen. Und es hatte sie von ihrem Pfad gerissen. Es war also verdammt wichtig, dass sie diese Szene sah. Nur wieso? Ging es um die Ausbeutung einer Ingenia und ihr ungesundes Loyalitätsverhältnis zum König ihrer Domäne oder um das Mädchen?

So oder so musste Eleya handeln.

14

Die Schritte meiner feinen Lederschuhe klangen nur sehr leise auf den marmornen Fliesen im Gang. Zum ersten Mal seit ich hier war, trug ich ein Kleid. Es war ein azurblauer Traum.

Die Leuchter an den Säulen des Ganges glommen und spendeten ein warmes orangefarbenes Licht. Sie beleuchteten die präzise gearbeiteten Statuen in den Nischen.

An meiner Lieblingsstatue stand Alael in einem sehr feinen Anzug mit gelber Schärpe. Die Farbe seiner Domäne strahlte hell, und der schwarze Anzug war der perfekte schlichte, aber stilvolle Hintergrund für diese Farbe. Der Prinz lächelte mir strahlend entgegen.

Ich wusste nicht so recht, was ich über seinen Vorschlag, heute Abend offiziell meine Begleitung zu sein, denken sollte. Wir waren sowieso beide eingeladen, daher ging es dabei vermutlich eher um ein Statement. Aber ich wusste nicht, ob ich eines setzen wollte.

Seit ich bei König Ereos lebte und dort im Flügel auch große Teile meines Tages verbrachte, hatte es keinen weiteren leidenschaftlichen Moment zwischen Alael und mir gegeben. Wir hatten uns dennoch jeden Tag gesehen, aber wir hatten nie wieder einen Augenblick der Zweisamkeit gehabt. Und jetzt, sechs Wochen nach unserem so heißen Kuss, kribbelte alles in mir, als ich ihn in diesem schmeichelnden Outfit vor mir stehen sah.

Ich fühlte mich zum ersten Mal in meinem Leben einfach nur als Frau. Ich war zurechtgemacht worden, stundenlang. Ereos hatte darauf bestanden, weil ich mit ihm als Patron heute Abend auf dem Winterball die Domäne der Sanya vertrat, so wie noch ungefähr zwanzig andere Gäste. Der Raum musste proppenvoll sein.

»Du siehst wunderschön aus«, schmeichelte Alael mir, und seine funkelnden Augen glitten über meinen gesamten Körper. Als er wieder zu meinen Augen fand, wirkte er erhitzt und weckte damit in mir eine Sehnsucht, die ich so noch nicht kannte. Er war aufregend, und das, was da zwischen uns stattfand, war neu für mich. Meine Neugier trieb mich vorwärts.

Alael bot mir galant seine Armbeuge, um mich in den Saal zu führen. Als meine Finger seinen Arm durch den Stoff berührten, entzündete unsere Nähe und das Gefühl seiner harten Muskeln unter meiner Hand ein wildes Feuer in mir, das nach mehr verlangte. Meine Nervenenden summten, und ich wollte ihn anhalten und dazu bringen, mich noch mal zu küssen. Wie oft ich mir in den letzten Wochen gewünscht hatte, er möge einen Moment für uns finden, das zu vertiefen, was er so schamlos hinter den Vorhängen der Bühne begonnen hatte.

»Bist du nervös?«, fragte er zuvorkommend. Er hatte nicht die geringste Ahnung, was gerade in mir vorging. War er nicht ebenso sehnsüchtig nach einer erneuten, intensiven Annäherung?

»Es geht«, wehrte ich ab. Es machte mich nicht nervös, an dem Fest teilzunehmen. Ich war nervös, ihn zu sehen und den Abend mit ihm zu verbringen. Ich wollte etwas ganz anderes, als in höflichem Abstand mit ihm zu tanzen. Ich wollte herausfinden, was alles zwischen ihm und mir passieren könnte, und den Hunger in mir erkunden.

»Du sorgst dich um Kassandra und Phineas, nicht wahr?«, meinte er sanft. Im Grunde war es nett von ihm, nach ihnen zu fragen und sich in mich hineinzuversetzen. Also bezwang ich die lustvollen Triebe in meinem Innern und gab mir Mühe, mich auf das Gespräch einzulassen. »Ich sehe sie nicht so oft. Aber ich glaube, es geht ihnen gut. Kassandra jedenfalls liebt die Heilerinnen. Ich glaube, sie wäre gerne selbst eine.«

»Ereos wäre sicher bereit, ihr eine Ausbildung zu gewähren, wenn du ihn darum bittest.«

»Ja, das denke ich auch«, stimmte ich ihm zu.

»Wieso klingst du dabei so niedergeschlagen?«, fragte Alael verwirrt und sah mich von der Seite her an. Er geleitete mich um die Ecke in den letzten Gang, der zum Ballsaal führte. Hier hörte man bereits die Musik aus dem großen Saal und die unzähligen Stimmen der vielen Aglaia.

»Weil ich nicht ohne Weiteres für Kassandra zum König gehen kann. Ich kann nicht über ihren Kopf hinweg eine Bitte für sie vortragen«, erklärte ich ihm.

»Wieso nicht?« Er war verwirrt.

Ich ebenso. Meinte er das ernst? Ihn musternd versuchte ich, das herauszufinden, und er schien es tatsächlich ernst zu meinen. Innerlich seufzend gestand ich mir ein, dass er irgendwann einmal wie der verwöhnte Prinz denken und handeln musste, der er im Grunde war. Da es aber in den fast acht Wochen meiner Zeit hier im Schloss so gut wie nie vorgekommen war, nahm ich ihm das nicht übel. »Es ist ihr Leben und ihre Entscheidung. Wenn sie mich fragt, werde ich sofort die Bitte für sie vortragen. Aber sie kann ihren Weg selbst finden und ihre eigenen Entscheidungen treffen.«

»Aber du weißt doch, was sie will«, wandte er ein.

»Ich *glaube,* es zu wissen«, korrigierte ich ihn.

Er dachte eindeutig nach. Dann legte er seine Hand sanft auf meine, die auf seinem Unterarm lag. »Mach, was du für richtig hältst.«

Bei jedem anderen hätte ich die Worte als subtilen Versuch eines Umstimmens gewertet, doch Alael war ein sanfter, gutherziger Charakter. Er meinte seine Worte, wie er sie sprach. Das mochte ich so an ihm.

Gemeinsam betraten wir den Ballsaal, einen der schönsten Räume im Schloss. Er bestand aus zwei Stockwerken, dem Tanzboden unten mit riesigen Fenstern auf der Westseite, die über beide Stockwerke reichten. Auf der Empore, die rund um den Tanzboden auf der zweiten Ebene lag, waren diverse Sitzgelegenheiten aufgestellt. Oben flanierte und unterhielt man sich in kleinen Gruppen, unten wurde vor allem getanzt und dem König der Könige gehuldigt. Der majestätische Mann saß auf einem goldenen Stuhl mit verschnörkelter Lehne, erhöht auf einem Podest. Selbst im Sitzen wirkte er mächtig und stattlich. Hier unten ging es um Sehen und Gesehen-Werden.

»Das ist dein erstes Fest, nicht wahr?«, fragte er mich.

Ich nickte. Die Feierlichkeiten zum Jahrestag der Regentschaft des Königs der Könige waren die letzten großen gewesen, und die hatte ich vor allem hinter der Bühne verbracht. Seither hatte es kein Fest im Schloss gegeben und auch keine Dinner oder ähnliche größere Veranstaltungen.

»Dann wird heute alle Welt wissen wollen, wer du bist«, grinste er mich an.

Das konnte ich mir gut vorstellen. Er hatte mir mehr als einmal erzählt, dass sich der Hof bereits das Maul über die junge Schutzbefohlene des Königs der Sanya zerriss. Ich war froh gewesen, dass Ereos mich mit allerlei Ablenkung in seinem Teil des gigantischen Schlosses beschäftigt hielt. Und nach drei missglückten Versuchen, mich für ihre Interessen in Anspruch zu nehmen, hatten auch die Schwarzklingen aufgegeben. Insgesamt lief es außerordentlich gut. Ich wusste zwar noch nicht, wo ich einmal meinen Platz im Volk der Aglaia finden würde, aber Phineas und Kassandra schienen ihren schon zu erahnen. Phineas hatte mir bei unserem letzten Ausflug in den Dachgarten der Sanya verraten, dass er und Kassandra wohl irgendwann ins Landesinnere ziehen wollten, vielleicht sogar in die Domäne der Sanya, wo Kassandra als Heilerin arbeiten könnte, und er würde schon etwas finden, solange er nur bei ihr war. Noch hatte er Kassandra nicht gestanden, was er fühlte, aber mir gegenüber sprach er inzwischen offen darüber. Ich musste bei der Erinnerung schmunzeln, wie der sonst so taffe, raue Spion um Worte ringend neben mir gesessen hatte.

»Woran denkst du?«, fragte Alael.

»Nur an Phineas.«

Das trieb ein finsteres Stirnrunzeln auf das bis gerade noch so fröhliche Gesicht des Prinzen. Ich begriff, wie er meine Worte missverstanden hatte. »Er ist so in Kassandra verliebt«, fügte ich daher noch hinzu und sofort glätteten sich Alaels Züge.

»Alael!«, stieß Celeste freudig aus, als sie vor uns auftauchte und mitten in unser Gespräch platzte. In ihrem sonnengelben Kleid, das durch ein glänzendes Satinband in Gelbgold tailliert wurde und schmeichelnd eng an ihrer Figur klebte, sah sie atemberaubend aus. Ihr dunkelbraunes Haar schien zu leuchten, und ihre grünen Augen fand selbst ich wunderschön. Ich hätte dahinschmelzen können, so schön war diese Frau. Doch ihre Schönheit war rein äußerlich.

»Damenwahl!«, rief sie aus, als ein Stück der Musikanten erklang. Sie griff nach Alaels Hand, der um Entschuldigung bittend zu mir blickte und hilflos mit den Schultern zuckte. »Du hast doch nichts dagegen, oder?«, fragte sie mich säuselnd, und ohne eine Antwort abzuwarten, zog sie den Prinzen mit sich auf die Tanzfläche.

Innerlich murrend über diesen einen ihrer zahllosen Siege, ließ ich meinen Blick durch den Raum schweifen auf der Suche nach bekannten Gesichtern. Ich fand keine. Stattdessen dachte ich daran, wie oft Celeste schon über mich triumphiert hatte. Sie hatte ein unglaubliches Timing. Sie schnappte Alael immer, noch ehe wir etwas miteinander hätten unternehmen können, ob bei einem Ausritt, einem Spaziergang, einem gemeinsamen Nachmittag in der riesigen Bibliothek. Sie schaffte es immer, Alael aus meiner Nähe zu holen. Als ich die beiden auf der Tanzfläche miteinander sah, spürte ich eine alte Freundin in mir erwachen. Uns verband eine uralte Hassliebe, und ich wäre lieber frei von ihr: Eifersucht.

»Guten Abend, junge Dame«, erklang eine tiefe Stimme neben mir. Ein Mann in weinrotem seidenbesticktem Anzug mit goldenen Reversaufschlägen reichte mir einen gläsernen Kelch mit einer prickelnden Flüssigkeit.

»Guten Abend.« Ich lächelte ihn höflich an und nahm das Glas entgegen. »Danke sehr.«

»Du musst die Schutzbefohlene von König Ereos sein«, stellte er fest. »Wie ist es so bei den Sanya?« Er nippte vornehm an seinem Getränk und schaute mich erwartungsvoll über sein Glas hinweg an.

»Ich bin überwältigt von der Güte dieses Volkes und ebenso von ihrem Wissen.« Phineas hatte mit mir für heute Abend trainiert. Ich hatte noch endlos viele solcher Floskeln bereitliegen.

»Oh ja, das sind sie«, stimmte er mir sofort zu. »Sogar deutlich gütiger noch als die Keseki.« Er lächelte mich vielsagend an. Höfische Spielchen. War er nun Feind oder Freund?

»Das kann ich noch nicht beurteilen. Ich kenne bisher erst ihren Prinzen«, umschiffte ich eine eindeutige Aussage.

»Aber den wohl etwas enger, so sagt man.«

»Sagt man das?«

Er lachte amüsiert. Sein etwas fülliger Bauch hüpfte beim unterdrückten Kichern. »Celeste tobt vor Eifersucht. Spätestens das heizt die Gerüchteküche an«, informierte er mich mit verschwörerischem Ton in der Stimme.

»Wirklich?«, spielte ich Überraschung. Das war der einzige Trost für meine eigene Eifersucht, Celeste war schlimmer dran als ich. Immerhin hatte sie es so wenig im Griff, dass alle es sehen konnten.

»Ist dir noch nicht aufgefallen, was?«, neckte er mich.

»Nein. Überhaupt nicht.« Meine Stimme troff vor Sarkasmus.

Er grinste breit. »Ich bin König Regor«, stellte er sich vor. Da ich seine Farben schon den Anait zugeordnet hatte, überraschte mich das nur noch ein wenig. Aber ich hatte nicht erwartet, dass ein König so formlose und angenehme Unterhaltungen führen konnte. Ereos war im Grunde immer nur ernst. So richtig wurde ich nicht mit ihm warm. Anscheinend hatte ich unbewusst diese Eigenschaften für Könige verallgemeinert. Regor allerdings war lustig.

»Ich bin Lin. Ganz ohne Titel.«

»Als ob ich das nicht wüsste«, schnaubte er amüsiert. »Und, Lin ohne Titel, möchtest du tanzen?«, fragte er mich höflich.

Jetzt im Ernst? Ich sah ihn aus großen Augen an. Dann reichte er mir auch noch vor allen hier die Hand. Die eindeutige Geste. Ich konnte kaum einem König den Tanzwunsch abschlagen, nicht einmal jetzt, da Damenwahl war. Bei allem formlosen Geplänkel, das ging nicht, schon gar nicht als Vertreterin der Sanya. Wer wusste schon, was ich sonst mit meiner Absage für einen politischen Schaden anrichten könnte? Auch wenn ich so gar keine Lust hatte zu tanzen.

Ich legte meine warmen Finger in seine leicht schwitzige Hand und stellte mit ihm zusammen das Glas auf das Tablett eines vorbeilaufenden Kellners. Ich hatte nicht einen Schluck getrunken.

Nervös ließ ich mich auf die Fläche führen. Er umfasste meinen nackten Unterarm, was mir seltsam unangenehm war, und positionierte ihn an seiner Schulter. Dann legte er seine Hand unter mein Schulterblatt und streckte den anderen Arm aus. Ich legte meine freie Hand wieder auf seinen dargebotenen Handrücken und dann stiegen wir in den Takt ein und schwebten über die Tanzfläche.

Tanzunterricht war eine der Ablenkungen gewesen mit denen Ereos mich im Flügel der Sanya beschäftigt hatte. Als Protegé des Königs war ihm klargewesen, dass ich heute Abend eingeladen war, und daher hatte ich gelernt zu tanzen. Ehrlich gesagt, machte es mir wirklich Spaß.

Regor war ein guter Tänzer, nur sein fülliger Bauch kam mir manchmal etwas nah. Aber dann begann er ein Gespräch und lenkte mich von dem unangenehmen Gefühl ab, das ich immer noch hatte. Es war nicht fair, er war nett und wollte nichts von mir. Er war nur höflich und half mir, nicht so allein inmitten all der Starrenden herumzustehen. Das war alles.

»Immer wenn ich hier im Schloss bin, staune ich über seine Größe und Schönheit.«

»Es geht mir ebenso. Es ist riesig. Irgendwann werde ich mich noch verlaufen, ganz sicher«, prophezeite ich.

Regor lachte leise. »Das erste Mal kam ich als junger Prinz

her, und ich habe mich noch viele Jahre später hier verlaufen. Aber psst, das darf niemand wissen.«

»Euer Geheimnis ist bei mir sicher«, versprach ich verschwörerisch.

Er grinste. Nach einer Drehung, bei der der Rocksaum meines Kleides sich im Wind bauschte und in eleganten Kreisen um mich herumschwang, fühlte ich mich irgendwie leichter.

»Ich habe gehört, du bist sehr viel im Flügel der Sanya.«

»Natürlich, dort lebe ich.«

Er lächelte nichtssagend. »Ich war noch nie dort. König Ereos hat nicht so gerne Gäste bei sich.«

»Wirklich?«, fragte ich erstaunt. Allerdings war mir das auch selbst schon aufgefallen. In den sechs Wochen waren nie Einladungen von ihm ausgesprochen worden. Aber er empfing dennoch viele Personen, doch die kamen nur in den ersten Raum des Flügels, seinen Audienzraum. Es Saal zu nennen, wäre dezent übertrieben. Es war ein kleiner, gemütlicher Raum mit einem Tisch und einigen Regalen. Dazu ein paar Stühle, mehr nicht. Der Saal, in dem er mich damals empfangen hatte, war eigentlich der Tanzsaal der Sanya.

»Überrascht dich das?«, fragte er verwundert.

»Natürlich. Ich bin schließlich auch ein Gast und wurde warm willkommen geheißen.«

Kurz flackerte etwas Undeutbares über seine Züge. War das Überraschung gewesen? Unglauben? Ich war mir nicht sicher.

»Wo liegt Euer Flügel?«, lenkte ich das Thema in eine andere Richtung. Ich empfand Ereos gegenüber eine gewisse Loyalität und Dankbarkeit. Daher wollte ich das Gespräch nicht weiter in diese eher lästernde Richtung treiben.

»Im Westen.«

»Über dem Theater?«, fragte ich nach.

»Ganz genau!«, rief er überrascht aus. »Du hast geflunkert, du kennst dich sehr gut im Schloss aus.«

»Oh nein, nur in den Teilen, in denen ich mich häufiger aufgehalten habe.«

»Und das Theater zählt dazu?«

»Ich habe beim Lustspiel für den Jahrestag des Königs der Könige mitgewirkt, hinter den Kulissen«, erklärte ich ihm

Er wirkte erstaunt. Ich dachte schon, es würde ihn stören, dass die Flüchtlinge bei etwas hatten mitmachen dürfen, das sonst nur der Crème de la Crème der jungen Gesellschaft vorbehalten war. Doch dann überraschte er mich: »Wieso hinter den Kulissen. Du bist doch niemand, den man hinter einem Vorhang verstecken muss.«

War das als Kompliment gemeint? Das mulmige Gefühl von vorhin meldete sich zurück. »Ich war sehr zufrieden mit meiner Rolle.«

»Dann will ich es dir nicht kaputt machen«, lenkte er sofort ein und wechselte wieder das Thema. »Kennst du die Legenden dieses Saals? Zu der Jadetreppe da drüben zum Beispiel?« Hm … vielleicht hatte ich seinen Kommentar missverstanden.

»Nein, aber Ihr macht mich neugierig.«

»Es heißt, wer sich auf der Jadetreppe zum ersten Mal begegnet, verliebt sich ineinander und wird ein langes, glückliches Leben geschenkt bekommen«, verriet er mir, als wäre es ein gut gehütetes Geheimnis.

Ich musste lachen. »Ich kann mir lebhaft vorstellen, wie zahllose junge Damen am Fuß der Treppe warten, bis ein Junggeselle sie oben betritt, und ihm dann schnell entgegen stürmen.«

Regor lachte. »So viele sind es nicht, aber genug.«

»Wie ist die Legende entstanden?«, fragte ich, denn meistens gab es zu solchen Legenden schöne, berührende Geschichten.

»Es war tragisch«, seufzte er.

»Natürlich«, spielte ich amüsiert mit.

»Eine Prinzessin eines anderen Landes, entführt von einem Botschafter, sollte hier an den Kronprinzen der Aglaia verheiratet werden und traf auf jener Treppe einen anderen Prinzen, der ebenfalls für politische Handlungen angereist war. Sie verliebten sich unsterblich ineinander, und nach Überwindung einiger Hürden fanden sie für immer zueinander.«

»Ungewöhnlich, dass es diese Geschichte zu einer Legende der Aglaia gebracht hat, denn der heimische Prinz ging ja leer aus«, gab ich schmunzelnd zu bedenken.

»Ja.« Er grinste verspielt. »Das liegt daran, dass er seine eigene Liebesgeschichte hatte, diese dreht sich aber um das Gemälde dort hinten.«

Ich folgte seinem Blick und entdeckte ein zwei Mann hohes Gemälde mit ineinandergreifenden Szenen, zu weit entfernt, um Genaueres erkennen zu können.

Die Musik endete, und wir traten auseinander und verneigten uns leicht voreinander. Überrascht, dass dieser Tanz so kurzweilig gewesen war dank seiner angenehmen Konversation, und froh, dass wir einander nicht mehr so nah waren, weil das immer noch ein seltsam mulmiges Gefühl in mir hervorrief, sah ich zu ihm auf.

König Regor straffte seine Schultern und lächelte mit hinter dem Rücken verschränkten Armen zu mir herab. »Dann kann ich mir diese Geschichte für ein anderes Mal aufheben.« Er federte beschwingt auf den Ballen und wirkte dabei vorfreudig.

Erleichtert nickte ich ihm zu. »Das würde mich freuen«, antwortet ich höflich und neigte meinen Kopf.

Er lächelte und entschuldigte sich. Kaum einen Moment später tauchte Alael vor mir auf und grinste mich leidend an, als wäre der Tanz mit Celeste eine lästige Pflicht gewesen. Er schaute etwas verwundert Regor hinterher, ehe er sich mir zuwandte. »Das war sehr nett von ihm.«

»Was meinst du?«, fragte ich.

»König Regor hat dich durch diese Geste schwer erreichbar für die neugierigen, sensationshungrigen Hunde gemacht. Du wurdest bei deinem ersten Tanz von einem König geführt. Das erhebt dich weit nach oben in der sozialen Rangordnung, und ein rangniedrigerer Tanzpartner muss dir jetzt erst vorgestellt werden.«

»Jeder ist rangniedriger als ein König«, stellte ich überflüssigerweise fest.

Er grinste mich an. »Ganz genau.«

»Und wer stellt mir dann einen Tanzpartner vor?«

Nun wurde Alaels Grinsen richtig breit. »Dein Patron.«

Ich wusste nicht, ob ich mich über so eine Entmündigung freuen oder ärgern sollte. Auf der einen Seite war ich so vor unerwünschten Tanzpartnern geschützt. Es befreite mich aber auch von schlechthin allen Tanzpartnern und bescherte mir einen sehr einsamen Abend. Mal ganz davon abgesehen, dass ich es hasste, wenn jemand so viel Macht über Dinge hatte, die ich sehr gut allein entscheiden konnte und im Grunde auch wollte.

»Du wirkst nicht glücklich«, stellte Alael fest.

Ich zögerte. »Ich entscheide gerne selbst, wen ich kennenlerne und wen nicht.«

»Manchmal verstehe ich dich einfach nicht.«

»Wieso?«

»Du willst auf der einen Seite beschützt werden, auf der anderen Seite willst du aber auch lieber alles selbst in der Hand haben. Dir ist schon klar, dass man es dir damit nie recht machen kann.« Da klang ein leiser Vorwurf durch. Er bemühte sich, seine Frustration zurückzuhalten, doch ich sah sie, erahnte sie mehr, spürte sie. Ich hätte gerne diesen subtilen Vorwurf abgeschmettert, doch dann dachte ich über mein Verhalten in den letzten Wochen nach und war geneigt, ihm zuzustimmen.

»Mein Leben war bisher nicht ganz normal. Ich befürchte, du wirst es mir verzeihen müssen, dass ich auf meinem Weg zu einem normalen Leben manchmal widersprüchlich handle.« Ich versuchte, nicht trotzig zu klingen, aber ich fühlte die Ungerechtigkeit meines Lebens heute seltsam bewusst und stark. Seit ich dieses verdammte Kleid angezogen hatte, konnte ich nicht mehr aufhören, daran zu denken, was ich alles verpasst hatte. Keine Freiheiten, Fehler zu machen und über die Stränge zu schlagen, keine Chance, sich selbst zu finden und zu definieren. Keinen zu haben, an dem man sich mit allen heftigen Emotionen reiben konnte, ohne befürchten zu müssen, dass er einen dann weniger liebte. Niemanden, zu dem man in eine schützende Umarmung kriechen konnte, wenn Selbstzweifel einen quälten. Und nicht einmal die selbstverständlichsten Dinge, wie ein schönes Kleid zu tragen, sich zurechtzumachen und für einen Abend einfach mal schön zu fühlen. Seit ich hier lebte, wurde ich mir all dessen, was mir genommen worden war, so schmerzhaft bewusst. Ich fand, eine leichte Überreaktion und Inkonsequenz stand mir da zu.

»Es gibt nichts zu verzeihen«, versprach er auf einmal inbrünstig. Er hatte meine Stimmung aufgefangen und war für mich da. Er war einer von den Guten, von den richtig

Guten. Und doch wünschte ich mir, gerade er wäre nicht so verdammt gut und verständnisvoll. Ich hatte überreagiert und machte ihm etwas zum Vorwurf, für das er nichts konnte. Er sollte sauer auf mich sein. War er aber nicht, und das fühlte sich wie Mitleid an. Und wenn ich etwas auf den Tod nicht ausstehen konnte, war das Mitleid.

Ich holte tief Luft. Ich überdrehte gerade vollständig und kam aus dem Strudel all dieser ungewohnten Emotionen nicht so ohne Weiteres heraus.

»Kann man hier irgendwo an die frische Luft?«, fragte ich und versuchte, nicht so hysterisch zu klingen, wie ich mich auf einmal fühlte.

»Natürlich. Oben auf der Empore sind Balkone.« Hilfsbereit, zuvorkommend. Eben ein Guter.

Alael führte mich die Jadetreppe hoch, von der Regor mir erzählt hatte, und dann links herum zu der großen Fensterfront. Es stellte sich heraus, dass die Fenster zweigeteilt waren und hier oben eigentlich Balkontüren. Er führte mich auf eine dieser kleinen steinernen Ausbuchtungen, und ich stützte beinahe verzweifelt meine Hände auf den angenehm kühlen Steinen ab. Mit geschlossenen Augen holte ich tief Luft und ließ die kühle Nachtluft meinen erhitzten Körper abkühlen. Mit der Kühle kam auch die Ruhe, und ich bekam mein Inneres wieder halbwegs in den Griff. Vielleicht war es auch das Bewusst-nicht-Nachdenken und gar nicht die angenehm kühle Luft. Denn mit jedem weiteren Atemzug spürte ich die eigentlich beißende Kälte hier draußen deutlicher. Die Luft war nicht kühl, sondern schneidend kalt. Kein Wunder, der Herbst war bereits herum und der Winter hielt Einzug.

Meine nackten Unterarme überzog eine Gänsehaut, und so hob ich meine Hände von dem kalten Stein der Balustrade.

»Du frierst«, stellte Alael fest und nahm meine Hände in seine. Er rieb sie, was wenig hilfreich, aber doch süß war. Hier war er, mein Moment unter uns, und ich spürte das heiße Kribbeln in meiner Brust rasend schnell zurückkehren. Ich blickte von unten auf sein von der Seite angestrahltes schönes Gesicht. Seine Lippen verzogen sich zu einem warmen Lächeln, und sein Blick versprach die gleiche warme Zuneigung, die ich spürte.

Alael hob meine Hände an seine Lippen und hauchte einen warmen, zarten Kuss auf meine kalten Finger. Er blickte mich über meine Hände hinweg an, und ein sanfter Schauer bewegte meine Schultern. Meine Hände fanden von allein an seine Wangen und strichen über die leicht stoppelige Haut. Ich versank in seinen Augen, ehe ich mich leicht nach vorne lehnte.

Alael strich mit seinen starken Händen meine Unterarme entlang, und ich musste nun ein vollkommen anderes Zittern beherrschen. In dem Moment, in dem ich meinem Sehnen nachgab und mich ganz nach vorne lehnte, kam er mir entgegen und umfing mit seinen warmen Händen meine Taille. Ich spürte den Druck an meiner Haut, als unsere Lippen sich fanden.

Der Kuss war aufregend, und ich nahm nur noch ihn wahr. Seine weichen Lippen, die sich im Gleichklang mit meinen bewegten, und dann ein zärtliches Vorschnellen seiner Zunge. Sofort lud ich ihn mit geöffneten Lippen ein. Unser Atem vermischte sich, und alles um mich herum trat in den Hintergrund. Alael war einfach überall. Als unsere Zungen sich in einem tastenden Annähern begegneten, entfuhr mir ein leises Stöhnen, so überwältigt war ich von den Empfindungen, die seine Nähe auslöste.

Ich musste mich an ihm festhalten, so sehr nahm mich sein

Kuss ein. Viel zu schnell nahm Alael seine Lippen von meinen, und sein wachsamer Blick über meine Schulter erinnerte mich an den Ort, an dem wir uns geküsst hatten, wieder halb öffentlich, wieder nur durch Vorhänge von den Blicken all dieser Aglaia verborgen. Ich spürte nachträglich Adrenalin in meinem Blut rauschen, als ich mich schnell zurücklehnte und versuchte, mich normal zu verhalten. Was wäre denn in diesem Moment normal?

Dann begriff ich, wie Alael sich verhielt. Er war zurückgetreten und fixierte mit sorgenvollem Blick einen Punkt im Innern des Schlosses. Noch ehe ich mich umdrehen konnte, packte er meine Schultern und sah mich ertappt an. »Könnte sein, dass die Ingenia der Egor mit dir sprechen wollte, und könnte sein, dass ich dir das nicht gesagt habe. Und ganz vielleicht kommt gerade der König der Egor auf uns zu und sieht ziemlich wütend aus.«

Ich starrte ihn einen Moment fassungslos an. Er hatte *was* getan?

15

Ich sah dem groß gewachsenen, schlanken Mann mit dem aristokratischen Gesicht entgegen, doch mit jedem Schritt zweifelte ich mehr an Alaels Interpretation. Der Mann sah uns gar nicht an. Doch in einem Punkt gab ich ihm recht, der Mann wirkte zornig.

Schnellen Schrittes näherte sich der König der Egor in seinem purpurnen Frack unserem Balkon. Doch er lief ebenso schnell vorbei, wobei die Zipfel seines Fracks hinter ihm her wehten. Er lief zwei Balkone von uns entfernt hinaus, ein unterwürfig wirkender Mann folgte ihm.

»Puh«, stieß Alael erleichtert aus.

Ich fuhr wütend zu ihm herum. »Warum hast du mir das verschwiegen?«, verlangte ich zu erfahren.

»Um dich zu schützen«, erklärte er sofort.

»Mich zu schützen? Was will die Ingenia denn?« Das verdutzte mich. Ich hatte gedacht, die Ingenia wären so etwas wie die Heiligen einer Domäne. Sie wurden angebetet und verehrt wegen ihrer Verbindung zum Kitrinos. Das Ganze war ein ausgewachsener Glaube, wie ich inzwischen herausgefunden hatte.

»Weiß ich nicht.« Er zuckte auch noch mit den Schultern, keinesfalls zerknirscht. Oh, jetzt war ich wirklich wütend.

»Du weißt es nicht? Und wovor willst du mich dann bitte schützen?«

»Davor, dass man dich nicht in Ruhe lässt. Deshalb lebst du doch im Flügel der Sanya.«

»Nein, ich lebe im Flügel der Sanya, damit ich niemals wieder in den Kampf muss. Das heißt doch nicht, dass ich mit niemandem reden will.«

»Aber sie gehört zu den Egor. Das sind die Krieger. Was glaubst du denn, was sie von dir will?«, wurde er lauter.

»Ich weiß es nicht«, zischte ich vorwurfsvoll. »Dafür hast du ja gesorgt.«

»Bist du mir jetzt ernsthaft böse?«

»Natürlich bin ich dir böse. Du kannst nicht für mich entscheiden, wer mit mir reden darf und wer nicht.«

»Ich verstehe dich nicht. Du willst nicht in den Kampf zurück, bist aber bereit mit der Ingenia der Krieger zu sprechen?«

»Ganz genau.«

»Wieso?«

»Ich bin kein egoistisches Monster, Alael. Ich weiß, dass ich Informationen habe, die die Aglaia vielleicht brauchen können. Das hier ist nun meine Heimat, sie alle waren schon immer mein Volk. Wieso sollte ich nicht helfen, wenn der Preis vertretbar ist?«, versuchte ich es ihm klarzumachen.

»Und wieso wehrst du dann die Schwarzklingen ab?«

»Sie sind eine Spezialeinheit. Mich mit ihnen über diese Informationen zu unterhalten würde unweigerlich zu einem dauerhaften Einsatz führen.«

»Das glaube ich nicht.«

»Weil du davon keine Ahnung hast!«, fuhr ich ihn hart an.

Jetzt wirkte er verletzt. Er lehnte sich mit pikierter Miene zurück und starrte auf mich herab. Der Moment der Stille wehte einen Teil des Gesprächs auf dem anderen Balkon zu mir herüber.

»Du stehst hier vor mir und hast keine andere Antwort für mich?«, klang die drohende, autoritäre Stimme eines Mannes leise.

Alael sagte etwas, doch ich hörte nicht zu. Ich war fixiert auf die Antwort des anderen Mannes.

»Es tut mir leid, mein König. Wir haben wirklich alles versucht. Andere sind bei diesen Versuchen gestorben. Wir kennen den Weg, es zu entfernen nicht, wenn es den überhaupt gibt.« Da lag so viel Verzweiflung in der Stimme des Mannes. Ich bekam eine Gänsehaut.

»Es muss einen Weg geben. Er ist mein Sohn!«, erhob der König seine Stimme und sofort setzte sich ein Bild vor meinem inneren Auge zusammen. Ich hatte es bereits geahnt. Jetzt erhielt ich die Bestätigung.

»Wo ist der Prinz der Egor untergebracht?«, fragte ich mitten in Alaels Worte hinein. Er sah mich verwundert an.

»Weißt du es oder nicht?«, fuhr ich ihn harsch an.

Alael kaute nachdenklich auf den Innenseiten seiner Wangen herum, eine Geste, die ich sonst nur von Frauen kannte. Und wie er es wusste! Er überlegte nur, ob er es mir sagen sollte.

»Ich finde es auch ohne dich heraus«, drohte ich und wandte mich ab. Er konnte mich mal. Ich war keine seiner schwachen Damen, die seinen Schutz brauchten. Er hatte mich mit seiner Entscheidung entmündigt. Bei allem *Es für mich tun* hatte er mich völlig unberücksichtigt gelassen. Es war nicht schützen, jemandem die Wahl zu nehmen, das war bevormunden. Und ich hasste das so sehr!

»Warte.« Er hielt mich an meinem Arm zurück, und ich entwand ihn sofort Alaels Griff. Auffordernd und mit loderndem Zorn im Blick wartete ich, dass er etwas sagte.

»Du kannst nicht einfach den Ball verlassen. Du bist eine Vertreterin der Sanya.«

Ich schnaubte. Allein, um es ihm zu zeigen, würde ich gerade so gerne den Ball verlassen, aber das wäre sehr undankbar Ereos gegenüber, denn der König würde die Folgen meines Handelns tragen müssen. Das war nicht in Ordnung, also entschied ich mich, mich ihm anzuvertrauen. Ich eilte hinein in die stickige Wärme des Ballsaals und trat an die Brüstung der Empore. Fieberhaft suchte ich den Saal nach dem großen, breitschultrigen Mann in Azurblau ab. In der Nähe des Königs der Könige entdeckte ich ihn. Er stand dort, von drei Vertretern seiner Domäne umringt, und als würde er meinen Blick auf sich spüren, sah er zu mir hoch. Unsere Blicke trafen sich, und für einen Moment fühlte ich mich, als könnte ich nur ihm allein vertrauen. Dann erinnerte ich mich an diesen Prinzen und stürmte los. Ich bemühte mich, halbwegs gesittet zu laufen.

Als ich die ersten seltsamen Blicke zugeworfen bekam, erinnerte ich mich an mein Training. Das konnte ich so viel besser, und so eilig war es nicht. Also hob ich mein Kinn, richtete mich noch etwas auf und schritt elegant durch die Massen. Ich war eine Vertreterin der Sanya, und mein Patron war bisher sehr gut zu mir gewesen. Es war das Mindeste, ihn jetzt nicht lächerlich zu machen, dafür dass er mich als Flüchtling des Feindes aufgenommen hatte.

So anmutig ich konnte, schritt ich die trüben grünen Stufen der Jadetreppe hinunter und machte dabei kaum einen Laut, zumindest nicht einen, den man über den Lärm der Unterhaltung hätte hören können. Am Fuß der Treppe wandte ich mich nach links und lief auf den König der Sanya zu.

»Was tust du?«, zischte Alael, der mir offenbar gefolgt war, doch ich antwortete ihm nicht. Ich war immer noch sauer.

»Mein König«, begrüßte ich Ereos mit einem höflichen Knicks, der tiefer ging, als wir es abgesprochen hatten.

»Lin«, grüßte er mich wieder mit seiner tiefen Stimme, und ich spürte einen Hauch von Erinnerung. Inzwischen war ich mir sicher, dass mein Vater einmal ähnlich geklungen haben musste, denn dieses eine Wort war so unfassbar vertraut. Es war das Einzige, an das ich mich hatte erinnern können, das Einzige, was mich mit meiner Heimat bis zuletzt verbunden hatte. Und in diesem großen, starrköpfigen, brummigen Mann könnte ich gut meinen Vater sehen. Mit so einer Stimme musste er gesprochen haben, so groß musste er gewesen sein, und ich stellte ihn mir auch breitschultrig vor.

»Gefällt dir der Ball?«, fragte er, weil ich nicht geantwortet hatte. Er ließ mich oft alles um mich herum vergessen, und auch diesmal schalt ich mich eine Närrin, weil ich mich hatte ablenken lassen.

»Oh ja, er ist wunderschön«, versicherte ich mit vollem Ernst. »Ich hatte das Vergnügen, mit König Regor zu tanzen.«

»Das habe ich gesehen«, bestätigte er mir. Ich sah etwas wie Stolz in seinen Augen glimmen. Vielleicht wünschte ich mir das aber auch nur. Ich musste dringend mit diesem Vaterkomplex aufräumen. Das lenkte mich zu sehr ab.

»Ich befürchte nur, ich habe etwas Schlechtes gegessen. Ich möchte kurz die Krankenstation aufsuchen, nur um sicher zu gehen, dass ein Frühes-zu-Bett-Gehen ausreicht.«

Ereos sah mich derart intensiv an, dass ich hätte schwören können, er würde mitten in mich hineinsehen und alle schützenden Masken und Schichten durchdringen, um meinen verkrüppelten, vernarbten Kern zu entdecken. Dann huschte sein Blick zu Alael, der ohne Zweifel immer noch hinter mir stand, und daraufhin sah er hinauf zur Empore. Was immer er sah, ich war mir sicher, dass er die Zusammenhänge zumindest erahnte. Und ich war mir sicher, dass er meinen Hinweis verstand. Er würde mich nie für so schwach halten, wegen einer leichten Übelkeit so ein Theater zu veranstalten.

»Prinz Alael, könntest du so gut sein, meine Schutzbefohlene zu begleiten. Ich sorge mich um sie.« Der König sah Alael auffordernd an.

»Natürlich, König Ereos.«

Und *wie* dieser grimmige Mann die Zusammenhänge begriffen hatte. Ich legte all meine Dankbarkeit in meinen Blick und neigte zum Abschied den Kopf. Wir waren laut genug gewesen, dass es einige Leute in unserer Umgebung gehört hatten. Das Gerede würde sich in Grenzen halten. Außer der Annahme, dass ich ein erbärmlicher Schwächling war, würde wohl nichts Schlimmeres kursieren. Ich war froh, diesen Schritt gegangen zu sein.

Ich lief zielstrebig auf einen der beiden Ausgänge zu, und bis wir im Gang waren, folgte Alael mir. Danach übernahm er die Führung, wobei er sich kurz versichert: »Du willst zu ihm, hab ich recht? Zu Prinz Fors.« Ein Blick über seine Schulter in mein entschlossenes Gesicht war ihm Antwort genug. Also lief er voran, und ich folgte ihm wortlos, denn schließlich wusste er, wo dieser Prinz der Egor war.

»Ich werde einfach nicht schlau aus dir«, murmelte Alael irgendwann leise, und doch hörte ich es. Die Gänge wurden immer leerer und weniger gut beleuchtet, desto weiter wir uns vom Ballsaal entfernten. Der Prinz führte mich in den Teil des Schlosses, in dem ich schon einmal gewesen war, in den militärischen Teil. Das hätte ich mir eigentlich denken können. Doch dieses Mal führte er mich ein Stockwerk höher.

»Du weißt bisher erst wenig über mich. Deshalb verstehst du mich noch nicht.«

Alael blieb wie angewurzelt stehen und fuhr zu mir herum. »Ich habe die letzten acht Wochen jeden Tag mit dir verbracht, natürlich kenne ich dich!«

Er war verletzt. Aber wovon? Als mir klar wurde, was ihn verletzte, wurde ich direkt wieder sauer. Er kannte mich eben nicht! Und er verstand mich nicht! Er sah mich nicht einmal wirklich. Ich war verdammt noch mal ein entführtes Kind, jahrelang vom Feind zu einer Spionin ausgebildet. Nicht einmal das wusste er wirklich, und er hatte auch nie danach gefragt. Aber er wusste, dass ich sechzehn Jahre meines Lebens bei den Anamie gewesen war. Was stellte er sich bitte vor, was da passiert war? Wie kam er nur darauf, dass ich war wie alle anderen? Er glaubte tatsächlich, unsere oberflächlichen, nichtssagenden Gespräche hätten ihm gezeigt, wer ich war. Aber wie konnte er das glauben? Ich wusste ja auch nicht, wer er war. Ich hatte nie nachgefragt, unsere Gespräche nie auf eine persönlichere Ebene kommen lassen.

»Können wir weiter?«, fragte ich statt einer Entgegnung. Das hier war nicht die Zeit und nicht der Ort für einen echten Streit, und ein echter Streit würde es werden, wenn ich ihm meine Wut entgegenschleuderte. Es war nicht gerechtfertigt, dass er sich angegriffen fühlte. Ich hatte lediglich eine Tatsache ausgesprochen.

Alael biss seine Zähne fest aufeinander und presste seine Lippen zusammen. Er war wütend und enttäuscht von mir, und das fand ich nicht okay von ihm. Er wirbelte herum und stapfte mit zu Fäusten geballten Händen weiter. Er bog einmal links ab und riss dann eine metallene Tür auf. Dahinter war ein hell erleuchteter Gang, der mich zum ersten Mal an mein Leben bei den Anamie erinnerte. Hier in Aglia war sonst alles eher warm, natürlich und wenig technologisch. Aber dieser Gang war steril, weiß, voller Metall und gläsernen Wänden, weiße Vorhänge und grellweißes Licht. Es sah hier aus wie im Hauptquartier der Anamie.

Mein Herzschlag beschleunigte sich, und meine Muskeln verfielen in die altbekannte Vorspannung, wenn ich mich in eine möglicherweise gefährliche Situation begab. Wachsam blickte ich mich um und setzte meine Schritte bewusst lautlos. Alles in mir wurde mit einem Schlag zurückversetzt. Vergessen war das Kleid, in dem ich mich eben noch schön gefühlt hatte. Vergessen war der Prinz, der meine Emotionen wild durcheinanderbrachte, und vergessen war das Gefühl von Freiheit.

»Das ist die militärische Krankenstation. Die Betroffenen sind dort am Ende des Ganges auf Station untergebracht. Hier vorne ist der ambulante Bereich«, erklärte Alael mir und ließ mich wieder vorgehen. Auch er wirkte angespannt. Aber in diesem Moment war er nicht wichtig. Er hatte *die Betroffenen* gesagt … Mehrzahl. Also war der Prinz nicht der Einzige.

Ich lief annähernd lautlos den weißen kahlen Gang entlang und studierte meine Umgebung. Ich sah rollbare Betten, kleine stumme Geräte, die auf ihren Einsatz warteten, entdeckte bereitstehendes Verbandsmaterial, und alles war unberührt. Warum auch immer, dieser ambulante Bereich wurde definitiv nicht genutzt.

Ich griff nach der milchigen Tür am Ende des Ganges, da summte sie leise und glitt zur Seite. Sie offenbarte einen sonnengelb gestrichenen, etwas breiteren Gang mit zahllosen weißen Türen.

»Welche ist es?«

»Ich weiß es nicht.«

Also betrat ich den Gang und sah mich nach jemandem um, der es mir sagen konnte. Wie bestellt trat aus einer der Türen ein Uniformierter. Er trug das Blaugrün der Königsgarde. Hinter ihm folgte dicht ein zweiter in purpurner Uniform. Ein Gardist aus Egor. Natürlich, wenn ihr Prinz hier unten auf seinen Tod wartete, war es logisch, dass einer von ihnen hier war.

»Was wollt ihr hier unten?«, fragte der Mann in Purpur scharf. Der Königsgardist musterte seinen Begleiter mit tadelnd hochgezogener Augenbraue. Dann wandte er sich an uns. »Prinz Alael, wie kann ich Euch helfen?«

»Lin glaubt, Prinz Fors helfen zu können«, fiel er direkt mit der Tür ins Haus. Warum auch nicht. Das besänftigte mich etwas. Er konnte für einen Prinzen schön undiplomatisch und pragmatisch sein. Und er überraschte mich mit dieser Schlussfolgerung. Ich hatte mit keinem Wort angedeutet, dass ich helfen könnte. Vielleicht kannte er mich doch ein wenig besser, als ich mir eingestehen wollte. Wir sollten mal in Ruhe miteinander sprechen, und ich sollte ihm etwas entgegenkommen.

»Wie soll ein Mädchen ihm helfen?«

»Ich wusste, du würdest hier auftauchen, wenn du davon erfährst«, erklang eine tiefe Stimme hinter uns. Wir wirbelten herum, und natürlich stand da Eskar in seiner schlichten schwarzen Montur. Wie auch beim letzten Mal trug er sein langes Haar zu einem Knoten am Hinterkopf zusammengebunden. Er hatte einen relativ frischen Kratzer im Gesicht und eine neue, rot schimmernde Narbe zog sich über seinen Oberarm.

»Ich kann nichts versprechen«, dämpfte ich sein Lächeln, doch es hielt sich. Sein ernster Blick traf auf die beiden Uniformierten. »Lasst sie zu ihm.«

Der Mann in Purpur sah wenig glücklich aus, doch sie folgten dem Befehl, und der Gardist der Egor führte uns zur dritten Tür auf der rechten Seite. Er öffnete sie für uns und hielt sie nur auf, anstatt selbst einzutreten.

Vor mir lag ein angenehm eingerichteter Raum. Cremefarbener runder Wollteppich, hölzerne Truhen, sandfarbene Wände und ein gemütliches Bett mit purpurner Bettwäsche. Ein Mann stand vor einem Fenster, mit dem Rücken zu mir. Sein Oberkörper war nackt und auf seiner Wirbelsäule saß ein Mark-Trenner, der vom Nacken bis hinab zum Anfang seiner Lenden reichte. Genau das, was ich erwartet hatte.

Leise betrat ich den Raum und näherte mich dem muskulösen jungen Körper. Der Prinz stand mit durchgedrücktem Kreuz und geballten Fäusten vor dem einzigen Fenster im Raum. Man konnte hier nur auf endlosen dunklen Stein blicken. Eine triste Aussicht.

»Was willst du?«, knurrte er mit grollender, von Wut verzerrter Stimme. Ich verstand ihn so gut. Meine Wut würde mich auch beherrschen. Als Krieger und Prinz gefangen genommen, was schon Schmach genug war, dann nicht einmal wirklich gefoltert oder verhungern gelassen, unsicher, was man von ihm wollte. Und dann mit dieser Zeitbombe am Rücken zurückgegeben, um ihn vollkommen willkürlich eines Tages töten oder verkrüppeln zu können. Und er wusste das. Er konnte nichts dagegen tun, als auf den Tag zu warten, an dem dieses Höllending ihm das Rückenmark durchtrennte.

»Sei nicht so zornig, Fors«, maßregelte Eskar ihn. »Das hilft dir auch nicht.«

»Leck mich, Eskar«, blaffte der Prinz der Egor zurück.

»Ihr könnt euch später streiten. Jetzt brauch ich ein Messer mit einer sehr scharfen, sehr dünnen Klinge, einen kleinen und einen großen Schlitzschraubenzieher und Desinfektionsmittel. Wir wollen ja nicht, dass der hübsche kleine Prinz eine Entzündung davonträgt«, reizte ich ihn absichtlich. Mitleid war in einer solchen Situation Gift, Hoffnung ebenso. Daher gab ich ihm keins von beidem. Ich arbeitete einfach.

Der Prinz erstarrte. Ich hatte erwartet, dass er sich wenigstens zu mir umdrehte, aber er blieb wie angewurzelt an diesem Fenster stehen und rührte sich keinen Zentimeter.

»Du solltest dich hinlegen. Bett oder Boden, wie du willst.«

»Nichts da, ich hole eine Behandlungsbank«, fuhr Eskar dazwischen und marschierte davon. Ich zuckte mit den Schultern. Das war mir im Grunde egal.

»Fors? Willst du dich nicht mal umdrehen?«, fragte Alael nach einem stillen Moment des Wartens. Ich zuckte zusammen. Er war manchmal so dermaßen unsensibel. »Ach verdammt, ich habe Eskar vergessen zu sagen, dass ich Wasser und Seife für meine Hände brauche. Kannst du ihm das noch sagen, bitte?«, schmiss ich Alael freundlich hinaus. Er zögerte einen winzigen Moment. Dann verließ er ebenfalls den Raum.

Nun waren wir allein. Es war ein ruhiger, stiller Moment. Sein Schweigen war mir nicht unangenehm. Ich an seiner Stelle wäre wohl ähnlich in hilflosem Zorn gefangen. Sechs Wochen war es her, seit er gefangen genommen worden war. Ziemlich genau die Zeit, die ich prophezeit hatte. Ich hasste es manchmal, recht zu haben. Sie hatten ihm seine Hoffnung genommen, und diese missglückten Versuche, ihn zu befreien, bei denen sogar Aglaia gestorben waren, machten das nur schlimmer. Aglaia, die seinetwegen früher, als durch das Gerät sowieso verursacht, gestorben waren.

Manchmal war es einfacher, unwissend zu sein. Aber ich würde es dennoch nicht dem Zustand von Wissen vorziehen. Ja, es war leichter, aber man hatte dann weniger Gewalt über die Entscheidungen, die das eigene Leben betrafen. Man war manipulierbarer und wurde schneller entmündigt. Also nein, leichter war nicht besser!

Eskar kam, gefolgt von Alael, mit einer rollbaren Liege aus dem ambulanten Bereich mit allem darauf, was ich gefordert hatte, inklusive einer Schüssel und Seife, zurück in den Raum. Er stellte alles auf einem Schränkchen ab und schloss die Tür, hinter der eine Waschnische auftauchte, dort befüllte er die Schüssel mit Wasser und stellte die Seife hin. Dann sah er mich erwartungsvoll an. Ich nickte und wusch mir die Hände. Dabei lauschte ich auf die beiden Männer und ignorierte Alael, der wie ein Eindringling in dieser Szene wirkte. Er sollte rausgehen, das wäre besser. Vielleicht sollte ich ihn rausschicken.

Das Klicken von metallenen Laschen, die einrasteten, war zu hören. Ich ordnete das Geräusch feststellbaren Rollen zu. Vermutlich sicherte Eskar die Behandlungsbank. Schritte erklangen hinter mir, als ich den Seifenschaum unter meine Fingernägel rieb. Das metallene Gestell der Behandlungsbank quietschte, als Gewicht auf die Liege kam. Es raschelte leise, und Stoff wurde bewegt. Ich spülte meine Hände gründlich ab und holte tief Luft. Ich betete innerlich zu niemand Bestimmtem, dass sie die Geräte nicht verändert hatten, dass ich ihm wirklich würde helfen können.

»Kann ich was tun?«, fragte Alael, als ich mich umdrehte und auf den auf dem Bauch liegenden Mann in hellbraunen Hosen blickte. Neben dem Prinzen stand Eskar bereit, mir zur Hand zu gehen.

»Nein. Vielleicht wartest du draußen, ich muss mich konzentrieren.«

Alael schwieg einen Moment, und ich spürte die Verletzung, die meine Worte ausgelöst hatten. Es war nicht fair, seine Reaktion. Hier ging es nicht um ihn oder mich, sondern um den Mann, der um sein Leben oder seinen Körper bangte, nicht wissend, um was. Diese Ungewissheit war eine Form von Folter, das hatte ich am eigenen Leib erfahren. Man konnte zu einem weinerlichen Weichling werden, wenn man nicht wusste, was passieren würde und wann. Kannte man diese beiden Dinge, konnte man dagegen über sich hinauswachsen in seiner Duldsamkeit, denn man musste ja nur noch xy Tage durchhalten. Man konnte dann so viel mehr ertragen.

»Ich bin direkt vor der Tür«, versprach er mir, als bräuchte ich seinen Halt. In Momenten wie diesen fragte ich mich, ob er mich wirklich für so hilfebedürftig hielt.

Alael zog die Tür hinter sich zu und hinterließ eine ruhige Stille, in der ich mich ein wenig entspannte. Ich hätte mir die Ärmel hochgekrempelt, wenn ich welche gehabt hätte. Meine schmiegten sich eng an meinen Oberarm und endeten am Ellbogen. Daher konnte ich kaum etwas hochkrempeln. Mir wäre eine Hose zwar jetzt lieber gewesen, aber der dünne, fließende Stoff des Kleides behinderte mich nicht wirklich. Ich fühlte mich nur einfach in Hosen wohler.

»Was soll ich tun?«, fragte Eskar.

»Mir erklären, wieso du eine Sanya an mich ranlässt!«, knurrte der Prinz, und ich musste schmunzeln. Sein Kopf lag in einer Aussparung der Liege, damit seine Wirbelsäule schön gerade gezogen wurde. Auf diese Weise musste er meinen azurblauen Rocksaum gesehen haben. »Und wenn du schon dabei bist, warum zur Hölle sie ein Ballkleid trägt«, fügte der mürrische Prinz hinzu.

»Zuerst das Messer«, wies ich Eskar unbeeindruckt an. Die mürrischen Fragen des Prinzen amüsierten mich.

»Du hattest schon immer ein Talent dafür, die Hand zu beißen, die dich füttert«, warf Eskar ihm vor und reichte mir gleichzeitig das Messer. Ich hielt es prüfend ins Licht.

»Und du dafür, den falschen Personen zu vertrauen«, warf der mürrische Prinz der Schwarzklinge vor. Seine Stimme klang vibrierend dumpf unter der Liege hervor.

»Das eine Mal kannst du mir doch nicht für immer vorwerfen«, beschwerte Eskar sich, als ich das Messer für gut befand und es niedersenkte. Ich hätte zu gerne diese alte Anekdote gehört. So wie die beiden miteinander umgingen, verband sie eine gemeinsame Vergangenheit, und diese Andeutung versprach eine lustige Geschichte. Aber ich war nicht hier, um die beiden Männer kennenzulernen.

»Jetzt einen Moment nicht bewegen«, wies ich ihn an.

»Warte!«

Ich hielt inne, die Klinge des Messers nur Millimeter über dem Schlitz des länglichen grauen Kastens.

»Bist du dir sicher?«, wollte er wissen.

»Zu fünfundneunzig Prozent.« Ich war in solchen Dingen immer ehrlich. Auch wenn eine Beschönigung besser gewesen wäre.

Er schnaubte. »Beruhigend.«

»Besser als die Aussichten, wenn ich nichts mache.«

»Weil es eine Zeitbombe ist«, stieß er zornig aus.

»Ja.«

Ich erwartete eine Frage in der Art, woher ich das wissen könne, doch das fragte er nicht. »Warum tust du das?«

Verdutzt durch diese Frage, zögerte ich einen Moment.

Unsicher sah ich zu Eskar, der nur mit den Schultern zuckte. »Können wir das nicht danach ausdiskutieren?«, fragte ich unwillig. Ich hatte wenig Lust, darüber nachzudenken, warum ich das hier machte.

»Nein. Wenn das hier eine perverse Form von Rache wird, können wir das nicht später ausdiskutieren.«

Vollkommen überrumpelt blinzelte ich. Dann musste ich einfach lachen. »Wie kommst du denn auf so einen Schwachsinn?«

»Du bist eine Sanya!«

»Na und?«

»Sanya und Egor tragen seit vielen Jahrzehnten eine alte Fehde aus.«

»Echt jetzt?«, fragte ich überrascht.

»Tatsächlich, ja«, bestätigte Eskar. Ich schaute hinunter auf den Mann und konnte es mir nicht verkneifen: »Na, wenn das so ist, gehe ich natürlich und überlasse dich deinem brutalen Schicksal.«

Ich trat rückwärts aus seinem Sichtfeld, und kurz schien Eskar zu denken, ich würde es ernst meinen. Das sah ich an seinen aufgerissenen Augen und dem Hochrucken seines Kopfes. Als er mir jedoch ins Gesicht sah, schüttelte er schmunzelnd seinen Kopf.

Der Prinz schwieg eisern.

Also trat ich wieder näher heran und beugte mich hinunter. »Denkst du nicht, wenn es so wäre, würde ich den Teufel tun und dir das sagen?«, fragte ich leise. Er zuckte zusammen. »Wenn du nichts dagegen hast, versuche ich jetzt dieses Teil zu entfernen.« Ich wartete drei Atemzüge lang, dann richtete ich mich auf, legte meine Hand an seine heiße Haut direkt neben dem Kasten und verharrte mit dem Messer noch einen Moment über dem Deckel. Der Prinz schwieg eisern. Also führte ich es sehr sachte in den winzigen Schlitz zwischen Deckel und Wand des Kastens. Ich fuhr einmal rundherum die Kanten des Deckels entlang. Als ich auf einen leichten Widerstand stieß, bewegte ich das Messer in einer vorsichtigen Wellenbewegung. Ich durfte nicht zu weit in die Mitte des Kastens vordringen, sonst konnte ich den Mechanismus auslösen. Durch das vorsichtige Vorgehen brauchte es einige Zeit, ehe ich mich mit dem Messer durch den Widerstand bewegt hatte. Eine letzte Bewegung und der Druck war verschwunden. Jetzt hebelte ich mit der Spitze des Messers den Deckel ab und legte zahllose Drähte und die letztlich ausführenden Klingen frei.

Vorsichtig reichte ich Eskar den Deckel und musterte den Mechanismus penibel genau. Ich musste prüfen, ob sie ihn weiterentwickelt hatten.

»Immerhin ist sie weiter, als jeder von uns es jemals gebracht hat«, informierte Eskar den Prinzen. Der antwortete nicht, doch ich sah, wie die Hände, die die vorderen Metallbeine der Liege umklammert hielten, locker ließen. Seine Rückenmuskeln entspannten sich ebenfalls ein wenig. Nun bewegte ich mit beiden Händen vorsichtig die Drähte, um alles genau sehen zu können, auch was unter ihnen verborgen lag.

»Der Mechanismus ist immer noch derselbe«, murmelte ich zufrieden und wandte mich an Eskar. »Den kleinen Schraubenzieher bitte.«

Eskar reichte ihn mir, und ich löste die Schrauben, die die Klingen hielten. Es waren immer mehrere in so einem Kasten. Sika hatte es mir damals erklärt, manchmal setzten sie erst eine Klinge im unteren Wirbelsäulenbereich in Gang, um eine Querschnittslähmung zu verursachen und die Person noch ein wenig zu quälen und sie hoffen zu lassen, um dann einen Monat später die tödliche Klinge im Nacken zustechen zu lassen. Es war barbarisch.

Mit schnellen und doch bedachten Bewegungen löste ich die vier Schrauben der Verankerung der Klinge und zog sie dann heraus. Danach machte ich mich an die zweite und schließlich an die dritte Klinge. Sika hatte mir ungefragt erklärt, dass man immer drei Klingen nutzte, damit man ein Backup hatte, falls eine mal das Mark nicht vollständig durchtrennte. Es war das perfekte Folterinstrument, und mir wurde schlecht, wenn ich daran dachte, wie viele wir von diesen Dingern angebracht hatten.

Als die Klingen entfernt waren, atmete ich erleichtert aus. »Das Schwerste ist geschafft«, informierte ich ihn und tauschte den Schraubenzieher. Jetzt musste ich noch die Steuerung entfernen, um an die Krallen heranzukommen, die das Gerät an der Wirbelsäule fixierten. Auch das war mit wenigen gelösten Schrauben erledigt. Als ich es entfernt hatte, war nur noch der Rahmen des langen grauen Kastens übrig. Zentral durch den Kasten lief parallel zur Wirbelsäule ein Metallstab, der seinen Träger in der Bewegung ordentlich einschränkte. Vermutlich war das allein schon entwürdigend für den Prinzen der Krieger gewesen. »Jetzt kommt der schmerzhafte Teil«, informierte ich meinen Patienten.

»Moment. Was?«, hielt Eskar mich auf, als ich meine Finger an die Metallstange legte. Ich hielt inne und sah ihn erstaunt an. »Wie, glaubst du, hält das Ding an seiner Wirbelsäule?«

Er wurde etwas bleich. »Dann sollten wir ihn betäuben und es fachmännisch entfernen lassen.«

Ich zog meine Finger zurück. »Wenn ihr das möchtet. Es geht aber schneller, es einfach so zu entfernen. Aber im Grunde braucht ihr mich nicht unbedingt dafür.«

»Nein! Sie macht es. Und sie macht es jetzt!«, knurrte der Prinz der Egor. Er war derart entschieden, dass ich sofort meine Arbeit fortsetzte.

»Du brauchst nicht zu widersprechen. Ich habe meine Entscheidung getroffen«, setzte der Prinz noch nach.

Eskar wirkte unglücklich, schwieg aber. Das fand ich gut. Dieser Prinz Fors hatte genug durchgemacht und hatte viel Würde und Stolz eingebüßt. Das jetzt zu ertragen, würde ihm einen Teil davon zurückgeben. Also griff ich die Stange jeweils am oberen und unteren Ende. Ich drückte sie ruckartig zusammen, und ein metallisches Klappen und Reißen war zu hören. Die Zinken, mit denen sich die Halterung in sein Fleisch gegraben hatte, wurden schlagartig alle gleichzeitig eingefahren. Er zuckte einmal kräftig zusammen, doch da übergab ich schon die komplette Apparatur an Eskar. Gleichzeitig begann ich, mit Desinfektionsmittel und Mull die zwölf Schnittwunden zu desinfizieren. Ich arbeitete akribisch und doch schnell. Solche Handgriffe waren zur Routine geworden. Wie oft ich meine Teamkameraden verarztet hatte und umgekehrt von ihnen verarztet worden war!

Aus den meisten Wunden sickerte bald kein Blut mehr, aber zwei brauchten eine klammernde Bedeckung, um die Blutung zu stillen. »Ich würde dir raten, liegen zu bleiben. Da ich an deiner Stelle aber nicht auf mich hören würde, behalt es bitte im Auge und wechsle die durchgebluteten Kompressen. Desinfizieren solltest du sie morgen früh und morgen Abend noch mal und immer eine mögliche Entzündung im Auge behalten.« Damit wandte ich mich Eskar zu und übergab das übrige blutige Verbandszeug. Dann ging ich hinüber zum Waschbecken und wusch mir meine Hände. Weil er jetzt erst realisieren musste, dass dieser Albtraum vorbei war, verließ ich schnell den Raum und ließ ihn allein. Ich konnte mir die unfassbare Erleichterung nur in Ansätzen vorstellen. Vielleicht war es vergleichbar mit dem Moment, als ich auf meiner Flucht das Felsenfeld hinter mir gelassen hatte. Der Moment, in dem ich erkannt hatte, dass ich wirklich frei war.

Draußen wartete Alael, wie versprochen. Wir machten uns auf den Weg zurück, doch dann wurde mir etwas klar. Er hatte vorhin *Betroffene* gesagt. Mehrzahl. Also steuerte ich die erste Tür im Gang an, aus der vorhin die beiden Uniformierten gekommen waren, und klopfte.

»Was tust du?«, fragte Alael.

Ehe ich antworten konnte, wurde die Tür schon geöffnet, als hätte jemand dahintergestanden und nur auf mein Klopfen gewartet. Ich sah in einen Raum mit zahllosen Monitoren, und auf einem von ihnen sah ich mich vor einer Tür stehen. Sie hatten mich also tatsächlich kommen sehen. Im hinteren Teil des geräumigen Zimmers standen eine Couch und ein Tisch mit Stühlen. Dort saßen vier Männer, einer davon in der purpurnen Uniform. Als er mich entdeckte, sprang er auf und sah mich angespannt lauernd an.

»Es geht ihm gut«, beruhigte ich den Mann und wandte mich dann an den Königsgardisten, der mir die Tür geöffnet hatte. »Gibt es weitere Aglaia mit so einem Folterwerkzeug?« Es musste weitere geben. Da hätte ich wirklich früher drauf kommen können.

Der Gardist starrte mich an.

»Lin?«, rief Alael erstaunt aus, durch meine Frage hatte er die Antwort auf seine eigene erhalten.

»Dreiundvierzig«, informierte der Mann mich, und ich musste tief durchatmen. Das war nicht üblich für die Anamie. Sie taten das nur besonders wichtigen Personen an. Dreiundvierzig erschien mir erstaunlich viel. Aber wer sie waren, änderte nichts an meinem Vorhaben.

»Dann mal an die Arbeit. Ich denke, du könntest mir helfen«, band ich Alael diesmal aktiv mit ein. »Ich brauche …« Und so begann die längste Nacht, die ich bisher hier in Ertatem verbracht hatte. Alael wich nicht von meiner Seite, auch wenn ihm nach der zwanzigsten Person die Augen beinahe zufielen.

16

Müde rollte ich mit den Schultern und griff mir an meinen Nacken. Vorsichtig rieb ich über den verspannten Muskel. Ich hätte ein Bett vertragen können. Die Sonne war vor drei Stunden aufgegangen.

Alael trat zu mir und streichelte liebevoll über meinen Arm. Wann waren wir denn zu solcher Intimität in der Öffentlichkeit übergegangen?

»Können wir reden?«, flüsterte er. Durch seine bedachten, eindringlichen Worte wachsam werdend, sah ich ihn forschend an. »Hier?«, fragte ich widerstrebend. Alael sah auf den letzten Patienten, der gerade in Tränen ausbrach und im Spiegel seinen nun freien Rücken über seine Schulter hinweg beobachtete. Ich hätte ihn jetzt gerne allein gelassen. Ich war eine Fremde, eine derjenigen, die ihm das einst angetan hatten. Sie alle *waren* wichtige Personen für die Aglaia. Es waren Generäle, Dojen, Schwarzklingen oder Königliche.

»Lieber draußen«, lenkte Alael ein, als er ebenfalls zu dem erleichterten ehemaligen Dojen der Kasha hinübersah. Wir verließen gemeinsam den Raum. Er führte mich den Flur entlang und beeilte sich dabei auffällig. Alael schaute sogar mehrmals über seine Schulter, als befürchte er, dass man uns folgte. Ich bekam eine Ahnung, worüber er reden wollte: die Konsequenzen meines heutigen Einsatzes.

Wir verließen den Gang und dann die Station. Erst jetzt entspannte Alael sich etwas. Doch er begann das Gespräch noch nicht. Das machte er erst vier Stockwerke höher, kurz vor dem Flügel der Sanya, nachdem er mich in eine Nische mit einer Statue gezogen hatte. Er war mir sehr nah, aber ich war viel zu müde und erschöpft, um das Prickeln zu spüren.

»Was du heute getan hast …« Er brach ab und schaute zu Boden. Er rang um Worte. Dann fasste er sichtlich einen Entschluss. Seine großen, warmen Hände umschlossen meine Oberarme, und er sah mich eindringlich an. »Was du heute getan hast, zeigt ihnen deinen unschätzbaren Wert für den Kampf.«

»Ich weiß.«

Alael hatte offensichtlich nicht mit meiner Antwort gerechnet. »Das weißt du? Wieso hast du es dann getan?«

Ich seufzte innerlich auf und zählte bis zehn. Am liebsten hätte ich ihm für diese Frage eine Ohrfeige verpasst. »Weil sie alle so ein Leid nicht verdient haben.«

»Das kannst du doch gar nicht wissen.«

»Doch!«, wurde ich langsam lauter. »Weil niemand so eine Qual verdient hat!«

Er wich leicht zurück und sah zerknirscht aus. »Entschuldige. Ich habe einfach nur Angst um dich.«

Mit einem tiefen Atemzug holte ich Luft, um mich zu beruhigen. Angst lähmte mental. Sie machte blind für das Richtige. Daher versuchte ich, ihn nicht zu verurteilen und mich in ihn hineinzuversetzen. Es gelang mir nur mäßig.

»Steht es noch, dass du auf keinen Fall zurück an die Front willst?«

»JA!« Das war einfach. Auf jeden Fall. Nur eben nicht um jeden Preis.

»Dann sehe ich nur eine Lösung.«

Ich runzelte die Stirn. Die sah er? Ich im Grunde nicht. Nach dem, was ich heute getan hatte, und wegen der Machtlosigkeit, die Frauen hier ertragen mussten, wüsste ich wirklich nicht, wie. »Welche?«

»Indem du zu einer Königlichen wirst.«

Ich zog zweifelnd die Augenbrauen zusammen. »Ich glaube nicht, dass Ereos mich so sehr mag. Er duldet mich und ist gut zu mir, aber er hat einen Thronerben und eine Frau, und ich würde da nur stören. Ich glaube, er kann sich das politisch gar nicht leisten.«

»Nicht bei den Sanya!«

Langsam, sehr langsam begriff ich, was er da gerade tat. »Wird das hier gerade ein Antrag?«

Alael legte seinen Kopf mit einem um Verzeihung bittenden Blick zur Seite. »Ich sehe sonst keinen Weg, wie wir dich sicher von der Front fernhalten können. Du bist so dermaßen wertvoll, dass nicht einmal Ereos dich jetzt noch schützen könnte. Für ihn gibt es keine Argumentationsbasis. Für einen Ehemann allerdings …«

Ich holte tief Luft, versuchte, es zu durchdenken. Es klang so verdammt logisch und schlüssig. An so etwas hatte ich noch keinen einzigen Gedanken verschwendet. Es hätte natürlich einen unschlagbaren Vorteil, wenn ich seine Frau werden würde, denn dann könnte ich weiterhin helfen, ohne in Gefahr zu geraten, eingezogen zu werden. Ich könnte in einem selbst gesteckten Rahmen helfen. Das war sehr verlockend. Und da ich mir nie etwas in Bezug auf eine Ehe gewünscht hatte, musste ich auch keinen Traum aufgeben, um jetzt einzuwilligen. Nicht einmal meine Mündigkeit verlor ich, denn die besaß eine Frau der Aglaia kaum. Ohne Ereos war ich vollkommen schutzlos den Entscheidungen der mächtigen Männer dieser Welt ausgeliefert.

Am liebsten hätte ich ihn gefragt, ob er sich sicher war, was er dabei aufgab, doch er meinte es ernst. Es wäre unfair, ihm durch so eine Frage indirekt vorzuwerfen, dass er es nicht zu Ende gedacht hatte. Er war mündig, und ihm diese Mündigkeit abzusprechen, wäre ungerecht. Also sah ich ihm fest in die Augen. Es wollte mir nicht so recht über die Lippen, daher griff ich nur seine Hand und drückte sie. Alael strahlte mich glücklich an und nickte entschieden. »Dann gehen wir jetzt zuerst zu König Ereos.«

Natürlich. Er war mein Patron. Er entschied jetzt wohl einfach alles. Mürrisch folgte ich Alael weiter in den Flügel der Sanya und dann direkt in den Audienzsaal. Der kleine gemütliche Raum war wie immer warm erleuchtet, und Ereos saß tatsächlich schon an seinem Schreibtisch. Als wir eintraten, hob er seinen Kopf, und sofort fixierte er unsere verschlungenen Hände.

»Oh, oh«, brummte er.

Das stieß Alael vor den Kopf, und er richtete sich wachsam auf. »König Ereos, ich möchte mit Euch reden.«

»Das sehe ich, Junge«, knurrte Ereos und nutzte absichtlich keinen Titel. Mit einem kurzen Wink schickte er alle aus dem Raum, nur sein Doje blieb, wie immer. Ereos lehnte sich zurück und stützte seine Ellbogen auf den Stuhllehnen ab. Er blickte uns über seine gefalteten Hände hinweg argwöhnisch an. Er wusste genau, worum es ging. Na ja, nicht ganz genau. Er kannte die Hintergründe noch nicht.

»Vielleicht sollte ich damit anfangen, was passiert ist, nachdem wir den Ball verlassen haben«, schlug ich vor.

»Möchte ich das wirklich hören?«, knurrte er, etwas Bestimmtes erwartend. Ich musste schmunzeln. Weil ich ahnte, was er dachte, setzte ich mich ihm gegenüber auf den Stuhl und erleichterte ihn: »Ich werde Euch jetzt nicht sagen, dass ich mit Alael geschlafen habe.«

Ein leises entsetztes Keuchen erklang, und Ereos verschluckte sich. Er fing sich schnell. »Schön zu hören«, knurrte er, und ich lächelte ihn an, ehe ich ihm meine Erlebnisse schilderte. Ab und zu sah er mich überrascht an, aber die meiste Zeit verharrte er in seiner Position und schwieg. Er hätte eine Statue sein können, so wenig rührte er sich. Anders als sein Doje, der immer nervöser zu werden schien.

»Du bist dir der möglichen Konsequenzen vollauf bewusst, wie ich sehe«, stellte Ereos fest, als ich geendet hatte. Mit einem einfachen Nicken bestätigte ich ihm seine Vermutung.

»Da Ihr Lins Patron seid, muss ich Euch um ihre Hand bitten. Aber sie hat bereits zugestimmt«, stieg Alael etwas unglücklich in die Unterhaltung ein.

Ereos richtete sich merklich auf und schüchterte sogar mich mit seinem tödlichen Blick ein. Alael zuckte mit keiner Wimper. Das war das erste Mal, dass ich ihn so standhaft erlebte. Er war wild entschlossen. Das mochte ich sehr.

»Willst du ihn heiraten?«, fragte Ereos mich. Ich war sicher, dass er nach meinen Emotionen fragte, aber ich war in dieser Hinsicht nicht emotional. Es war der logische nächste Schritt und würde mir alles ermöglichen, was ich wollte. Freiheit, ein Zuhause und die Möglichkeit, zu helfen bei gleichzeitigem Schutz vor einem Einzug. Es war perfekt. Also antwortete ich: »Ja.«

Ereos nickte. »Dann solltet ihr beide etwas wissen.« Seine Stimme war bewegt. Das machte mir zum ersten Mal heute wirklich Sorgen. Er war so grimmig stoisch, er war nie bewegt. Was immer er mir gleich sagen würde, ich war mir sicher, es würde meine Welt erschüttern.

»Manchmal glaube ich, du ahnst es längst«, begann er und sah mich seltsam warm und vorsichtig an. Sein Blick war bewusst beruhigend und durchdrang mich wieder auf eine erschreckend einfache Art. Ein leises Stimmchen in meinem

Innern war geneigt, ihm recht zu geben, doch ich hätte nicht gewusst, was er mir sagen wollte.

»Du bist meine Tochter, Lin.«

Ich erstarrte.

Unfähig, etwas zu fühlen, sah ich in das bärtige, kantige Gesicht mit den vertrauten Augen.

Wie er meinen Namen gerade ausgesprochen hatte … tief in meinem Innern erwachte eine alte Erinnerung. Die älteste Erinnerung, die einzige vor meiner Zeit bei den Anamie. Es war nur mein Name, liebevoll gesprochen von einer tiefen grollenden Stimme.

»Wie kann das sein?«, fragte Alael tonlos, und ich hörte es nur dumpf durch das Rauschen in meinen Ohren. Die Hoffnung, meine Eltern jemals wiederzufinden, war schon früh gestorben. Sika hatte mir erzählt, er hätte sie bei meiner Entführung eigenhändig umgebracht. Vermutlich hatte er das nur gesagt, eben damit ich meine Hoffnung aufgab.

»Bei dem Anschlag und dem großen Brand hat meine erste Frau, Königin Sia, Lins Tod nur vorgetäuscht. Nachdem sie hatte zusehen müssen, wie unsere ältere Tochter ermordet worden war, hat sie nur eine Möglichkeit gesehen, Lin zu schützen. Sie ist mit ihr in eine Hütte im Wald geflohen, und dort hat sie ein halbes Jahr mit ihr gelebt, ehe man Lin entführte«, erzählte Ereos mir meine Geschichte. Er sah mich schmerzlich an. »Ich dachte, du wärst tot. Hätte ich es gewusst, ich hätte die Welt auf den Kopf gestellt, um dich zu finden. Aber sie hat mich angelogen«, verriet er mir mit brüchiger Stimme. All der Schmerz, er brandete gegen mich und umhüllte mich wie eine liebevolle Umarmung. Wie er mich geliebt haben musste. Zitternd umfasste ich die Lehnen meines Stuhls und konnte ihn immer noch nur anstarren.

»Aber Eure jüngere Tochter hieß Kalinka«, wandte Alael

skeptisch ein. Der Name weckte eine weitere Erinnerung. Meine Mutter hatte mich immer Kalinka gerufen.

»Das stimmt. Aber ich habe meinen kleinen Engel immer Lin gerufen«, wandte Ereos sanft ein, und ich wusste sofort, dass es stimmte.

»Als du hier aufgetaucht bist, ein Ebenbild deiner Mutter, als sie jünger war, schickte ich Larak zu der Hütte, in der deine Mutter immer noch lebt. Sie hat es bestätigt.«

»Warum habt Ihr nichts gesagt?«, fragte Alael vorwurfsvoll, und ich hätte ihm am liebsten ins Gesicht geschrien, dass er aufhören sollte, diesen Moment für mich zu zerstören.

Ereos' Blick traf meinen, und ich sah all den Schmerz, den Verlust, die Unsicherheit und den verzweifelten Zorn, den er empfand, weil ihm jede Möglichkeit zu handeln genommen worden war. Seine erste Frau hatte ihm das angetan. Sie hatte ihm die Chance geraubt, seine Tochter wiederzubekommen, und er hatte seine Tochter im Stich gelassen, ohne es zu wissen. Wie grausam sich das anfühlen musste. Alael hatte kein Recht, einen Vorwurf auszusprechen.

»Ich dachte, wir hätten mehr Zeit«, entschuldigte er sich bei mir. Wie gerne ich aufgestanden wäre und ihn umarmt hätte, aber die Wahrheit war, dass man mir diese Bedürfnisse ausgetrieben hatte, zumindest ihre Umsetzung. Ich fühlte mich nicht fähig aufzustehen, um den Tisch zu gehen und ihn in den Arm zu nehmen. Also legte ich all meine wirren und doch überwiegend glücklichen Gefühle in meinen Blick, zu mehr war ich nicht imstande.

»Also wäre unsere Ehe eine Vereinigung unserer Königreiche«, stellte Alael fest.

»Das geht nicht«, wehrte Ereos direkt ab. »Das würde meinen Sohn in Lebensgefahr bringen.«

Ein Sohn. Das bedeutete, ich hatte einen Bruder. Natürlich hatte Ereos einen Sohn, das wusste ich. Hektor war sieben Jahre alt und sein Thronerbe. Aber weil er mit seiner Mutter in der Domäne der Sanya und nicht hier im Schloss lebte, hatte ich es vollkommen verdrängt. Und wenn ich nicht ganz falsch lag, war Ereos' Frau im Moment schwanger, also noch ein Geschwisterchen. Das alles überwältigte mich emotional ein wenig, daher konzentrierte ich mich auf die pragmatischeren Dinge.

»Wir setzen eine Verzichtsklausel in den Ehevertrag«, versprach ich.

»Tun wir das?«, fragte Alael verwundert.

»Natürlich. Du heiratest mich ja nicht, damit unsere Kinder auf beiden Thronen sitzen können. Einer reicht.« Ich erinnerte ihn daran, dass es bereits einen Thron gab, den sie einmal erben würden. Es war so seltsam surreal, über *unsere Kinder* zu sprechen. Das ging mir alles auf einmal viel zu schnell. So emotional aufgewühlt, fiel es mir schwer, kühl und logisch an diese lebensverändernde Entscheidung heranzugehen.

»Du hast recht. Ich dachte nur, es stünde dir zu.«

Ich schüttelte meinen Kopf.

»Natürlich steht es dir zu«, widersprach er, und ich stand auf und ergriff seine Hände. »Darum geht es aber nicht.«

»Worum sonst?«

»Denk an Ereos' Sohn, an Hektor. Er ist mein Halbbruder, und fanatische Anhänger, die es überall gibt, könnten ihm nach dem Leben trachten, nur um unsere Kinder dann auf den Thron zu setzen. Und alles nur wegen der Entscheidung meiner Mutter. Glaubst du nicht, sie hat meinem Vater genug angetan. Reicht es nicht, dass er ein Kind unnötig verloren hat?«

Alael hatte, während ich sprach, den Mund für eine Antwort geöffnet, doch jetzt schloss er ihn und schüttelte betreten den Kopf. Er hatte es nur aus meiner Perspektive betrachtet. Ereos' Schicksal war ihm nicht klar gewesen. Ich hatte gesehen, wie es für Väter war, ihre Kinder zu verlieren. Das war auf allen Seiten der Frontlinie immer dasselbe. Ein Mann konnte an so einem Verlust gut und gerne zerbrechen. Es war ein unerträglicher Schmerz. Und Ereos hatte ihn zweimal gespürt. Und jetzt, da er eine Tochter zurückgewonnen hatte, bedrohte ihr Erscheinen das Leben seines Sohnes. Das war so ungerecht, dass ich mich gegen das Gefühl von Mitleid nicht wehren konnte, auch wenn ich selbst Mitleid verabscheute.

»In Ordnung. Wir werden eine Verzichtsklausel in den Ehevertrag aufnehmen«, lenkte Alael ein und blickte Ereos auffordernd an. Der König erhob sich und sah mir fest in die Augen. »Wenn es dein Wunsch ist, stimme ich eurer Verbindung zu.« Er bot mir einen letzten Ausweg, das nahm ich wahr. Aber in der Ehe mit der Verzichtsklausel war ich aus dem Spiel, noch ehe jemand von mir erfuhr. Damit schützte ich meinen mir noch unbekannten Halbbruder am besten … vermutlich. Es war logisch gesehen die perfekte Lösung. Aber es fühlte sich nicht so gut an, wie es sich anfühlen sollte, oder? Sollte es sich überhaupt irgendwie anfühlen, jemanden aus Not heraus zu heiraten? War ein Zweifel da nicht normal? Das hieß ja nicht, dass es nicht trotzdem gut werden konnte. Ich hatte in meiner Zeit als Spionin Hunderte arrangierte Ehen gesehen und ebenso viele aus Liebe. Und der Grund für eine Verbindung bestimmte eigentlich nie ihren Verlauf. Ich hatte ebenso viele Liebesheiraten zerbrechen sehen, wie Paare in einer arrangierten Verbindung miteinander ihr Glück gefunden hatten. Wobei es vielleicht daran lag, dass es abhängig vom Rang war, ob die Ehe arrangiert oder frei gewählt war. Nur die Aristokraten der Aglaia hatten die Freiheit, jene zu heiraten, die sie liebten. In den anderen Ländern dieser Welt wurden Ehen aus politischen Gründen geschlossen, immer. Hier gab es allerdings so viele Königliche, dass einige frei wählen konnten. Nicht immer und nicht alle, aber doch die meisten.

»Lin?«, fragte Alael fordernd.

»Hm?«

»Bist du einverstanden?«, fragte er mich unsicher.

»Was? Natürlich. Hab ich doch gesagt.«

»Ja, aber dein Vater …«, erinnerte Alael mich daran, dass ich Ereos noch eine deutliche Antwort schuldig war.

»Oh, ach so. Das war eine Frage?«, richtete ich mich an meinen Vater, und er sah mich verstimmt an, ehe er lächelte. »Im Grunde nicht«, log er. Das war offensichtlich.

»Danke, König Ereos. Wir sprechen jetzt bei meinem Vater vor, und dann können wir über die Feierlichkeiten reden.«

»Natürlich.« Mein Vater nickte wieder mit seiner so typischen grimmigen, rauen Miene. Nur diesmal hatte ich das Gefühl, er war wirklich nicht so begeistert. Aber wieso? Wenn er was dagegen hätte, könnte er Nein sagen. Und wenn es hier um irgendwelche Emotionen ging, dann war das nicht relevant. Ich brauchte eine Lösung, jetzt. Und das war eine Lösung, eine gute.

17

Alael und sein Vater saßen an einem länglichen Tisch auf derselben Seite und hatten ihre Stühle einander zugedreht. Der König der Keseki war ein schmächtiger Mann mit strubbeligem Haar. Er schien Bücher zu lieben, immerhin stand ich an einem der größten Bücherregale, das ich außerhalb einer Bibliothek je gesehen hatte.

Der König sah mich über die Schulter seines Sohnes hinweg an und musterte dann wieder Alael. »Diejenige, die du heiratest, wird Königin unseres Volkes«, wandte er ein, nachdem Alael große Teile meiner Geschichte erzählt hatte.

»Das weiß ich«, entgegnete Alael gefasst.

»Sie ist ein Flüchtling der Anamie«, stieß der König angewidert aus.

»Sie ist eine Prinzessin der Sanya«, hielt Alael ruhig dagegen. Ich versuchte, nicht sauer über die Reaktion des Königs zu sein. Ich verstand ihn ja. Wenn ich an seiner Stelle wäre, würde die Skepsis vermutlich auch meinen Verstand beherrschen.

»Warum willst du sie unbedingt heiraten?«, fuhr sein Vater ihn aufgebracht an. Irgendwie hatte ich ein anderes Verhalten von einem König erwartet. Aber nicht jeder konnte diese Rolle wohl so ausfüllen, wie ich es mir vorstellte. Außerdem verglich ich ihn mit Ereos, und der war einfach genial in seiner Rolle, fand ich zumindest, so als völlig Unbeteiligte, Außenstehende.

»Vater!«, rügte Alael ihn.

»Hübsch ist sie, das lasse ich dir.«

Alael seufzte genervt auf.

»Und königlich auch. Aber ich wünsche mir mehr für dich«, versuchte er sein Unbehagen zu erklären.

»Mehr?«

»Eine Ehe wie meine eigene. Eine Liebesheirat.«

Alael lachte erleichtert. Hä, wieso das denn? »Aber das ist es doch Vater.«

Ähm, was?

»Du liebst sie?«

»Wir lernen gerade, einander zu lieben«, versprach Alael, und ich bekam ein furchtbar mieses Gefühl im Magen. Meinte er das ernst? Bevor ich in Panik ausbrach, analysierte ich schnell die Situation. Es half nicht, in Panik zu verfallen. Ganz langsam. Er hatte gesagt, wir lernten es gerade. Tat ich aber nicht, oder? Ich dachte an unsere aufregenden Küsse und meine wilden Emotionen, die Hitze seines Körpers und die Lust. Oh ja, sehr viel Lust. Aber mehr? Nein! Woher auch? Ich hatte keine Ahnung von ihm. Ich wusste mehr über Ereos als über Alael. Ich wusste nicht, ob er Geschwister hatte, was er gerne aß oder ob er jemals gekämpft hatte. Ich wusste nur, dass er gerne las und wanderte. Aber ich wusste nicht, wovon er überzeugt war. War er gläubig? Wollte er Kinder? Natürlich wollte er, er musste zumindest. Aber wollte er auch? Und liebte er seine Eltern? Hatte er Freunde, echte Freunde? Intuitiv hätte ich Nein gesagt. Dafür war er viel zu unbedacht mit dem Wort umgegangen.

Jeder weitere Gedanke schürte die Panik, statt sie zu ersticken, denn bei alldem wurde ich mir seltsam sicher, dass der Prinz seine Worte vollkommen ernst meinte. Wie ein unerfahrener Welpe, der sich bereits früh unerschrocken im Kampf übte, hatte Alael keine Ahnung von Liebe und Freundschaft, von tieferen Beziehungen allgemein, jedenfalls verhielt er sich gerade so.

Der König schien besänftigt, er glaubte seinem Sohn. Oh nein. Ich konnte nicht fassen, was hier gerade passierte. Es war keine gute Lösung. Nicht unter diesen Voraussetzungen. Wenn Alael tatsächlich dabei war, sich in mich zu verlieben, und ich so gar nicht dabei war, dasselbe zu tun, würde ihm das am Ende das Herz brechen. Verbitterung wäre mein Leben, keine freundschaftliche Gemeinschaft zwischen ebenbürtigen Partnern, wie ich mir diese Ehe ausgemalt hatte.

»Und du denkst, sie wird eine gute Königin?«, fragte sein Vater, und es klang wie die letzte einlenkende Frage. Verdammter Dreck. Konnte er nicht einfach Nein sagen, dann musste ich das nicht tun.

»Oh ja. Sie hat heute Nacht im Grunde die Fehde zwischen den Sanya und den Egor beendet. Sie ist unglaublich.«

Ich hatte was?

Langsam wurde ich wütend. Sie sprachen die ganze Zeit über mich, als wäre ich gar nicht im Raum. Unweigerlich stellte ich fest, dass ich in den letzten vierundzwanzig Stunden verdammt oft wütend auf Alael gewesen war. Ich seufzte innerlich auf. Ich musste ihn zur Rede stellen, und je nachdem was er antwortete, würde das die kürzeste Verlobung in der Geschichte der Aglaia sein.

»In Ordnung.« Der König lächelte und stand auf. Er nahm seinen Sohn in die Arme, und gemeinsam lachten sie und herzten einander. Es war familiär und intim, und ich fühlte mich so fehl am Platz. Der Mann hatte nicht ein einziges Wort an mich gerichtet. Wenn dieser Mann Alaels Vorbild war, brauchte ich mich nicht wundern, dass Alael die Entscheidung, ob ich mit dieser Ingenia hatte sprechen wollen oder nicht, für mich getroffen hatte. Tief Luft holend, zügelte ich meine Wut und wartete, bis die beiden fertig waren.

Endlich drehte Alael sich strahlend zu mir um. Meine Miene allerdings ließ sein Lächeln gefrieren. Er wurde seinen Vater geschickt los und trat dann näher. »Was hast du?«, fragte er unsicher und nahm meine Hände. Ich ließ es zu, noch.

»Glaubst du das wirklich?«

»Oh ja. Du wirst eine gute Königin werden.« Er strahlte mich überzeugt an, und ich schüttelte meinen Kopf. »Nein, dass wir dabei sind, uns ineinander zu verlieben.«

Er erstarrte. Ich sah sofort den verletzten Stolz. Für ihn fühlte es sich sicher nach Schmerz an, aber ich sah nur verletzten Stolz. Ich Idiotin hatte mich da auf etwas eingelassen, ohne es wirklich zu bedenken. So ein Fehler war mir das letzte Mal mit fünfzehn unterlaufen.

»Also ja«, antwortete ich für ihn.

»Natürlich!«, begehrte er auf.

Ich entzog ihm meine Hände. »Wie kannst du das glauben? Habe ich dir je Anlass dazu gegeben?«

»Äh, ja!«

»Und womit?«

»Die Küsse!«, erinnerte er mich.

»Küsse sind Lust, keine Liebe.«

»Lust führt zu Liebe!«, hielt er dagegen und wurde selbst sauer.

»Schwachsinn.« Puh, das war wenig diplomatisch, und diesmal sah er zurecht verletzt aus. »Entschuldige«, murmelte ich zerknirscht. »Ich bin mehr sauer auf mich, dass ich nicht gesehen habe, wie du fühlst.«

»Sprich nicht so, als würdest du gar nichts empfinden!«, verlangte er nicht minder zornig. Nett, ich riss mich hier zusammen, um ihm nicht wehzutun, und anstatt es ebenso zu tun, bekam er Oberwasser und dachte, er hätte jetzt alles Recht, herablassend und strafend zu sein, denn genauso sah er mich gerade an. »Wir haben jeden Tag miteinander verbracht, und wir sind ineinander verliebt.«

»Ach?«, fragte ich schnippisch. »Du weißt also, wie ich fühle?«

»Offenbar besser als du!«

Ich starrte ihn aus aufgerissenen Augen an. Das hatte er gerade nicht gesagt. Ich schenkte ihm den übelsten Todesblick, den ich auflegen konnte.

Er seufzte schwer auf. Dann ergriff er wieder meine Hände und rieb mit seinen Daumen über meine Handrücken. »Ich verstehe, dass es dir mit deiner Kindheit schwerfällt, es zu erkennen. Daraus mache ich dir auch keinen Vorwurf. Mach du mir bitte auch keinen daraus, dass ich es sehe. Wir sind einander so nah, Lin. Jeden Tag haben wir zusammen gelacht und Spaß gehabt. Es war nie unangenehm. Du hast meine Berührungen zugelassen und sie genossen. Meine Küsse hast du erwidert und immer meine Nähe gesucht. Was sollte sich sonst zwischen uns entwickeln?«

Für einen Moment, einen kurzen Moment, glaubte ich seiner sanften Stimme, seinen Worten, die Unsicherheit weckten. Ich hatte eine lieblose Kindheit gehabt, und es klang logisch, was er da sagte, nur fühlte es sich nicht so an. Aber wusste ich überhaupt, wie es sich anfühlte? Eher nicht.

Ich war zerrissen. Er war einer von den Guten, das hatte ich von Anfang an erkannt. Und ja, er schlug manchmal etwas übers Ziel hinaus, aber immer mit guten Absichten. Was sollte ich jetzt tun?

»Hör auf dein Herz, Lin«, riet er mir, als hätte ich meine Gedanken laut ausgesprochen. »Du weißt im Grunde, dass du dich gerade in mich verliebst.«

Das wusste ich nicht.

Aber das hieß nicht, dass er nicht möglicherweise recht hatte. Nur, wie könnte ich das herausfinden? »Du liebst mich?«, platzte ich heraus. Ich hatte eine Idee, wie ich Klarheit erlangen konnte.

Er lächelte. »Ich bin in dich verliebt.«

Erst wollte ich weiterfragen, doch dann stutzte ich. »Worin besteht der Unterschied?«

Er hob meine Hand an seine Lippen und küsste mich wieder einmal zärtlich auf meine Finger. Es hatte nicht denselben Effekt wie sonst, auch wenn ich das verwegene Lächeln und seinen aus gesenkten Lidern verführerischen Blick durchaus als einladend empfand. »Verliebt sein ist die Vorstufe. Es ist aufregend und neu, kribbelnd und vor allem lustvoll. Mit der Zeit geht es tiefer, es wird Sicherheit und Geborgenheit. Dann nenne ich es erst Liebe.«

Ich nickte. Er hatte vielleicht mehr Ahnung von diesem Gefühl, als ich ihm eingeräumt hatte. Beruhigend schloss ich für einen Moment meine Augen und fuhr mit meinen Fragen fort. »Was an mir macht dich in mich verliebt?«

Alael runzelte seine Stirn. »Einfach alles.«

»Nenn mir ein paar Dinge«, beharrte ich. Niemand war perfekt. Alles zu lieben war unmöglich! Zumindest in meiner Welt.

»Wird das hier ein Test?«, fragte er pikiert.

»So etwas in der Art, ja.«

»Und was genau?«

»Ich versuche herauszufinden, ob du recht hast«, gestand ich offen, und das schien ihn zu besänftigen. Er strich mir eine kecke Strähne hinters Ohr und streichelte dabei zärtlich über meine Wangen. »Ich mag dich für deine atemberaubende Schönheit und gleichzeitige Stärke«, begann er. Ich war so durcheinander, dass ich nicht wusste, ob ich die Aussage gut oder schlecht finden sollte. Es war legitim, dass er mich schön fand, oder nicht? Und Lust spielte eine große Rolle zwischen uns.

»Ich mag dein gutes Herz und dass du den Krieg nicht mehr erträgst. Ich mag es, dass ich dich beschützen kann und dass du immer ehrlich mit mir bist. Ich mag deine innere Stärke und deinen Humor«, zählte er immer weiter auf. Immer noch war ich unsicher. Und dann zerstörte er es. »Ich mag deine Selbstlosigkeit und dass du mich brauchst. Es ist schön gebraucht zu werden. Ich mag …« Ich hörte ihm nicht mehr zu. Er kannte mich nicht. Er mochte mich nicht. Er mochte ein Trugbild, eine Rolle, die ich gespielt hatte, eine Frau, die es nicht gab. Er hatte keine Ahnung, was er an sich band. Ich hatte die ganze Zeit das richtige Bauchgefühl gehabt, er verstand mich überhaupt nicht und begriff nicht einmal, wie oberflächlich wir uns nur kannten.

»War das jetzt genug?«, fragte er mich warm anlächelnd und neigte seinen Kopf, eindeutig bereit für den nächsten Kuss.

»Ja, war es«, entgegnete ich tonlos und entzog ihm sanft meine Hände. Er erstarrte und blickte mich verwirrt an.

»Ich kann dich nicht heiraten«, sprach ich aus, was er sicher schon in meinem Gesicht las. Sein Blick war fassungslos. Erst war es Schock. »Wieso?« Dann wurde es Wut. »Sei doch nicht dumm!«

»Ich bin nicht die, für die du mich hältst.«

»Natürlich bist du das!«

»Nein, verdammt noch mal. Du musst endlich aufhören, mir zu sagen, was ich fühle und denke. Das kannst du nicht! Das kannst du für niemanden, außer dich selbst!«, brach ich in Rage aus. Ich war so sauer. Seine Worte redeten mir ein schlechtes Gewissen ein, als müsste ich nur genau in mich horchen. Als wäre es meine Schuld, dass ich zu blöd war zu erkennen, dass ich ihn in Wirklichkeit liebte.

»Du bist ohne mich nicht sicher!«, drohte er mir. Verletzter Stolz. Jähzorn. Ich hatte es immer geahnt, doch wir waren nie an einen so persönlichen Punkt gekommen wie jetzt. »Nicht einmal als Prinzessin!«, setzte er noch nach, als ich meinen Mund zur Antwort geöffnet hatte.

»Du hast keine Ahnung, wer ich bin und zu was ich fähig bin. Du kennst mich eben nicht. Und ich weiß, dass ich daran genauso schuld bin wie du. Ich habe dich nie unter die Oberfläche blicken lassen, aber das hast du auch nicht«, klärte ich ihn über meine Ansichten auf. Er reagierte auf meine Vorwürfe empfindlich. Sehr empfindlich. Kalt fuhr ich fort. »Also werden wir beide wohl damit leben müssen, dass ich mich gegen eine Heirat entscheide. Und keine Sorge, die Konsequenzen trage ja nur ich. Kein Problem für dich!«

Alael starrte mich wütend an.

Ich wirbelte herum und marschierte davon. Ich hatte noch so viel mehr zu sagen, aber ich war nicht der Typ dafür. In frischen Wunden zu bohren war außerdem unter aller Sau. Und etwas anderes würde ich in meinem Zorn gerade nicht zustande bringen. Daher ging ich.

Er hielt mich nicht auf. Diesmal nicht und ich war froh drum. Was hatte er vorhin gesagt? Ich würde eine gute Königin werden, weil ich die Fehde mit den Egor beendet hatte? Tja, dafür hatte ich gerade möglicherweise eine neue mit den Keseki begonnen.

18

INGENIA
MISSA – HERRIN DER GEISTER

Missa stand auf der Lichtung und schloss ihre Augen. Diese Lichtung war ein häufig genutzter Treffpunkt unter den Ingenia. Im Moment waren außer ihr noch drei weitere in und um die Stadt herum anwesend. Es war seltsam, so viele von ihnen auf einem Fleck. Wenn sie alle dem Kitrinos folgten, wie Missa das getan hatte, stand etwas Großes bevor. Doch Missa war sich dessen nicht so sicher. Das Kitrinos hatte sich in den letzten Wochen verändert. Es lauerte etwas in der Dunkelheit, und Missa wusste noch nicht, wie groß die Folgen sein würden.

»Ich hatte gehofft, dich hier zu finden«, erklang eine vertraute Stimme. Videre trat zu ihr auf die Lichtung. Missa hatte der Ingenia bisher nicht erzählt, dass das Kitrinos Eleya die Szene zwischen Videre und ihrem König gezeigt hatte und dass Eleya sich ihr vor zwei Wochen anvertraut hatte. Vermutlich würde sie das auch nie tun.

»Du hast mich gefunden.«

»Ich brauche deine Gabe, Missa.«

»Wofür?«

»Ich hatte einst eine Vision, und es stellte sich heraus, dass sie sich entgegen meiner Annahme nicht erfüllt hat.«

»Das ist unmöglich.«

»Ich weiß. Daher brauche ich deine Hilfe. Ich muss es verstehen.«

Missa drehte sich zu Videre um und streckte der alten Freundin ihre geöffneten Handflächen entgegen. Videre lächelte dankbar, trat näher und legte ihre Hände in Missas. Die Herrin der Geister sah Videres Vision: ein kleines Mädchen in Flammen. Erst war es ein lachendes und lebensfrohes kleines Kind, und dann züngelten Flammen um es herum hoch. Es schrie und weinte und versank in dem Feuer. Missa brauchte nicht in Videres Geist zu suchen, sie erkannte die Kleine auch so, es war Kalinka, Prinzessin der Sanya.

Missa achtete auf das Kitrinos und spürte ein ihr völlig unbekanntes Glimmen. Sie konnte nicht sagen, ob es gut oder böse war. Es war schlicht neu. Dann war die Vision vorbei.

Missa sah Videre ruhig an.

»Kalinka ist heimgekehrt«, sagte Videre.

»Ich weiß«, antwortete Missa.

»Das kann aber nicht sein, wenn sie in den Flammen umgekommen ist.«

»Was wir wirklich sehen und was wir interpretieren, sind zwei verschiedene Dinge«, erinnerte Missa ihre alte Freundin, die, wie sie wusste, eigentlich nicht mehr dem Kitrinos diente. Das hatte Eleyas Erzählung ihr verraten.

»Und wie würdest du es interpretieren?«

Missa horchte in sich und fand keine Antwort. »Dieses Feuer hat wohl letztlich das Leben der Prinzessin zerstört, oder nicht? Du wirst inzwischen selbst herausgefunden haben, dass sie kurz darauf entführt worden ist.«

Videre nickte.

»Also stimmt die Vision doch«, stellte Missa fest.

»Ich denke andauernd, es könnte etwas anderes bedeuten«,

offenbarte Videre den eigentlichen Grund für ihr Erscheinen.

»Und was?«

»Könnte die Prinzessin die Herrin der Flammen sein?«, fragte Videre.

»Eine neue Herrin kann sich erst erheben, wenn eine alte stirbt«, erinnerte Missa sie ernst. Sie hielt große Teile dieser Legende sowieso für erfunden. Für Missa zählte lediglich, was in der Prophezeiung stand, und dort stand kein Wort von einer Ingenia, dort hieß es nur Herrin, trotzdem hatten alle hineingelesen, dass sie eine Ingenia sein würde, weil jede Ingenia eine Herrin war. Nur bedeutete das ja nicht unweigerlich, dass jede Herrin auch eine Ingenia sein musste. Aber da Videre nicht mehr dem Kitrinos diente, behielt Missa das für sich.

»Ich weiß. Das weiß ich doch. Aber …«

»Was aber?«

»Etwas an ihr ist … nicht normal.«

Missa schwieg. Darin stimmte sie absolut mit Videre überein. Das hatte ihr die erste Szene mit der Prinzessin, die sie gesehen hatte, verraten. Noch wusste niemand im Schloss, wer sie war, und noch war nichts Ungewöhnliches passiert. Aber Missa war sich sicher, dass das noch kommen würde. Wenn sie an diese erste Szene dachte, könnte Videre sogar in gewisser Weise recht haben. Diese Dunkelheit hatte der Prinzessin etwas genommen, etwas Warmes. Vielleicht war sie wirklich die Herrin der Flammen und wusste es nur nicht, weil etwas ihr diese Gabe seit jeher geraubt hatte. Nur was sollte es sein?

Videre verstand, was Missas Schweigen bedeutete. »Du hast es auch gespürt!«

Das hatte sie.

»Bist du deshalb hier?«, fragte Videre wachsam.

Missa schüttelte ihren Kopf. »Das Kitrinos hat mich hergeführt.«

Videre zog ihren Kopf kaum merklich ein. »Ja, mich auch«, beeilte sie sich zu sagen. Missa sah Videres Geist sich für einen Moment von ihrem Körper lösen. Sie war nicht mehr im Gleichgewicht. Das war gefährlich für eine Ingenia, und doch gab es welche unter ihnen, die diesen Zustand bewusst wählten. Videre allerdings war noch in einem Konflikt gefangen, und Missa fragte sich, wie die Herrin der Jagd sich wohl am Ende entscheiden würde.

ÜBERLIEFERTE PROPHEZEIUNG DER INGENIA:

Bricht einst die alte Feindschaft ein
Der schwarze Rabe spät erwacht
Lebendig wird die Herrin sein
Mit glühend heißer Feuermacht

19

Restlos gerädert marschierte ich durch die endlosen Flure des Schlosses auf dem Weg zurück in den Flügel meines Vaters. Zu müde, um mich mit den möglichen Konsequenzen meiner Entscheidung auseinanderzusetzen, schleppte ich mich vorwärts. Mein weiches Bett schrie nach mir, ich hörte es ganz genau. Und dieses Kleid, das wollte so sehr von meinem Körper, wie auch ich es loswerden wollte.

»Lin!«, erklang eine weibliche sanfte Stimme.

Ich fuhr herum und sah eine geöffnete Tür, gegen deren Innenseite der flackernde Schein eines warmen Feuers schlug. Ich blinzelte, warum sollte jemand zur Mittagszeit ein Feuer machen? Jedenfalls nicht, um Licht zu bekommen. Die hohen Fenster in diesem Teil des Schlosses ließen wirklich genug Licht herein.

Die Wärme des Feuers lockte meinen Körper, und meine Neugier tat ihr Übriges. Mit leisen Schritten lief ich zurück zu der Tür, an der ich eben so unaufmerksam vorbeigelaufen war. Auf der Schwelle zögerte ich und sah mich erst einmal um. Mitten im Raum stand die Statue einer Frau mir Flügeln. Sie war so echt gearbeitet.

»Hallo Lin.« Die Statue lächelte, und mir klappte der Mund auf. Es war gar keine Statue! Es war eine lebendige Frau.

»Du hast Flügel!«, platzte ich heraus.

Sie lachte ein sanftes, leises Lachen. »Die habe ich.«

»Kannst du fliegen?«

»Ja, ich kann fliegen, Lin.«

»Wow«, hauchte ich und starrte sie gebannt an. Ich hatte noch nie ein mir so ähnliches Wesen mit Flügeln gesehen. Das war faszinierend. Ich hatte Entwürfe für mechanische Flügel für Krieger gesehen, aber alle Prototypen waren bisher zu schwer gewesen. Es hatte nie funktioniert. Nicht mit Flügeln jedenfalls. Mit einfachen Düsen schafften die Anamie es, ihre Krieger in die Luft zu bekommen, aber das Ganze war noch so instabil, dass sie dabei keine Waffen sinnvoll nutzen konnten, weshalb das Programm vor zwei Jahren auf Eis gelegt worden war.

»Sind die echt?«, fragte ich, als ich mich an die Varianten der Prototypen erinnerte.

»Natürlich.«

»Ich meine, so richtig aus Federn und Muskeln und allem?«

Ihr Lächeln verrutschte etwas, doch sie nickte und blieb freundlich. Mir wurde klar, wie plump und unhöflich ich gerade war, und so drückte ich mein Kreuz durch, versuchte, eine würdevollere Haltung einzunehmen und mein fasziniertes Gesicht zu glätten. »Entschuldige meine Unhöflichkeit.« Und mit diesem Zusammenreißen sickerte die Erkenntnis in mein Bewusstsein, dass ich gerade vor einer Frau mit Flügeln stand. Einer Frau mit zweifellos übernatürlichen Fähigkeiten. Die Legenden, von denen Alael gesprochen hatte: Das vor mir war eine Ingenia. Sie existierten. Sie waren tatsächlich real. Plötzlich fühlte ich mich winzig, schwach und unbedeutend. Mir vollkommen fremde Gefühle.

»Es gibt nichts zu entschuldigen«, wehrte die Ingenia ab, es musste einfach eine Ingenia sein.

»Ich versuche schon eine Weile lang, dich zu treffen. Ich muss mit dir reden, Lin.«

Ihre Worte erinnerten mich an Alaels Geständnis gestern Abend. Wow, gestern Abend. Es war so unfassbar viel seither passiert. Es fühlte sich an wie letzte Woche!

»Ihr seid die Ingenia der Egor«, stellte ich fest und fragte doch.

Die Frau nickte und wirkte wachsam, als würde sie auf meine Reaktion warten und mit allem rechnen. Ich musterte sie ruhig. Sie war größer als ich, schlank, soweit ich das unter ihrem weiten Gewand erkennen konnte. Aber die schmale Taille, um die sie einen engen Gurt trug, und die hervorstehenden Schlüsselbeine in ihrem runden Ausschnitt sowie ihr schmales Gesicht waren doch deutliche Indizien dafür. Ihr Gesicht war insgesamt scharf geschnitten, und sie wäre eine angsteinflößende Erscheinung, wenn ihre weichen braunen Augen nicht wären.

»Du läufst ja gar nicht davon«, bemerkte sie schließlich.

Ich lächelte. »Sollte ich das?«

»Ich versuche, seit sechs Wochen an dich heranzukommen. Daher sah ich mich gezwungen, den Palast zu betreten, was ich sonst nie tue. Du verstehst, wegen der Flügel«, scherzte sie trocken.

»Ich habe erst gestern Abend erfahren, dass du mich sprechen möchtest. Es war nicht meine Entscheidung«, stieß ich heftiger aus als beabsichtigt. Die Müdigkeit machte mich anfällig für Fahrlässigkeit.

Die Ingenia schien verwundert zu sein. »Und ich hatte angenommen, es läge an der Fehde.«

»Oh, ja, davon habe ich auch erst gestern Abend erfahren.« Ich zuckte mit den Schultern. »Es war ein durchaus interessanter Abend.«

Die Ingenia lächelte. »Mein Name ist Eleya.«

»Ich würde mich jetzt auch vorstellen, aber du weißt ja schon, dass ich Lin heiße.«

Die Ingenia schien amüsiert zu sein und lud mich ein, mich ans Feuer zu setzen auf einen wirklich bequem aussehenden Sessel.

Ich winkte ab und erklärte ihr meine unhöfliche Ablehnung. »Ich war die ganze Nacht wach und bin todmüde. Wenn ich mich jetzt in diesen bequemen Sessel setze, schlafe ich unter Garantie ein.«

Die Mundwinkel der Ingenia zuckten erheitert. »In Ordnung«, meinte sie und faltete ihre Hände ineinander. Sie ließ sie vor ihrer Mitte hängen und sah mich nun ernst an. »Ich bin nicht sicher, wie viel du über Wesen wie mich weißt, daher verzeih mir bitte, wenn ich zu weit aushole«, begann sie.

Mich überkam das Bedürfnis, die Tür zu schließen, daher griff ich hinter mich und schloss sie. Wer wusste schon, was sie mir zu sagen hatte. Eleya nickte einmal zustimmend und fuhr dann fort. »Das Kitrinos leitet uns Ingenia und zeigt uns Szenen, die unseren Eingriff erfordern oder die ein möglicherweise geplantes Vorhaben unsererseits verhindern sollen. Es geht immer darum, alles im Gleichgewicht zu halten. Seit fast drei Monaten geht etwas Größeres vor, viele von uns sind unterwegs, um dem Kitrinos zu dienen, und meine Mission dreht sich rund um dich, Prinzessin Kalinka.«

Also wusste sie es. Und sie wusste, dass ich es wusste. So gerne ich all das auch als Hokuspokus beschimpft hätte, dafür wusste sie einfach zu viel.

»Okay.«

Eleya lächelte. »Ich muss gestehen, ich bin heute in den Palast gekommen, um einen Fehler zu verhindern. So wie ich dich jetzt aber angetroffen habe, scheint er bereits korrigiert zu sein.«

»Sehr kryptisch«, warf ich ihr vor und verschränkte meine Arme.

»Alael ist nicht bei dir«, wies sie mich auf das hin, was sie gemeint hatte. Aha, ein Fehler, der bereits korrigiert worden war? Meinte sie die Verlobung? Vermutlich.

»Bis eben war ich mir sicher, dass es die richtige Entscheidung war«, murrte ich.

Eleya schmunzelte. »Und jetzt nicht mehr?«

»Na ja, offenbar wolltest du mich dazu bringen, ihn nicht zu heiraten. Was, da du die Ingenia der Egor bist, vielleicht nicht in meinem Interesse wäre. Und ich frage mich bei all diesem übersinnlichen Mist, ob es da überhaupt meine Entscheidung war.«

»Das Kitrinos kann niemandes Willen beeinflussen.«

»Aber es gibt eine Ingenia, die das kann.«

»Stimmt, aber Tenis ist die Ingenia der Keseki, und ich glaube, ihr Prinz hätte ihr eher einen anderen Auftrag gegeben, meinst du nicht?«

Hm, da hatte sie einen Punkt.

»Und wieso wolltest du diesen Fehler korrigieren?«

»Weil das Kitrinos mir die Szene gezeigt hat, als du zugestimmt hast. Und es war eine jener Szenen, die einen bitteren Geschmack auslösen, wenn ein Ungleichgewicht entsteht.«

»Und dieses Kitrinos? Ist das so was wie Schicksal?«

Eleya lachte leise. »Manche würden es so nennen.«

»Und du?«

»Es ist neutral. Das Kitrinos ist Energie, die alles miteinander verbindet. Es strebt nach Gleichgewicht, und wir Ingenia sind mit dem Kitrinos nicht nur verbunden, es kommuniziert mit uns, um eingreifen zu können.«

»Aha.«

Sie lächelte milde. »Nur dient eine Ingenia dem König ihrer Domäne, und wenn ein König etwas anderes will als das Kitrinos, hat er die Information, um zu verhindern, was das Kitrinos will, und je nachdem wem die Ingenia vornehmlich dient, dem König oder dem Kitrinos, hat er durch sie außerdem die Macht, seinen Willen durchzusetzen.«

Das war eine Warnung. Ich spürte es mit jeder Faser meines Körpers. Entweder war mein Gehirn vollkommen durch oder so klar wie selten. Sie warnte mich, sie die Ingenia der Egor. Wenn ich dieses Kitrinos wäre, hätte ich sie nur dann geschickt, wenn sie mich vor einem anderen König hätte warnen wollen und nicht vor dem der Egor. So war der König der Egor der Einzige, der im Grunde als Gefahr nicht infrage kam. Und sie hatte gesagt, sie versuchte seit sechs Wochen, mit mir zu sprechen. Die Vision zu meiner Verlobung hatte sie erst vor drei Wochen gehabt. Die Verlobung war also nicht die Ursache, sondern nur ein kleiner Nebenauftrag, der inzwischen unnötig geworden war, weil ich die Sache selbst korrigiert hatte. Also ging es um diese Warnung hier. Ein König wollte dem Kitrinos entgegenhandeln, was immer das mit mir zu tun hatte. Sofort dachte ich an etwas Böses.

»Falls du mich schützen wolltest, bis ich euren Prinzen von diesem Folterwerkzeug befreit habe – das ist bereits passiert.«

Die Ingenia starrte mich erschrocken an. Ich hatte sie überrascht. Nur womit?

»Nein, darum geht es nicht. Davon wusste ich nichts. Nur das Kitrinos weiß alles. Wir bekommen nur Missionen und sehen auch nur dann etwas, wenn das Kitrinos es möchte oder duldet.«

»Stelle ich mir frustrierend vor«, murrte ich.

»Von Zeit zu Zeit ist es das«, räumte sie ein.

Tief Luft holend musterte ich sie. »Hast du alles gesagt, was du sagen wolltest?«

Eleya wirkte unsicher, und ihre bisher ruhigen Flügel zuckten leicht. Das leise Rascheln von Federn erfüllte den Raum. Es war so surreal, diesen Laut von einem Wesen zu hören, das mir so ähnlich war. Der Laut passte eigentlich zu Flugtieren.

»Weißt du, ich lebe bei meinem Vater, und jetzt wird kein Prinz mehr dich davon abhalten, mit mir zu sprechen«, beruhigte ich sie. »Also sag es mir, falls nötig. Du kannst dich in Ruhe entscheiden.«

Die Ingenia lächelte mich sanft an. Sie wirkte beruhigt. »Du bist eine kluge und aufgeschlossene junge Frau.«

Ich zuckte mit den Schultern. »Wie man es nimmt.« Sofort musste ich an Alael denken und meine Blindheit gegenüber seinen Gefühlen und Ansichten.

»Ich bin mir sicher, wir werden uns wiedersehen.«

Ich drehte mich der Tür zu. »Da weißt du sicher mehr als ich«, spielte ich auf ihre Gabe an, und Eleya lachte. »Kann sein.«

Ich trat hinaus in den Gang und nahm meinen Weg in den Flügel der Sanya wieder auf. Nach diesem seltsam wachen Moment holte die Müdigkeit mich ein, und ich glaubte, gleich hier und jetzt einzuschlafen. Doch zwei Gänge weiter, wartete der nächste ungebetene Besuch auf mich.

»Oh, ehrlich jetzt?«, murrte ich Eskar an, der mitten im Gang stand und auf jemanden wartete, auf mich vermutlich.

»Wie soll ich sonst an dich herankommen, wenn du einen König und einen Prinzen hast, die dich geschickt abschirmen?«, fragte er übellaunig.

Schwer seufzend wedelte ich in seine Richtung. »Na los, dann bringen wir es hinter uns.«

Eskar wunderte sich: »So einfach?«

»Ja, so einfach. Ich bin müde und hungrig und genervt. Also los!«, murrte ich und schritt auf ihn zu, um ihn anzutreiben. Seit ich Alael gesagt hatte, dass ich ihn nicht heiraten würde, war mir klar gewesen, dass die Schwarzklingen sich nach der Aktion heute Nacht nicht mehr so ohne Weiteres abschütteln lassen würden, vor allem auch deshalb, da ich ja nicht mehr als eine Prinzessin war. Also konnte ich es auch jetzt direkt hinter mich bringen.

Eskar wirkte nicht ganz überzeugt, lief mir aber voran nach links auf eine Treppe zu, die nach unten auf die Etage führte, auf der es hinüber in den nördlichen Teil des Schlosses ging. Schweigend folgte ich ihm und kämpfte dabei gegen meine Müdigkeit an. Immer wieder unterdrückte ich mein Gähnen, doch das machte den Drang nur größer, sodass ich es nach drei Stockwerken aufgab und herzhaft gähnte. Weil ich dabei meine Augen schloss, taumelte ich leicht. Schwer kämpfend öffnete ich meine Lider wieder und tapste schwerfällig hinter Eskar her.

Ich bekam gar nicht so richtig mit, woran wir vorbeiliefen. Erst als wir an der Etage vorbeistiegen, in der ich vor wenigen Stunden noch die Mark-Trenner von unzähligen Rücken entfernt hatte, wurde ich wacher und war mir meiner Umgebung wieder bewusst. Er brachte mich also in den militärischen Trakt, in den er mich schon einmal hatte holen lassen.

»Wieder hier unten«, seufzte ich.

»Ist das ein Problem?«

»Nein, außer dass es der wohl am weitesten entfernte Ort von meinem Bett ist«, beschwerte ich mich.

Er musterte mich. Vermutlich wägte er ab, ob ich hier gerade schauspielerte oder wirklich todmüde war. Zweiteres traf zu, daher legte ich hemmungslos meine Hände in seinen Rücken und schob ihn an. »Vorwärts!«

Er lachte auf und ging weiter. Wie letztes Mal auch wurde ich einen schmucklosen Gang entlanggeführt, von dem einige Türen abzweigten, bis wir in eine eintraten. Diesmal war es ein gemütlicherer Raum, mit einem hölzernen Tisch und warmem Licht. Links an der Wand war eine Kochnische angebracht mit Kühlschrank und Regalen mit Obst und Gemüse. Mir lief das Wasser im Mund zusammen.

»Setz dich!«, wies er mich an, ging hinüber zum Kühlschrank, öffnete ihn und holte einen gelben Saft heraus, den er mir in einen hölzernen Kelch einschenkte. Seit ich im Schloss lebte, hatte ich schon so allerhand zu sehen bekommen, das aber war neu. Interessant war auch, dass sie hier schlichtes Holzgeschirr benutzten, anstatt der Kristallgläser und Porzellanteller.

Eskar stellte den Becher vor mir ab und setzte sich ebenfalls an den rechteckigen Tisch, an dem gut und gerne acht Personen Platz hatten.

»Hast du sie erwischt?«, erklang eine Stimme aus einem nicht einsehbaren Bereich des Zimmers. Überrascht schaute ich in die Richtung. Hinter der Wand, an der der Holztisch stand, musste es in einen anderen Teil des Raumes gehen. Sonst musste ich davon ausgehen zu halluzinieren.

»Hab' sie sogar mitgebracht!«, rief Eskar zurück.

Rascheln, dann schnelle Schritte, viele Schritte.

Eine ganze Schar schwarz gewandeter Aglaia kam um die Ecke. Es waren drei Männer und eine Frau. Der vorderste Mann war Sasch mit den zahllosen Tätowierungen. Die Frau trug eine zweckdienliche Militärhose mit Taschen an den Seiten. Der faserige Gürtel hielt die Hose tief auf den Hüften der Frau, und obenherum trug sie nur ein Bandeau. Der Bauch der Frau war leicht gebräunt und sehr gut trainiert. Auch ihre nackten Schultern und Arme waren muskulös. Ihr

Gesicht war von Verachtung verzerrt. Sie mochte mich nicht.

Ich ließ meinen Blick weiterschweifen und besah mir die beiden noch unbekannten Männer. Einer war etwas kleiner, hatte dafür aber Arme, die auch Beine hätten sein können, so muskelbepackt waren sie. Dazu extrem breite Schultern und rotblondes Haar, das er an einer Seite länger und an der anderen Seite glatt rasiert trug. Auf dem glatten Teil seines Schädels hatte er eine bunte Tätowierung, doch ehe ich sie mir genauer hätte ansehen können, begann Eskar.

»Warum hast du uns bisher so gemieden?«

Ich schnaubte. »Echt jetzt?«

»Was willst du? Hör auf, die arrogante, verwöhnte Prinzessin zu spielen!«, fuhr die Frau mich an.

»Nett!« Ich zog eine Augenbraue in perfekter Arroganz hoch. »Wieso sollte ich?«

»Weil du bloß ein Flüchtling bist, der verdammtes Glück hatte. Deine Arroganz widert mich an.«

»Charmant. Wirklich charmant«, spie ich kühl aus. Dann sah ich Eskar an.

»Ich habe euch gemieden, weil ich für nichts auf der Welt je wieder an die Front will«, sprach ich es schonungslos aus.

Die Frau schnaubte überheblich. »Ts. Wieso sollten wir jemanden wie dich an der Front brauchen?«

Lag es daran, dass ich so müde war, oder war die Frau eine dämliche Ziege? »Weil ich wertvoll bin.«

»Was glaubst du, wollen wir von dir, Lin?«, fragte Eskar mit überraschtem Ton. Hä? War ich gerade in einem irrsinnigen Traum gefangen, oder hatte ich etwa in das Verhalten der Schwarzklingen ein ganz falsches Motiv interpretiert?

»Was wollt ihr denn von mir?«

»Informationen«, antwortete er schlicht.

Ich kniff meine Augen zusammen. Irgendwas lag direkt vor meiner Nase, und ich begriff es nicht. Ich verfluchte meine Müdigkeit und meinen Mangel an Training gerade sehr. So auf dem Schlauch hatte ich lange nicht mehr gestanden.

»Welche Informationen?«

»Alles, was du weißt. Es passiert selten, dass wir Flüchtlinge der Anamie hier haben und sie befragen können.«

Flüchtlinge ... befragen ... sie hatten keine Ahnung. Aber wie konnte das sein? Plötzlich wurde mir klar, dass ich es nie ausgesprochen hatte. Niemandem gegenüber, nicht wirklich zumindest.

Ich musterte Eskar eindringlich. Für einen Moment glaubte ich ihm, aber dann konnte ich ihm das nicht abkaufen. Er konnte nicht so blind sein. »Würdest du das wirklich denken, hättest du einen erklärenden Brief an Ereos geschickt und mich gebeten«, stellte ich fest. Mürrisch funkelte ich ihn an. »Ich kann es nicht leiden, manipuliert zu werden!«, informierte ich ihn. »Und ich bin müde und hungrig. Mein Geduldsfaden ist verdammt dünn«, warnte ich ihn.

»Was bildest du dir ein!«, fuhr mich die Frau an.

»Halt dich da raus!«, zischte ich feindselig zurück. »Wenn du zu dumm bist zu begreifen, dass dein Anführer hier gerade ein Spielchen spielt, würde ich ja die Klappe halten und mich nicht outen!«

Die Frau verfiel in Schnappatmung. Eskar dagegen lehnte sich leise lachend zurück. »In Ordnung, dann spielen wir mit offenen Karten«, entschied er, und die Frau riss schockiert ihre Augen auf und starrte beinahe vorwurfsvoll auf ihren Anführer hinab, der lässig neben mir saß.

Meinetwegen, dann war ich mal offen: »Du gehörst zu einem Einsatztrupp, einem Spezialtrupp an Kämpfern. Ihr seid jene für die besonderen Aufträge, die Fingerspitzengefühl und Heimtücke erfordern. Wundert mich, dass sie es ins Team geschafft hat.« Ich konnte mir diesen Seitenhieb einfach nicht verkneifen.

Eskar grinste. »Kann sein«, räumte er ein.

»Und du hast begriffen, dass ich mehr bin als ein einfacher Flüchtling, wobei ich nicht verstehe, wieso das nicht alle haben. Ich dachte, Nastja würde mit euch zusammenarbeiten. Und vor allem: Wir beide hatten dieses Gespräch schon einmal. Du weißt bereits, dass ich wie Nastja bin.«

Eskar lehnte sich vor und legte seine Unterarme auf der Tischplatte ab. »Ja, nur war das reichlich vage, denn Nastja ist eine rachsüchtige Kämpferin, die ihren einstigen Entführer bluten lassen will. Und obwohl du behauptet hast, du wärst wie sie, habe ich nichts dergleichen in deinem Verhalten gesehen.«

Ich konnte es nicht glauben! Wie hatten wir nur so hart aneinander vorbeireden können? »Nein, Eskar. Ich habe nicht dieselben Eigenschaften wie sie. Ich war, was sie war.«

Nun war es an der Schwarzklinge, geschockt zu sein. Es war der entscheidende Hinweis, das sah ich genau. Mit jeder Sekunde begriff er etwas mehr, und dann rastete die Erkenntnis ein. Er schluckte und lehnte sich wieder zurück, weg von mir und dem, was ich gewesen bin. Das konnte ich ihm nicht verübeln.

»Mein Gott«, hauchte Sasch.

Ich zuckte nur mit den Schultern. »Ich sagte doch, ich habe genug für ein ganzes Leben gekämpft. Ich kann nicht mehr.«

Sasch ballte seine Hand zur Faust. »Ja und gemordet.«

Ich faltete bewusst meine Hände in meinem Schoß und überschlug meine Beine. »Ja.«

»Und dann sitzt du hier so ruhig und tust ganz unschuldig!«, warf die Frau mir wütend vor. Ich ließ es über mich ergehen. Natürlich hassten sie, was ich einmal gewesen war, und gerade die Frau schien nicht besonnen zu sein und unterscheiden zu können. Als hätten wir eine Wahl gehabt. Also eine echte. Und so früh entführt, hatten wir nie eine Verbundenheit mit unserem Heimatland entwickeln können. Für uns war es nicht so, als hätten wir unsere eigenen Leute getötet oder manipuliert. Es war nur ein Auftrag. Man hatte uns gebrochen und nach ihrem Willen gesteuert. Eine echte Wahl hatte es nie gegeben. Und für die meisten von uns gab es die noch immer nicht. Nur bei sehr wenigen hatte diese Erziehung und Ausbildung nicht zu bedingungsloser Treue geführt. Nur sehr wenige hatten je gezweifelt, weshalb es auch so lange gedauert hatte, bis ich meinen Fluchtplan hatte umsetzen können.

»Nur um weitere Missverständnisse zu vermeiden. Du warst eine Läuferin«, stellte Eskar klar.

Bestätigend nickte ich.

»Deshalb weißt du, wie man diese Dinger entfernt.«

»Mark-Trenner«, half ich ihm beim Namen dieser Folterwerkzeuge.

»Und du wusstest von den Impulsoren«, fuhr er fort.

»Ich war durch Zufall bei der Taktikbesprechung dabei.« Wir wurden nicht in die Bewegungen auf dem Schlachtfeld eingeweiht.

»Dann haben sie dir blind vertraut.«

»Ja. Das Programm, mit dem die Läufer ausgebildet werden, zieht eine Reihe Getreuer heran. Es versagt nie, dachten sie. Aber ab und an tut es das halt doch«, erklärte ich ruhig.

»Bei euch vieren?«, fragte Eskar, der es begriffen hatte, und so nickte ich. Wie gerne hätte ich Phineas und Kassandra rausgehalten, doch das ging jetzt nicht. Er würde mir sonst nichts mehr glauben, wenn ich ihn auch nur in einem Punkt offensichtlich anlog.

»Ja.«

»Ist das nicht ein sehr großer Zufall?«, fragte er.

»Mit Zufall hat das nichts zu tun. Es war ein jahrelanger Prozess aus Warten und Suchen und der Aufgabe, dann jene zu manipulieren, die mein Leben lang mich manipuliert haben«, schnaubte ich.

Eskar sah mich zweifelnd an. »Ich soll also wirklich glauben, dass wir in den Genuss gekommen sind, vier Spione des Feindes nun auf unserer Seite zu haben?«

»Ihr habt so seltsame Vorstellungen. Das hat nichts mit Genuss zu tun! Ihr habt das Pech, vier gebrochene Persönlichkeiten aufgenommen zu haben, die in manchen Dingen so unerfahren wie kleine Kinder sind, deren Innerstes man zerstört und dann neu geformt hat. Bei solchen verletzten Wesen an Informationen zu kommen, die sie ohne Zweifel haben, ist nicht leicht.« Ich hörte meine kalte, emotionslose Stimme. Warum war ich so kalt, ich sprach hier immerhin auch über mich selbst? Aber so fühlte es sich gerade irgendwie nicht an.

»Warum sitzt du gerade hier, Lin?«, fragte Eskar ruhig.

Die Frau sah ihn verwirrt an. Aber ich hatte ihn verstanden. Mit meiner Ausbildung hätte ich es vermeiden können, und da musste ich ihm recht geben. Das verschaffte mir die Erkenntnis, dass ich dieses Treffen herbeigesehnt hatte. Nur warum? Was versprach ich mir davon?

»Ich möchte eigentlich helfen. Nur hemmt mich die Angst davor, ungewollt eingezogen zu werden. Ich bin eine Aglaia, ihr hättet das Recht dazu«, sprach ich es endlich aus.

Die Frau schnaubte. »Wieso sollten wir *dich* wollen?«, spie sie aus.

»Halt die Klappe, Briann!«, fuhr Sasch sie wütend an. Dann musterte der tätowierte Mann mich mit seltsamem Blick. Er zog sich einen Stuhl heran und setzte sich an das gegenüberliegende Tischende.

Eskar ignorierte die Szene seines Teams und betrachtete mich weiterhin prüfend. »Du bist sicher in der Lage, einen Weg zu finden, wie du das hättest gewährleisten können, ohne von meiner Entscheidung abhängig zu sein.«

»Ja und ich war auch schon dabei, ihn zu gehen. Aber dieser Weg ist verdammt egoistisch und verletzt Aglaia. Ich habe genug Schaden angerichtet, auch damit bin ich durch, solange es in meiner Macht liegt«, entgegnete ich.

»Was meinst du damit?«, fragte Briann wütend. »Was meint sie damit?«, fragte sie dann Eskar, doch Sasch antwortete: »Frauen haben bei uns nicht genug Macht, um sich einem Armeeeinzug zu entziehen. Das könnte nur ein Ehemann oder Vater für sie bewerkstelligen.«

»Und er müsste mächtig sein«, fügte einer der Männer im Hintergrund hinzu. Er war groß und muskulös. Sein weißes langes Haar hatte er zum Teil nach hinten gebunden, um es aus seinem Gesicht herauszuhalten.

»Das weiß ich selbst«, giftete Briann. »Ich wollte wissen, ob sie das meint, was sie angedeutet hat, nämlich dass sie dabei war, einen mächtigen Mann zu heiraten.«

Kurz senkte sich Stille über den Raum und Briann funkelte mich herausfordernd an. Meine Miene schien ihr Antwort genug zu sein. Ihre Augenbrauen schnellten hinauf, ehe sie sich wieder fasste und nun deutlich verhaltener ihre Arme vor der Brust verschränkte.

»Ein Vater reicht also?«, wandte ich mich an Sasch. Das wären ja mal wirklich gute Nachrichten.

Eskar runzelte seine Stirn.

»Ich meine, meiner ist König, das sollte doch genügen.« Ich grinste breit und sah in lauter staunende Gesichter.

»Ich habe das schon geahnt«, gestand Eskar.

»Was hast du geahnt?«, wollte der Weißhaarige wissen.

»Du bist Prinzessin Kalinka, habe ich recht?«, fragte Eskar mich, und ich nickte mit unterdrücktem Grinsen. Ich mochte es, sie aus dem Tritt zu bringen, besonders Briann.

»Das kann nicht sein«, hauchte die Frau.

Sasch stöhnte genervt auf. »Siehst du doch, dass es sein kann«, brummte er und wies auf mich.

»Alael meinte, Ereos' Macht würde nicht ausreichen«, wandte ich mich an Eskar. »Bei euch klang das gerade aber so.«

Eskar verzog seine Lippen etwas. »Kann sein, dass der Prinz aus persönlichen Motiven die Macht deines Vaters heruntergespielt hat«, gab er zu bedenken, und ich verzog mürrisch meinen Mund. Doch dann fiel mir etwas ein.

»Ereos wirkte, als würde er Alael zustimmen«, wandte ich ein.

»Na ja, als Alaels Frau wärst du deutlich ranghöher als in der Position einer einfachen Prinzessin. Das stimmt schon«, räumte Eskar ein. »Aber ich bin mir sicher, Ereos hätte ungewöhnlich hart widersprochen, wenn wir versucht hätten, dich ihm gegen deinen Willen wegzunehmen.«

»Davon gehe ich auch aus.« Dann erinnerte ich mich an seine intensive Nachfrage, ob ich das wirklich wollte. Ich hatte ihn davon abgehalten, der beschützende Vater zu sein. Wenn ich das mal nur geahnt hätte.

»Aber wie ich dich verstanden habe, möchtest du helfen«, lenkte Eskar das Thema zum eigentlichen Kern zurück.

»Ja.« Das stand für mich außer Frage.

Eskar lehnte sich zurück und schlug die Beine übereinander. »Wie sieht es mit gemeinsamem Training aus, wegen spezieller Techniken?« Er tastete sich an meine Grenze heran, und ich zögerte.

»Ich weiß nicht«, wand ich mich etwas. »Wir können es ausprobieren, aber ich …« Der Satz kam mir nicht über die Lippen. Meine Finger zitterten bei der Vorstellung zu kämpfen. Er sah es, noch ehe ich sie zur Faust ballen und meine Panik verbergen konnte. Eskar lächelte verständnisvoll. »Wie wäre es mit einer Zusammenarbeit, und wir schauen, wie weit uns das führt? Ich werde deine Grenzen respektieren«, versprach er mir.

»Auch wenn in euren Augen dadurch Leben gefährdet werden?«

»Wodurch zum Beispiel?«

»Zum Beispiel …« Ich brach mitten im Satz ab. Mir fiel nicht wirklich ein gutes Beispiel ein.

Eskar zögerte einen Moment. »Wenn wir an eine Grenze geraten, ich deine Zusammenarbeit aber dringend benötige, würde ich einen Weg suchen, anders an das ranzukommen, was ich brauche, und dich dabei um Unterstützung bitten«, sprang er ein, als ich nicht antworten konnte.

»Schwörst du es?«, fragte ich und hörte selbst die Angst in meiner Stimme.

Eskar stand auf und hielt mir die Hand hin. Ich sah die Entschlossenheit in seinen Zügen und die Rechtschaffenheit, die nur wenige Personen in seiner Position hatten. Ich wollte ihm glauben, so sehr. Aber ich war auch nicht einfältig. Also stand ich auf und sagte: »Solltest du dein Wort brechen, werde ich es dir gleichtun«, versprach ich und ergriff seine Hand.

»Das ist nur fair.«

20

Die Treppen bis hinauf in den Flügel der Sanya hatten mich geschafft. Selbst noch hundert Schritte nach dem Treppenabsatz keuchte ich ungewöhnlich schnell. Endlich war ich wieder zu Hause und konnte in mein weiches, warmes …

Ähm, ich musste mich verlaufen haben. Direkt vor mir standen zwei purpurn gekleidete Wachen. Jetzt im Ernst? Verwirrt blieb ich stehen und schaute mich um. Ich entdeckte die Statue der weinenden Frau, die einen Krug auf ihren Schultern balancierte, aus dem unaufhaltsam Wasser floss. Diese Statue stand vor dem Eingang zum Flügel der Sanya. Ich hatte mich nicht verlaufen.

Ein erneuter Blick nach vorne zeigte mir aber immer noch zwei Wachen in purpurner Uniform, der Farbe der Egor. Was war hier los?

Als ich weiter auf die Tür zum Flügel zuschritt, bewegten die beiden sich, sie umfassten im Gleichklang die goldenen Griffe der Tür und zogen mir die beiden Flügel auf. Ähm, ja. Ich halluzinierte wohl doch. Das war die Müdigkeit, musste es einfach sein.

Als ich mit unsicheren Schritten zwischen ihnen hindurchging, überlegte ich, vielleicht doch höflich zu sein, falls es keine Halluzination war. »Danke«, brachte ich schnell noch heraus und betrat dann den breiten, kurzen Flur, der in den Warteraum mündete, in dem sich die Aglaia aufhielten, die auf eine Audienz warteten. Alle, die in den Flügel wollten, mussten durch diesen runden Raum, von dem fünf Türen abgingen. Eine davon in den Flur, der zu meinem Zimmer führte, in dem mein Bett stand, das lauthals nach mir schrie.

Doch als der Flur sich verbreiterte zu dem runden Raum, war ich mir absolut sicher, dass der Schlaf noch länger auf sich würde warten lassen. Denn in dem runden Warteraum standen drei Männer, einer stolzer als der andere.

Mein Vater entdeckte mich als Erster und schenkte mir einen wachsamen Blick. Er war nicht so glücklich über unsere Gäste. Hm … mein Vater. So seltsam und doch so vertraut.

»Hallo Lin«, begrüßte er mich und brachte damit eine Saite in mir zum Klingen. Wie er meinen Namen betonte, alles daran war vertraut und versprach Geborgenheit.

Auf seine Worte hin fuhren die beiden Männer, die mit dem Rücken zu mir vor ihm standen, herum. Ich kannte sie beide, und doch hatte mein Gehirn einige Probleme, das alles unter einen Hut zu bringen.

»Lin, soweit ich weiß, kennst du unseren Besuch schon«, stellte er fest.

»Teilweise«, räumte ich ein.

»König Medo, Prinz Fors, das ist meine Tochter, Prinzessin Kalinka«, stellte er mich vor und offenbarte damit das so lange gehütete Geheimnis. Daraufhin starrten die Männer ihn wieder an, und ihre Mienen und Haltungen sprachen von dem maßlosen Erstaunen, das er ausgelöst hatte. Ich musste lächeln, als mir klar wurde, wie sehr mein Vater diese Wirkung genoss.

»Meine Herren, ich habe seit dreißig Stunden kein Auge zugetan, ich habe einen Bärenhunger und stecke schon viel zu viele Stunden in diesem Kleid. Kann der Besuch warten?«, fragte ich hoffnungsvoll.

König Medo sah mich pikiert an, doch sein Sohn, Prinz Fors, wirkte sofort zuvorkommend. Aber mit dem hatte ich noch ein ernstes Wort zu sprechen. Dante … tss. Dieser Lügner. Nichts da Dante und nichts da einfacher Gardist. Ein Prinz war er, und darüber konnten auch die kürzeren Haare nicht hinwegtäuschen. Ich war sauer auf ihn.

»Prinzessin?«, fragte König Medo zweifelnd.

»Also nicht«, seufzte ich. »Dann meine Herren, lasst uns wenigstens hineingehen. Ich möchte mich hinsetzen«, entschied ich und marschierte an ihnen vorbei durch die zweite Tür von links. Dahinter lag ein großer Raum, in dem man kleinere Soireen oder Dinner veranstalten konnte. Ich lief einmal quer hindurch in den gemütlichen Raum dahinter, der mit zahllosen Fenstern einer der hellsten in unserem Flügel war. Genau das, was ich jetzt brauchte. Die Helligkeit der späten Mittagssonne.

Ich steuerte einen runden Tisch an und zog zu den drei bereits daran stehenden Stühlen einen weiteren heran, auf den ich mich selbst setzte. Die Herren wirkten alle etwas zögerlich, doch dann setzten sie sich ebenfalls hin.

Als wir alle saßen, stellte sich betretenes Schweigen ein. Ich war absolut nicht geduldig genug, um das länger zu ertragen. »Wie können wir Euch helfen?«, fragte ich König Medo.

Der Mann sah zwischen mir und meinem Vater hin und her, als müsste er immer noch prüfen, ob wir die Wahrheit gesagt hatten. »Wie kann das sein?«, fragte er meinen Vater.

»Lange Geschichte«, wandte ich ein und bügelte dieses Thema ab. »König Medo, es war keine Übertreibung, ich bin müde, es wäre schön, Ihr würdet mit dem Gespräch anfangen, für das Ihr hergekommen seid.«

Der König presste seine Lippen eisern zusammen, und ich sah, wie sein Sohn genervt mit den Augen rollte. Aha, alles klar. Also drehte ich mich dem Prinzen zu und musterte ihn. »Wir sind gekommen, um dir zu danken«, begann Dante, nein Prinz Fors, als ich ihn auffordernd musterte.

»Gern geschehen«, antwortete ich. *Gut fein, alle zufrieden. Jetzt geht! Ich will in mein Bett!*

»Ich hätte dir sofort danken sollen«, brachte er halb zerknirscht, halb patzig heraus. Er kämpfte mit sich. Aber das war gar nicht nötig.

Ich zuckte mit den Schultern. »Hätte ich an deiner Stelle nicht gekonnt.«

Das ließ ihn die Stirn runzeln, und ich sah genau, wie er seinen einstudierten Text verließ. Seine Schultern fielen leicht nach vorne, und er legte seinen Unterarm auf dem Tisch ab. »Wieso?«

Nun lehnte ich mich zurück. Ich holte tief Luft und sah ihm fest in die Augen. »Ein gefoltertes Wesen braucht Zeit, um zu realisieren, dass es vorbei ist.«

»Ich wurde nicht gefoltert«, wehrte er harsch ab.

»Nicht körperlich, nein«, stimmte ich ihm zu und machte gleichzeitig durch diese Abgrenzung deutlich, was ich gemeint hatte.

Der Prinz schluckte schwer und kämpfte mit sich auf eine Weise, die von den Königen hier sicher keiner verstehen würde. Was dieses Gerät einem Mann nahm, ging weit über die Beweglichkeit seiner Wirbelsäule hinaus. Ich wusste genau, wie das war, und hatte ja aus genau diesem Grund den Raum schnell verlassen. Wir sahen uns für einen Moment still an, und Prinz Fors erkannte, dass ich ihn besser verstand als sein eigener Vater. Er sah, dass wir in dieser Hinsicht verwandte Seelen waren, und ich ließ es ihn sehen.

»Wieso hast du das getan?«, fragte König Medo.

Verwirrt versuchte ich zu verstehen, wie er seine Worte meinte. Die Müdigkeit musste schuld sein, denn ich verstand es nicht und schon gar nicht den anklagenden Ton dahinter. »Was getan?«

»Dieses Gerät vom Rücken meines Sohnes entfernt?«, blaffte er.

Ähm … ich halluzinierte doch. Warf der Typ mir gerade ernsthaft vor, dass ich seinen Sohn gerettet hatte?

»Hätte ich es dranlassen sollen?«, fragte ich giftig. Ich war zu müde für Diplomatie! Viel zu müde. Doch gerade wurde ich wacher. Wut weckte erstaunlich gut auf.

»Was bezweckst du mit deiner Tat?«, fragte König Medo.

»Meiner Tat?«, fragte ich pikiert.

»Mein Vater befürchtet eine Finte«, gab Prinz Fors preis.

Fassungslos musterte ich den König und verbarg meinen Zorn nicht einmal.

»Du bist eine Sanya, sogar eine Prinzessin!«, warf er mir vor und nutzte die Worte wie eine Erklärung. Ich tauschte einen Blick mit meinem Vater, der ähnlich angespannt und wütend wirkte wie König Medo. Dann begriff mein müdes Gehirn, was hier lief.

»Ich fasse es nicht«, spie ich aus. »Hier geht es um diese lächerliche Fehde, nicht wahr?«, fragte ich Fors, weil ich sicher war, er würde mir antworten. Sein Blick sprach tausend Bände. Sein um Entschuldigung bittender Blick. Wenigstens war er nicht genauso verblendet.

»Unglaublich. Ich sitze hier mit erwachsenen trotzigen, mürrischen Kindern. Ehrlich, dann lasst mich lieber schlafen!«, motzte ich.

»Bitte?«, empörte Medo sich.

»Ihr glaubt allen Ernstes, hier wäre was faul wegen einer alten dummen Fehde? Einer Fehde, die vermutlich schon länger existiert, als ihr denken könnt, und von der ihr nicht einmal wisst, wie sie eigentlich angefangen hat, richtig?«, fragte ich mehr meinen Vater, dessen zögernde, abwägende Miene mir sofort recht gab.

Der König der Egor öffnete seinen Mund, doch ich unterbrach ihn, ehe er ein Wort sprechen konnte. »Und natürlich würden beide Seiten sofort behaupten, der andere hätte angefangen, genau wie zwei trotzige, zankende Kinder!«

»Du hast ja keine Ahnung, Mädchen!«, fuhr Medo mich an. »Die Sanya haben schon immer den Egor ihre Vormachtstellung geneidet und unverzeihliche Dinge getan.«

Ereos fuhr erbost hoch, doch ich brach in ihren entbrennenden Streit ein.

»Da haben wir es schon. Zwei trotzige Kleinkinder. Ich hatte mehr von Königen erwartet!«, maßregelte ich sie.

Jetzt funkelten sie mich beide an. Vermutlich sollte man so nicht mit Königen sprechen. Wie gesagt, zu müde für jede Form der Diplomatie oder Etikette.

»Oh, seht mich nicht so an!« Ich stemmte meine Arme in die Seiten und kniff meine Augen zusammen. »Wirklich. Egal was euch Schlimmes widerfährt, sofort sucht ihr die Schuld beim anderen und überseht dabei die wahren Täter, weil ihr in eurem festsitzenden, grundlosen Hass sofort euren Blick in eine Richtung wendet und blind für alles andere werdet«, fasste ich zusammen und sah genau, dass ich den Nagel auf den Kopf traf, zumindest mein Vater sah ein, dass ich recht hatte, denn er setzte sich klammheimlich wieder auf seinen Stuhl.

»Und du dachtest vermutlich auch, er wäre für das Attentat damals verantwortlich«, motzte ich und sah meinen Vater zusammenzucken. Dann richtete ich mich an König Medo, der mich ansah, als würde er mir gleich an die Gurgel gehen. »Hört mir mal ganz genau zu, wenn ich Euren Sohn hätte leiden lassen wollen, hätte ich ihn nicht zuerst befreit. Ich hätte erst die anderen dreiundvierzig von diesem Scheißteil befreit, wäre schlafen gegangen und hätte ihn noch einen weiteren Tag versauern lassen. Das hätte einer Fehde entsprochen. Oder wenn ich die kaltherzige Barbarin wäre, für die Ihr mich offensichtlich haltet, hätte mir ein Fehler bei den unteren Klingen unterlaufen können, und er wäre für immer querschnittsgelähmt. Na, das würde doch in Eure kleingeistige Sicht von uns Sanya passen, nicht wahr?«, warf ich ihm vor.

Der König mahlte so fest mit seinen Kiefern, dass ich meinte, es knirschen zu hören.

»Du hast alle befreit?«, fragte Prinz Fors tonlos und bewahrte damit seinen Vater vor einer ohne Zweifel stumpfsinnig autoritären Antwort. Jedenfalls schätzte ich Medo bisher so stur und stolz ein.

»Natürlich!«, schnaubte ich.

Er lächelte, als hätte ich ihm eine Last von den Schultern genommen, und ich konnte mir sogar vorstellen, dass es genau so war. Der Prinz der Krieger, der allen vorgezogen worden war. Er musste sich schuldig gefühlt haben.

»Was denkst du, warum ich die ganze Nacht wach gewesen bin.«

»Ich hatte verschiedene Ideen, da du dein Kleid immer noch trägst«, räumte er lächelnd ein.

Unnötigerweise schaute ich an mir herab und musste grinsen. »Ich weiß selbst nicht, warum mir nicht mal in den Sinn kam, es zwischendurch auszuziehen.«

Er schmunzelte. »Ach komm schon, das hättest du den

Männern da unten nicht antun können, eine nackte Frau!«

Ich sah ihn aus aufgerissenen Augen an und entdeckte den Schalk in seinen. Oh, na warte. »Die haben da unten von dir genug nackte Haut gesehen, ein bisschen mehr von mir hätte sie jetzt auch nicht mehr verwirrt«, stichelte ich. Am liebsten hätte ich ihm die Zunge rausgestreckt.

Er schüttelte tadelnd seinen Kopf. »Du hast ein freches Mundwerk, Kalinka.«

»Lin!«, korrigierte ich ihn sofort und sah meinen Vater fragend an. Er zögerte einen Moment, doch dann nickte er mit einem warmen Blick.

»Lin also. Ich möchte dir danken. Auch wenn es meinem Vater nicht klar ist, erkenne ich doch, wie hoch der Preis sein könnte, den du dafür zahlst.«

Die beiden Könige wurden aufmerksam. Ich allerdings auch. Konnte er das wissen? Bisher hatte ich die Erkenntnis sauber vor mir selbst verborgen und nur an die direkten Folgen gedacht. Alles was sich fernab unserer Grenzen abspielen würde, verdrängte ich gekonnt. Doch dieser Prinz hatte es auch verstanden. Dabei hatte nicht einmal Eskar es gesehen.

Ich hielt Fors' Blick stand und presste meine Lippen zusammen. Aber mein Vater ließ mich nicht schweigen. »Wovon spricht er?«, fragte Ereos mich.

Ich hätte lügen und die Schwarzklingen anführen können.

»Bisher wussten sie nur, dass wir geflohen sind. Wenn Prinz Fors aber wieder auf dem Schlachtfeld erscheint, werden sie auch wissen, wohin.«

Ereos erstarrte. »Ihr müsst jetzt gehen!«, schmiss er tonlos die beiden Egor hinaus.

»Wartet«, mischte Fors sich ein. »Ich bin hier, um meine Hilfe anzubieten.«

Sein Vater sah ihn fassungslos an. Mein Vater argwöhnisch. »Um Himmels willen! Wenn ihr beide zu stur seid, um einzusehen, dass diese Fehde lächerlich und nur toxisch für alle ist, hört wenigstens auf, uns dafür bestrafen zu wollen, dass wir nicht so dumm sind, und lasst es die nächste Generation besser machen!«, fuhr ich die beiden Könige an. Mein Geduldsfaden existierte schlicht nicht mehr.

Der Prinz grinste breit, mein Vater war ordentlich zerknirscht und sein Vater wütend.

»Also, was genau wolltest du sagen?«, fragte ich den Prinzen.

»Ich schulde dir mein Leben, weshalb ich mir dachte, ich könnte deines im Gegenzug schützen.«

Ich verzog meinen Mund schnippisch. »Schuld ist ein dämliches Konstrukt. Ich glaube nicht an Schuld, die man irgendwie ausgleichen müsste. Ich hätte jedem dieses Ding abgenommen, selbst meinem schlimmsten Feind.«

»Wieso?«, fragte er überrascht.

»Weil es entwürdigend ist und ein Folterwerkzeug. Niemand verdient so etwas!«, beharrte ich und dachte, er würde mich jetzt auslachen, doch stattdessen entspannte er sich noch etwas mehr und lächelte mich sogar warm an.

»Dann eben ohne Schuld. Wenn ich dich begleite, werde ich nicht so schnell wieder auf dem Schlachtfeld auftauchen, wogegen mein Vater sowieso nach den jüngsten Ereignissen eine Allergie entwickelt hat.«

»Verständlich«, gab ich zu und brachte Fors damit zum Grinsen.

»Und nebenbei könnte ich die Prinzessin schützen, die Fehde damit weiter bekämpfen und die Anwesenheit einer klugen Frau genießen.«

»Schmeichler«, warf ich ihm vor und versuchte, ein Grinsen zu unterdrücken.

»Das wusstest du doch schon«, spielte er auf unser erstes Treffen an. Und entlockte mir damit das eben noch so erfolgreich unterdrückte Grinsen.

»Dein Plan klingt gut, nur wohin genau willst du mich begleiten?«, fragte ich spitzfindig.

»Ist dir nicht entgangen, was?«

»Einer klugen Frau doch nicht«, betonte ich spielerisch.

»Im Grunde egal, nur fort aus Ertatem.«

Ich nickte. »Aha«, machte ich und wägte kurz ab. »Da gibt es nur ein Problem.«

»Und welches?«, fragte er, und ich sah die Anspannung in seinen Körper zurückkehren.

»Ich habe gerade eben mit den Schwarzklingen gesprochen und ihnen zugesichert, ich würde mit ihnen zusammenarbeiten, um die Anamie ordentlich schröpfen zu können«, offenbarte ich ihm und damit auch meinem Vater mein Abkommen mit Eskar. Ich sah Ereos an und legte sofort meine Hand auf seine zur Faust geballte. »Keine Sorge. Eskar hat mir geschworen, dass ich niemals mehr auf ein Schlachtfeld muss.«

Ereos atmete erleichtert auf und drückte meine Hand. Sein Blick huschte kurz zu unseren Gästen. Dann flüsterte er bedacht: »Was denkt Alael?«

»Das weiß ich nicht. Wir gehen fürs Erste getrennte Wege«, teilte ich ihm die nächste Neuigkeit mit. Eine, die ihn wütend machte. »Dieser Bengel!«

»Es war allein meine Entscheidung!«, beteuerte ich. Ereos' Augen wurden warm und stolz. Meine Entscheidung machte ihn glücklich, was mich erstaunte. Dieser Blick durchdrang alle meine Mauern und streichelte den verletzten, verkrüppelten Kern meiner Seele, sodass sich der eisige Klumpen etwas entspannte und ich freier atmen konnte.

»Lin, ich möchte nicht unhöflich sein, aber hier ist es gefährlich. Das war Eskar vielleicht nicht bewusst, und es könnte sein, dass nicht einmal du dir des Ausmaßes vollkommen bewusst bist«, fuhr Prinz Fors eindringlich und doch beherrscht fort.

»Falls du damit auf deine Ingenia anspielst, auch mit ihr habe ich vorhin gesprochen. Ich denke, ich habe alle Informationen«, wehrte ich seinen Einwand ab, und er bekam große Augen. Damit hatte ich ihn eiskalt erwischt, was mich seltsamer Weise ungemein freute.

»Moment. Worüber ihr hier gerade wie um den heißen Brei herumredet, ist eine echte Gefahr für Lin, nicht wahr?«, fragte Ereos und seine Stimme grollte tief.

Ähm, verdammt. Meinen Vater hatte ich wohl vergessen.

»Sag es mir!«, verlangte er, und ich sah den alten Schmerz hochkommen. Weil ich so mit ihm und der Tragödie unserer gemeinsamen Vergangenheit mitfühlen konnte, brachte ich es nicht übers Herz, ihn jetzt auflaufen zu lassen.

»Möglicherweise gibt es einen König in Ertatem, dessen Ingenia ihm etwas gesagt hat, was ihn zu dem Entschluss verleitet hat, dass die Welt ohne mich für ihn besser wäre«, gab ich ertappt zu.

Mein Vater starrte mich fest an. Er schien mich mit seinem Blick zu umklammern, und so viele Emotionen kochten in ihm gerade über. Schließlich presste er seine Zähne fest aufeinander und bemühte sich um eine ruhige Stimme, aber die unterdrückte Wut brach aus ihm heraus. »Du willst mir sagen, in Ertatem gibt es einen König, der dich töten will, und sobald die Anamie erfahren, dass es Prinz Fors gut geht, werden auch sie Meuchelmörder herschicken? Dazu hast du ohne Zweifel gerade das Herz eines stolzen jungen Prinzen gebrochen und eine eifersüchtige, skrupellose Frau ist auch schon hinter dir her«, fasste er zusammen, und ich war erstaunt, dass er von Celeste wusste.

»Das kommt so hin, ja.«

»Meine liebe Tochter, ich gebe einen Dreck auf die Schwarzklingen. Du verlässt die Stadt, sofort. Und ich nehme dein Angebot dankend an.« Mit den letzten Worten wandte er sich an Fors.

»Äh, Moment mal.«

»Nein!«

»Doch!« Ich holte tief Luft und griff nach der großen, rauen Hand meines Vaters. »Du hast Angst, und das verstehe ich. Aber ich habe ein Versprechen gegeben, und ich breche meine Versprechen nicht. Also wenn es dir so ernst ist, gehen wir gemeinsam zu Eskar und suchen eine Lösung. Aber du wirst nicht über meinen Kopf hinweg Entscheidungen über mein Leben treffen.«

Ereos mahlte mit seinen Zähnen.

»Und nebenbei, ich kann gut auf mich selbst aufpassen«, entschlüpfte es mir kühl. Ich war ein klein wenig beleidigt. »Nichts für ungut«, warf ich schnell in die Richtung des Prinzen ein.

»Okay, wir gehen jetzt!«, knurrte Ereos.

»Was? Nein!«, jammerte ich. »Ich will schlafen!«

»Kein Problem. Geh schlafen. Fors und ich gehen auch allein zu Eskar.« Mein Vater wirkte sehr zufrieden mit sich. Mürrisch kniff ich meine Augen zusammen und funkelte ihn vorwurfsvoll an. So ein fieser Mistkerl. Aber er hatte es eilig und bekam so oder so, was er wollte.

Ich stöhnte genervt auf. Contenance war was für Ausgeschlafene. »Also los!«

»Ich ziehe mich an dieser Stelle zurück«, meinte König Medo, und mir wurde klar, wie still er geworden war. Auch meinem Vater schien das aufzufallen, denn nach einem Moment brachte er ein ehrliches »Danke schön« heraus. Das beeindruckte mich und auch den König der Egor. Der Mann neigte kurz den Kopf, und mein Vater erwiderte die Geste.

»Aber diesmal gibst du mir wenigstens einen Moment, um mich umzuziehen!«, entschied ich, als wir König Medo hinterhersahen, wie er den Flügel verließ.

»Wieso denn? Das Kleid steht dir ausgezeichnet!«, mischte der Prinz sich ein, und ich streckte ihm nun doch die Zunge raus. Sein schallendes Lachen begleitete mich bis in den Gang zu meinem Zimmer.

21

»Fors also, nicht Dante«, murmelte ich auf halbem Weg zum Militärtrakt. Der Prinz und ich folgten meinem Vater, der relativ flott unterwegs war.

»Genau genommen Prinz Fors, oder einfach nur Dante«, antwortete er und machte mich damit kein Stück klüger.

Als er mein Gesicht sah, lachte er. Dann erklärte er seine Aussage. »Meine Freunde nennen mich Dante, ich habe also nicht gelogen, da ich auf meinen Einsätzen immer unter Freunden bin.«

Ich schnaubte. »Prinz Fors also«, entschied ich, und sah wie seine Augen erheitert funkelten. Den restlichen Weg schwiegen wir, ich hätte auch nicht gewusst, worüber ich mit ihm hätte sprechen sollen. Insgesamt war ich mir nicht so sicher, was ich eigentlich überhaupt wollte. Denn ich wollte nicht sterben, das war sicher. Aber ich wollte auch nicht von den mächtigen Männern dieser Welt durch die Gegend geschubst werden, darauf reagierte ich allergisch. Auf der anderen Seite wollte mein Vater mich nur in Sicherheit wissen. Ich seufzte innerlich auf.

Schneller als mir lieb war, weil ich zu keiner Entscheidung gekommen war, betraten wir den Gang der Schwarzklingen, und Ereos lief zielstrebig auf eine Tür zu, an der er klopfte. »Woher weißt du, wo du ihn findest?«

»Weiß ich nicht, aber hier ist ihr Aufenthaltsraum.« In

dem Moment öffnete der Weißhaarige der Gruppe die Tür, und als er uns entdeckte, schossen seine Augenbrauen in die Höhe. »Interessant.«

»Nicht meine Idee!«, motzte ich. »Aber wir bräuchten doch noch mal Eskar.«

»Das dachte ich mir schon.« Damit drehte er sich um und rief in den Raum: »Eskar! Besuch!«

Der Weißhaarige trat zurück und gab den Platz an der Tür frei, den Eskar daraufhin besetzte. Doch er blieb neugierig neben seinem Anführer stehen.

Als Eskar uns entdeckte, verfinsterte sich seine Miene. »Wieso glaube ich nur, wird mir das nicht gefallen?«

»Weil du ein kluger Mann bist«, grollte mein Vater, und ich verdrehte meine Augen. Er war so mürrisch.

»Folgendes Problem«, begann ich.

»Doch nicht hier mitten auf dem Gang!«, motzte Ereos mich an.

»Das sehe ich auch so«, sprang Dante ihm sofort zur Seite, und ich schaute sprachlos von einem zum anderen. Jetzt im Ernst? Gerade eben noch voll in der Fehde und auf einmal so vollkommen einer Meinung? Sollte ich mich jetzt geschmeichelt fühlen?

»Wow, ein königlicher Sanya und ein königlicher Egor, die einer Meinung sind? Was hast du ausgefressen, Lin?«, fragte Eskar erheitert. Ich verzog wenig amüsiert mein Gesicht.

»Das würde ich auch gerne wissen«, murrte ich und drückte mich an ihm vorbei in den Raum. Ich stapfte zum Tisch und setzte mich wieder an den Platz, an dem ich vorhin gesessen hatte. Ich hatte ein Déjà-vu-Gefühl. Ich wollte doch nur in mein Bett!

Nach kurzem Zögern meinte Eskar tonlos: »Kommt doch rein.« Schritte folgten, und dann setzten sie sich alle zu mir an den Tisch, mein Vater ans Kopfende und der Prinz auf meine andere Seite. Ich hatte durchaus verstanden, dass er mir vorhin indirekt den vertrauteren Namen angeboten hatte, aber ich war drüber, so drüber. Ich war einfach nicht mehr gewillt, mich zusammenzureißen und mitzuspielen.

»Worum geht es?«, wollte Eskar wissen.

»Das ist etwas komplizierter«, begann mein Vater.

»Gar nicht kompliziert!«, schnaubte ich. »Es gibt eine Reihe Personen, die nach meinem Leben trachten, und deshalb wollen mein Vater und der Prinz hier, dass ich Ertatem verlasse. Siehst du, ganz einfach!«, maulte ich meinen Vater an.

»Du bist ja ein richtiger Sonnenschein!«, höhnte Eskar.

Mürrisch gab ich zurück: »Pech gehabt. Ich wollte ja schlafen gehen!« Langsam begann ich, mir mit meiner Laune selbst auf die Nerven zu gehen. Tief ein und ausatmend lehnte ich mich zurück und versuchte runterzukommen.

»Lin sagte, sie hätte dir versprochen zu helfen«, begann der Prinz.

»Hat sie.«

»Deshalb weigert sie sich, Ertatem zu verlassen«, informierte Dante den Anführer der Schwarzklingen.

»Ist nicht dein Ernst«, entfuhr es Briann, die daraufhin hinter der Ecke auftauchte. Sie sah widerwillig beeindruckt zu mir herüber. Eskar brachte sie mit einem einzigen Blick zum Schweigen, und Briann zog leicht ihren Kopf ein. Sie wirkte zerknirscht und lehnte sich im Hintergrund an die Wand.

»Um welche Personen geht es?«, fragte Eskar Dante. Das wurmte mich wieder. Aber die beiden Männer waren miteinander vertraut, das sah ich. Dennoch ging es hier um mein Leben, er sollte mich fragen. Der Prinz der Egor antwortet nicht sofort, sondern sah mich an. Na gut, das gab Sympathiepunkte.

»Dantes Rückkehr ohne den Mark-Trenner wird meinem einstigen Entführer verraten, wohin ich geflohen bin. Er weiß, dass ich über dieses Wissen verfüge, und … selbst wenn ich nur eine von vielen wäre, würde er einen Meuchelmörder schicken. Aber er hat da ein persönliches Ding mit fast allen aus unserer Gruppe«, gestand ich.

Eskar wirkte nicht glücklich und sah mich mahnend an. Ich sollte wohl fortfahren. Na gut, das sah ich ja ein.

»Nastja hat sich in ihrer Ausbildung ordentlich gewehrt, sie hat ihm eine Narbe im Gesicht verpasst, weshalb er sie hasst und ihr allein deshalb die Freiheit niemals gönnen würde.«

»Wieso stellt sie sich dann so offen auf das Schlachtfeld?«, fragte Sasch verwundert.

Ich grinste eiskalt. »Um ihn herauszulocken. Nastja will seinen Kopf. Mehr als alles andere auf der Welt.«

Stille senkte sich über den Raum. Ich wusste selbst, wie krank und kaputt das war. Aber ich gönnte ihr diesen Erfolg. Ich hatte nicht übertrieben, als ich ihnen erklärt hatte, dass sie vier Wracks hier hatten. Aber solange wir niemanden unter die Oberfläche blicken ließen, mussten sie es mir einfach glauben. Von außen sah es nicht so aus, das wusste ich selbst.

»Du sagtest *mit fast allen*«, erinnerte Eskar mich.

»Ist das noch wichtig?«, fragte ich.

Eskar zögerte. »Ich bin nicht sicher. Aber generell denke ich, alle Informationen sind wichtig, wenn ich eine Entscheidung treffe.«

Verdammt. Das sah ich genauso. Ich schaute mich einmal ruhig um und fixierte sie alle sehr fest. »Wenn das jemals diesen Raum verlässt, werdet ihr meine Rache spüren, damit das klar ist.«

Grimmig stieß Eskar hervor: »Angekommen.«

Ich nickte. »Unser Entführer, Sika, genießt das Leid unserer Eltern, nachdem er uns geraubt hat. Er weidet sich daran und beobachtet sie noch eine Zeit lang, ehe er sie nicht selten umbringt. Weil er ein Sadist ist. Und das ist er auch in sexueller Hinsicht. Kassandra ist eine zarte Seele und hat ein gutes Herz. Daher hat er es genossen, sie … zu besitzen«, flüsterte ich. »Und als einmal ein anderer Läufer es gewagt hat, mit Kassandra zu flirten, hat er ihn gefoltert. Danach wussten alle, dass sie sein Eigentum ist. Dass sie jetzt ausgerechnet mit diesem Läufer geflohen ist, wird ihn rasend vor Wut machen.« Ich holte tief Luft. Ob die beiden diese Erlebnisse je hinter sich würden lassen können?

»Also wenn ihr mich aus Ertatem fortschafft, dann auch die beiden«, forderte ich mit fester Stimme und hob meinen Blick Eskar entgegen. Ich sah ihm fest in die Augen und legte alle Entschlossenheit in meinen Blick. Meine Hand presste ich angespannt auf die Holzplatte des Tisches. Ich wollte ihn nicht noch einmal in mich hineinsehen lassen.

»Und du?«, fragte er. Ich hatte so gehofft, dass er nicht fragen würde. *Einige* war absichtlich gewählt. Wieso bohrte er dann jetzt noch nach?

»Du kannst mich nicht so einfach in die Irre führen«, meinte er ruhig.

Mürrisch stieß ich die angehaltene Luft aus. »Einen Versuch war es wert.«

Er lächelte milde. »Also, warum hat Sika ein gesteigertes Interesse an deinem Tod?«

»Weil er mir vertraut hat.«

Die verständnislose Stille im Raum lastete schwer auf mir. Sie brauchten einen Moment, bis sie es begreifen würden. Aber sie würden.

»Wie meinst du das?«, fragte natürlich Briann wachsam. Sie war eben die Einzige, die nicht sensibel genug war zu schweigen.

Betreten starrte ich auf meine dünnen Finger, auf die rissige Haut meiner Nagelbetten. Die fünf bleichen Griffel hoben sich deutlich von dem dunkelbraunen Holz ab.

»Ich war die Beste«, flüsterte ich leise. »So oft habe ich Flüchtigen hinterhergejagt und sie eingefangen. Zahllose Kinder habe ich ihren Eltern geraubt. Tag für Tag habe ich Leben beendet und Missionen für ihn erfolgreich abgeschlossen«, berichtete ich mechanisch und wünschte, nicht ich sein zu müssen. »Ich wusste, wenn ich die Chance haben wollte zu fliehen, musste ich sein Vertrauen gewinnen.«

Mit jedem Wort, mit jeder Silbe dieses Geständnisses spürte ich den alten tiefen Hass in mir erstarken. Ich spürte die Wärme schwinden, die mir meine Freiheit geschenkt hatte, die Leichtigkeit meinen Körper verlassen, die das Leben hier in Ertatem mir bereitet hatte. Zurück kehrten der Hass, die Abscheu und der Schmerz. Ich war ein Wrack. Wir alle waren Wracks.

Er brauchte nicht mehr. Ich hatte genug gesagt. Und diesmal fragte keiner nach. Sie alle konnten begreifen, warum ich so gehandelt hatte. Sie alle konnten sehen, dass es purer Egoismus war, der mich angetrieben hatte. Sie alle wussten nun, was ich war. Nicht Läufer, nicht Prinzessin, nicht einmal ein lebenswürdiges Wesen. Ich war Abschaum.

»Jemand wie er wird dich noch mehr als alle anderen jagen. Vielleicht wird sogar er selbst hinter dir her sein«, zog Eskar den richtigen Schluss.

Ich nickte nur.

»Du meintest, eine Reihe Personen wären hinter dir her«, fuhr Eskar fort, doch ich brachte es nicht mehr über mich, meinen Kopf zu heben und ihn anzusehen. Auf die Tischplatte starrend fuhr ich mit meinen Augen die Linien der Maserung nach und versuchte, weiter zu atmen, auch wenn es sich anfühlte, als hätte ich das Recht dazu verloren.

Die Stille im Raum war ein Widerhall der Leere in meinem Inneren. Alles in mir brannte und fühlte sich gleichzeitig wie eiskalter Stein an. Mir wurde schlecht, und am liebsten wäre ich hinausgerannt und hätte auf irgendetwas eingeschlagen. Doch das ging nicht.

»Ich denke, da die Verbindung zwischen Alael und Lin erst einmal beendet ist, können wir Celeste von der Liste streichen. Aber wenn ich es richtig verstanden habe, gibt es einen König, der Lin töten lassen will«, antwortete Dante an meiner Stelle. Würde mich mal interessieren, woher er von Celeste wusste.

»Was?«, fuhr Sasch verwirrt in das Gespräch hinein.

»Hm, das könnte jetzt heikel werden«, meinte Eskar.

»Sieh mich nicht so an«, brummte Dante. »Es ist nicht mein Vater. Immerhin hat unsere Ingenia Lin gewarnt«, stellte er klar.

»Beruhigend. Wenn es eure Ingenia war, wusste sie zufällig auch, um welchen König es sich handelt?«, wollte Eskar wissen.

Ich dachte an Eleyas Zögern, und ich war mir plötzlich sehr sicher, dass sie genau wusste, um welchen König es ging. Weiter auf die Maserung starrend, hörte ich, was ich schon geahnt hatte.

»Wusste sie«, räumte Dante ein.

»Und?«

»Sie … Eskar, es ist nicht der richtige Zeitpunkt«, sagte Dante eindringlich.

»Ich verstehe.«

»Ich nicht«, murrte Ereos.

Eine kurze Stille entstand, in der sie sicher versuchten, über Augenkontakt miteinander zu kommunizieren. Aber es war mir egal. Für mich zählte nur, dass Dante es wusste und glaubte, es wäre nicht der Moment oder der richtige Personenkreis, es zu offenbaren. Ob es nun die Nachwirkung meines Geständnisses war oder ich wirklich glaubte, dass es nicht zählte, aber ich verspürte nicht einmal das Bedürfnis nachzufragen. Mein Leben lang hatte es jemanden gegeben, der mir nach dem Leben trachtete. Es fühlte sich nicht anders an, beinahe sogar vertraut.

Ich brauchte 'ne Pause, Abstand und 'ne Mütze Schlaf. Das war nicht normal. Ich sollte wissen wollen, wer mir Attentäter auf den Leib hetzte. Wollte ich aber nicht.

»In Ordnung, ich sehe zwei Möglichkeiten«, begann Eskar schließlich, und ich zog mich noch etwas mehr aus der Unterhaltung zurück. Gerade eben hatte ich noch so sehr selbst entscheiden wollen. Das war wie weggewischt, als hätte ich dieses Bedürfnis nie verspürt.

»Ihr zieht euch an einen Ort deiner Wahl zurück, den einer aus dem Team kennt, der anfangs mit euch reist und von Lin alles erfährt, was sie zu sagen hat. Oder wir ziehen unsere Mission vor, zu der wir demnächst aufbrechen, und ihr reist eine Zeit lang mit uns.«

»Das Zweite ist doch eindeutig besser. Da würde niemand erfahren, wo sie ist«, mischte sich Ereos ein.

»Ja, aber ich habe Lin versprochen, dass ich sie niemals in einen Kampf hineinziehe, und bei der zweiten Option besteht die Gefahr. Sie ist zwar gering, aber nicht gleich null.«

»Du solltest entscheiden«, erklang Dantes Stimme sanft und doch fest. Schon wieder sammelte er Sympathiepunkte, nur war ich gerade weder in der Lage, das zu würdigen, noch in der Stimmung, diese Entscheidung zu treffen. Also zuckte ich mit den Schultern.

Plötzlich griff jemand nach meiner Hand. Ich sah überrascht auf. Dante stand auf und zog mich mit sich. Überrumpelt folgte ich ihm, und er zerrte mich hinaus auf den Gang. Niemand folgte uns, und so schloss Dante die Tür hinter uns und fuhr dann zu mir herum. Aus großen Augen starrte ich ihn an. »Hör auf damit!«, verlangte er.

Ich blinzelte überrascht. »Womit?«

»Diesem Selbstmitleid!«

Es war ein Vorwurf und doch schlicht die Wahrheit. Betreten senkte ich meinen Kopf und scharrte mit dem Fuß über den steinernen Boden.

»Sieh mich an«, bat er leise, eindringlich.

Gehorsam hob ich meinen Kopf. Befehlen zu folgen war einfacher, als selbst zu entscheiden. Man konnte sich dann einreden, keine Wahl gehabt zu haben.

»Du bist nicht so schlecht und widerlich, wie du offenbar zu glauben scheinst«, sagte er voller Überzeugung. Seine braunen Augen waren warm und sanft, aber ebenso entschlossen und vor allen Dingen vollkommen frei von Mitleid. »Wärst du so schlecht, hättest du weder mich noch die anderen dreiundvierzig gerettet«, erinnerte er mich, und ich konnte ihm nicht widersprechen. Ich hätte schon können, aber es wäre haltlos und übertrieben selbstkritisch gewesen. Meine Motive waren heute Nacht nicht egoistisch gewesen. Ich war einem verkrüppelten Gefühl von Moral gefolgt und hatte das getan, was ich für richtig hielt. So eine Gelegenheit bekam ich selten. Häufiger, seit ich frei war. Ich hatte genau das getan, wozu ich jetzt die Freiheit hatte. Er hatte recht, es war nicht so einfach, mich für meine Taten zu verurteilen, wenn man die Bedingungen kannte. Aber ich sah nicht von außen auf mich, sondern von innen, und ich wusste, dass ich gewählt hatte. Ja sicher, mich, mein Leben und meine Freiheit. Aber ich hatte den Preis bewusst in Kauf genommen. Darum ging es.

»Also was willst du, Lin?«

Ich zögerte. Dann sah ich ihm mit all der Verzweiflung, die ich spürte, in die Augen. Ich wusste nicht, wieso, aber ich glaubte, er könne mich verstehen, mich sehen. Ein bisschen wie mein Vater und doch anders. Dann erkannte ich, dass es stimmte. Ich fühlte mich sicher bei ihm, angenommen und sicher.

»Ich möchte helfen«, brachte ich heraus.

»Das kannst du bei beiden Möglichkeiten.«

»Aber besser bei der zweiten.«

Dante zögerte. »Dir schien es sehr wichtig zu sein, nicht noch einmal kämpfen zu müssen. Wenn ich es richtig mitbekommen habe, so wichtig, dass du bereit warst, Alael dafür zu heiraten«, fragte er und fragte er doch nicht.

»Hast du richtig mitbekommen«, murmelte ich.

»Dann sollten wir die erste Möglichkeit wählen.«

Ich schüttelte meinen Kopf. »Es wäre einfach nur feige«, widersprach ich.

»Auch wenn die Gefahr besteht, dass du böse auf mich sein wirst, könnte es nicht sein, dass es statt feige besonnen ist. Könnte es vielleicht sein, dass ein Kampf dich vollkommen brechen würde, dich zerstören und ausrasten lassen würde?«, gab er vorsichtig und doch schonungslos zu bedenken.

Ich knirschte mit meinen Zähnen. »Das … das nehme ich sogar an«, flüsterte ich sehr leise.

»Dann wäre es nicht feige, sondern vernünftig.«

»Aber es fühlt sich feige an«, gestand ich mit brechender Stimme. Der Schmerz der Vergangenheit ließ in mir den

Wunsch entstehen, mehr zu tun, mehr zu helfen, es irgendwie wiedergutzumachen, auch wenn ich nicht glaubte, all das je wiedergutmachen zu können.

»Dann anders. Wenn wir zusammen fortgehen, können wir besser Phineas und Kassandra mitnehmen. Auf die Mission der Schwarzklingen können sie nicht mit«, erklärte er, und ich musste ihn wieder ansehen. Er war geschickt. Sehr geschickt. Und er kannte mich nach so kurzer Zeit schon besser als Alael. Wie war das nur möglich? Für eine unmessbare Zeit konnte ich ihm nur in die Augen sehen. Das sanfte Braun war Balsam, und das, was dahinter ruhte, legte sich sachte über meine aufgerissenen Wunden und beruhigte das aufgepeitschte Innere meiner verkrüppelten Seele.

»Es würde sie besser schützen, wenn sie woanders wären als ich«, flüsterte ich, nun eine Entscheidung findend. »Die Details können wir drinnen klären«, beschloss ich.

Dante verzog unglücklich seinen Mund, was mich zum Schmunzeln brachte. »Das hattest du anders geplant, was?«

»In der Tat.«

Das Schmunzeln verbreiterte sich zu einem echten Lächeln, und ich sah ihm wieder direkt in die Augen. »Danke.«

Er hob sein Kinn. »Ich werde bei dir bleiben.«

»Ich würde gerne fragen, wieso, aber noch mal so ein Gesülze von *Ich verdanke dir mein Leben* ertrage ich nicht«, warf ich ihm gespielt schnippisch vor.

»Dann frag eben nicht.«

Ich rollte mit den Augen und griff an die Türklinke. Der Schritt brachte mich nah an ihn heran, und ich roch seinen Duft. Er erinnerte mich an den Wald, an Freiheit und Sicherheit. Ich war verrückt. Eindeutig.

Diese Empfindungen beiseiteschiebend öffnete ich die Tür und kehrte zurück in den Raum. Eskar stand inzwischen an der Küchenzeile und brühte etwas auf. Vermutlich schwarzen Aufputscher, ein Extrakt einer Wurzel. Als wir eintraten, sah er mir fragend entgegen.

Ich wartete, bis Dante die Tür geschlossen hatte, und verkündete dann meine Entscheidung. »Ich begleite euch auf die Mission.« Dann wandte ich mich an Ereos. »Und dich würde ich bitten, einen verborgenen Platz für Phineas und Kassandra zu finden. Kassandra hat, glaube ich, großes Interesse am Heilen. Vielleicht gibt es ja eine Möglichkeit für sie, neu anzufangen.«

Ereos stand auf und kam zu mir. Er schloss mich in seine Arme und presste mich an sich. »Das ist eine temporäre Lösung, aber auf Dauer werde ich eine bessere finden, eine, bei der du Ruhe finden kannst«, schwor er mir leise in meine Halsbeuge. Erst jetzt fanden meine Arme um seine breite Mitte, und ich ließ mich von ihm festhalten.

»Wir sehen uns wieder, Lin«, flüsterte er und küsste mich auf meinen Scheitel.

Ich hob meinen Kopf und sah in das sonst so grimmige Gesicht meines Vaters. Seine rauen Züge waren bewegt, voller Wärme und Zuneigung. Ich spürte meinen Hals eng werden und eine seltsame Rauheit in meinem Rachen. Unsicher, ob das sein konnte, meinte ich sogar, Tränen in mir aufsteigen zu spüren. Aber das war lächerlich. Also presste ich mich noch einmal an ihn und schmiegte meine Wange an seine breite Schulter. Er streichelte über meinen Kopf, und dann lösten wir uns voneinander. Ich spürte jemanden nah zu mir treten.

»Ich bringe sie Euch zurück«, erklang Dantes feste Stimme. Er war wild entschlossen.

»Ich zähle auf dich, Junge«, brummte mein Vater und sah dann Eskar an. »Und auf dich, Schwarzklinge!«

»Die Wahrscheinlichkeit, dass sie in einen Kampf verwickelt wird, ist sehr gering, und selbst wenn, bin ich sicher, deine Tochter ist eine mindestens so gute Kämpferin wie alle anderen in diesem Raum auch.« Er sprach voller Überzeugung, und das überraschte mich mehr, als es sollte. Er hatte mich schließlich noch nie kämpfen sehen. Allerdings Nastja, und jetzt wusste er auch, dass wir dieselbe Ausbildung hinter uns hatten.

Ereos küsste mich ein letztes Mal auf die Stirn und versprach mir dann: »Ich kümmere mich um deine Freunde.«

Dankbar lächelte ich ihn an: »Dafür kehre ich zu dir zurück.«

Er lächelte und nickte fest. Er zählte auf mich. Der große König, mein Vater, mein Zuhause verließ den Raum und ließ mich bei den Aglaia zurück, die nun für eine Zeit lang meine Gefährten sein würden.

22

INGENIA
TENIS – HERRIN DES WILLENS

ÜBERLIEFERTE PROPHEZEIUNG DER INGENIA:
Bricht einst die alte Feindschaft ein
Der schwarze Rabe spät erwacht
Lebendig wird die Herrin sein
Mit glühend heißer Feuermacht

Tenis saß auf einem umgestürzten Baumstamm und wartete. In der Zwischenzeit stimmte sie ihre Laute, die sie auf ihrem aufgestellten Bein abstützte. Nacheinander schlug sie einzelne Töne an, um ihren Klang zu prüfen, ehe sie die Saiten etwas lockerte oder nachspannte.

Ein leises Rascheln kündigte ihre Partnerin an. Tenis und sie hatten sich vor drei Jahren gefunden, und gegen Alma war Tenis ein liebes Sisi. Dabei würde der Vergleich mit diesen flauschigen kleinen Vierbeinern viel besser zu Alma passen, immerhin hatte die Frau Fell am ganzen Körper. Aber so lieb Tenis auch im Vergleich zu Alma war, seit die andere Ingenia und sie sich begegnet waren, hatte Tenis viel dazugelernt.

»Wie immer mit der Laute«, erklang die warme, lachende Stimme Almas.

»Natürlich. Du würdest das Instrument deiner Macht auch hegen und pflegen, wenn du eines hättest.«

Alma lächelte und strich sich über ihre großen spitzen Ohrmuscheln, die sie in alle Richtungen drehen konnte. Genau genommen sahen ihre Ohren aus wie die von Sisis. Das war Tenis noch nie so klargeworden. Almas feine Schnurrhaare zuckten, als sie näher kam. Sie rümpfte vorwurfsvoll ihre Nase. Alma und ihre verdammten Sinne! Sie nahm einfach alles viel zu deutlich wahr!

Tenis verdrehte ihre Augen. »Ich habe vor vier Tagen das letzte Mal Kimci getrunken, bevor du mir deine Nachricht geschickt hast!«, verteidigte sie sich. Sie wusste, dass Alma den Geruch dieses Getränks nicht ausstehen konnte.

Alma rümpfte ihre feine empfindliche Stupsnase immer noch. Sie fuhr mit ihrem Handrücken über das zarte Fell in ihrem Gesicht und kämmte es mit dem Strich. Eine verräterische Geste, wie Tenis inzwischen wusste, sie drückte Abscheu aus.

»Verzichte doch einfach ganz darauf«, verlangte Alma kühl.

»Auf keinen Fall.« Tenis grinste breit und lehnte sich entspannt zurück. »Eher würde ich versuchen, meine Laute gegen dich einzusetzen.« Immerhin könnte sie Alma mit den richtigen Tönen einreden, dass sie Kimci liebte. Bei diesem Gedanken musste Tenis grinsen. Sie liebte es, die Herrin des Willens zu sein und mit ihrer Laute die Macht über den Willen anderer zu haben.

Alma kniff drohend ihre Augen zusammen. »Das wagst du nicht.«

Tenis zuckte nichtssagend mit den Schultern und zupfte demonstrativ an den Saiten.

Ein drohendes Fauchen erklang, und Tenis bleckte grinsend ihre Zähne. Sie mochte es, Alma so zu reizen. Es war ein Spiel mit der Gefahr.

»Lass das jetzt«, brach Alma ihr Geplänkel ab und kam zur

Sache. Tenis legte ihre Laute beiseite und sah ihre Partnerin aufmerksam an. »Die kleine Nervensäge war doch noch nützlich«, berichtete Alma.

»War sie?«

Alma sah sie unter gesenkten Augenlidern verschwörerisch an. »Die Göre hat vorgestern eine alte Feindschaft beendet.«

Tenis spürte aufgeregte Vorfreude in sich aufsteigen. Wie lange sie von diesem Moment geträumt hatte. Ein Teil der Prophezeiung war damit erfüllt! »Also beginnt es!«

Alma schüttelte ihren Kopf. »Es ist schon mittendrin.«

Verständnislos sah Tenis die andere Ingenia an. »Die zweite Zeile der Prophezeiung geschieht zeitlich vor der ersten. Das bedeutet, die Bedingungen sind jetzt erfüllt«, schloss Alma.

Tenis glaubte, ihr würden gleich die Augen herausfallen, so weit riss sie sie auf. »Also wird die Herrin nun lebendig sein«, flüsterte sie voller Ehrfurcht. Endlich, die Herrin der Flammen würde unter ihnen wandeln!

Alma verzog in einem teuflischen Grinsen ihre Lippen. »Das wird sie. Und die Herrschaft des Feuers beginnt«, versprach sie. Für diesen Moment hatte Tenis all diese Dinge getan. Es war so weit! Die Prophezeiung würde nun in Erfüllung gehen.

23

Das leise Knacken brennenden Holzes erklang in der Stille der Nacht. Wir saßen um das kleine Lagerfeuer herum und starrten alle in die Flammen, zumindest diejenigen, die in meinem Sichtfeld saßen, darunter drei Fremde, die offensichtlich die Mission der Schwarzklingen darstellten. Es waren zwei Botschafter und ein Assistent. Zuerst würden wir nach Vassos reisen, die Heimat der Botschafterin, die sehr aufrecht auf einem umgelegten Baumstamm saß. Ihr pelzverbrämter Mantel sah mollig warm aus. Danach führte die Mission der Schwarzklingen nach Amisto in die Hauptstadt Jesas, wohin wir den kleinen gedrungenen Botschafter und seinen Assistenten brachten. Beides Länder, die ich noch nie gesehen hatte. Ich war neugierig, wie es dort aussah.

»Hier, iss, solange es noch warm ist«, riet Dante mir, als er sich neben mich auf die Decke setzte und mir eine schlichte und doch gut gearbeitete Holzschale mit frisch gegrilltem Fleisch darin gab. Dankend nahm ich sie entgegen und legte sie mir in meinen Schoß. Mit den Fingern begann ich das Fleisch vom Knochen zu ziehen. Es duftete schon genial, und mein leerer Magen drückte seine Vorfreude mit einem lauten Knurren aus.

Überrascht über die Lautstärke sah ich hinunter auf meinen Bauch und grinste verlegen. Dante lachte leise und begann selbst, sein Fleisch mit den Fingern in mundgerechte Happen zu zerlegen. Ich steckte mir den ersten Bissen in den Mund und war überrascht über den leichten Geschmack. Er war nicht zu intensiv, und das Fleisch war sehr mager. Mit dem nächsten Bissen kostete ich etwas Kruste und stöhnte genussvoll auf. Erst als der Ton schon entwichen war, wurde mir mein Benehmen klar, und ich zog schnell meinen Kopf ein und sah mich beschämt um. Keiner achtete groß auf mich. Nur Dantes schmunzelnde Miene verriet seine Erheiterung, obwohl er weiterhin wie unbeteiligt den Kopf über sein Essen gebeugt hielt.

Ich aß schnell weiter und verkniff mir beim nächsten Bissen den Ausdruck der Geschmacksfreude. So etwas Leckeres hatte ich bisher sehr selten in meinem Leben gegessen. Es war würzig und intensiv, ohne penetrant zu sein. Es war so lecker!

»Es scheint dir zu schmecken«, bemerkte Dante unschuldig.

»Es ist ganz nett«, entgegnete ich trocken.

Er lachte leise und sah mich mit einem amüsierten Funkeln in den Augen an. Ich spürte meine Wangen warm werden und aß schnell weiter, um den Riss in meiner eben so schön aufgesetzten kühlen Maske zu verbergen. So saßen wir schweigend nebeneinander und aßen. Vielleicht lag es an der Anstrengung der letzten beiden Tage oder daran, dass wir bisher nur Dörrfleisch gegessen hatten, aber diese frisch erlegte, gegrillte Beute war mit das Leckerste, was ich je gegessen hatte. Natürlich wusste ich, dass Essen weit besser schmeckte, wenn man Hunger hatte und der Körper gefordert worden war, aber das hier war so köstlich. Am liebsten hätte ich die Schale ausgeleckt.

Dante hielt mir auffordernd die Hand entgegen, und so reichte ich ihm meine leere Schale. Was hatte er vor? Der Prinz der Egor stand auf und ging zum Rand der Lichtung. Dort griff er nach einem Beutel in seinem Gepäck, und auch wenn ich in der Dunkelheit kaum etwas sehen konnte, so erkannte ich an der Bewegung seiner Arme und dem leisen Plätschern doch, dass er gerade unsere Schalen spülte.

Was sollte ich davon jetzt halten? So war er schon, seit wir aufgebrochen waren. Er war mehr ein einfacher Krieger und verhielt sich mehr wie mein Untergebener. Anfangs hatte mich das irritiert, schließlich war er ein Prinz. Dass ich im Grunde eine Prinzessin war, musste ich erst noch verinnerlichen, denn damit stünden wir beide auf einer ähnlichen Stufe, auch wenn sich das für mich noch nicht so anfühlte.

Dante verstaute die Schalen in seinem Gepäck und kam zurück zum Feuer, den Wasserschlauch in der einen und eine viel hellere Holzschale in der anderen. Er ließ sich wieder neben mir auf der Decke in den Schneidersitz nieder und reichte mir zunächst die helle Schale. Sie war viel älter als die anderen beiden. Das Holz war bereits ausgeblichen, und sie hatte zahllose Macken. Der Inhalt dagegen war sehr neu. Es waren frische Beeren.

Ich sah ihn erstaunt an. Nach anfänglicher Verwunderung folgte die Akzeptanz seines Verhaltens, doch langsam wurde mir seine Fürsorge unangenehm. Ich war selbst in der Lage, mich zu versorgen, und inzwischen wurde das Gefühl, dass er nicht zuvorkommend, sondern herrisch war, immer stärker. »Was ist das?«, fragte ich ihn härter als nötig.

Dante runzelte überrascht die Stirn. Natürlich. Es war das erste Mal, dass ich nicht einfach dankend annahm, was er mir anbot. »Japsibeeren.«

»Lass es dir schmecken«, brachte ich kühl und ablehnend heraus.

Sein Stirnrunzeln vertiefte sich, und er lehnte sich leicht vor, über die Schale der Beeren gebeugt, als ob er sie genauer musterte. »Was ist los?«, fragte er so leise, dass uns keiner sonst verstand.

Auch wenn ich nicht bedient werden wollte, achtete und respektierte ich doch seine Erfahrung, und wenn er jemandem hier nicht traute, wollte ich das nicht hinterfragen, schon gar nicht offen und mit den drei Fremden in Hörweite. Also beugte ich mich ebenfalls über die Schale und schaute auf die Beeren. Dadurch waren unsere Köpfe sehr nah beieinander. »Ich bin keine klassische Prinzessin, nicht im eigentlichen Sinn. Es besteht kein Grund, mich zu bedienen!«, stieß ich am Ende ziemlich heftig hervor. Ich musste mir eingestehen, dass mich dieses Verhalten wohl schon seit Beginn der Reise vor drei Tagen nervte und ich gerade möglicherweise platzte und dadurch etwas überreagierte.

Angespannt, wie er sich verhalten würde, starrte ich in die Schale mit den Beeren und kam mir dabei total dämlich vor. Gerade als ich beschloss, mich jetzt zurückzulehnen, antwortete er: »Okay.«

Ich wartete auf mehr, doch da kam nicht mehr. »Okay?«

»Ja, okay. Für den Moment.« Sein Blick huschte kurz hinüber zu den drei Personen, deren Begleitung unser Auftrag war. Also vielleicht nicht so okay, aber wir würden wann anders darüber sprechen. Meinetwegen.

»Okay«, lenkte ich ein und griff eine der Beeren, die ich jetzt ungefähr zwei Minuten lang angestarrt hatte. Mich wieder zurücklehnend steckte ich mir die Beere in den Mund und musste mir schon wieder ein Aufstöhnen verkneifen. Für einen Moment schloss ich genießend meine Augen und ließ die süßen Aromen auf der Zunge ihre Magie entfalten. Die leichte Säure war ein toller Kontrast zu der fruchtigen Süße der Beere, und ich hatte das Gefühl, die Sonne auf meiner Haut zu spüren, als ich den Saft dieser reifen Beeren genoss. Wo hatte er um diese Jahreszeit nur so leckere reife Früchte her?

Als ich die Beere hinuntergeschluckt hatte, schielte ich ihn von der Seite her an. Er schien zufrieden zu sein. Natürlich hatte der Prinz genau bemerkt, wie gut mir die Frucht geschmeckt hatte. Ohne ein weiteres Wort hielt er mir fragend die Schale entgegen. Verdammt. Diese Beeren waren eigentlich zu lecker, um jetzt stur zu sein. Und er wusste das natürlich ganz genau. Unentschlossen kniff ich meine Augen zusammen.

Dante musste sich ein Lachen verkneifen, das sah ich ganz genau. Aber er lenkte ein. Er stellte die Schale zwischen uns und legte den Wasserschlauch dazu. Als wäre ihm egal, was ich jetzt tun würde, lehnte er sich nach hinten und stützte sich auf seine Unterarme. Lächelnd schaute er ins Feuer und genoss die Wärme, die es spendete.

Ich zögerte, aber dann sah ich nicht ein, wieso ich mir so süße Freuden verwehren sollte. Ich griff in die Schale und kostete weitere Beeren. Sie waren so verdammt lecker.

»Woher hast du die?«, fragte ich leise.

»Die Keseki haben eine Methode der Sanya leicht abgeändert und können so auch im Winter reife Früchte und relativ großes Gemüse züchten.«

Neugierig schaute ich auf ihn herab und drehte mich zu ihm um. »Was für eine Methode?«

»Eine Art Gewächshaus. Die Sanya brauchen die Kräuter für medizinische Zwecke das ganze Jahr über. Sie haben eine Lampe entwickelt, die das Sonnenlicht nachahmt, und hängen die in ihre Gewächshäuser. Die Keseki haben die Methode um bestimmte Aromastoffe in der Luft erweitert, damit die Früchte gut reifen können. Durch die gläsernen Wände heizen die Gewächshäuser sich gut auf, und es kostet nur wenig zusätzliche Energie, sie auf die nötigen Temperaturen zu bringen«, erklärte er bereitwillig. Mit jedem seiner Worte wuchs mein Erstaunen ein bisschen mehr. Ich hatte mich getäuscht. Die Aglaia waren nicht deutlich hinterher, was Technologie betraf, sie hatten ihre Stärken nur in anderen Bereichen. Von einer solchen Art der Landwirtschaft hatte ich noch nie gehört. Die Anamie hungerten eher den Winter durch. Sie befanden sich im Krieg, und das meiste Land lag brach. Ohne die Fischerei und die Plünderungen würden sie den Winter nicht überleben.

Dante sah mich an und schien zu bemerken, wie überrascht ich war. Er drehte sich auf die Seite und griff nach einer Beere, die er sich zwischen seine geschwungenen Lippen schob. Ich dachte an den süßen Geschmack und spürte ihn als Nachhall in mir, als Dante auf die Beere biss. Unwillkürlich leckte ich mir über die Lippe. »Sie schmecken wirklich fast genau wie im Sommer«, sagte Dante.

Ich musste schlucken. »Genauso gut?«

»Im Sommer?«

Ich nickte schlicht.

Dante grinste glückselig. »Im Sommer sind sie noch süßer und etwas intensiver vom Geschmack her.«

Das konnte ich mir nicht vorstellen. Sie waren jetzt schon unglaublich intensiv und süß. Sofort griff ich mir noch eine und achtete auf jede Nuance. Oh ja, verdammt süß und intensiv. So lecker.

»Du wirst sehen, im Sommer sind sie wirklich noch besser«, versprach er, und wir griffen gleichzeitig in die Schale.

Unsere Finger berührten sich. Fast hätte ich zurückgezuckt, als ein leichter Schlag durch meinen Körper rauschte. Auf diesen folgte ein aufgeregtes Kribbeln, und als ich meine Finger um eine Beere schloss, spürte ich, wie ich die Luft anhielt und gebannt auf seine Hand starrte. Dante hob seinen Blick, und ich versank für einen Moment in seinen Augen. Mein Herz schlug schneller, und meine Brust wurde auf angenehme Weise eng.

Schlagartig erinnerte ich mich daran, wann ich das letzte Mal so gefühlt hatte, und nahm schnell die Beere aus der Schale. Ich steckte die Frucht in den Mund und sah ins Feuer, weg von ihm, seinem attraktiven Körper und diesen Augen! Ich konnte unmöglich schon wieder mit einem Prinzen flirten und Spaß haben und dabei Gefahr laufen, dass schon wieder jemand glaubte, uns würde irgendwas verbinden, was gar nicht existierte. Einmal war genug. Zumal ich nicht sicher war, ob ich durch mein unbedachtes Verhalten nicht eine neue Feindschaft für meine Domäne verursacht hatte, jetzt da ich die alte durch Zufall wohl beendet hatte. Auch das musste ich beachten. Der Frieden zwischen den Egor und den Sanya war wacklig und hing durchaus von dem Verhältnis zwischen mir und Dante ab. Ich musste aufpassen, bewusster handeln, vernünftiger sein!

Dante setzte sich neben mir auf und hob die Schale hoch, mir direkt unter die Nase. Es lag nur noch eine einzige Beere darin. »Nimm du sie ruhig!«, sagte ich und meinte es ernst. Mir war der Appetit vergangen. »Ich hatte deutlich mehr als du.«

»Lin.« Ein Wort mit seufzendem Klang. Eine Gänsehaut kroch meine Arme hinauf. »Es ist Höflichkeit, kein Bedienen«, flüsterte er leise.

Ich sah ihm direkt in die Augen, fest und entschlossen. »Ich brauche keine Höflichkeit!« Dann begriff ich, wie ernst ich es meinte, und entspannte mich etwas. Er sollte verstehen, dass das keine Floskel war. »*Wir* brauchen keine Höflichkeit zwischen uns. Ehrlichkeit und Offenheit ist mir wichtig, aber nicht Höflichkeit. Sie ist fast immer gespielt und falsch«, gab ich mehr von mir preis als Alael gegenüber in all der Zeit. Aber so war es von Anfang an mit Dante gewesen. Das beunruhigte mich fast genauso sehr wie die Erkenntnis, dass ich mich bei ihm sicher fühlte.

Dante sah mich intensiv an. Er wirkte, als suchte er etwas. Seine Augen huschten hin und her, was mich glauben ließ, dass meine Worte ihn aufwühlten. Vielleicht auch nur beschäftigten, aber auf jeden Fall arbeitete es in ihm.

»In Ordnung«, meinte er ruhig und fest. Dann nahm er die letzte Beere und aß sie. Zum ersten Mal, seit er so deutlich ausgesprochen hatte, dass er in meiner Schuld stünde, hatte ich das Gefühl von Ebenbürtigkeit mit ihm. Lächerlich, wie viel eine letzte Beere bedeuten konnte.

24

Leise knirschte der Schnee unter unseren Füßen. Unser Weg hatte uns an den Fuß der Mondhügel gebracht. Seit gestern stiegen wir deutlich mehr hinauf als hinunter, und hier in den höheren Bereichen war das gestern vom Himmel gefallene Wasser bereits Schnee. Die weiße Decke war nicht besonders dick und heute durch die strahlende Sonne angetaut. Jetzt am Abend, da die Temperaturen abkühlten, gefror das Wasser wieder zu einer feinen Eisschicht auf dem Schnee und verursachte diesen eigentümlichen Laut bei jedem unserer Schritte. Da wir so viele waren, sammelten sich all diese Laute zu einem Hintergrundrauschen, aber ich konzentrierte mich ganz bewusst auf jeden knirschenden Laut, den meine Schritte verursachten. Ich mochte dieses Geräusch.

»Magst du Schnee?«, fragte Dante mich, als der Weg zwischen den Bäumen hindurch breiter wurde und er wieder an meine Seite trat. Spontan hätte ich Ja gesagt, aber ich hatte noch nie darüber nachgedacht.

»Wie kommst du darauf?«, schindete ich Zeit.

»Du wirkst so versunken, und dein Blick ist auf den Schnee gerichtet.« Er zuckte mit den Schultern.

Dante beobachtete mich offensichtlich noch intensiver, als mir bisher bewusst war. Er war die drei Tage unserer bisherigen Reise immer an meiner Seite gewesen, und das verstand ich sogar, weil Eskar ihm diese Aufgabe zugeteilt hatte, obwohl ich mir eigentlich sicher war, dass die Schwarzklinge wusste, dass ich selbst kämpfen konnte. Aber es gehörte zu unserem Deal. Inzwischen hatte ich mitbekommen, dass Dante wohl ein außerordentlicher Krieger war, einer der besten. Als Prinz der Egor vielleicht nicht so ungewöhnlich. Also hatte Eskar mir den besten Kämpfer zur Seite gestellt, damit ich im Falle eines Falles nicht kämpfen musste. Aber Dante schien die gemeinsame Zeit weniger als Auftrag zu verstehen.

»Ich schaue nur, wohin ich gehe«, bügelte ich ihn ab und stapfte weiter.

Dante schwieg. Er schwieg so lange, dass ich unsicher meinen Kopf hob und ihn ansah. Er wirkte mürrisch und hatte seine Kiefer entschlossen zusammengepresst. Woher auch immer, ich war mir sicher, dass er sich verkniff, etwas zu sagen, was er im Grunde sagen wollte.

»Schieß los«, seufzte ich schicksalsergeben.

Dante hob überrascht seinen Kopf und sah mich fragend an.

Ich wedelte unbestimmt mit der Hand. »Dir brennt doch was auf den Lippen, also schieß los.«

Er zögerte noch einen Moment, und der Blick, den ich auf mir spürte, brannte sich regelrecht durch meine dicken Schichten Kleidung bis auf meine Haut. Mir wurde richtig warm. »Wir haben gestern Abend von Ehrlichkeit und Offenheit gesprochen«, begann er und ließ den Rest in der Luft schweben. Ich erkannte einen Vorwurf in seinen Worten, wusste aber nicht, woher der kam. »Ja …« Ich zog das Wort auffordernd in die Länge.

»Dann sag mir, wenn du nicht antworten willst, und lüg nicht«, warf er mir vor, und sein Ton zeigte mir, dass es ihn wirklich angriff, dass ich ihm nicht ehrlich geantwortet hatte.

Durch meine eigene Forderung entwaffnet seufzte ich resignierend auf. Er hatte mich erwischt, und mein Verhalten hatte ihn getroffen. Was nun? Ihn besänftigen? Ihn vor den Kopf stoßen? Immerzu verglich ich ihn mit Alael. Ich hatte Angst, er würde genau wie der andere Prinz zu viel in alles hineininterpretieren. Ich musste mir nun eingestehen, dass ich ihn aus diesem Grund auf Distanz hielt.

Nur war Dante nicht wie Alael. Er bohrte nicht nach, er wollte mir nicht etwas entlocken, er wollte nur, dass ich ehrlich war, und nicht weniger hatte ich von ihm verlangt. Ich konnte nicht anderen Regeln auferlegen, die für mich nicht galten, das war nicht fair.

»In Ordnung«, lenkte ich also ein. Dantes Züge hellten sich überrascht auf. Dann nickte er und lief schweigend an meiner Seite weiter. Nun waren die einzigen Laute das Knirschen unserer Schritte und die zunehmend tiefere Atmung, da der Anstieg inzwischen recht ordentlich war. Wir waren wohl jetzt auf dem Weg zum Pass, um dann durch das Land der Kasha nach Vassos zu reisen, wohin wir unsere drei Fremden brachten.

Meine Gedanken kreisten immer noch um Dantes Frage. Sie war unschuldig gewesen. Warum also weigerte ich mich, ehrlich zu antworten? Ohne es bewusst zu entscheiden, platzte ich heraus: »In Anamia gibt es so gut wie keinen Schnee.«

Dante reagierte nicht überrascht, stockte nicht und war auch sonst eher karg an Reaktionen. Er sah nur weiter auf den Schnee und lief in meinem Tempo an meiner Seite.

»Deshalb fasziniert er mich ein bisschen«, fuhr ich, durch den Mangel an Reaktion verunsichert, fort, um ihn an seine eigene Frage zu erinnern. Vielleicht kam es ihm ja seltsam vor, dass ich das Thema wieder aufgenommen hatte.

»Ist es südlich so viel wärmer?«, fragte Dante interessiert, und ich war erleichtert.

»Alles südlich der Kypra hat ein trockenes, warmes Klima. Ich war noch in keinem anderen Land, in dem es so warm und trocken ist. Obwohl Neria ähnlich weit südlich liegt und am selben Meer. Aber in Anamia ist alles staubig und kahl. Es gab wohl mal ähnlich dichte Wälder wie in Taigalia und Neria, aber das meiste wurde als Bauholz gebraucht«, antwortete ich, begierig darauf, dass er nachfragte. Wollte ich ein Gespräch führen? Eigentlich nein, aber ich verhielt mich eindeutig so!

»Das kann ich mir gar nicht vorstellen. An unserer Front sieht das Land nicht wirklich anders aus als unseres.«

Ich nickte. »Stimmt. Aber schon die Front beim Gebiet der Nephilia und vor allem an der Front zu Neria ist das Klima ein ganz anderes.«

»Versteh mich jetzt nicht falsch, aber ich würde das gerne mal sehen.«

Ablehnend zog ich meine Mundwinkel nach unten dann wurde mir der Hintergrund seiner Aussage klar: »Du hast Aglia noch nie verlassen, oder?«

»Zählt die Entführung?«, stieß er zynisch aus, und ich musste schmunzeln. »Nein, eher nicht.«

Das vertrieb seinen Zynismus etwas und lockerte seine Züge. »Dann nicht, nein.«

»Dann sind wir beide Neulinge in Vassos«, erinnerte ich ihn daran, dass ich ihm nicht so viel voraushatte. Ich war vor allem in Aglia eingesetzt worden.

»Es gibt noch ein Land, dass du nicht kennst?«, fragte er etwas schnippisch. Das schien ein Reizthema für ihn zu sein.

»Viele.«

Das überraschte ihn eindeutig.

»Ich war bisher nur in vier Ländern, und nur von zweien habe ich so viel gesehen, dass ich behaupten würde, ich kenne das Land halbwegs.«

Er zögerte kurz und fragte dann leise: »Welche?«

Woher der Wunsch kam, ihn zu beruhigen, wusste ich nicht. Aber von ihm angetrieben, sprach ich weiter. »Ich bin eine Aglaia, also wurde ich auf verdeckte Missionen auch nur in dieses Land geschickt. Daher kenne ich es recht gut. Außerdem habe ich sechzehn Jahre meines Lebens in Anamia verbracht und musste im Zuge meiner Ausbildung dort an vielen Orten leben. In den ersten acht Jahren bin ich fast nur im Land eingesetzt worden, um meine Fähigkeiten zu perfektionieren. Von da an war ich nur noch an der Front und in Aglia. Aber wenn Nastja oder Kassandra in ihre Länder auf Mission mussten, bin ich oft mitgereist und habe die Basis gehalten.«

»Die Basis gehalten? Was meinst du damit?«

»Wir Läufer wurden in Fünfer-Teams trainiert. Auf diese Weise konnten wir zeitgleich mehrere koordinierte Missionen durchführen. Seit Nastja und Kassandra im Team waren, bestanden diese Missionen entweder aus Einzelgängen von mir in Aglia, während die anderen an der Front waren und abwechselnd einer von ihnen in meiner Basis. Oder es fanden Missionen zeitgleich in Neria und Taigalia statt. Nastja kommt aus Neria und Kassandra aus Taigalia. Dann haben die anderen und ich uns darin abgewechselt, ihnen den Rücken freizuhalten. Wir haben ihnen besorgt, was sie brauchten, Fluchtwege ausgekundschaftet und die Kommunikation mit unserem Kommandanten aufrechterhalten. Die Basis eben.«

Dante schwieg eine Weile, und ich war unsicher, was in ihm vorging. Am liebsten hätte ich gefragt, aber ich hatte nicht das Gefühl, dass unsere Beziehung das erlaubte. Es wäre sehr persönlich gewesen zu fragen, was er dachte und fühlte. So weit waren wir noch nicht, und ich wusste auch nicht, ob ich jemals mit irgendjemandem so weit kommen wollte.

»Ich mag Schnee auch«, sagte er vollkommen unerwartet. »Er ist rein und friedlich. Wenn er liegt, ist die Welt still und ruhig. Wie eine kleine Atempause, in der alle einen Augenblick lang Ruhe finden können.«

Einen Moment lang starrte ich ihn ungläubig an. Dann wollte ich sehen, ob er recht hatte, und ließ meinen Blick schweifen. Mit jedem weiteren Schritt wollte ich ihm recht geben. Es war still, und die Geräusche waren unmittelbarer, näher. Als würde die Welt etwas schrumpfen.

Alles um uns wirkte weich und friedlich. Ein Zustand, der mein aufgeriebenes Inneres erreichte und sich wie ein angenehm kühlendes Tuch über mein brennendes, vernarbtes Selbst legte.

Wieder liefen Dante und ich schweigend nebeneinander her, aber diesmal war es nicht unangenehm. Im Gegenteil.

Eskar blieb weiter vorne stehen und stemmte die Arme in seine Seiten. Er ließ den Blick schweifen. Mit jedem Schritt verkürzten wir unseren Abstand und schlossen zu ihm auf. Dort oben sammelte sich nach und nach die Gruppe, und als Dante und ich zu ihnen traten, erkannte ich auch, warum: Wir hatten den Pass erreicht.

Eskar drehte sich zu den drei Fremden um. »Ihr erinnert euch an den unangenehmen Teil der Reise?«, fragte er.

Die beiden Männer mit der bronzefarbenen Haut nickten sofort. Die hochgewachsene blasse Frau verschränkte mit arrogant gerecktem Kinn ihre Arme vor der Brust und antwortete nicht. »Er liegt jetzt vor uns. Hier oben in den Bergen ist es zu kalt, um ein Lager aufzuschlagen. Das bedeutet, wir gehen weiter und werden bis in die Nacht hinein laufen.«

»Ist es nicht gefährlich, im Dunklen zu laufen?«, fragte einer der Männer besorgt. Seine nasale Stimme und die Frage ließen sofort das Bild eines Weichlings vor mir entstehen. Ein gefährlicher Trugschluss, wie ich wusste. Der zweitbeste Läufer bei den Anamie war ein Jelisa gewesen, und er hatte neben dem ebenfalls bronzefarbenen Hautton eine ganz ähnliche Stimme und Ausdrucksweise gehabt. Dennoch war er einer der erbarmungslosesten und effektivsten Läufer in der Geschichte der Anamie gewesen.

»Wir gehen etwas langsamer, und die Schwarzklingen werden je einen von euch begleiten, um euch notfalls zu sichern«, entgegnete Eskar. Er hatte an alles gedacht.

Der Blick des Mannes huschte zu mir und dann wieder zu Eskar. »Meinem Herrn darf nichts passieren!«, verlangte er. »Ihr werdet ihn tragen!«

Ich musste mir ein Auflachen verkneifen, besonders als ich Eskars Gesichtsausdruck sah. Belustigt tauschte ich mit Dante einen Blick. Das konnte heute noch richtig lustig werden. Ich stellte mir die Show jetzt schon amüsant vor.

»Je weniger wir jetzt reden, desto weniger Zeit werden wir im Dunkeln laufen müssen!«, wich Eskar einer Antwort aus und marschierte voran. An der Art, wie die Schwarzklingen sich jetzt scheinbar zufällig in der Gruppe verteilten, erkannte ich, dass sie einen Überfall erwarteten. Na ja, vielleicht nicht unbedingt erwarteten, aber doch eher als bisher. Warum? Wir waren noch mitten in Aglia. Aber wenn es so war, war nachzufragen gerade das Dämlichste, was ich tun konnte, erst recht, da Eskar sich Mühe gab, den drei Fremden nicht zu zeigen, dass Gefahr drohte.

Aufgrund der angespannten Stimmung war es während des Marsches sehr leise, es wurde kaum gesprochen. Dazu kam das hohe Tempo, das Eskar anschlug. Mein Atem ging stoßweise, und meine Füße rebellierten. Das war ein deutliches Anzeichen für die außergewöhnliche Anstrengung, denn eigentlich hatten meine Füße sich an die Belastung gewöhnt. Aber als die Sonne unterging, wusste ich, wie viele Stunden wir heute mehr gelaufen waren.

Als der brennende Feuerball erst rötlich wurde und dann nach und nach am Horizont versank, erreichten wir endlich das Ende des Passes und stiegen ab. Auf dieser Seite der Hügelkette lag mehr Schnee, vermutlich weil es die nördlichen Hänge waren. Bei jedem Schritt versank ich ein wenig und immer mal wieder rutschte ich aus.

Die Stille zwischen uns wurde nur vom keuchenden Atmen unterbrochen. Die Anstrengung steckte allen in den Knochen, und besonders die drei Fremden wurden immer mürrischer.

»Wie lange soll das noch gehen?«, fragte Sofia, die Botschafterin der Vassia. Sie war zornig, sehr.

»Bis wir aus dem Schnee herauskommen. Dann können wir gefahrlos ein Lager aufschlagen«, antwortete Sasch ruhig, der ihr Aufpasser war.

»Und wann soll das sein?«, zischte sie wütend.

»Wenn wir die Schneegrenze passiert haben«, antwortete Sasch wenig hilfreich, und ich hätte gegrinst, wenn meine Füße mich nicht selbst langsam umgebracht hätten.

»Das ist eine Frechheit!«, fuhr sie ihn an.

»Lady, wir sind nicht hier, um es Euch bequem zu machen, sondern um für Eure Sicherheit zu sorgen!«, erinnerte er sie höflich, aber bestimmt.

Die Botschafterin murmelte etwas, das ich nicht mehr verstehen konnte, aber Sasch lachte leise und folgte ihr weiterhin dicht auf.

Hinter uns diskutierte Kevo, der Assistent des Botschafters, immer wieder mit Briann und Logan, der weißhaarigen Schwarzklinge, ob sie seinen Herrn nicht endlich tragen wollten, denn Kevos Herr, der Botschafter der Jelisa, kam tatsächlich nicht gut voran. Der etwas ältere Mann rutschte oft weg, und Briann zog ihn immer wieder auf seine Beine. Dadurch waren sie etwas hinter uns zurückgefallen, was Palmiro, die stämmige Schwarzklinge, die Dante und mich begleitete, mit stetigen Blicken über die Schulter verfolgte. Einmal hatte er nach so einem Blick ein leises Pfeifen ausgestoßen, und Eskar hatte daraufhin das Tempo verlangsamt, bis Briann ihrerseits pfiff. Sie achteten also sehr gut darauf, dass alle beisammenblieben und sie dennoch ein möglichst schnelles Tempo anschlagen konnten.

Als die Nacht ihre tiefe Schwärze erreicht hatte, trafen meine Füße beim Auftreten auf festen Boden. Die Schneedecke war inzwischen nur noch sehr dünn und löchrig. Wir hatten es bald geschafft. Noch vielleicht hundert Höhenmeter, dann sollten wir unser Lager aufschlagen können.

Der harte Abstieg reizte meine Knie ungewöhnlich stark, und jede Erschütterung jagte inzwischen einen unangenehmen Druck in meinen Rücken. Mein Körper war einfach müde. Da wollte ich nicht wissen, wie es den drei Fremden ging, die eher untrainiert waren.

Ein Geräusch, das nicht hierher gehörte, ließ mich im Gehen über meine Schulter schauen. Ich suchte das Dickicht um uns herum mit meinen Blicken ab, ich war mir der Schwäche meiner Augen in der Dunkelheit bitter bewusst. Ich hatte das Gefühl, beobachtet zu werden, und ich wollte es gerade Dante sagen, als ich wegrutschte und umknickte. Hart schlug ich auf dem Boden auf und war froh, meine Arme rechtzeitig vor mich gebracht zu haben, um einen schmerzhaften Aufprall mit dem Gesicht verhindern zu können.

»Alles okay?«, fragte Dante, der sofort unter meinen Arm griff und mir wieder auf die Beine half. Erst wollte ich Ja sagen, aber dann belastete ich meinen Fuß und spürte ein schmerzhaftes Ziehen. Sofort entlastete ich das Gelenk wieder und atmete den Schmerz bewusst weg. Das war nicht gut. Verdammt.

»Umgeknickt?«, fragte Dante sofort und kniete sich vor mich. Das verunsicherte mich seltsam. Mir war es unangenehm, wie er so vor mir kniete. Doch der Prinz griff nach meinem Fuß, und ich packte schnell Halt suchend seine Schultern, weil er mich fast umgeworfen hätte. »Vorsicht!«, motzte ich, doch er ignorierte mich. »Wir sind bald am Lagerplatz. Schaffst du das?«

Blöde Frage. »Natürlich!«

Dante musterte mich prüfend. Er drückte auf eine Stelle meines Knöchels, und ich schrie auf. Sofort erstickte ich den Schrei und stieß heftig die Luft zwischen meinen Zähnen hervor. »Mach das noch mal und du fängst eine!«, knurrte ich drohend. Mit einem Ruck zog ich den Fuß aus seinem Griff. Dann belastete ich das vermaledeite Ding und biss die Zähne fest aufeinander. Erhobenen Hauptes lief ich an ihm vorbei, was mir die Tränen vor Schmerz in die Augen trieb. Etwas war in dem Gelenk kaputtgegangen, und mit meiner stolzen Aktion machte ich es schlimmer. Alles klar. Glasklar sogar. Aber ich würde 'nen Scheiß tun und mich jetzt tragen lassen oder so. Hundert Höhenmeter war nicht so viel. Das schaffte ich schon. Und die Luft war schön kalt, damit konnte ich den Knöchel kühlen. Ich war eine Läuferin … gewesen. Ich brauchte keine Bemutterung und schon gar nicht von einem Prinzen.

Dante folgte mir dicht auf und schien wenig glücklich über meine Entscheidung. Wie ein wachsamer Diener war er dicht bei mir und ruckte bei jedem humpelnden Schritt mit den Armen nach vorne, bereit, mich aufzufangen. »Was soll das? Ich sehe doch, dass du Schmerzen hast«, stieß er seine Geduld verlierend aus.

»Na und?« Es zu leugnen wäre bei meinem humpelnden Gang lächerlich gewesen.

»Lass dir doch helfen.«

»Ich brauche keine Hilfe!«, fuhr ich ihn leise an.

Plötzlich verloren meine Füße den Kontakt zum Grund, und kurz dachte ich, ich wäre gefallen. Ich unterdrückte gerade noch einen Schrei, und schon wurde ich an eine Brust gepresst. Entgeistert starrte ich in das störrische Gesicht des Prinzen der Egor. Sein wütender Zug um den Mund spiegelte meine eigenen Emotionen wider. Ich würde keine Szene machen, nicht mitten in der Nacht und nicht, solange die Schwarzklingen immer noch so angespannt waren. Das hieß aber nicht, dass ich diesen Übergriff dulden würde. Er hatte mich einfach so auf seine Arme geladen, als wäre ich ein kleines, hilfsbedürftiges Kind.

»Das wirst du bereuen!«, schwor ich ihm leise.

Dante schnaubte nur und schob mich etwas zurecht. Um es ihm leichter zu machen, legte ich meinen Arm um seine Schulter. Aber ich starrte den Berg hinab und mied so gut es ging Körperkontakt. Ein aussichtsloses Unterfangen.

Eskar bog vor uns vom Weg ab und drang durch eine Reihe dicht stehender Nadelbäume. Die Botschafterin zögerte und sah die Bäume angewidert an, doch dann seufzte sie schicksalsergeben und folgte Eskar, ebenso Sasch und Palmiro. Dann kamen Dante und ich.

Hinter den dicht stehenden jungen Nadelbäumen öffnete sich eine süße kleine Lichtung, über der teilweise Äste von größeren Laubbäumen hingen. Eskar war bereits dabei, das Lager aufzubauen, und Sasch wie Palmiro halfen ihm. Dante stand am Rand und schaute auf die Gruppe.

»Lässt du mich jetzt runter?«, fragte ich schnippisch, als er einfach nur dastand.

Er sah auf mich herab. »Versprichst du, dich hinzusetzen und zu warten, bis ich unser Lager aufgeschlagen habe.«

Ich wollte schon antworten, erinnerte mich aber an unser Gespräch von vorhin und entschied mich zu schweigen, statt zu lügen.

Er nickte, als hätte er genau das erwartet. »Dann nein, dann lasse ich dich nicht runter.«

»Dein Ernst?«, fuhr ich ihn leise und wütend an.

»Vollkommen.«

Ich konnte nicht anders, ich boxte ihn hart gegen die Brust. Voller Zorn sah ich zu ihm auf. Sein Blick traf auf meinen, und unsere Entschlossenheit maß sich miteinander. Einer war sturer als der andere, und wäre ich eine andere Person, hätte ich eingesehen, dass dieser Sturheitswettstreit nirgendwohin führte, aber ich war ich mit meiner Vergangenheit, und so presste ich die Zähne so fest aufeinander, dass mein Kiefer schmerzte. Am liebsten hätte ich ihn gebissen. Ein so animalischer Wunsch, dass es mich erschreckte, aber nicht genug.

»Lass. Mich. Runter!«

»Nein!«

»Du Bastard. Welchen Grund du auch hast, du hast kein Recht dazu. Es ist mein Körper, meine Entscheidung. Mich vor mir selbst zu beschützen ist arrogant und steht dir nicht zu. Mich zu bevormunden noch weniger, und sonst fällt mir kein Grund ein. Also lass mich runter!«

Dante sah mich fest an. Auch sein Kiefer war derart angespannt, dass es schmerzen musste. »Ich habe geschworen, dich zu beschützen.«

»Darum habe ich nie gebeten.«

»Das ändert nichts daran.«

»Arrogantes Aas. Selbst mit diesem Knöchel könnte ich dich noch besiegen. Ich *brauche* deinen Schutz nicht! Also lass mich runter. Du gehst gerade über eine Grenze und richtest einen Schaden an, den du bald nicht mehr gutmachen kannst!« Meine Stimme war kalt, und ich meinte jedes Wort ernst. Offenbar sah er das auch. Nach einem widerwilligen Zögern holte er tief Luft und setzte mich sehr bedacht ab. Ich trat einen schmerzhaften Schritt zurück und sah ihn mit all der Verachtung an, die ich spürte. »Du bist zu weit gegangen!«

Ich drehte auf dem Absatz um und marschierte über die wuselnde Lichtung davon. Alle waren dabei, das Lager zu richten, und auch wenn ich durch mein Humpeln ihre Blicke auf mich zog, setzten sie ihre Arbeit fort und ließen mich in Ruhe. Ich hatte vorher bei den jungen Nadelbäumen einen Bach gehört. Ich brauchte Kühlung für mein Fußgelenk, und so stapfte ich in diese Richtung. Nach einem kleinen Kampf durch dicht stehende Büsche und Sträucher fand ich, was ich suchte, und setzte mich auf den erstbesten größeren Stein.

Mit ausgekühlten Fingern öffnete ich die Schnürung meines Schuhs und streifte ihn vorsichtig ab. Da er bis hoch um die Wade reichte, musste ich den Fuß strecken, um den Schuh ausziehen zu können. Der reißende Schmerz ließ mich auf halbem Weg innehalten und die Luft zwischen zusammengepressten Zähnen ausstoßen. So mit halb ausgezogenem Schuh atmete ich bewusst gegen den Schmerz. Nach und nach verebbte das Brennen, und ich zog den Schuh nun ganz aus. Beim letzten Ruck fuhr noch mal eine Welle durch mich hindurch, und mir wurde heiß und kalt.

Ich klammerte mich am Felsen fest und atmete in heftigen Stößen. Dann beruhigte ich mich und meine Atmung ganz bewusst. Schließlich hielt ich den Fuß in das eiskalte plätschernde Wasser. Der Strom war noch nicht so schnell hier oben in den Hügeln. Der Bach war schmal, und das Wasser floss mit stetem Tempo. Es gurgelte und murmelte über die Steine hinweg, die im Bachbett lagen. Auf einen dieser Steine stellte ich meinen malträtierten Fuß ab. Die beißende Kälte betäubte ihn und somit auch den Schmerz.

Ein leises Rascheln stellte mir die Nackenhaare auf. Ich regte mich nicht. Natürlich hatte er mir hinterherkommen müssen. Es gab in den letzten drei Tagen keinen Moment, in dem er mich wirklich allein gelassen hätte. Ein solches Verhalten kannte ich schon von Phineas und Nastja. Sie waren auf Mission oft genauso gewesen.

»Ich bin noch nicht bereit für eine Entschuldigung!«, knurrte ich. Meine Wut war noch kein bisschen verraucht.

Die Stille, die mir antwortete, verwunderte mich, also fuhr ich herum. Alles ging furchtbar schnell. Ein Mann mit bronzefarbener Haut stand vor mir in der Dunkelheit, und das matte silbrige Licht der Sterne funkelte leicht auf der metallenen Klinge, die auf mich zu rauschte. Meine Instinkte ließen mich nicht im Stich, und ich stieß mit meiner rechten Hand gegen seine auf mich niedersausende Hand. Gleichzeitig sprang ich, mich in der Bewegung ganz zu ihm drehend, auf und stand mit beiden Beinen im eiskalten Bach. Ein scharfer Schmerz in der Hand verriet mir, dass ich die Klinge getroffen hatte. Das Wasser durchtränkte binnen weniger Sekunden meinen Schuh, während ich auf dem unsicheren Boden versuchte, Halt zu finden.

Mein Angreifer ließ mir kaum einen Moment, er sprang auf mich zu und riss mich in den Bachlauf. Das eiskalte Wasser tränkte meine Kleidung. Die Kälte versetzte mir einen Schock, und meine Lungen weigerten sich einen Moment, Luft zu holen. Doch meine Instinkte übernahmen die Kontrolle und meine Hände stießen das erneut auf mich niedersausende Messer zur Seite. Der Mann glitt von mir ab und fiel auf mich, während seine Hände in den Bauchlauf abrutschten.

Flink stemmte ich meinen Unterarm an seine Kehle und drückte nach oben. Der Druck reichte aus, um ihm die Luft abzuschnüren, und so wich er zurück. Jetzt konnte ich mich aufrichten und auf ihn stürzen. Er hieb mit dem Messer nach mir und traf meinen Oberarm. Mein Körper blendete den Schmerz aus. Statt ihn zu spüren, drückte ich den Kopf meines Angreifers zur Seite und nach unten, sodass Mund und Nase im Wasser untergingen. Der Mann strampelte und presste seine freie Hand gegen mein Kinn.

Als wäre es ihm erst jetzt wieder eingefallen, hieb er mit dem Messer in der anderen Hand nach mir, und ich wich schnell aus. Keuchend nach Luft schnappend riss er seinen Kopf über die Wasseroberfläche und hustete Wasser aus. Diesen Moment der Schwäche nutzte ich und stürzte mich auf den Arm mit Messer. Ich griff danach und riss es ihm aus seinen kalten, glitschigen Fingern.

Die kleine Klinge drohend vor mich haltend sah ich auf den hustenden knieenden Mann herab. »Was soll das?«, verlangte ich zu erfahren.

Er blickte auf, und endlich erkannte ich ihn, es war Kevo,

der nasal sprechende Assistent des Botschafters. Hatte ich es vorhin nicht noch gedacht? Manchmal fragte ich mich, ob mein Instinkt nicht übernatürliche Züge hatte und wie ich lernen konnte, besser auf dieses undefinierbare, scheinbar unbegründete Bauchgefühl zu hören.

»Leck mich!«, stieß er wütend aus, und seine Stimme klang ganz anders. Viel tiefer, rauer. Ganz ohne nasale Note. Echt jetzt?

»Wer schickt dich?«, fragte ich, mir absolut sicher, dass das hier nichts Persönliches war.

Er zögerte.

»Es ist sowieso vorbei. Die Schwarzklingen wissen jetzt Bescheid und werden dich nicht mehr aus den Augen lassen.«

Er lachte höhnisch.

Nun gut, eine etwas härtere Nuss. Ich ging vor ihm in die Hocke und musterte ihn eingehend. Seine Arme waren schlank, sein Körper untrainiert, seine Kleidung fein, und seine Hände wirkten eher weich. Er war kein Meuchelmörder. Eigentlich jedenfalls. Also hatte jemand Kevos sehnlichsten Wunsch in Erfahrung gebracht und ihn so auf mich angesetzt. Sonst war jemand wie er nicht so leicht bereit zu töten.

»Letzte Chance, Kevo«, drohte ich.

Er spuckte angewidert in meine Richtung. Fein, dann eben auf die harte Tour. Mit schnellen Bewegungen war ich bei ihm und griff in seine feinen halblangen Haare. Mit der Klinge an seiner Kehle und einer Hand in seinen Haaren zwang ich ihn dazu aufzustehen und bugsierte ihn vor mir her zurück zum Lager.

So vollkommen im Kampfmodus ignorierte ich die unangenehmen spitzen Stiche in meiner Fußsohle und die bittere Kälte. Meine durchweichten Klamotten kühlten mich schneller aus, als mir lieb war. Wäre ich nicht voller Adrenalin gewesen, hätte ich am ganzen Körper gezittert.

Der Weg ins Lager war nicht lang. Immer noch mit einer Hand in seinem Haar überstreckte ich seine Kehle, an die ich das Messer hielt. »Bloß nicht stolpern!«, warnte ich ihn und stieß ihn weiter vorwärts. Wir brachen durch die Hecke eines Strauches, und ich stieß ihn unsanft von mir weg, wobei ich die Klinge von seinem Hals nahm.

Das Gewusel auf der Lichtung erstarb schlagartig, als Kevo vor mir auf alle viere fiel und ich drohend auf ihn herabblickte. Das Messer immer noch fest umklammert, starrte ich wütend auf ihn herab. Wer immer ihn geschickt hatte, konnte Teil dieser Gruppe sein, womit die Gefahr nicht gebannt war, selbst wenn die Schwarzklingen jetzt von ihm wussten.

»Was ist hier los?«, drang die ruhige, ernste Stimme Eskars über die Lichtung.

»Frag ihn!«, stieß ich hervor.

Eskar kam langsam auf uns zu. Ich warf das Messer leicht in die Höhe und fing es sauber an der Klinge auf. Mit dem Knauf voraus reichte ich es dem Anführer. Eskar wirkte überrascht, nahm es aber entgegen.

»Du blutest«, informierte er mich. Das wusste ich selbst. Aber ich konnte nicht hinsehen. Die Wirkung des Adrenalins ließ nach, und die Panik kam. »Ich geh mich waschen«, entschied ich und stapfte zurück in den Wald. Ich musste weg hier. Schnell. Vor ihnen zusammenzubrechen kam nicht infrage.

Mit jedem Schritt hinein in das Dickicht kroch die Panik meinen Körper hinauf. Ein eisiger Klumpen hatte sich in meinem Bauch gebildet, und von dort breitete seine Kälte sich bis in den letzten Winkel meines Körpers aus. Ich beschleunigte meine Schritte, rannte am Ende und wäre am liebsten vor diesem überwältigenden Gefühl davongerannt. Sie stieg in mir auf und schnürte meinen Hals zu. Ich griff an meine Kehle und kratzte über meine Haut.

Das Gefühl zu ertrinken ergriff Besitz von mir, und ich sank auf meine Knie. Das Blut an meiner Hand sprang mich an, und ich wischte es panisch weg. Doch der Schnitt blutete weiter, und ich schlug wütend auf meine Hand. »Hör auf!«, schrie ich mein Blut an und weinte in irrsinniger Angst. Es sollte aufhören.

»Lin!«, schrie Dante hinter mir, und ich krabbelte erschrocken von ihm davon. Der Prinz folgte mir, und ich floh, bis ich gegen einen Baum stieß. Mit dem starken Stamm im Rücken konnte ich den Mann vor mir ansehen und mich etwas zusammenreißen.

Ich zitterte am ganzen Körper. Meine Wunden brannten, mein Gelenk pochte, und der Schock lähmte mich.

Dante ging in die Hocke und hob seine Hände. Er zeigte mir, dass er mir nichts Böses wollte. Verstohlen rieb ich meine blutige Hand an meiner Hose und versuchte, das Blut loszuwerden, aber jetzt war nur jede Menge Dreck in der Wunde. Meine Finger zitterten, und Tränen rannen meine Wange hinunter.

Dante überbrückte sofort den letzten Abstand zwischen uns und ergriff meine zitternde Hand, die ich immerzu anstarrte. Als seine Hand sich zwischen mich und das scharlachrote Blut schob, konnte ich meine Augen schließen. »Schsch«, machte er beruhigend. Ich wehrte mich nicht gegen ihn. Seine warmen Hände umschlossen meine eiskalte, blutende. »Du bist eiskalt. Wir müssen dich warm bekommen.«

Ich konnte nur meinen Blick abwenden und zittern. Die Angst besaß mich und ließ keinen Raum für Gedanken.

Etwas zog an meinem Arm. *Er* zog mich an sich. Und ich konnte nicht dagegen ankämpfen. Benommen sank ich an seinen Körper und begann, bitter zu schluchzen. Alles in mir war eiskalt. Alles in mir zitterte. Alles in mir brannte und blutete. Der Schmerz schnürte mir die Luft ab und ich keuchte schwer.

Dante ließ sich nach hinten sinken und zog mich auf seinen Schoß. Er umschloss mich und presste mich fest an sich. Mein schneller stoßender Atem ging in zerrissenes Schluchzen über, schnell umschlang ich ihn ebenso wie er mich. Fest an ihn gepresst, konnte ich loslassen und einfach weinen. Die alten Bilder stürzten auf mich ein, blutige Hände, blutgetränkte Kleidung, all die Gesichter der Leben, die ich beendet hatte. Alles fraß sich durch mein Inneres und raubte mir jeden Sinn.

»Bring mir meinen Beutel. Ich muss sie warm bekommen. Und macht ein Feuer auf der Lichtung. Und Decken, bring Decken mit«, sagte Dante. Ich hörte die Laute in seiner Brust vibrieren. Schnelle Schritte entfernten sich von uns. Mir wurde meine Umgebung wieder bewusst.

Ich riss die Augen auf und sah in der Dunkelheit der Nacht das dichte Gestrüpp um uns herum. Der murmelnde Bach lief weiter stetig neben uns seinen Weg entlang. Mein kalter Atem bildete kleine Wolken in der bitteren Kälte der Nachtluft. Ich war in Aglia, nicht Anamia. Ich war keine Läuferin mehr, sondern frei! Ich hatte kein Leben beendet! Das Blut war mein eigenes, nicht das eines Opfers!

Ich atmete zitternd tief ein und hielt die Luft einen Moment in meiner Lunge und wiederholte mir diese Tatsachen immer wieder. Wie ein Mantra betete ich sie vor mir her. Dann erst atmete ich wieder aus. Das wiederholte ich drei

Mal, und bei jedem Ausatmen ließ ich etwas von meiner Panik los.

Als dieser Jemand zurückkehrte, war ich einen großen Teil der Angst losgeworden. »Du musst aus den Klamotten raus«, wies Dante mich ernst an. Also schälte ich mich aus seinem schützenden Griff und zog mich zurück. Sasch war es, der nun einen Beutel abstellte und Kleidungstücke auf dem Arm trug.

»Ich würde dich allein lassen zum Umziehen, aber …« Als Dante meinen angstvollen Blick auffing, brach er mitten im Satz ab. Er trat näher und drückte beruhigend meine Schulter. »Ich gehe nirgendwohin«, versprach er.

Mit zugeschnürter Kehle blickte ich ihn an und bemühte mich, eine Reaktion zustande zu bringen. Schließlich nickte ich. Dann begann ich, meine Verschnürungen und Knöpfe zu öffnen, aber schon an den ersten scheiterte ich. Jetzt da die Panik nachließ, beherrschte die Kälte meinen Körper. Ich zitterte so heftig, dass ich nicht einmal die Schnüre zu fassen bekam, an denen ich nur ziehen müsste, um sie zu öffnen. Meine tauben Finger versagten mir ihren Dienst.

Nach mehreren verzweifelten Anläufen trat Dante vor mich und schob mit einer sanften Geste meine Hände beiseite. »Du musst schnell aus den Klamotten raus«, entschuldigte er sich für seinen Übergriff. Ich wusste, dass es sein musste, und nickte mit heftig klappernden Zähnen. Seine Handgriffe waren schnell und unerschrocken. Seine Miene ernst, und obwohl er mich gerade auszog, war nichts Romantisches an dieser Szene. Aber ebenso wenig etwas Schamvolles. Es war reiner Pragmatismus. Da er mich erst oben entkleidete und mir trockene Sachen anzog und danach unten, war ich zu keinem Zeitpunkt wirklich nackt. Und da er keine Sekunde zögerte und mich niemals mit heißen Blicken musterte, hielt sich meine Scham sehr in Grenzen. Dazu verdeckte das lange Oberteil das meiste, selbst als ich untenherum nackt war.

»Wo ist dein zweiter Schuh?«, fragte er schließlich, als ich komplett in trockenen Klamotten steckte. Während er auf eine Antwort wartete, zog er sich sein eigenes durchweichtes Hemd aus und streifte etwas Trockenes über. Ich sah mich um und suchte nach dem Stein, auf dem ich meinen Schuh ausgezogen hatte. Als ich ihn gefunden hatte, zeigte ich in die entsprechende Richtung.

»Ich hole ihn«, entschied Sasch und drückte im Gehen Dante die Decken in die Hand. Der Prinz trat zu mir und legte eine Decke um meine zitternden Schultern. Mir war noch immer eiskalt. »Darf ich dich diesmal tragen. Du hast keine Schuhe, und du zitterst. Wir sind schneller am Feuer, wenn …«

»D- d- darfst – d- d- du«, unterbrach ich ihn und blickte in seine ernsten Augen. Einen Moment sah er mich ruhig an, einen Moment lang versank ich in seinen Augen und hatte das Gefühl, ihm ginge es ebenso. Dann trat er auf mich zu und hob mich vorsichtig auf seine Arme. Weil sein Körper so schön warm war, sank ich an seine Brust, schmiegte mich fest an ihn und schloss erschöpft meine Augen.

25

Die Wärme des Lagerfeuers drang nur langsam in meinen frierenden Körper. Auf einer Decke saß ich, eine zweite war um meine Beine geschlungen und eine dritte um meinen Oberkörper. Dante schmiegte sich von hinten an mich und wärmte mich fast genauso intensiv von hinten wie das Feuer, das das von vorne erledigte. Seit einer halben Stunde klapperten meine Zähne nicht mehr, und das Zittern meiner Muskeln ließ nach, seit ich die Wärme langsam spürte und die Taubheit aus meinem Körper wich.

»Du zitterst kaum noch«, stellte Dante fest.

Zur Antwort nickte ich, mehr brachte ich nicht heraus. Auf der anderen Seite des Feuers saß mein Angreifer und war genauso damit beschäftigt, sich wieder aufzuwärmen. Bei diesen Temperaturen hätte alles andere seinen Tod bedeutet. Sofia, die Botschafterin der Vassia, hatte kühl vorgeschlagen, genau das passieren zu lassen, immerhin hätte er nichts anderes verdient. Aber Eskar diskutierte gar nicht darüber.

»Bist du aufnahmefähig?«, fragte Dante leise, sodass nur ich ihn hören konnte.

Ich zögerte. Im Grunde war ich das nicht, denn ich war nicht bereit zu sprechen. Aber zuhören konnte ich schon, also nickte ich.

»Sasch hat mir vorhin erzählt, was sie aus Kevo herausgeholt haben. Hast du da zugehört?«

Ich schüttelte sofort meinen Kopf. Natürlich hatten sie sich unterhalten, daran erinnerte ich mich schon. Aber anfangs, als ich hier am Feuer gesessen hatte, hatten mich nur Schock, Panik und Frieren beherrscht. Da war ich wirklich nicht aufnahmefähig gewesen.

»Kevo hat eine herzerweichende Geschichte zum Besten gegeben, die seinen Herrn nicht gut dastehen lässt«, flüsterte Dante mir leise zu. Seine Lippen waren dadurch, dass wir aneinandergeschmiegt saßen, nah an meinem Ohr.

Eine herzerweichende Geschichte? Manchmal glaubte ich, die hatte jeder. Bisher war mir kein einziges Wesen auf zwei Beinen begegnet, das nicht an seinen eigenen Problemen hätte ersticken können. Und so sehr ich alle um mich herum auch gerne hassen würde, war es gerade dieser oft stoisch beeindruckende Umgang mit diesen eigenen Päckchen, der mich all die bunten Wesen unserer Welt respektieren ließ.

»Willst du sie hören?«, fragte Dante ruhig. Er rieb über meine Arme, um mich weiter aufzuwärmen, und langsam spürte ich die Wärme in mich sickern. Das Zittern erstarb nun völlig, und nach und nach entspannten sich meine Muskeln. Ja, ich wollte wissen, warum er getan hatte, was er getan hatte. Ihn zu verstehen, würde es schwerer machen ihn zu verurteilen, aber mein Urteil auch fairer.

»Kevos Herr, der Botschafter, ist schwul und verlangt gewisse Dienste von seinem Assistenten als Gegenleistung für politische Aufstiegschancen. Und auch wenn Kevo diese Vorliebe für dasselbe Geschlecht nicht teilt, hat er durch den Druck seiner Familie und wegen seiner persönlichen Ziele sich diesem Handel gebeugt. Er ist mehr hineingerutscht, als sich bewusst dafür zu entscheiden, da ein solcher Handel in der Politik Jesas keine Seltenheit ist.«

»Das ist sexueller Missbrauch und Nötigung«, stieß ich angewidert hervor.

Ich spürte, wie Dante nickte. Er schwieg einen Moment lang, ehe er weitersprach. »Es ist vielerorts üblich. Egal, ob die Dienste hetero- oder homosexueller Natur sind.«

»Es ist falsch!« Ich warf dem Botschafter auf der anderen Seite des Lagerfeuers einen verächtlichen Blick zu. Der Mann war mir gerade enorm unsympathisch.

»Ich weiß. Und ich bin froh, dass die Aglaia diese Zeit hinter sich haben. Aber das ist noch nicht lange so, und auch wenn wir es geschafft haben, solch ein Verhalten als allgemein gesellschaftlich verpönt zu betrachten, gibt es auch bei uns noch derartige Arrangements. Zu viele sehen immer noch weg.«

Das wusste ich. Am fortschrittlichsten waren hierbei die Taiga und die Inselstämme. Ich verstand nicht, woher dieses immer und überall auftauchende Verhalten der sexuellen Dominanz, die in sexuellen Missbrauch und Gewalt mündete, herkam. Wieso nur machten eigentlich denkende und zivilisierte Wesen so etwas? Ich konnte das nicht verstehen. Obwohl ich Freund von Vielfalt und unterschiedlichen Gelüsten und Vorlieben war, konnte ich das nicht akzeptieren, geschweige denn verstehen. Dieser Missbrauch war eine Form von Folter und zerstörte die Missbrauchten immer.

»Jetzt habe ich Mitleid mit ihm«, gestand ich leise. Bei allem Leid, das mein Leben gewesen war, bei aller seelischer Verstümmelung, durch so etwas hatte ich nie durchgemusst. Aber ich hatte anderen dabei zugesehen. Anderen, deren Leben es für immer zerstört hatte. Andere, die an dem Gefühl, selbst daran schuld zu sein, zerbrochen waren. Andere, die sich selbst vorwarfen, es provoziert zu haben. Und irgendwie schafften die Täter und die Gesellschaft, es logisch wirken zu lassen, dass ein Opfer sich das fragte. Dass ein Opfer nach alldem auch noch in die indirekte Täterrolle durch angeblich eigenes Mitverschulden gedrängt wurde. Das war so krank …

»Ich nicht, ich habe kein Mitleid«, stieß Dante hervor.

Warum nicht? Oft schon hatte ich mich gefragt, ob Männer da weniger Mitgefühl empfanden und deshalb auch oft selbst Täter waren oder ob das nur ein verzerrtes Bild war, weil sie stoischer mit negativen Emotionen umgingen und noch weniger über sexuellen Missbrauch sprachen, weil sie noch mehr das Gefühl hatten, sich hätten wehren zu müssen. Aber sexueller Missbrauch beinhaltete immer auch Manipulation und emotionalen Missbrauch, und da waren Männer nicht stärker als Frauen. Diese Überlegenheit war rein körperlich.

»Worüber denkst du nach?«

»Nur allgemein über das Thema«, wehrte ich ab und starrte in die Flammen. Vielleicht würde ich eines Tages mal meine Gedanken mit ihm teilen, aber nicht heute und nicht hier in dieser Gesellschaft.

»Weiter?«

Ich nickte.

»Der Auftraggeber hat Kevo seine Abscheu angemerkt und ihm in Aussicht gestellt, ein gutes Wort einzulegen, damit Kevo selbst zum Botschafter befördert wird, wenn er dich dafür auf dieser Reise umbringt.«

Ich schluckte. Das bedeutete, der Auftraggeber war mächtig, und er musste auch eine hohe Position bekleiden. Kevo war nicht dumm, nur verzweifelt.

»Wieder der König?«, fragte ich leise.

»Ja«, räumte Dante ein.

Diesmal wollte ich es wissen. »Welcher ist es?«

»Regor von den Anait.«

Ich erinnerte mich an den leicht rundlichen Mann, mit dem ich getanzt hatte. Er war so nett zu mir gewesen, aufmerksam und zuvorkommend. Wenn ich einen hätte ausschließen sollen, hätte ich ihn ausgeschlossen. So viel zu meinem Instinkt.

»Deine Ingenia hat dich vor ihm gewarnt?«, wollte ich ganz sichergehen.

»Ja.«

»Weichst du deshalb nicht von meiner Seite?«

»Ja«, flüsterte er sehr leise nach einer verdächtigen Pause.

Einer Intuition folgend hakte ich nach: »Lügst du?«

»Nein, aber ich lasse einen Teil der Wahrheit weg.«

Das erinnerte mich an unser erstes Gespräch und an all die Male, in denen mir aus genau diesem Grund vorgeworfen worden war, ich würde lügen. Also nickte ich, um ihm zu zeigen, dass ich einverstanden war. Ich hatte Ehrlichkeit und Offenheit gefordert und genau das, ehrlich und offen, war er gerade. Das beruhigte mich, und langsam kam die Müdigkeit. Etwas tiefer rutschend, lehnte ich meinen Kopf bei ihm an und schloss die Augen.

»Er muss aus Verzweiflung gehandelt haben«, murmelte ich in Dantes Halsbeuge. »Sein Versuch war sehr plump.«

»Er glaubte, dich nie wieder allein zu erwischen, weil ich immerzu an deiner Seite bin.«

Ich war geneigt, Kevo da zuzustimmen. »Kassandra hätte Gift benutzt«, teilte ich ihm mit und merkte, wie seltsam dieser Gedanke war. Eine bequeme Position suchend, drehte ich mich auf die Seite und zuckte prompt schmerzhaft zusammen. Ich Idiotin hatte meinen verletzten Fuß für die Bewegung genutzt. Behutsam positionierte ich ihn auf dem anderen und schmiegte mich mehr an Dante an.

Mein Beschützer bewegte sich bedächtig unter mir und zuppelte die Decke zurecht. Endlich wieder warm, ergab ich mich der Müdigkeit und sank dem Schlaf entgegen.

26

INGENIA
ELEYA – HERRIN DER LÜFTE

Eleya stand auf einer stillen Lichtung und hatte ihren Blick hinauf zum sternenübersäten Himmel gehoben. Sie wartete auf ihren König.

Leise Schritte näherten sich, wurden lauter und schließlich verstummten sie. Das Kitrinos verriet ihr, wie nah der Aglaia war, wie groß und mit welchen Absichten er kam. Dazu eine Ahnung, ein Gefühl und Eleya war sich sicher, dass ihr König hinter ihr stand.

»Willkommen«, begrüßte sie ihn.

»Kannst du mir etwas berichten, Ingenia?«, fragte er streng wie immer. Medo war ein autoritärer Mann. Er verlangte und befahl, weil er es so gewöhnt war. Am Anfang ihrer Treffen musste sie ihn oft daran erinnern, dass sie vor allem anderen die Dienerin des Kitrinos war und erst danach seine.

»Sie sind in Vassos und kommen heute in Seria an«, berichtete Eleya. Diesmal hatte das Kitrinos sie bei ihrer Suche nach dem Prinzen der Egor nicht abgelenkt und zu einer anderen Szene geleitet.

»Geht es ihm gut?«, wollte Medo wissen. Eleya zog eine Augenbraue hoch. Wäre es anders, hätte sie ihm das längst gesagt, daher war die Frage überflüssig.

»Sieh mich nicht so an!«, wies er sie zurecht. »Mein Vertrauen in dich ist erschüttert.« Er trug ihr immer noch nach, dass die letzten Ratschläge, die sie ihm gegeben hatte, nicht die erhofften Ergebnisse erzielt hatten.

»Die Wege des Kitrinos sind für uns nicht immer verständlich, aber wir haben richtig gehandelt«, entgegnete sie ruhig.

Medo schnaubte wütend. »Richtig? Wir haben meinen Sohn in die Hände des Feindes gegeben und ihn dadurch fast verloren!«

»Aber es war nötig.«

»Das sagtest du bereits. Aber weit und breit keine Ehefrau in Sicht. Diese Vision hängt wie ein dunkler Schatten über der Familie, und deine versprochene Hoffnung bleibt aus!«, warf er ihr vor.

Eleya ließ ihn wütend sein. Er war außer König eben auch Vater, und die Vision ihrer Vorgängerin machte der ganzen Familie schwer zu schaffen. Sie hatte das Aussterben ihrer Blutlinie kurz nach Prinz Fors' Geburt vorhergesagt, wenn der frisch geborene Spross bis zum Erreichen seiner Thronreife sein Seelengegenstück nicht gefunden haben würde. Und obwohl König und Königin ihm annähernd jede junge, infrage kommende Frau vorgeführt hatten, hatte der Prinz nie auch nur eine Einzige in sein Leben gelassen. Das Verhalten seiner Eltern hatte den Prinzen aus ihrer Obhut getrieben, und er hatte begonnen, sich emotional von ihnen zu distanzieren. Eleya hatte ihnen versucht, klar zu machen, dass ein Seelengegenstück keine Ehefrau sein musste, doch sie hatten nicht auf sie hören wollen. Der Prinz aber hatte auf sie gehört und sich dieser Farce entzogen. Er war den Schwarzklingen beigetreten und hatte dort Freunde gefunden. Und dann hatte das Kitrinos ihr gezeigt, dass der Prinz vom Feind gefangen genommen werden musste, um sein Seelengegenstück zu finden. Und es hatte funktioniert.

»Ich habe Euch herbestellt, um Euch zu sagen, dass das Kitrinos es mir bestätigt hat, wer immer es sein mag, der junge Prinz hat sein Seelengegenstück gefunden.«

Medo öffnete seinen Mund. Dann verstand er. »Eine Frau?«, fragte er aufgeregt.

Eleya runzelte ihre Stirn. Wieso war das wichtig? »Das weiß ich nicht.«

»Wieso weißt du es nicht?«

»Weil ich lediglich gesehen habe, dass der Prinz im Gleichgewicht ist und das Kitrinos wieder ruhig um ihn strömt.«

»Und das soll dir sagen, dass er sein Seelengegenstück gefunden hat?«

Eleya lächelte. Jene, die keine Verbindung zum Kitrinos hatten, verstanden es oft nicht. Aber es zu erklären war müßig, daher sagte sie schlicht: »Ja.« Der Prinz hatte seit seiner Geburt ein Ungleichgewicht in sich. Er war immer ein wilder, brodelnder Fleck, dem etwas fehlte, ganz anders als alle anderen Neugeborenen. Von Beginn an war er anders gewesen. Das hatte das Kitrinos ihr gezeigt, als sie die Ingenia der Egor geworden war. Damals war der Prinz schon zehn Jahre alt gewesen.

Medo zögerte. Er wirkte uneinig mit sich selbst. Also bekräftigte Eleya: »Das ist ein Grund zu feiern, mein König.«

Endlich schien die Nachricht zu ihm durchzudringen. Aber er war nicht vollkommen glücklich. »Ich hatte so gehofft, dass dieses Seelengegenstück seine Frau werden würde«, gestand er leise und war schlicht Vater.

»Ich weiß, mein König. Aber die Zeit der Sorge ist vorbei. Prinz Fors wird die Blutlinie weiterführen. Das bedeutet, dass er irgendwann eine Frau finden und Kinder bekommen wird. Es zählt nicht, ob es jetzt oder in drei Jahren stattfinden wird, denn er hat sein Seelengegenstück vor seinem fünfundzwanzigsten Geburtstag gefunden«, sprach sie es ganz klar aus.

Medo lachte leise. »Sogar deutlich davor. Er ist gerade mal einundzwanzig.«

Eleya lächelte. Dann wurde sie wieder ernst und erinnerte ihn an ihrer aller Pflichten. »Das Kitrinos hat Euch die Chance geschenkt, das Aussterben Eurer Blutlinie zu verhindern, und wir haben es geschafft. Jetzt wird es Zeit, dem Kitrinos zu helfen, das immer größer werdende Ungleichgewicht zu bekämpfen.«

Medo presste seine Lippen zusammen. Er war nicht glücklich, nickte aber nach einem kurzen Zögern zustimmend. »Es geht um Regor, nicht wahr?«

Eleya lächelte. Medo war ein kluger Mann. »Er wird nicht ruhen, bis er bekommen hat, was er will.«

»Also was? Soll ich einen König töten?«

Eleya schüttelte ihren Kopf. Töten war etwas, dass das Ungleichgewicht nur förderte. Natürlich wollte sie nicht, dass er Regor tötete. Und leider konnte sie diesmal nicht aus dem Kitrinos sprechen. Die Energie, die sie alle verband, war nichts, das auf so kleiner Ebene funktionierte, wie der Handlung eines einzelnen Königs. Es zeigte große Zusammenhänge auf, und die Ingenia mussten diese deuten und lesen, um daraus auf der Handlungsebene ihre Könige beraten zu können. Und Eleya hatte eine Idee, wie das hier möglich war.

»Ein König ist schwer zu überführen«, erinnerte sie ihn.

»Vor allen Dingen erst nach der Tat. Und auch nur, wenn er nicht beweisen kann, dass seine Handlungen zum Schutz der Aglaia waren«, wandte Medo ein.

Eleya nickte.

»Was willst du dann von mir?«

»Wir wissen, dass es etwas in der Vergangenheit gibt, für das man ihn belangen könnte. Dafür aber müsstet Ihr mit jemandem zusammenarbeiten, mit dem Ihr das niemals geplant hattet«, deutete sie nur an. Aber ihr König verstand sie. Medo sah aus, als würde er ihr am liebsten den Hals umdrehen. Er war stinksauer, aber er dachte über ihren Vorschlag nach. Und mehr konnte sie auch nicht verlangen. Diese Fehde saß ihm immer noch in den Knochen. Es hatte viele Wunden in der Vergangenheit gegeben, die beide Seiten sich immer noch leckten. Aber ihre Kinder hatten diese Fehde beendet, und das auch noch ziemlich erfolgreich und schnell. Eleya wusste, dass so eine Entscheidung Zeit brauchte, weshalb sie jetzt nicht weiter drängte.

»Meine Arbeit hier ist vorerst getan. Ich kehre nach Egor zurück.«

König Medo nickte abwesend. Er verabschiedete sich, wobei er sie nicht einmal richtig ansah. Sein Blick schweifte gedankenversunken in die Ferne, ehe er zum Palast zurückkehrte. Auch er würde bald abreisen, denn der Winterball hatte stattgefunden, und die Woche zur Sonnenwende neigte sich ihrem Ende zu. Alle würden abreisen, außer König Ereos von den Sanya, der am Hof lebte. Noch zwei Tage hatte Medo die Chance, Regor aufzuhalten. Nur noch zwei Tage. Eleya war gespannt, wie er sich entscheiden würde und was das Kitrinos ihr anschließend zeigen würde.

27

Zahllose Stimmen, deren Murmeln bis weit hinauf unter die gerundete Decke trug, erfüllten den großen Saal. Seria, die Hauptstadt von Vassos, und das gesamte Volk der Vassia unterschieden sich in gefühlt jedem Detail von der mir so bekannten Welt.

»Das Anliegen kommt uns zugute und wird in den anderen Ländern unsere Projekte voranbringen«, verkündete Sofia. Sie trug inzwischen ein fließendes weißes Gewand mit goldenen Verzierungen und einem ebenso goldenen Gürtel. Die große, schlanke Frau sah bildhübsch aus, und doch stach sie nicht im Geringsten aus der Masse großer, schlanker, schöner Frauen hervor. Es war überwältigend.

»Dieser Teil der Vereinbarung ist ebenfalls im Vertrag festgehalten, es scheint alles wasserdicht zu sein!«, bemerkte eine andere Frau, die an dem zentralen Altar stand. An der erhobenen, reich verzierten Steinplatte hatten sich insgesamt acht Frauen versammelt, alle gewandet wie Sofia. Nur eine von ihnen trug außerdem einen weißgoldenen Kopfschmuck, der in eine kunstvolle Frisur eingeflochten war. Das Haar der Frau hing am Hinterkopf frei herab, und seine weichen Wellen reichten bis auf ihre Hüfte. Es sah schön und erhaben zugleich aus. Ich wollte gar nicht wissen, wie viel Zeit sie in die Pflege dieser Mähne investieren musste, damit das Haar so seidig glänzend aussah.

»Die Rechtsprechende weiß, wovon sie spricht«, stieg eine weitere Frau in die Diskussion ein.

»Wie viel weißt du über die Vassia?«, fragte Dante leise flüsternd. Die Wahrheit war: nicht besonders viel. Normalerweise würde ich gerne mit ihm flüstern und mir von ihm alles erklären lassen, aber das hier wollte ich selbst entdecken. Etwas schwang hier im Raum, das mich von Anfang an in seinen Bann gezogen hatte. Daher brachte ich ihn mit einem gezischten »Scht« zum Schweigen.

Aus dem Augenwinkel nahm ich wahr, wie Dante genervt das Gesicht verzog. Wir standen ganz hinten im Raum bei der Tür. Es war überhaupt ein Zufall, dass ich jetzt hier war und diesem Prozedere beiwohnen durfte. Das lag an Kevo. Als Jelisa entzog seine Tat sich der Gerichtsbarkeit der Aglaia. Und hier bei den Vassia war das nicht anders. Erst wenn wir nach Jesa einreisen würden, konnte sein König ihn für seinen Angriff auf mich belangen. Ich war sehr gespannt, wie der Botschafter sich dabei verhalten würde. Wenn er die Verhandlungen und das Abkommen der drei Länder nicht gefährden wollte, musste er eigentlich seinen Assistenten belangen, aber sein Verhalten hatte den jungen Mann ja erst dazu gebracht, sich einen intriganten Gönner am Hof der Aglaia zu suchen.

Da die Schwarzklingen Aglaia waren, konnten sie Kevo nicht festnehmen oder dergleichen, denn die Botschafter und ihre Assistenten genossen eine gewisse Immunität. Also herrschte seit Kevos Angriff eine fragile, angespannte Ruhe. Zwei Schwarzklingen behielten ihn immer im Blick und versuchten, ihn von mir fernzuhalten, wobei Sofia erstaunlich hilfsbereit gewesen war. Sie hatte heute auch vorgeschlagen, mich mit in den Audienzsaal zu nehmen, da es dem Assistenten verboten sein würde.

Die Frauen um den verzierten Altar gaben nacheinander ihre Meinung zu dem Vertrag ab. Jede hatte ihre eigene Aufgabe und beleuchtete das Dokument aus einer anderen Perspektive. Es gab neben der Rechtsprechenden noch die Wahrheitssuchende, die Hungerstillende, die Liebeschenkende und noch weitere, deren Funktion ich noch nicht mitbekommen hatte, darunter auch Sofia, die Botschafterin. Die Struktur der Vassia war ganz anders als die der Aglaia. Hier hatten nicht jene Macht und das Recht, ihre Meinung zu äußern, die Land besaßen, sondern jene, die aufgrund ihrer Fähigkeiten eine leitende Rolle in der Gesellschaft bekleideten. Es war beeindruckend. Ihre Vertreterinnen wurden gewählt, was erst nach einem langen Studium der Aufgaben und Pflichten für die entsprechende Stelle möglich war. Sie mussten einen Beruf in dem Gebiet erlernen, ehe sie gewählt werden durften. Und natürlich waren es alles Frauen. Hier in Vassos regierte die Frau, niemals der Mann.

»Nun wurde jede gehört. Ich denke, wir sind bereit für die Abstimmung«, entschied die Königin, die Frau mit dem schönen Kopfschmuck und dem langen Haar.

Zustimmendes Gemurmel erhob sich aus der Masse der Zuschauer, die aus beiden Geschlechtern bestanden. Einige steckten tuschelnd ihre Köpfe zusammen, während andere gebannt zu den Frauen in ihrer Mitte sahen. Das hier war ein echtes Schauspiel, und an der Meinungsfindung waren so viele beteiligt. Es wirkte gar nicht wie eine Monarchie. Die Königin hatte nicht einmal einer Frau das Wort abgeschnitten oder ein Argument abgeschmettert. Das war weder in Aglia noch in Anamia jemals so gelaufen. An solchen Entscheidungen war dort nur ein sehr kleiner Kreis beteiligt, und im Grunde entschied nur der Regent, bei den Aglaia der König der Könige und bei den Anamie der oberste General.

Für einen Moment senkte sich absolute Stille über die große steinerne Halle. Dann stieg die Königin wie von Geisterhand in die Luft. Sie schwebte hinauf bis unter die Decke und berührte den aus Mosaiken gefertigten Tisch in der gewölbten Decke, ein Ebenbild des am Boden stehenden Altars. Ihr folgten die anderen weißgewandeten Frauen nach. Eine jede berührte genau die gespiegelte Stelle des Mosaikaltars in der Decke, an der sie unten gestanden hatte. Als die Letzte so in die Luft schwebte und den Tisch berührte, lächelte die Königin zufrieden. »Einstimmig«, verkündete sie, und die Menge brach in einen jubelnden Applaus aus. Gemeinsam sanken die Frauen wieder zu Boden und landeten mit federnder Eleganz auf den steinernen Fliesen.

»Die können fliegen?«, hauchte Dante schockiert. »Offensichtlich.« Davon hatte ich bisher nur gehört. Es aber zu sehen war unglaublich. Ich hatte nie an Übernatürliches geglaubt, obwohl es zahllose Geschichten in unserer Welt dazu gab. Erst die Ingenia mit ihren riesigen Schwingen und jetzt diese schwebenden Frauen ganz ohne Flügel. Mehr Beweise brauchte ich eigentlich nicht. Aber trotz all dieser Beweise verschloss ich mich gegen das neu erwachte Summen in mir, das in diesem Raum zum ersten Mal ganz deutlich in mein Bewusstsein trat. Oft, so oft hatte ich es schon gespürt, mal leiser, mal lauter. Aber hier an diesem Ort konnte ich es zum ersten Mal nicht mehr leugnen. Und es machte mir Angst.

»Egal, was sie können, sie unterzeichnen«, brummte Sasch neben mir, den Eskar zu einer Art Leibwächter für mich gemacht hatte. Und das, obwohl Dante ja auch nicht von meiner Seite wich. Der Prinz war sogar so beharrlich, dass er sich in meinem Zimmer hatte einquartieren lassen. Natürlich hatte Sofia gepetzt, dass ich eine Prinzessin der Aglaia war, und als wir alle für diese Nacht untergebracht worden waren, hatte man mich aus dem Schlafraum der anderen geführt, fort von meinen Begleitern, in einen ganz anderen Gebäudeteil. Dante bestand darauf, bei mir zu bleiben. So böse war ich aber gar nicht darüber, denn Kevo lief ja immer noch frei herum. Auch wenn ich nicht auf Dante für meinen Schutz angewiesen war, brauchte ich keinen erneuten Kampf, der das alte Trauma wieder hochkochen lassen würde.

Die Frauen gratulierten sich, während die Königin das Dokument und die beiden Abschriften unterzeichnete. Damit war die Beteiligung der Vassia beschlossen. Sie würden uns im Kampf gegen die Anamie Soldatinnen und Soldaten schicken, und wir gewährleisteten einen zollfreien Handel für die nächsten zehn Jahre.

Sofia rollte die unterzeichneten Dokumente ein und überreichte ihrer Königin eine dieser Rollen mit einer feierlichen Geste. Die Menge klatschte noch einmal, und Sofia nahm die beiden anderen Rollen und kam auf uns zu.

Im Hintergrund brachen die strengen Strukturen auf, und man verteilte sich im Raum, plauderte, lachte und freute sich.

»Ich verstehe eure Eile, aber ihr solltet doch wenigstens zwei Tage ruhen. Morgen Abend findet ein wundervolles Fest bei uns statt«, lud Sofia uns ein und lächelte vor allem mich freundlich an. Mit den wechselnden Stimmungen dieser Frau kam ich nicht ganz klar.

Als von den Männern keiner antwortete, beeilte ich mich, um höflich zu sein. »Die Einladung ist großzügig, aber es eilt ein wenig.«

»Wieso? Wir sind früher gestartet als ursprünglich gedacht. Da sollte eine kleine Verzögerung drin sein«, erwiderte Sofia geschickt.

»Nicht wegen der Vertragsunterzeichnung, sondern wegen des kleinen Zwischenfalls«, entgegnete ich ruhig. Ich war mir absolut sicher, dass das seltsame Summen in mir in Sofias Anwesenheit stärker wurde, weshalb ich schnell hier wegkommen wollte, und Kevos Bedrohung war der ideale Vorwand dafür.

»Ja, da du es gerade ansprichst. Königin Ela und ich haben uns darüber ausgetauscht und sind uns einig: Du solltest bei uns bleiben, um dieser Bedrohung auszuweichen.«

Nun, das kam unvorhergesehen.

»Welches Interesse habt ihr, Lin zu helfen?«, fragte Sasch brummig. Er mochte die Vassia nicht, so gar nicht. Wozu er auch durchaus allen Grund hatte, er war immerhin ein Mann, und jeder wusste, wie diskriminierend die Vassia mit ihren Männern umgingen.

»Schweig, Mann!«, fuhr Sofia ihn harsch an. Da war er schon, dieser Männerhass. Sie war bereits während der ganzen Reise männerfeindlich aufgetreten, aber seit wir in Vassos waren, war diese Abneigung klar hervorgetreten und äußerte sich in harscher Diskriminierung.

»Wollt ihr Lin nur helfen, weil sie eine Frau ist?«, mischte Dante sich mit sachlichem Ton ein. Das konnte er kaum glauben, aber es war ein Versuch, mehr aus der Frau herauszubekommen. Es war nicht leicht, eine vermutete Intrige aufzudecken, ohne die diplomatischen Beziehungen zu gefährden. Auch ich glaubte keine Sekunde an einen guten Willen. Irgendwas war hier faul.

»Aus vielen Gründen, die für dein kleines, minderfähiges Gehirn gar nicht greifbar sind«, beleidigte sie ihn mit arrogantem Ton. Sofia lächelte mich daraufhin sehr freundlich und warm an, und plötzlich argwöhnte ich, ob nicht mehr hinter meinem separierten Zimmer steckte als die Höflichkeit einer Prinzessin gegenüber. Ob sie sauer werden würden, wenn sie erfuhren, dass ich Dante bei mir schlafen ließ? Beinahe hätte ich bei dem Gedanken gegrinst, verkniff es mir aber gerade noch so.

»Ich bin dir für dieses Angebot sehr dankbar, aber meine beiden Leibwächter dürfen nicht von meiner Seite weichen, also müssten sie ebenfalls hierbleiben«, spielte ich einen Trumpf aus, den sie nicht so leicht abschmettern konnte. Das Lächeln der Vassia verrutschte etwas, und sie neigte zustimmend ihren Kopf. »Solltest du es dir anders überlegen, freue ich mich, von dir zu hören.«

»Wenn ich es mir anders überlege, wirst du die Erste sein, die es erfährt«, versprach ich. Es war leicht, das zu versprechen, denn ich würde es mir keinesfalls anders überlegen. Ich traute den Vassia nicht, so sehr mich ihre Art auch faszinierte und ihre Lebensweise ansprach, ich war Aglaia, ich hatte gerade erst meinen Vater gefunden und meine Freiheit gewonnen. Diese Reise hier war eigentlich vor allem dazu gedacht, mich aus der Reichweite Regors zu bekommen, was ja ordentlich schiefgegangen war. Wenigstens konnten Sikas Meuchelmörder mich hier nicht finden, denn auch dazu hatten wir die Reise ja unternommen. Wobei sie vermutlich noch gar nicht wussten, wo sie nach mir suchen mussten, da wir ja auch Dante mit dieser Reise von der Bildfläche hatten verschwinden lassen. Sika konnte also nicht wissen, dass ich Dante gerettet hatte und er mich bei den Aglaia finden würde.

Sofia kehrte zu ihrer Königin zurück und flüsterte ihr etwas ins Ohr. Die erhabene, schöne Frau lehnte sich zu ihrer Botschafterin und sah dann hinüber zu mir. Ihre strahlend gelben Augen durchfuhren mich direkt, und das Vibrieren nahm zu. Was immer das in mir war, diese Augen verstärkten es. Noch ein Grund mehr, hier abzuhauen, besser gestern als morgen. Aber die Schwarzklingen mussten ihre Vorräte auffüllen und brauchten auch mal eine Nacht guten Schlaf.

»Was meint ihr, dürfen wir gehen?«, fragte ich die Jungs.

»Denke schon«, brummte Sasch und zuckte mit den Schultern. Er sah fragend zu Dante, und ich folgte seinem Blick. Der Prinz sah mir tief in die Augen und dann hinüber zur Königin. Er hatte ihr seltsames Interesse auch bemerkt.

»Die Zeremonie scheint beendet, und ehrlich gesagt will ich hier raus«, murmelte er und sein beunruhigter Blick traf auf meinen. Ahnte er, was in mir los war? Oder hatte er einen ganz eigenen Instinkt, der ihn warnte. Mir war es egal, wir wollten dasselbe, und das war alles, was zählte. Also wandte ich mich der Tür zu und verließ mit ihm und Sasch den großen steinernen Saal mit der gewölbten Decke.

Wir liefen einen kurzen Flur entlang und dann hinaus auf eine der Plattformen. Die eigentümliche Gabe der Vassia sorgte dafür, dass sie ihre Stadt in unerreichbare Höhen von Bäumen und Bergen bauten. Hier in Seria lagen die einfacheren Häuser in den Baumkronen und die größeren Säle in einem Steinbruch, den die Vassia angelegt hatten. Die scharfe Kante des abgetragenen Gesteins fiel unter unseren Füßen etwa hundert Meter in die Tiefe. Es gab viele stufenartige Vorsprünge im Stein, sodass einzelne Plattformen entstanden, von denen man in die Gebäudeteile im Innern gelangte.

Vorsichtig trat ich an den Rand der Plattform und linste über die Kante hinab in die Tiefe. Unter uns lagen zwei weitere Plattformen, auf denen sich Leute bewegten. Ein beißender Wind pfiff hier im halbkreisförmigen Steinbruch über den Grat und fuhr von hinten in meine Kleidung. Inzwischen trug ich ebenso schwarze Kleidung wie die anderen, eine schlichte Tunika und enge bequemen Hosen.

»Diese Höhe«, murmelte Sasch unbehaglich, und ich grinste ihn über meine Schulter an. »Bist du etwa nicht ganz schwindelfrei?«, neckte ich ihn.

»Was? Doch klar!«, warf er sich in die Brust. Dann trat er einen tastenden Schritt näher an die Kante, aber immer noch mindestens zwei Meter vom Steilhang entfernt. »Ich habe nur den nötigen Respekt«, räumte er ein, und ich musste leise lachen.

»Kommt, wir haben morgen wieder ein gutes Stück vor uns«, drängte Dante zum Abstieg. Aufhorchend blickte ich zu ihm hinüber. Bildete ich mir die Unruhe ein, oder wollte er hier wirklich schnell weg? Aber wieso? Wusste er etwas?

»Gerne!«, nutzte Sasch sofort die Gelegenheit und trat zu dem kleinen metallenen Gefährt, das uns hinunterbrachte. Ich folgte ihm grinsend und trat an das fingerdicke metallene Führseil der kleinen Kabine, in der es auf jeder Seite zwei Sitzplätze gab. Um zu stehen, war sie zu niedrig, und die Sitze waren auch eher knapp bemessen. Sasch trat in die schaukelnde Kabine und hielt uns die Tür auf, deren Lack bereits abblätterte. Dieser leicht verwahrloste Zustand weckte nicht gerade mein Vertrauen in das Gefährt, aber es hatte uns vorhin sicher hier heraufgebracht. Also würde es uns auch wieder runterbringen.

»Die Verträge hast du?«, erkundigte ich mich bei Sasch, ehe wir diesen ganzen Weg hier herauf noch mal hinter uns bringen mussten.

Er klopfte auf seine Weste, in deren Brusttasche nun das Papier dumpfe charakteristische Knickgeräusche von sich gab.

»Prinzessin Kalinka!«, rief mich jemand, als Dante gerade zu mir trat. Ich drehte mich um und entdeckte die Wahrheitssuchende der Frauen. Ihr weißes wallendes Gewand, das nur über einer Schulter zusammengehalten wurde und die andere nackt ließ, wehte elegant hinter ihr her. Schnellen Schrittes näherte sie sich uns.

»Echt jetzt?«, brummte Sasch mürrisch. »Das Ding wackelt!«, beschwerte er sich, und ich warf ihm einen amüsierten Blick zu.

»Wartet, ich muss euch sprechen«, hielt sie uns auf und trat dann auch schon zu uns. »Königin Ela wünscht Eure Anwesenheit heute Abend an ihrer Speisetafel«, sprach die Frau eine Einladung aus, die mir galt und die es in sich hatte. Selbst ich wusste, dass Fremde an dieser Tafel nicht geduldet wurden und eine derartige Einladung eine große Ehre war. Mir war sofort klar, dass eine Ablehnung einen schweren diplomatischen Schaden anrichten würde, und noch waren wir nicht mit diesen Verträgen über die Grenze. Das war ganz großer Bockmist, vor allem aber, weil an dieser Tafel niemals Männer geduldet wurden. Wirklich niemals. Also was tun?

»Das ist eine sehr große Ehre«, schindete ich respektvoll Zeit. Die Frau lächelte, als hätte ich genau das Richtige gesagt. »Ich würde diese Einladung sehr gerne annehmen«, fuhr ich fort und sah sofort Missbilligung auf ihren Zügen. Sie glaubte, ich würde ablehnen. »Vielleicht könnt Ihr mir helfen, eine Möglichkeit zu finden, wie ich teilnehmen kann«, bat ich.

»Ich verstehe nicht, Prinzessin.«

»Seht Ihr, Dante hier ist der Leibwächter, den mein Vater mit auf diese Reise geschickt hat. Er darf nicht von meiner Seite weichen, aber soweit ich weiß, darf in den Speisesaal der Königin kein Mann«, erklärte ich ihr das Problem.

Die Wahrheitssuchende lächelte milde. »Das ist kein Problem, wir werden eine Kriegerin finden, die für Ihre Sicherheit sorgt«, schlug die Frau vor, und ich schüttelte noch während ihrer letzten Worte den Kopf.

»Es tut mir leid, das geht nicht. Dante wird nicht von meiner Seite weichen.«

Die Frau verzog unglücklich ihre Augenbrauen. »Aber er weicht doch auch nachts von Eurer Seite«, suchte sie ein Argument für ihren Vorschlag.

»Das tut er nicht«, korrigierte ich sie, und sie sah mich erschrocken an. Ihr Blick huschte zum ersten Mal zu Dante, der, einem Leibwächter gleich, schräg hinter mir stand und mit demonstrativ aufgepumpter Haltung mürrisch und stoisch dreinblickte. Für dieses Schauspiel musste ich ihn später unbedingt aufziehen. Er übertrieb etwas.

»Aber Prinzessin, die Schicklichkeit …«, versuchte sie es weiter, und ich wunderte mich doch sehr, dass sie sich so um meine Schicklichkeit sorgte. Das ging zu weit, und der unsichere Blick, der über ihr Gesicht huschte, verriet mir, dass ihr das auch klar wurde.

»Darum macht Euch mal keine Sorgen«, unterstrich ich dezent ihre Grenzüberschreitung, und die Frau musste sich geschlagen geben. »Ich werde Königin Ela fragen, was sich tun lässt«, lenkte sie nun ein und verschwand nach einer lächelnden und doch gezwungenen Verabschiedung wieder im Berg.

Ich stieg in die Gondel, und Dante folgte mir. Er schloss die quietschende Tür und schob den Riegel vor, der die Tür sicherte. Sasch legte den Bremshebel um, und die Gondel ruckelte los.

Mit mulmigem Gefühl im Magen sah ich zurück zu der Stelle, an der die Wahrheitssuchende verschwunden war. Das war ein sehr seltsames Zusammentreffen gewesen. Und ich war nicht die Einzige, die das so sah.

»Da stinkt doch was«, brummelte Sasch und verschränkte mürrisch die Arme vor der Brust.

»Denke ich auch«, stimmte Dante ihm zu.

»Ich hab's schon geahnt, als sie dir unbedingt ein anderes Zimmer geben wollten. Und jetzt das. Die wollen dich um jeden Preis von der Gruppe trennen«, fasste Sasch zusammen.

»Und was heißt das jetzt?«, wollte ich wissen.

Sasch zuckte ratlos mit den Schultern. Daraufhin sah ich Dante fragend an, doch auch er hatte keine Ahnung.

»Könnten sie mit Regor unter einer Decke stecken?«

Sasch lachte humorlos auf. »Niemals.«

»Warum?«

»Sie sind arrogant und würden niemals Hilfe annehmen«, erwiderte Sasch voller Überzeugung.

»Und er ist ein Mann«, fügte Dante hinzu. Auch wenn ich Sasch nur zögernd zustimmen wollte, Dantes Argument würde ich sofort unterschreiben. Also gut, dann hatten sie eigene Pläne, und etwas sagte mir, dass das mit diesem seltsamen Vibrieren in mir zu tun hatte, das leiser geworden war, seit ich den Saal verlassen hatte. Es war immer noch da, deutlich. Aber schwächer, leiser. Mehr wie ein Hintergrundrauschen.

»Und jetzt?«, fragte ich unschlüssig.

»Lassen wir dich keine Sekunde aus den Augen«, entschied Dante.

Ich schnaubte amüsiert auf. »Also alles wie bisher.«

Der Prinz der Egor sah mir fest in die Augen, und ich hätte schwören können, dass er an den einen Moment dieser Reise dachte, an dem er mich aus den Augen gelassen hatte. Auf die Wiederholung einer solchen Szene konnte ich gut verzichten, weshalb ich trotz meines Stolzes geneigt war, ihm zuzustimmen.

28

Wie nur war es passiert, dass ich von einer gefürchteten Läuferin zu einer zarten Prinzessin in elegantem Kleid geworden war? Dieser schleichende Prozess war seit meiner Flucht in die Freiheit im Gang, und nun stand ich vor einem mannshohen Spiegel und schaute einer Person entgegen, die ich nicht wiedererkannte.

Meine blonden Haare waren mit einer Paste an den Enden zu spitz zulaufenden Strähnen kunstvoll drapiert worden, die verspielt meine scharfen Gesichtszüge betonten, indem sie auf meine Kieferlinie wiesen. Ein matter Puder verstärkte diese Betonung noch, und die rote Farbe auf meinen Lippen sowie die dunklen zarten Linien um meine Augen verliehen meinem Gesicht eine sinnlich exotische Ausstrahlung.

Und das war nur der Anfang. Der Stoff an meinem Körper fiel in endlosen wallenden Bahnen und ließ doch einen Großteil meines Körpers nackt. Meine rechte Schulter und der ganze Arm sowie mein linkes Bein ab der Mitte des Oberschenkels waren vollkommen entblößt. An Knöchel und Unterarm schlängelten sich golden verzierte dunkelbraune Lederbänder, und in meinem halbkreisförmigen Ausschnitt schimmerte meine Haut golden.

Der endlose Stoff lag an meiner Taille wie angegossen und warf nur um Brust und Hüfte wasserfallartige Falten. Es sah atemberaubend aus. »Wie lange willst du noch in diesen

Spiegel starren?«, fragte Dante amüsiert. Seine Frage erinnerte mich an seine Anwesenheit, an die ich mich schon so gewöhnt hatte, dass ich sie für einen Moment ausgeblendet hatte.

»Bis ich mich wiedererkenne«, meinte ich tonlos. Ein aussichtsloses Unterfangen, wie ich mir eingestehen musste. Nicht einmal der bandagierte Knöchel, der hinter dem fließenden Stoff verschwand, vermochte das noch.

»Kommst du voran?«, fragte er. Erheitert durch diese Frage entspannte ich mich etwas und drehte mich zu ihm um. Dante lehnte lässig im Türrahmen und musterte mich abwartend. Er war der komplette Kontrast zu mir. Der schwarze Pulli schmiegte sich eng an seine Muskeln und betonte subtil seinen gestählten Oberkörper. Danke der Kriegermontur war er äußerst attraktiv. »Ich glaube, das wird heute nichts mehr«, entschied ich, es sein zu lassen, und kam auf ihn zu. Dantes Blick glitt einmal über meinen ganzen Körper, und plötzlich fühlte ich mich nackt.

»Sieh mich nicht so an!«, wies ich ihn sofort zurecht.

Dante war über meinen Ausbruch überrascht.

»Wie sehe ich dich denn an?«

Mir war schon klar, dass ich angespannt und gereizt war und ihm vielleicht Unrecht tat, aber dieser Blick … »Wie ein Objekt«, erklärte ich ihm mein Gefühl.

Er sah mir in die Augen, als suchte er etwas. »Das meinst du ernst«, stellte er fest.

Ich nickte.

Er stieß sich von dem steinernen Türrahmen ab und kam auf mich zu. »Ehrlichkeit und Offenheit?«, fragte er mich, und ich hörte die zweifelnde Unsicherheit. Daher nickte ich wieder, um ihn zu ermuntern.

»Mein Blick sollte ein Kompliment sein. Du siehst sehr gut in diesem Kleid aus.«

Ich schluckte schwer. »Ich fühle mich aber nicht wohl in diesem Kleid. Das bin nicht ich. Und wenn du das schön findest …« Ich ließ den Satz unvollendet. Worüber sprachen wir gerade? Was machte ich hier? Wir waren ja nicht zusammen oder so. Wir waren nicht einmal wirklich Freunde, auch wenn ich ihm am ehesten diese Position zugestand.

»Du bist nervös«, begriff er. Er trat noch etwas näher und umfasste sanft meine Oberarme. »Ich bin bei dir«, versprach er. Ich holte tief Luft und beruhigte meine Nerven.

»Trotzdem mag ich solche Blicke nicht«, beharrte ich.

»Wieso?«, fragte er erstaunt.

»Jedes Mal, wenn ein Mann zu weit gegangen ist, hat es mit genau diesem Blick angefangen«, erklärte ich ihm. Wäre es nicht so gewesen, hätte ich diesen Blick vielleicht wirklich als Kompliment verstanden. Mir war im Grunde schon klar, dass Dante ihn so gemeint hatte. Aber ich assoziierte ihn mit männlicher Gewalt und körperlichen Grenzübertretungen. Dinge, die für einen Läufer bei den Anamie Alltag waren und mich hätten nicht mehr aufreiben sollen. Glücklicherweise war ich Sikas Liebling gewesen. Mir war nie etwas passiert.

Dante blickte mich aufgewühlt an. Vermutlich dachte er nun, ich hätte angedeutet, dass mir selbst etwas Derartiges widerfahren war. War es aber nicht. Nur ging ihn das nichts an. Also schwieg ich und stellte es nicht klar. Für mich machte es keinen Unterschied, ob er es dachte oder nicht, und ich war nicht bereit, ihm irgendetwas Weiteres zu dem Thema zu erklären. Das würde mich zu tief in meine Vergangenheit und die Schuldgefühle führen, die ich immer noch empfand, weil ich verschont geblieben war. Im Gegensatz zu denen, die es so verdient hätten, hatte ich alles bekommen, den Schutz vor solchen Übergriffen damals und die Freiheit heute. Ich war rausgekommen und hatte all das überlebt. Und das machte mich fertig. Genau das fraß mich von innen heraus auf.

»Lass uns gehen«, beendete ich die lastende Stille.

»Lin?«, hielt er mich auf.

»Ja?« Schon halb an ihm vorbei sah ich auf und wurde mir unserer Nähe deutlich bewusst. Meine Schulter streifte beinahe seine Brust. Angespannt hielt ich den Atem an und sah in seine Augen. Zum ersten Mal war ich nah genug, um ihre Farbe richtig zu erkennen, und ich versank in den hellbraunen Seen, sah hinein in sein Innerstes und erhaschte einen Blick auf einen verwundeten, aber stolzen Charakter. Was immer diese Wunden gerissen hatte, hatte nie gewonnen.

»Warum bist du so nervös?«, fragte er leise.

»Reicht ein Mahl bei der Königin eines anderen Landes dafür nicht aus?«, erwiderte ich unwillig.

Er schüttelte seinen Kopf. »Nicht bei dir.«

»Du kennst mich doch gar nicht.«

»Stimmt. Aber dafür kenne ich dich genug«, beharrte er und brachte meinen Widerspruch ins Wanken. Damit könnte er recht haben, denn es war ja wirklich nicht das Mahl, das mich nervös machte.

»Hier und vor allem dort oben in den Sälen im Berg habe ich etwas in mir gespürt, etwas Neues und Unbekanntes. Ich verstehe es nicht«, flüsterte ich.

Dante hielt meinem Blick stand, er senkte sein Kinn und kam mir minimal näher. »Ich bin auch nervös. Weil sie dich um jeden Preis von uns trennen wollen, und ich glaube, dass sie es mit einem bestimmten Ziel tun.«

Da stimmte ich ihm absolut zu. Das war mir auch schon aufgefallen. Dann dämmerte mir nach und nach, dass hinter seinen Worten mehr stecken könnte, und ein ganz neues Prickeln entstand in mir. Sein aufgewühlter Blick, seine hochgezogenen Schultern und die in den Hosentaschen vergrabenen Hände flüsterte mir ein, dass er Angst hatte, mich zu verlieren. Angst, die nichts mit seinem Auftrag als Beschützter zu tun hatte.

Als ich diesmal in seine warmen braunen Augen sah, fühlte es sich an, als würde er nun seinerseits in mich hineinblicken und behutsam über mein Inneres streicheln. Er hatte mir etwas Ehrlichkeit und Offenheit gegeben, und anstatt dass er sich damit eine Blöße gegeben hatte, hatte es meine Mauern eingerissen.

Instinktiv wollte ich sie wieder hochreißen und mich selbst schützen, aber etwas in mir hielt mich auf und gewährte ihm einen Moment lang diesen Einblick. Etwas in mir wollte die Narben der Vergangenheit nicht mehr länger verstecken. Einer, wenigstens einer sollte sie sehen und von ihnen wissen. Nur einer, damit ich mich nicht mehr so einsam fühlen musste.

Mit tobenden Gefühlen riss ich meinen Blick von seinem los und machte einen Schritt zurück. Seine warme Präsenz folgte mir dicht auf. Er hielt sein Versprechen, er ließ mich nicht aus den Augen. Meinte ich das hier gerade ernst? Er? Der Prinz der Domäne, mit der meine Familie seit jeher eine Fehde pflegte … Warum denn nicht? Bisher war er weit und breit der Einzige, der dafür infrage käme.

In Gedanken versunken lief ich hinaus auf die Plattform. Hier unten in der Senke des Steinbruchs, wo die Quartiere in die Baumkronen gebaut waren, stand die Luft und war für die Jahreszeit ungewöhnlich aufgeheizt. Wir stiegen beide in die Kabine, die uns zu dem Festessen bringen sollte. Der Weg bis hinauf auf die mittlere Ebene des Steinbruchs rauschte an mir vorbei. Ich nahm kaum etwas wahr, nicht einmal den deutlichen Temperatursturz, der durch den beißenden Wind noch verstärkt wurde, denn das summende Vibrieren schwoll in mir an, fast noch stärker als vorher.

Auf der Plattform stand Sofia in einem ganz ähnlichen Kleid, wie ich es trug, und lächelte mir entgegen. Etwas an ihrem Lächeln brachte meinen Instinkt zum Klingen. Es war zu kalt. So sehr sie sich auch bemühte, ich würde ihr niemals vertrauen.

»Ihr seht wunderschön aus, Prinzessin«, säuselte sie mit angenehmer Stimme. Diesmal wirkte sie ehrlich und echt. Bemüht höflich setzte ich ein dankbares Lächeln auf und warf Dante einen kurzen Blick zu. Seine Augen funkelten amüsiert, und ich hatte das Gefühl, als würde mein Unbehagen wegen meines Outfits gerade zu unserem Insider werden, was mich etwas entspannte. Er war mir näher, und seine Gedanken waren mir wichtiger, als ich bisher hatte zugeben wollen. Vielleicht waren wir ja doch schon so was wie Freunde? Bei diesem Gedanken empfand ich mehr Freude als sonst irgendetwas.

»Was erheitert Euch, Prinzessin?«, fragte Sofia mich.

»Hm?«, machte ich aufgeschreckt. Erst jetzt wurde ich mir meiner verräterischen Mimik bewusst. »Oh, nur ein Gedanke«, wich ich aus.

Sofia schien zu überlegen, ob sie nachfragen sollte, entschied sich aber dagegen. Stattdessen bat sie uns, ihr zu folgen, und ging voran in den Berg hinein. Der Gang war breit und hell erleuchtet. Die gesamte Decke war mit Mosaiken verziert, und die Wände waren in bunten Mustern bemalt. Es war schön, wirklich schön. Betört von den feinen Kunstwerken hielt ich meinen Blick die ganze Zeit nach oben gerichtet. Dort waren Landschaften, Schlachtszenen und Mosaike, die ganze Geschichten erzählten.

Unsere Schritte hallten im steinernen Gewölbe. Die Kälte hier kroch mir in die Knochen, und ich rieb mir verstohlen über den nackten Oberarm. Ich fragte mich einmal mehr, wie die Vassia um diese Jahreszeit so leicht bekleidet sein konnten. Ich hatte hier noch keine einzige Vassia mit mehr Stoff am Körper gesehen. Sie mussten irgendwie resistent gegen die Kälte sein, meine Arme wurden bereits von einer Gänsehaut überzogen.

Nicht weit voraus öffnete der Gang sich zu einer Höhle, von der ich nur einen Teil erkennen konnte, doch das warme Licht und die vielen elegant gekleideten Frauen erweckten das Bild eines großen Raumes. Ihr Stimmengewirr trug bis in diesen Gang, doch die Akustik war irritierend, denn sie klangen, als wären sie weit entfernt. In kleinen Gruppen standen sie beieinander, viele mit einem schimmernden Glas in der Hand. Andere flanierten durch den Raum, und sie alle wirkten entspannt und in angenehme Konversationen vertieft.

Mit jedem Schritt konnte ich mehr von dem Raum sehen, und doch entdeckte ich noch kein Ende. Ich hatte es doch gewusst, der Saal musste riesig sein. Als ich ihn hinter Sofia betrat, war es, als ob ich über eine Schwelle treten würde. Hier war es wärmer und viel lauter. Nach alldem, was ich in meiner Welt entdeckt hatte, seit ich geflohen war, fragte ich mich, ob es eine Art schützenden unsichtbaren Vorhang gab, durch den wir gerade getreten waren.

»Du wartest hier!«, wies Sofia Dante streng an und zeigte auf das Ende des Ganges. Durch ihre zeigende Geste auf den Boden schaute ich hinab und entdeckte tatsächlich eine Art Schwelle. Der Boden, auf dem Dante noch stand, war dunkel, fast schwarz wie der gesamte Stein des Bodens, auf dem wir hergekommen waren. Sofia und ich allerdings waren schon auf der anderen Seite der Schwelle, wo der Boden einen sandfarbenen Ton hatte und ebenmäßiger wirkte. Tatsächlich sah die Struktur des Bodens wie festgepresster Sand aus.

Dante suchte meinen Blick, und ich zögerte kurz, nickte dann aber. Um es auch ganz deutlich zu machen, wandte ich mich an Sofia: »Nicht mehr als fünfzig Schritte und immer in Sichtweite.«

Sofia verzog ihren Mund mit deutlichem Widerwillen. Sie führte mich ohne weiteren Einwand in den Raum, und ich versicherte mich mit einem Blick über die Schulter, ob ich Dante noch sehen konnte. Stumm und wachsam stand er in dem dunklen Gang, und in seiner schwarzen Montur verschwand er beinahe in den Schatten. Man musste schon genauer hinsehen, offenbar war die Beleuchtung des Ganges ausgeschaltet worden. Ob sie das getan hatten, um ihn zu verbergen, damit es keinen Ärger verursachte?

»Meine Königin«, begrüßte Sofia jemanden und schnell lenkte ich meinen Blick wieder nach vorne. Die Königin sah genauso aus wie am Vormittag. Es schien, als dürften nur sehr wenige Frauen dieses Weiß und Gold tragen, was mich erstaunte, da man schließlich auch mir dieses Gewand gebracht hatte. Alle anderen Frauen trugen andere Farben. Hm … was hatte das zu bedeuten?

»Ah, die aglaiaische Prinzessin.« Die bildhübsche Frau lächelte. Ich wusste nicht, wieso ich sie so schön fand. Sie alle hatten etwas Kühles, Kantiges an sich und waren den Anamie damit so fremd wie nur möglich. Vielleicht war genau diese deutliche Unterscheidung dafür verantwortlich, dass ich sie schön fand, einfach weil sie das Gegenteil der natürlichen Erscheinung meiner Entführer waren.

»Danke für die große Ehre dieser Einladung, Königin Ela.«

Die Frau lächelte anerkennend. »Schön, dass Euch diese Ehre bewusst ist, Prinzessin Kalinka«, räumte sie ihre Überraschung ein. Doch ich konnte es nicht als den Beginn einer neuen diplomatischen Beziehung empfinden, denn sie hatten bereits vorhin ihre undurchsichtigen Absichten verraten, und auch jetzt spürte ich sie. Auch wenn mein Leben als Spionin gefühlt eine halbe Ewigkeit zurücklag und es sich inzwischen wie ein anderes Leben anfühlte, konnte ich die alten Fähigkeiten kaum ablegen. Ich hatte mit keinem Wort gesagt, wer ich war, und Sofia hatten wir es auch nicht verraten. Durch die schnelle Abreise war es auch sehr unwahrscheinlich, dass Sofia irgendwo ein Gerücht aufgeschnappt haben könnte, und in Aglia gab es derart viele Königliche, dass der Status einer Prinzessin auch kein Hinweis darauf gewesen wäre, dass ich die tot geglaubte Prinzessin der Sanya war. Doch seit ich hier war, wurde ich ausnahmslos als Prinzessin Kalinka angesprochen, was offenbarte, dass sie nicht nur von meinem Status, sondern ganz konkret meiner Person wussten. Also dann … lasset die Spiele beginnen.

»Darf ich eine Frage stellen, Königin Ela?«, fragte ich mit kaum verhohlener Begeisterung. Ich wusste, wie man geschickt ein Gespräch begann. Für eine Läuferin war es essenziell, das zu können.

Wie geplant lächelte die Königin, durch meine Begeisterung besänftigt, und ermunterte mich sogar.

»Ich wusste nicht, dass ihr fliegen könnt. Ist das die Gabe Einzelner, oder beherrscht das ganze Volk diese Fähigkeit?«, begann ich meinen Weg zu der eigentlichen Frage, die mich interessierte.

»Wir sind ein Luftvolk.« Sie lachte erheitert, als würde das alles erklären.

»Gewiss, aber ich habe immer gedacht, ihr würdet eine Technologie dafür verwenden.«

In den Augen der Königin blitzte es amüsiert. »Was bringt dich zu der Annahme, es wäre nicht so?«, fragte sie.

Oh, vieles. Zum Beispiel, dass die bisher technisch am fortschrittlichsten Anamie sich genau daran die Zähne ausgebissen hatten und das Programm zur Entwicklung solcher Technologie wegen zahlloser Misserfolge eingestellt hatten. »Ich konnte keinerlei Hinweise auf eine Technologie entdecken«, erklärte ich, auch wenn sie nicht wissen konnte, wie kompetent ich in diesem Feld war und es als unwissende Naivität hätte abschmettern können. Wobei, wenn sie wusste, wer ich war, vielleicht wusste sie auch, woher ich gekommen war.

Ihr Lächeln war sanft und derart überlegen, dass ich die Gerüchte über die Arroganz der Vassia gut nachvollziehen konnte. »Es ist tatsächlich eine Fähigkeit meines Volkes.«

Also alle. Beeindruckend.

»Keine Gabe. Es ist nichts Besonderes und nur Ausdruck unserer Vormachtstellung in der Hierarchie der Völker«, betonte sie, und ich fügte neben arrogant auch größenwahnsinnig hinzu.

»Wenn ihr alle fliegen könnt, bin ich geneigt, Euch zuzustimmen, Königin Ela«, umsäuselte ich sie weiter, um sie unvorsichtig zu machen. Dabei legte ich einen angemessen zerknirschten Blick auf, der den Eindruck von Neid erwecken sollte.

»Keine Sorge, meine Prinzessin. Ich habe Euch heute Abend hergebeten, weil ich Euch ein Angebot zu machen habe«, lenkte sie das Gespräch in eine unerwartete Richtung. He … da war jetzt nicht viel Spionagegeschick notwendig gewesen, um den Grund in Erfahrung zu bringen. Das kam für mich durchaus überraschend.

»Ein Angebot?«

»Oh ja. Ihr seid eine Frau, eine kluge noch dazu und lebt derzeit in einer Welt, in der Eure Talente verschwendet wären, sogar unterdrückt werden. Wir Vassia streben danach, den Frauen dieser Welt mehr Freiheit zu erkämpfen. Nicht alle können wir bei uns aufnehmen, aber Euch wollen wir zu uns nehmen«, verkündete sie, als wäre das eine Ehre, die ich niemals auch nur erwägen würde abzulehnen. Sie war sich ihrer Sache sehr sicher.

»Ihr ehrt mich, und ich glaube, über Gebühr«, bremste ich ihren Vorstoß und fragte mich prompt, ob ich mit der vornehmen Ausdrucksweise nicht etwas übertrieb.

Auf meine subtile Abfuhr hatte ich verletzten Stolz, Missbilligung oder gar Wut erwartet. Doch Königin Ela lächelte mich an, als wüsste sie etwas, das ich nicht wusste und das mich auf jeden Fall würde umstimmen können. Na, da war ich jetzt aber gespannt.

»Du spürst es, Kalinka«, flüsterte sie vertraut. Ihre Augen funkelten. »Selbst ich spüre es in dir. Es muss in dir pulsieren, als würde es aus dir herausbrechen wollen«, beschrieb sie viel zu genau, was ich fühlte, seit ich diesen Saal betreten hatte.

Königin Ela richtete ihren Blick zur Decke, und ich folgte ihm. Dort, genau über uns hing ein glitzernder Stalaktit, der überzogen von einer kristallinen weißlichen Substanz im warmen Licht des Saals funkelte.

»Was ist das?«, fragte ich leise und fühlte mich durch das Verhalten der Königin, als wären wir allein im Raum, obwohl ihre zwei Begleiterinnen immer noch neben uns standen und auch Sofia eindeutig in Hörweite war.

»Das, junge Prinzessin, ist der Stachel der Wahrheit«, verkündete sie ehrfurchtsvoll. Ich musste mir verkneifen, eine amüsierte Grimasse zu ziehen. Was für ein alberner Name.

»Und was kann er?«, fragte ich, meine Erheiterung überspielend.

Königin Ela sah mich an, als wäre das eine dumme Frage. »Er offenbart die Wahrheit.«

Hm, da hätte ich wirklich selbst drauf kommen können, wenn ich denn daran glauben würde, dass ein Steinzapfen irgendwelche Macht hätte. Und diesmal konnte die Königin mir meine Skepsis wohl an der Nasenspitze ablesen. Die groß gewachsene schöne Frau senkte tadelnd ihr Kinn und durchbohrte mich mit scharfem Blick. »Gerade du solltest es besser wissen«, wies sie mich zurecht, und ich verstand kein Wort.

»Gerade ich?« Mit hochgezogener Augenbraue hielt ich ihrem Tadel stand. Ich war weder die junge Prinzessin noch das zarte Geschöpf, als das sie mich behandelte.

»Du trägst eine außerordentliche Macht in dir, Kalinka.«

»Aha«, machte ich nichtssagend.

Königin Ela verzog ihr Gesicht. »Was glaubst du, wie wir fliegen können?«, wechselte sie scheinbar das Thema, auch wenn ich glaubte, sie leitete mich nur anders zu einer Erkenntnis, die sie mir aufdrängen wollte.

Spontan entschloss ich mich dazu, mich darauf einzulassen. Also zuckte ich mit den Achseln, denn ich hatte nicht die geringste Ahnung.

Königin Ela lächelte. »Wir haben eine einzigartige Verbindung zum Kitrinos«, erklärte die Frau, als müsste ich jetzt alles verstehen. Bei dem Begriff klingelte irgendwas. Aber ich war mir nicht sicher. Alael hatte mir, glaube ich, davon erzählt.

Ela sah mich erstaunt an. Sie schien zu begreifen, dass ich

nicht wirklich verstand, wovon sie sprach. »Kind, das Kitrinos!«, wiederholte sie eindringlich. Sie sagte es so, als wäre jetzt alles klar. Als würde die Betonung des Wortes allein ausreichen, um meinem Gehirn alle Antworten zu geben. Automatisch wollte ich *Ah, das Kitrinos* sagen, doch ich sah gar nicht ein, mich hier in eine blöde Position zu manövrieren, nur weil sie mich herablassend behandelte und mir damit ein mieses Gefühl gab.

»Nein, tut mir leid. Keine Ahnung!«, unterstrich ich es ganz deutlich. Auf weitere herablassende *Wie kannst du das nicht wissen*-Kommentare konnte ich gut verzichten.

Königin Ela schien genau solch einen herunterzuschlucken und lächelte mich dann freundlich an. Ich kam mir vor, als wäre ich drei Jahre alt. »Das Kitrinos ist die ureigenste Energie unserer Welt. Sie verbindet alles miteinander. Sie hält die Welt im Gleichgewicht. Eure Ingenia sind uns sehr ähnlich. Sie haben einen direkten Kontakt zum Kitrinos, so wie wir«, erklärte die Königin, und endlich erinnerte ich mich daran, wie Alael mir davon erzählt hatte. Aber er hatte nie etwas davon gesagt, dass alle Ingenia fliegen könnten. Nur die Ingenia der Egor, die Herrin der Lüfte, konnte fliegen, weil sie Flügel hatte.

»Ähnlich, also nicht ganz genauso?«, hakte ich nach.

»Nicht ganz gleich, nein. Wir haben andere Arten des Zugangs. Es war mehr als Anschauungsbeispiel für dich gedacht.«

»Okay. Also ihr könnt fliegen durch euren einzigartigen Zugang zum Kitrinos«, fasste ich noch mal zusammen.

»Ganz genau«, bestätigte die Königin. »Und durch diesen Zugang haben wir die Macht, alle Frauen dieser Welt bei ihrem Kampf zu Gleichstellung und Gleichberechtigung zu unterstützen«, verkündete sie heroisch. Hm, das klang ja sehr schön und gut und so, aber die Wahrheit hier sah ganz anders aus. In Vassos wurden die Männer unterdrückt. Nichts von Gleichstellung oder Gleichberechtigung. Hier war das Machtverhältnis nur umgekehrt. Aber ich verzichtete mal darauf, ihr das zu sagen.

»Ein löbliches Ziel«, fuhr ich höflich fort. Das alles war noch nicht das, was sie mir klarmachen wollte.

»Das ist es«, griff die Königin mein Lob auf und nutzte es gleich. »Und das können wir nur dank unseres Zugangs zum Kitrinos.«

Ja, das hatte ich verstanden. Ungeduldig wartete ich auf den Moment, in dem sie endlich auf den Punkt kam. »Und dank dieses Zugangs sind wir sensibler für besondere Personen, die vom Kitrinos mit eigenen Gaben beschenkt wurden, wie die Ingenia.«

Das klang irgendwie sinnvoll, wenn irgendetwas an all diesem übersinnlichen Kram sinnvoll klingen konnte.

Königin Ela lächelte mich suggestiv an, nur hatte ich keine Ahnung, was sie mir gerade sagen wollte.

Das begriff sie wohl auch, denn nun sprach sie es endlich aus. »Du bist eine dieser Personen.«

Ich konnte sie nur anstarren. Ungläubig und auf den Witz wartend, sah ich die Frau solange ohne Reaktion an, dass ich bestimmt schon drei Mal geblinzelt hatte. Was sollte ich dazu auch sagen? Im ersten Moment spürte ich nur Ablehnung. So ein Bockmist, wer konnte sich so was Dämliches ausdenken? Hätte ich eine Gabe, wüsste ich das ja wohl selbst. Dann kam Freude. Ich war besonders? Ich konnte etwas, das andere nicht konnten? Dann Misstrauen. Wieso sagte sie mir so etwas? Was versprach sie sich davon, unabhängig davon, ob sie das wirklich glaubte oder mich nur aufzog?

Ich verbrachte so viel Zeit mit meinem Wechselbad der Gefühle, dass ich erst sehr spät begriff, dass die anderen Frauen in Weiß und Gold, die zu Beginn noch im ganzen Raum verteilt gestanden hatten, nun wie durch Zufall alle sehr nah bei uns standen. Meine Instinkte schlugen Alarm, und ich warf einen Blick zurück in den Gang. Wie ich es fast schon erwartet hatte, standen für Dante nicht sichtbar, gleich drei Kriegerinnen an der Wand bereit, um zuzuschlagen.

Vielleicht hätte ich subtiler vorgehen sollen, aber ich war nicht der subtile Typ, und ich hatte die Erfahrung gemacht, dass das Gegenüber mit Direktheit am allerwenigsten rechnete.

»Während Ihr mir das alles scheinbar zuvorkommend und uneigennützig erzählt, positionieren sich Eure Untergebenen so, als wären sie bereit, mich gleich in Gewahrsam zu nehmen. Ist das Eure Art, mein Vertrauen zu gewinnen?«, fragte ich kühl.

Die Königin richtete sich auf, als hätte ich sie ins Gesicht geschlagen. Sie kniff ihre Augen zusammen. »Wir brauchen deine Macht«, verkündete sie.

»Nur so werdet ihr sie niemals bekommen.«

Ein teuflisches Grinsen überzog ihre Züge. »Ich sagte, wir brauchen deine Macht, nicht dich. Du bist nur ein Gefäß für diese Macht.«

Aha. Jetzt waren wir endlich beim Punkt angekommen.

Ich seufzte übertrieben theatralisch auf. »Und ich hatte mich so auf ein leckeres Essen gefreut«, jammerte ich und überraschte sie damit sichtlich.

Den Moment der Überraschung nutzte ich und stürmte Richtung Ausgang. Wie froh ich war, dass mein Knöchel noch bandagiert war und ich ihn so voll belasten konnten. Die Verwirrung durch meine unerwartete Reaktion war mein

Gewinn, und so kam ich Dante sehr nahe, ehe die erste Frau mich angriff.

Eine Kriegerin in blauem Kleid hieb mit einem blitzenden Gegenstand nach mir, unter dem ich durchtauchte. Beim Bücken streifte der Stoff meines Kleides den Boden, und ich trat drauf und legte mich der Länge nach hin. Fluchend sprang ich auf, raffte den Stoff und unterdrückte einen Schmerzensschrei, als ich von hinten niedergeschlagen wurde. Feige Säue. Angriffe von hinten waren das Letzte.

Ich rollte, den Schmerz in meinen Rückenmuskeln ignorierend, einmal nach links und kam mit dem Schwung auf die Füße. Herumwirbelnd setzte ich meinen Weg zu Dante fort, der bereits gegen die drei Kriegerinnen kämpfte, die ich am Eingang gesehen hatte.

Ein Blick über die Schulter zeigte mir einige Frauen, die mir folgten, aber mindestens doppelt so viele, die von der Szene überrascht waren, zurückwichen und teilweise sogar aufkreischten. Das Chaos um mich herum lichtete sich, und dann war ich bei Dante. Ich stürzte mich auf eine seiner Angreiferinnen und übermannte sie durch den Überraschungsmoment. Wir schlugen zusammen hin, und ihr rutschte ein Messer aus der Hand, das über den Boden zu Dante schlitterte, der es sofort aufnahm und sich nun effizienter gegen seine Angreiferinnen wehren konnte.

Meine Attacke hatte Zeit gekostet, und die Nächsten kamen bei uns an, als ich mich gerade erst wieder aufgerappelt hatte. Ich wurde gepackt, und meine Arme wurden mir auf den Rücken gedreht und festgehalten. Eine Situation, in der junge Prinzessinnen wohl aufgeben würde. Wie gut, dass ich keine junge Prinzessin war.

Ich drehte mich windend zur Seite und sah so den nächsten, auf uns zustürzenden Frauen entgegen, die auffallenderweise entweder Weiß und Gold oder Azurblau trugen. Ich konzentrierte mich auf die Erste, die mich erreichte. Ich sprang ab, hob meine Beine und nutzte die Angreiferin in meinem Rücken als Stütze und die Brust der Frau vor mir als Wand, um mich daran abzustoßen und so die Frau in meinem Rücken zu Fall zu bringen. Da sie mich noch festhielt, wurde ich mit ihr nach hinten gerissen. Beim Fallen ließ sie allerdings meine Handgelenke los, und ich konnte mich befreien. Mein Aufprall war durch ihren Körper unter meinem abgefedert worden, und so sprang ich schnell auf die Beine und schlug die Frau, die ich an der Brust getroffen hatte und die immer noch leicht benommen von dem Stoß gegen ihre Lunge war, mit einem gezielten Schlag gegen ihre Schläfe nieder.

Flink bückte ich mich nach dem Säbel, den sie beim Umkippen losließ, und wandte mich der Nächsten zu. Zum ersten Mal wich ich überrascht zurück, denn als Nächstes kamen drei Frauen auf mich zu, die alle bewaffnet waren. Natürlich.

Entschlossen suchte ich einen festen Stand, schmiss den Säbel in meine stärkere linke Hand und begann einen Schwertkampf mit den drei Frauen. In flinken, fließenden Bewegungen parierte ich ihre Attacken und ließ gleichzeitig die Frauen im Hintergrund, die sich nun langsamer näherten, nicht aus den Augen. Eine von ihnen war Königin Ela.

Ich parierte einen Stich gegen meine Seite, sprang über einen Streich auf meinen Knöchel und öffnete meine Schulter seitlich, um einer Attacke gegen meine Brust auszuweichen. Den Schwung nutzte ich, um eine Riposte zu führen, und traf meine Gegnerin am Oberarm. Durch den Angriff hatte ich meine hintere Seite entblößt und bekam direkt die Quittung dafür. Das scharfe Brennen ging unter in meinem Adrenalin gepeitschten Körper.

»Gib auf, Kalinka«, rief Ela, doch ich ließ mich nicht ablenken und fuhr fort, die Angriffe abzuwehren. Als ich plötzlich von meinen Angreiferinnen nach hinten weggezogen wurde, stolperte ich und wollte schon meine neue Angreiferin verletzen. Im letzten Moment erkannte ich im Augenwinkel etwas Schwarzes und wusste, Dante zog mich gerade aus dem Kampf. Sofort rannte ich ihm hinterher, und diesmal raffte ich den nervenden Stoff mit der freien rechten Hand direkt.

»Lasst sie nicht entkommen!«, schrie die Königin.

Wir rannten durch den steinernen Gang, der immer noch nicht beleuchtet war. Unsere Schritte hallten laut von den Wänden wider, und die zahllosen anderen Schritte verrieten mir, dass wir viele Verfolger hatten.

Auf der Plattform angekommen, sprang ich in die Gondel, und Dante schloss beim Eintreten die Tür und löste die Feststellbremse. Die Gondel ruckelte los, und ich wusste, sie würde niemals schnell genug sein, um zu entkommen.

»Das schaffen wir nicht«, entfuhr es mir.

»Doch, wir müssen nur bis unten durchhalten.«

Überrascht sah ich ihn an. Wir konnte er so opti …

»Ich habe mit Eskar gesprochen, wir haben mit einer solchen Situation gerechnet.«

»Habt ihr?«

»Sasch ist am Fuß der Gondel und beobachtet die Plattform. Er hat sicher schon die anderen gewarnt, die mit gepackten Taschen bereitstehen. Eskar hat für uns Sielas angeschafft. Wir müssen es nur bis runter schaffen«, wiederholte er.

Ich sah ihn aus großen Augen an, während echte, begründete Hoffnung in mir aufkeimte. »Ihr habt tatsächlich damit gerechnet?«

»Haben wir. Und weil sie Männer für dämlich halten, haben sie nicht darauf geachtet, was Eskar treibt, sondern ihre ganze Aufmerksamkeit auf dich und mich gerichtet.«

Ich grinste breit.

»Es geht los!«, dämpfte Dante meine Freude und wies hinter mich. Ein Blick über die Schulter zeigte mir an die zwanzig Kriegerinnen, die zwischen Plattform und Gondel auf uns zu schwebten. Meine Freude sank mir in die Knie, zurück blieb ein kaltes angespanntes Kribbeln.

Die ersten vier waren kaum noch zwei Meter von uns entfernt. Der einzige Trost war, dass sie nicht besonders schnell waren und uns nur langsam einholten.

In einem surrealen Moment der Stille sah ich den vier Frauen entgegen, hob den Säbel, den meine linke Hand immer noch fest umklammerte und starrte unseren Verfolgern entgegen. Ein Wind, weit stärker als der Fahrtwind, brauste auf und schlug mir entgegen. Mit dem Blick nach hinten gerichtet, aufrecht und entschlossen, stand ich in der Gondel und spürte den weißen fließenden Stoff, der um meinen Körper und hinter mir in der Luft peitschte. Wie in Zeitlupe näherten sie sich erbarmungslos der Gondel, die inzwischen den halben Weg bis in die Sole zurückgelegt hatte.

Noch ein Meter. Dann waren sie in Reichweite. Dieser letzte Meter war viel zu schnell überwunden, als würde die Zeit, die eben noch schleppend vergangen war, vorspulen und einholen, was sie versäumt hatte. Das Klirren von Metall durchschnitt die Stille und jagte eine Gänsehaut über meinen Körper. Alles, was ich so effektiv bisher zurückgehalten hatte, mein Läufer-Ich, meine jahrelang antrainierte Natur brach aus mir heraus, und ich wusste, später würde ich den Preis dafür bezahlen.

Mit meinem nächsten Atemzug stieß ich alle Wärme und Empathie aus mir heraus und hinterließ die erbarmungslose

Kälte meiner Ausbildung. Mit einer schnellen Drehung meines Handgelenks entwaffnete ich die Frau und zog sie dabei nach vorne. Einem Stolpern gleich kippte sie mitten hinein in meine aufwärts geführte Klinge. Sie stieß einen erstickten Laut aus, gefolgt von einem gurgelnden. Ich sah sie nicht zu Boden stürzen, denn ich widmete mich meiner nächsten Gegnerin.

Mit einer Hand umgriff ich die Eckstrebe der Gondel und lehnte mich hinaus, um meiner mir entgegenkommenden Gegnerin überraschend nah zu sein. Sie parierte in einer ungelenken Geste den unerwarteten Angriff und entblößte dabei ihren Hals. Durch ihre Vorwärtsbewegung kam sie in Reichweite, und ich vollendete die kreisförmig abgelenkte Bewegung meines Schwertarmes, um mit dem Knauf in ihren Kehlkopf zu stoßen.

Die Frau riss in plötzlicher Atemnot ihre Augen auf und griff sich an die Kehle, während sie zurückwankte. Und so ging es weiter und weiter. Eine nach der anderen knockte ich aus, nicht ohne selbst einiges einzustecken. Aber nichts davon spürte ich wirklich.

Wir waren fast am Boden, da starteten sie einen koordinierten Angriff und kamen zu viert auf mich zu. Dante hinter mir in der engen Gondel konnte mir nicht zur Seite stehen. Ich verließ mich darauf, dass er notfalls meine Seite deckte. Vor allem aber sicherte er mich, weil ich mich weit aus der Gondel lehnte und in wilden Bewegungen um mich schlug, alle gezielt und hart, alle erbarmungslos und aufs Töten ausgerichtet. Die vier kämpften gut und brachten mich in Bedrängnis. So sehr, dass für einen winzigen Moment Panik aufkeimte. Eine Panik, die ich entschlossen zurückdrängte, und nur umso wütender gegen die Frauen agierte.

Während ich Schlag um Schlag austeilte und parierte, kam

die Gondel unten an, und ich sprang aus dem Gefährt. Vage nahm ich Dante wahr, der neben mich trat, bereit, mich zu unterstützen. Auf dem harten Boden wurde ich sicherer. Und dann geschah es. Meine gut in meinem Innern verschlossene, erbarmungslose Vergangenheit brach sich Bahn und explodierte in einer Welle harter, tödlicher Angriffsfolgen. Drei von vier Angreiferinnen fielen zu Boden, und die vierte wich mit entsetztem Blick zurück. Keuchend standen wir voreinander und sahen in die Augen der anderen. Keine weiteren Kämpferinnen kamen, um mich anzugreifen.

Ich ließ meinen Blick schweifen und sah zwischen mir und der steilen Felswand zahllose Körper auf dem Grund liegen. War ich das gewesen?

»Komm!«, brach Dante in mein aufkeimendes Entsetzen ein und packte meinen Unterarm. Ich lief sofort hinter ihm her. Ich funktionierte. Es war das Einzige, was ich gerade tun konnte. Mechanisch rannte ich hinter ihm her, stieg auf das Siela, das Sasch für uns festhielt und auf das Dante sich dann ebenfalls schwang. Er umfasste mich und nahm die Zügel von Sasch entgegen. Dann preschte unsere Gruppe los.

Ich sah über meine Schulter an Dante vorbei und warf noch einen Blick auf das Feld aus leblosen Körpern. Die letzte Kriegerin stand am Rand der Plattform und sah mir hinterher.

29

Das entspannende Schnauben des Tieres unter mir riss mich aus meiner Starre. Bisher hatte ich nur taub in die Ferne geblickt, doch der Laut hatte mich schließlich aufgeschreckt.

Unangenehm deutlich spürte ich den Säbel, den ich immer noch in meiner linken Hand hielt, und ließ ihn fallen. Als hätte ich mich an ihm verbrannt, spreizte ich meine Finger und zog meine Hand schützend an meinen Körper, während das Tier einen steilen Pfad hinauftrottete.

Dante bemerkte meine Bewegung natürlich, immerhin saß ich dicht vor ihm. Als hätte er nur darauf gewartet, begann er, mir alles zu erklären. »Wir werden durchreiten, bis wir die Grenze erreicht haben. Das bedeutet einen harten Ritt von fast zwei Tagen«, informierte er mich. Er ratterte die Eckpunkte unserer Flucht herunter, und ich bemühte mich, ihm zu folgen, auch wenn es mir immer schwerer fiel, ihm überhaupt zuzuhören.

Wenn wir nun nicht mehr hart galoppierten und er Zeit hatte, mir all das zu sagen, waren wir nicht mehr in unmittelbarer Gefahr. Das Adrenalin ließ nach, wodurch der unterdrückte Schock mit voller Wucht einschlug. Mit jedem schwankenden Schritt des Sielas unter mir nahm mein Erschrecken zu. Meine Ohren rauschten, und Dantes Stimme verschwamm zu einem dumpfen Murmeln. Mein Atmen beschleunigte sich, still sitzen wurde unerträglich. Etwas in mir brach, und die wogenden Massen hinter diesem Damm überschwemmten mich und rissen jede Rationalität mit sich.

»Halt an!«, schrie ich und wand mich in seiner schützenden Umarmung. Ohne auf den Stopp zu warten, schwang ich mein Bein über den Hals des Tieres und sprang auf den schmalen Grat, den wir gerade querten. Ich kam ungünstig auf und stolperte zur Seite, fing mein Gewicht aber schnell ab und stürmte davon. Ich schlitterte den steilen Hang auf dem mit feuchtem Laub bedeckten Boden ein Stück hinab, bis ich meinen Schwung die Böschung hinunter an einem Baumstamm abfing.

Keuchend presste ich mich gegen die raue Rinde und rang nach Luft. Übelkeit brach sich Bahn, und ich wölbte meinen Körper vornüber. Mich halb am Stamm festhaltend, halb auf meine Beine gestützt, würgte ich in kräftigen Kontraktionen.

Ich würgte, bis ich heftig zitterte. Tränen kühlten meine Wangen. Meine Muskeln schrien nach einer Pause. Ich sackte zusammen, kam auf meinen Knien auf und lehnte mich haltsuchend an die spröde Rinde unter meinen zitternden Fingern. Aufschluchzend fiel meine Schläfe gegen den Baum, und ich wünschte, es wäre einfach vorbei.

Eine Mischung aus Panik, Erschöpfung und Hilflosigkeit trieb die salzigen Tränen unaufhaltsam über meine Wangen. Ich kämpfte gegen die Schwäche und wehrte mich gegen meinen Zusammenbruch, vergeblich.

Schritte erklangen direkt hinter mir. Ich hatte es nicht gehört, bis er bei mir war. Es gab nur einen, der in so einer Situation zu mir kommen würde. Er ging in die Hocke und schien auf der steilen Schräge ebenso um Halt zu ringen wie ich, denn ich hörte, wie er wegrutschte und spürte dann die Erschütterung des Stamms unter meinen Fingern. Das Rascheln hinter mir verriet mir die Nähe und die Bewegung, und ein seltsam vertrauter Geruch stieg mir in die Nase. Natürlich war es Dante.

Seltsam, dass mir sein Geruch schon so vertraut war, dass ich ihn erkannte. Ich hätte nicht einmal sagen können, wonach er roch, nur dass es Dante war. Er berührte vorsichtig meine Schulter. Ich zuckte zusammen und wich ihm aus. Eine Berührung ertrug ich nicht, so gar nicht.

»Schsch«, machte er leise.

Mein Puls raste so stark und schnell, dass ich meine Finger nicht einmal gegen den Hals pressen musste, um ihn zu ertasten. Ich spürte ihn hart in meiner Kehle schlagen.

»Ich würde dir gerne die Zeit lassen, Lin. Aber wir müssen weiter«, ermahnte er mich sanft.

Er hatte natürlich recht. Also nickte ich. Aber als er mich wieder berührte, am Oberarm diesmal, um mir aufzuhelfen, entfuhr mir ein Schrei, und ich entzog mich seinem Griff. Durch die heftige Reaktion verlor ich das Gleichgewicht und den Halt am Baum. Ich rutschte weiter hinunter, und nur Dantes beherztes Zupacken verhinderte ein völliges Abrutschen.

Die Angst bekam eine ganz neue Richtung, als ich unter mir einen Abhang ins Nichts entdeckte. Mein Überlebensinstinkt ließ mich nach seiner Hand greifen, die meinen rechten Unterarm festhielt, und gemeinsam zogen wir mich wieder hinauf zu dem Stamm, gegen den Dante sich gelehnt hatte. Er brachte mich in den Stand. Wir hielten uns beide an dem Stamm fest und waren einander sehr nah, aber ich brauchte Abstand. Also wich ich aus, doch Dante packte mich und zog mich in seine Arme.

Sein eiserner Griff hielt meiner Abwehr stand. Ich wand mich, schlug auf ihn ein und weinte.

»Ich hab' dich!«, versprach er mir leise und ließ meine Gegenwehr über sich ergehen. Mit meinen Fäusten hämmerte ich auf seine Brust ein, wobei ich auf den dunklen Stoff blickte, auf die Schwärze unter meinen blutroten Händen. Als mir die Farbe ins Auge sprang, hielt ich inne und starrte auf die Werkzeuge meiner schwarzen Seele. Zitternd spreizte ich sie und beobachtete die feinen Risse im getrockneten blutroten Überzug, durch die das matte Beige meiner eigenen Haut schimmerte.

Schnell ballte ich die Hände zu Fäusten und verbarg sie zwischen unseren Körper. Ich drückte meine Stirn an seine Schulter und presste meine Augenlider zusammen. Der Stoff unter meinem Gesicht wurde nass. Das Atmen fiel mir schwer, und ich musste meinen Kopf leicht drehen, um durch den Mund Luft zu bekommen.

Ich gab meinen Kampf auf, und Dante zog mich noch etwas enger an sich. Hier zwischen seinen Armen, in den schwarz gewandeten Körper verkrochen, konnte ich aufhören, um mich zu schlagen. Hier konnte ich für den Moment einfach nur atmen und alles um mich vergessen.

Nach einigen Atemzügen vergrub ich mich tiefer in seinen Körper, krallte meine Fäuste in den Stoff und drückte meine Augen in die Dunkelheit seiner Halsbeuge. Seine mächtigen Arme schlossen sich noch etwas enger um mich. Der Druck half. Anstatt zu ersticken, konnte ich endlich langsamer atmen, ein … und wieder aus.

Er spürte die Veränderung in mir, der Druck seiner Arme ließ langsam nach. Er presste mich nicht mehr, so fest er konnte, an sich, und ich schmiegte mich nun nicht mehr mit aller Macht an ihn. Meine verkrampften Finger lockerten sich etwas. Ich löste mich ein wenig von ihm und rieb mit meinem nackten Unterarm über meine Augen, um die Tränen loszuwerden. Ich konnte nicht aufblicken und ihm in die Augen sehen, also wandte ich meinen Blick ab, hinunter auf das feuchte braune Laub zwischen mickrigen Grasbüscheln.

Beschämt griff ich an meinen Oberarm. Dante fing meine Hand ab und hielt sie in seiner warmen. Er wandte sich dem Hang zu, um aufzusteigen und wieder hinauf zum Grat zu kommen, wo die Gruppe darauf wartete, dass wir weiterkonnten. Mir fiel ein, dass wir auf der Flucht waren und wie wichtig es war, dass wir hier herauskamen. Um nicht weiterdenken zu müssen, um mich nicht erinnern zu müssen, wehrte ich mich diesmal nicht und versuchte, Dante den steilen, rutschigen Hang hinauf zu folgen.

Wir brauchten unsere Hände für den Aufstieg, daher ließ er meine Hand los und bedeutete mir stumm, vorzugehen. Er blieb dicht hinter mir. So gesichert erklomm ich vor ihm die Steile relativ schnell. Nicht selten griff ich in ein Grasbüschel oder einen jungen Baum, um einen Teil meines Gewichtes von den unsicher stehenden Füßen zu nehmen. Der Reif auf dem Gras knisterte dabei leise und unterstrich die Stille um uns herum.

Eines der Sielas schnaubte und stampfte mit dem Huf auf. Ein, zweimal rutschte ich mit dem Fuß, den ich gerade entlastete, weg. Doch wir kamen voran, und dann stand ich auf dem Grat. Ein kalter Wind pfiff mir durch das dünne Kleid, und ich bekam eine Gänsehaut.

Dante trat neben mich. Zum ersten Mal sah ich ihm ins Gesicht und war über die ernste Sorge darin überrascht. Er kam einen vorsichtigen Schritt näher, und wir beide warteten, wie ich reagieren würde. Meine Muskeln spannten sich zwar an, doch ich blieb ruhig stehen. Daraufhin setzte er noch einen Schritt und war mir nun sehr nah. Seine warme

Nähe hielt den beißenden Wind zurück, und ich entspannte mich sofort.

Wortlos zog er seinen Pulli über den Kopf und reichte ihn mir. Ich starrte ihn an. Sein Ausdruck war stoisch und entschlossen. Worte hätten nur den Trotz in mir geweckt, aber dieser Blick … Zögernd griff ich nach dem Pulli und streifte ihn über. Als ich durch den Kragen schlüpfte, hüllte mich eine Wolke seines eigentümlichen Geruchs ein, und mein Körper entspannte noch ein wenig mehr. Ich spürte die nasse Stelle, die meine Tränen in dem Stoff hinterlassen hatten, an meiner linken Schulter, das Mahnmal meines eben erst überwundenen Zusammenbruchs.

Dante trat neben das Reittier und drehte sich dann so zu mir, dass ich die Aufforderung gar nicht übersehen konnte. Weil wir keine andere Wahl hatten, folgte ich seiner wortlosen Anweisung und stieg auf. Der Prinz schwang sich hinter mir in den Sattel. Um die Zügel wieder aufzunehmen, legte er seine Arme um mich. Er bewegte seine Hüfte, und das Tier setzte sich in Gang. Keiner in der Gruppe verlor ein Wort über das, was eben passiert war, nicht einmal der Assistent des Botschafters der Jelisa.

Mein Körper war erschöpft, und jetzt, da die Wirkung des Adrenalins nachließ, spürte ich auch die Schmerzen meiner Wunden. Ich sank rückwärts gegen Dantes Brust. Müde schloss ich meine Augen, nur für einen Moment. Nur ein kleines bisschen, weil ich einfach nicht mehr konnte. Vielleicht für zehn Schritte oder so …

Ein Ruck unter mir schreckte mich auf, und ich setzte mich aufrechter hin. Einen Augenblick orientierungslos sah ich mich hektisch um. Dann erinnerte ich mich an das Siela unter mir und an Dante in meinem Rücken. Ich entspannte mich wieder und lehnte mich zurück.

Bei genauerem Umsehen musste ich mir eingestehen, dass ich wohl eingeschlafen war, denn wir waren inzwischen in einem dichten Wald und nicht mehr auf dem steilen Grat. Ich wollte mich aufrechter hinsetzen und tapfer sein, doch mir wurde schwindelig. Mein Körper fühlte sich dermaßen ausgelaugt an, dass ich nicht einmal sicher war, ob ich mich auf dem Siela halten konnte. Die träge Müdigkeit in meinen Knochen und Muskeln verschleierte einen Moment, was mein Verstand schon zum Greifen nah an mein Bewusstsein herangezogen hatte. Es lag mir bereits auf der Zunge. Als das Siela dann einen größeren Schritt bergab tat und der Stoß durch meinen Körper fuhr, begriff ich es endlich.

»Halt an«, bat ich Dante eindringlich.

»Was ist?«, fragte der Prinz wachsam, hielt aber sofort an.

Ich hob meine Hand hoch und sah meine immer noch blutrot gefärbten Finger zittern. Mir war kalt, ich war erschlagen. Verdammter Dreck, ich verlor Blut. Zu viel Blut!

Ich packte Dantes Arm und stieg ab. Wie froh ich war, dass ich mich an seinem Arm festhielt, denn kaum dass meine Füße auf dem Boden aufsetzten, sackten meine Beine unter mir weg. Dante griff schnell nach meinem Unterarm. Ich lächelte ihn matt an. »Ich brauche Verbandszeug.«

»Eskar!«, rief Dante mit alarmierter Stimme.

»Keine Panik«, beruhigte ich ihn. Vor meinen Augen flimmerte es. Okay, vielleicht ein bisschen Panik. Aber das würde schon werden. Ich hatte es rechtzeitig bemerkt.

Dante stieg aus dem Sattel, wobei er mich keine Sekunde losließ, und stand dann unsicher vor mir. Er tastete mich mit seinen Blicken ab. Er wirkte fahrig. Eskar trat zu uns und murmelte leise. »Was ist?«

»Ich blute wohl schon die ganze Zeit. Ich glaube, es ist meine Seite«, erklärte ich nüchtern und verzog vor Schmerz leicht mein Gesicht, als ich mich vorsichtig prüfend bewegte.

Dante half mir, mich hinzusetzen. Dann schob er den Pulli hoch, nur um auf den gebundenen Stoff meines Kleides zu stoßen. Ein kurzer Blick zeigte, dass es an der gesamten Seite blutrot getränkt war. He … wie hatte ich das nicht bemerken können? Wie hatte das niemand bemerken können? Doch dann fielen mir weitere Flecken auf. Da war eine Menge Blut auf dem weißen Stoff. Ich hatte viel Blut verloren. So viel …

Dante holte einen kleinen Dolch aus seiner Satteltasche. Er schnitt den Stoff rigoros auf und entblößte einen klaffenden Schnitt, aus dem kontinuierlich Blut sickerte. Es war kein Sprudeln, sonst wäre ich vermutlich auch schon längst verblutet, aber bei jedem Atemzug sickerte zähes dunkelrotes Blut aus dem klaffenden Schnitt.

»Absitzen. Wir rasten hier kurz. Eine Stunde. Ruht euch aus, trinkt und esst«, wies Eskar die Gruppe an und widmete sich dann dem Schnitt. Ich sah ihn tadelnd an. Er schnaubte nur aufgebracht. »Der muss genäht werden«, rechtfertigte er seine Entscheidung. Der Anführer der Schwarzklingen hatte meinen Tadel verstanden.

»Na und?«, fragte ich kühl. Deshalb eine ganze Stunde verschwenden? Eskar rollte zur Antwort mit den Augen. Dann lief er zurück zu seinem Sattel und kramte in der Satteltasche.

»Gab es Anzeichen für eine Verfolgung?«, fragte ich Dante, um herauszufinden, ob ich auf einer schnelleren Fortsetzung der Reise beharren sollte oder nicht.

»Keine.«

»Seltsam. Sie schienen so wild entschlossen, mich zu behalten«, murmelte ich vor mich hin.

»Was ist eigentlich passiert?«, wollte er wissen. Unbedarft und ohne den Hauch von Argwohn oder Wut. Er behandelte mich wie immer, obwohl er jedes Recht hätte, es nicht zu tun.

»Es scheint, als hätte ich eine Macht in mir, die sie haben wollen«, fasste ich zusammen und musterte ihn aufmerksam. Meine Worte mussten irre für ihn klingen, selbst für mich taten sie es, obwohl ich es in mir spürte. Mich beunruhigte, dass ich es noch immer spürte. Ich hatte eigentlich angenommen, dass es mit diesem dämlichen Steinbruch zu tun gehabt hatte. Doch was immer da in mir war, war nach wie vor da. Das summende Kribbeln tobte noch in meinen Eingeweiden und vibrierte im Rhythmus meines Herzens.

Erst jetzt wurde mir klar, dass Dante sich keinesfalls wunderte und auch sonst nicht überrascht reagierte. »Wusstest du es?«, fragte ich, einer Intuition folgend.

Er presste seine Lippen aufeinander. Das konnte doch unmöglich sein! Er linste unter seinen gesenkten Lidern hervor und begegnete meinem fordernden Blick. Seufzend ließ er die Schultern sinken und gestand: »Eleya hat angedeutet, dass du einzigartig bist. Ich dachte, sie meinte deinen Charakter, aber sie hat mir klar gemacht, dass sie es anders meinte.«

»Wäre nett gewesen, mir das auch zu sagen!«, stieß ich hervor.

»Was hätte ich dir denn sagen sollen? Eleya ist in diesen Dingen sehr verschwiegen. Ist nicht so, als hätte sie gesagt, du hättest irgendeine Fähigkeit oder Macht oder so«, beschwerte er sich, und ich begriff, dass er mir kaum hätte sagen können: *Ach übrigens, meine Ingenia sagt, du bist einzigartig*. Das hätte mir überhaupt nichts gesagt. Also verzieh ich ihm sein Schweigen. Er hatte kaum eine Möglichkeit gehabt, mich auf das hier vorzubereiten.

Eskar kehrte zurück und brachte Verbandszeug, Nadel und Faden sowie einen Tiegel mit braunem cremigem Inhalt mit.

»Bevor ich dreimal mit denselben Handgriffen anfange, hast du noch weitere Wunden, von denen ich wissen sollte?«, fragte er harsch. Hätte er anders gefragt, hätte ich, ohne zu zögern, verneint, doch so zögerte ich.

Eskar durchbohrte mich mit einem unbarmherzigen Blick, den nur ein Truppleiter hinbekam.

»Keine schlimmen«, rechtfertigte ich mich.

Dante neben mir spannte sich sofort an.

»Wo?«, forderte Eskar.

»Wirklich, nur der Schnitt ist lästig. Würde er nicht bluten, müssten wir nicht einmal anhalten.«

»Ich fasse es nicht«, entfuhr es Dante mit angegriffener Stimme. Ich blickte auf und sah ihn verwundert an. Was hatte er?

Eskar holte tief Luft. »Sag mir einfach, wo du verletzt bist. Ich werde beurteilen, ob deine Wunden behandelt werden müssen«, entschied er.

»Müssen sie nicht«, wehrte ich ab. Langsam erwachte Trotz in mir. Hielten sie mich für so dämlich oder inkompetent? Ich wusste, was mein Körper ertrug, und wir mussten schließlich schnell weiter.

»Warum weigerst du dich so?«, fragte Dante aufgewühlt, und erst wollte ich die Argumente anbringen, die ich gerade in Gedanken selbst genutzt hatte, doch etwas hinderte mich daran.

Dantes warme braune Augen durchdrangen mich und schälten all die Schutzschichten ab. Wieder sah er bis hinab auf das verkrüppelte Innere, das ich so geflissentlich vor allen verbarg. Ich brach den Blickkontakt ab und sah Eskar an. »In Ordnung, also sie brauchen nicht zwingend Behandlung. Mir wäre lieber, direkt weiterzureisen, nachdem die Blutung gestillt ist.«

Eskar nickte, als würde er langsam verstehen. »Ich habe schon entschieden, dass wir eine Stunde rasten«, erinnerte er mich mit fester Stimme.

Ich schluckte schwer. »Dann kannst du meinetwegen tun, was du in einer Stunde hinbekommst«, gestattete ich ihm. Und ohne zu zögern, begann ich meinen Körper zu entkleiden. Mit jedem Stück Haut, das ich entblößte, wurde die Stille angespannter. Was hatten sie denn erwartet? Ich hatte gegen zwanzig Vassia gekämpft, und neunzehn von ihnen vermutlich getötet. Natürlich kam ich aus so etwas nicht unbeschadet heraus. Für dieses Ergebnis war ich überraschend gut in Form.

Stumm stand Dante auf und band die Decke von seinem Sattel. Meine wohl auch gleich, denn er kam mit zwei Decken zurück, Eine, um mich draufzulegen, und die andere, um die jeweils gerade nicht behandelten Bereiche meines Körpers warm zu halten. Ich legte mich zurück und ignorierte die leise Scham, die ich mir bereits früh abtrainiert hatte. Unter dem Kleid trug ich nichts außer einer knappen Leinenhose, die meinen Hintern und meinen Schambereich bedeckte. Sonst lag ich nun nackt vor ihnen und rechnete ihnen ihre ruhigen Gesichtszüge hoch an. Unabhängig von meiner Nacktheit, hätten meine Wunden sie erschrecken können. Aber Eskar und Dante blieben ruhig und begannen, mich akribisch zu verarzten.

Die komplette Stunde der Rast starrte ich in den dunkler werdenden Himmel und bewegte mich nur sehr selten, um sie an alle Wunden herankommen zu lassen. Etliche Schnitte hatten von allein aufgehört zu bluten, Eskar reinigte und desinfizierte sie dennoch mit dieser Paste. Nicht selten nähte er einen Schnitt. Manchmal genügte die Paste, die offenbar die Wundheilung beschleunigte und gleichzeitig Wundränder mit wenig Spannung auch zusammenhalten konnte. Wie eine Art Klebstoff für Wunden.

Irgendwann kam Briann und stellte mir eine Schale mit Eintopf hin. Ich hob überrascht meinen Blick, und die Frau wirkte zum ersten Mal nicht feindlich. Doch in ihren Augen lauerte Argwohn, und ich konnte es ihr nicht verübeln. Ich war ein Monster, und sie hatten das heute alle gesehen. Noch dazu hatten sie durch meinen Zusammenbruch einen Blick auf mein abscheuliches, zerbrochenes Inneres erhascht und gesehen, wie kaputt ich war. Manchmal fragte ich mich, ob Eskar mit seiner Flickerei seine Zeit nicht vielleicht verschwendete. Vor Eskar hatten mich schon andere verarztet, ohne je auch nur an die Wunden im Innern heranzukommen. Die Narben, die zurückgeblieben waren, hatten mich mit der Zeit entstellt, und ich war nichts mehr, was man noch Lebewesen hätte nennen können. Monster traf es schon ganz gut.

In meine Gedanken versunken hatte ich nicht mitbekommen, dass Briann wieder gegangen war. Als ich auf die einsame Schale dampfenden Essens sah, fiel mir auf, dass sie nur mir Essen gebracht hatte.

»Was ist mit euch?«, fragte ich mit kratziger Stimme. Das lange Schweigen hatte meine Stimmbänder wohl etwas belegt, und so räusperte ich mich. Als sie nur stoisch weiterarbeiteten, hakte ich eindringlich nach. »Dante?«

Er schnaubte nur aufgebracht. Was war los?

Ich drehte meinen Kopf zu Eskar und sah ihn auffordernd an. Er begegnete meinem Blick und zog seine Augenbrauen mürrisch zusammen, ehe er sich wieder den Wunden widmete.

»Jungs!«, drohte ich.

»Wenn wir nur eine Stunde haben, werden wir die nicht mit Essen verschwenden«, stieß Dante hervor.

Für einen kurzen Moment konnte ich nicht glauben, was er da gerade gesagt hatte. Dann setzte ich diesem überflüssigen Theater ein Ende. Ich stand flink auf, entzog ihnen meinen Körper und bedeckte ihn mit der Decke. Entschlossen sah ich sie fest an. Dante und Eskar wirkten vollkommen fassungslos über mein Verhalten. Doch ich begegnete ihnen mit Wut. »Esst!«, fuhr ich sie an, wickelte die Decke um mich und trat zu dem Siela, das mein und Dantes Gepäck trug. Es war etwas umständlich, mit einer Hand die Verschlüsse zu öffnen, während ich mit der anderen die Decke an Ort und Stelle hielt. Also klemmte ich die Enden zwischen meinem Oberarm und meinem Brustkorb ein. So hatte ich, wenn auch etwas eingeschränkt, beide Hände frei. Ich musste mich etwas beugen und auf die Zehenspitzen stellen, um mit der zweiten Hand an den Verschluss zu kommen.

Als ich ihn endlich offen hatte, trat Dante gerade an meine Seite. »Warum lässt du uns nicht weitermachen? Das war der Deal«, erinnerte er mich.

Ich schnaubte. »Es war ein dummer Deal.«

»Du bist verletzt.«

»Nicht schlimm.«

»Lin!«, fuhr er mich aufgebracht an, und ich sah ihm direkt in die Augen. Er wirkte ernsthaft erschüttert. Ich lehnte mich zu ihm vor und mit festem Blick in seine Augen sagte ich: »Ich komme klar!«

»Du sollst nicht klarkommen, dir soll es gut gehen!«

Ich schnaubte amüsiert auf. »Mir wird es niemals gut gehen!«

Dante zuckte zusammen. »Du weißt, dass ich das nicht gemeint habe.«

Er war der Erste. In all meinen Jahren war er der Erste, der diese Worte akzeptierte. Damit traf er mich vollkommen unvorbereitet. Ich war den trotzigen Disput so gewöhnt, dass ich gar nicht wusste, wie ich auf die Akzeptanz dieser bitteren Wahrheit reagieren sollte.

Dante nutzte mein Schweigen sofort. »Also komm wieder zurück und lass mich vollenden, was ich begonnen habe.«

Weil er mich sah, wirklich mich sah, legte ich meine Hand an seine Wange und küsste ihn. Es war ein zarter Kuss, ein dankbarer, eigentlich unbedeutender Kuss. Doch er entfachte etwas in mir, mit dem ich niemals gerechnet hätte. Also beließ ich es bei der zarten Geste und sah ihm in die Augen, um zu sagen, was ich mir vorgenommen hatte. »Ich habe weit mehr ertragen als das, was ihr noch nicht behandelt habt. Ich habe es immer überlebt und bin diese Form von Schmerz so gewohnt, dass ich die wenigen übrigen Wunden nicht einmal wirklich spüre. Ich werde es aber spüren, wenn du durch unnötigen Hunger geschwächt bist und mich nicht mehr beschützen kannst. Denn dann muss ich an deiner Stelle kämpfen, und das ist etwas, das ich einfach nicht mehr kann. Also hilfst du mir viel besser, indem du isst und dich ausruhst. Damit du das nächste Mal für mich kämpfen kannst«, flüsterte ich am Ende und spürte eine Enge in Brust und Hals. Mein Blick trübte sich, und der Wunsch, mich in seine Arme zu verkriechen, brandete derart stark in mir auf, dass es mich nicht gewundert hätte, wenn er es mir von der Nasenspitze hätte ablesen können.

Dante sah mich bewegt an. Er schien mit sich zu hadern. Dann trat er dichter neben mich und zog die Kleidung aus der Satteltasche, an der ich mich gerade abgemüht hatte. Er reichte sie mir und wandte sich dann ab. Ich hörte seine Schritte und wusste, er würde sich jetzt zu den anderen setzen und essen.

Irgendwann musste ich mich damit auseinandersetzen, wie gut mich Dante inzwischen kannte und wie nah ich ihn an mich heranließ. Dann und nur dann würde ich mir eingestehen können, was da gerade in mir erwachte. Und dann würde ich es bekämpfen und im Keim ersticken. Ich war kaputt und ein abscheuliches Monster. Ich war nicht fähig, dies wirklich zu fühlen, und das war nicht fair irgendjemandem gegenüber, schon gar nicht ihm, dem einzigen Mann dieser Welt, der mich verstand.

30

INGENIA
TENIS – HERRIN DES WILLENS

ÜBERLIEFERTE PROPHEZEIUNG DER INGENIA:
Bricht einst die alte Feindschaft ein
Der schwarze Rabe spät erwacht
Lebendig wird die Herrin sein
Mit glühend heißer Feuermacht

Tenis saß am Rand der Lichtung auf einem umgekippten Baumstamm. An das brutal aus der Erde gerissene Wurzelgeflecht gelehnt sah sie den anderen auf der Lichtung zu, wie sie debattierten. Sie war schon immer eine ruhige Ingenia gewesen, weshalb ihre Zurückhaltung gerade auch nicht auffällig war.

»Wir sind uns doch alle einig, dass es eine große Erschütterung des Kitrinos gegeben hat«, beharrte Diane, die Ingenia der Dunya. Sie war eine Verfechterin der guten Energie. Sie würde alles tun, um das Kitrinos durch gute Taten ins Gleichgewicht zu bringen, und dafür über Leichen gehen. Damit war sie das genaue Gegenstück zu Alma, und beide handelten aus tiefster Überzeugung. Tenis war das alles herzlich egal. Sie glaubte an die Herrin der Flammen und agierte, wie sie es tat, um die Prophezeiung in Erfüllung gehen zu lassen.

»Es gab eine Erschütterung. Aber wir wissen nicht, in welche Richtung«, wandte Alma wieder einmal ein. Sie drehten sich im Kreis. Das nervte Tenis. Aber es hatte seine Vorteile, am Rand zu sitzen und schweigsam zu beobachten. Denn so konnte sie erkennen, dass Eleya ungewöhnlich still war und sich auffällig aus den Diskussionen heraushielt. Und auch Missa war eher leise, auch wenn die Seherin es besser kaschierte als die Ingenia der Egor. Bei Eleya hatte Tenis eine Ahnung, wieso sie so leise war, denn die Ursache all dessen hier war immerhin gerade mit Eleyas Schützling auf Reisen. Die anderen würden auch noch erkennen, dass die Ursache der Erschütterung die kleine wiederauferstandene Prinzessin war. Das alles fügte sich weit besser, als Alma und sie jemals hätten planen können, und das, obwohl sie durch das Kitrinos gute Einblicke hatten.

Aber Missas Schweigen gefiel Tenis so gar nicht. Die Seherin könnte ihren Plänen gefährlich werden, zumal Tenis sich nicht sicher war, warum die Ingenia der Nephilia schwieg und welches Interesse sie überhaupt an der Kleinen hatte.

»Was ändert all das? Ich verstehe immer noch nicht, warum du uns hier zusammengerufen hast?«, motzte Videre Terra an, die zu diesem Treffen eingeladen hatte. Es war erst zwei Mal passiert, dass sich alle Ingenia getroffen hatten. Das erste Mal, als jemand die Prophezeiung entdeckt hatte, und das zweite Mal, als der Krieg ausgebrochen war. Daher konnte Tenis Videres Unmut gut verstehen. Das Kitrinos leitete sie eigentlich immer, daher war ein solches Treffen wegen der Kleinen wohl kaum gerechtfertigt. Und genau das war der Grund, weshalb Tenis gekommen war. Sie musste herausfinden, was Terra so sehr in Aufruhr versetzte.

»Weil ich glaube, dass die Erschütterung das Erwachen der Herrin der Flammen war«, platzte Terra endlich heraus, und

Tenis versuchte, ihre Überraschung zu verbergen. Stille senkte sich über die Lichtung, und alle Frauen sahen wachsam Terra in ihrer Mitte an.

Tenis hatte wirklich viel erwartet, aber nicht das. Und schon gar nicht von der zierlichen, kindlichen Terra. Sie wirkte oft jung, naiv und unbedarft. Ihr Äußeres tat sein Übriges dazu, dass man diese Person nie wirklich ernst nehmen konnte. Mit ihren maximal Einmeterfünfzig und den wellenden braunblonden Haaren, dem lächerlichen Spitzhut auf dem Kopf und den weichen Gesichtszügen nahm niemand Terra so wirklich für voll. Aber das …

»Wie kommst du bitte auf so etwas?«, fragte Videre, die eine ungesunde Farbe um die Nase bekommen hatte. Nanu, noch jemand Überraschendes mit Interesse an der Kleinen. Das hier wurde immer interessanter. Tenis musste sich zusammenreißen, um keinen Blick mit Alma zu tauschen.

»Wir alle kennen die Prophezeiung«, meinte Terra ruhig. »Es beginnt mit der alten Feindschaft, die beendet wird. Genau das hat Kalinka getan. Sie hat die Fehde zwischen den Egor und den Sanya beendet. So effektiv, dass der Prinz der Egor sie sogar auf ihre überraschende Reise begleitet«, erklärte Terra überzeugend.

Verdammt. Niemals wäre Tenis darauf gekommen, dass andere es auch begreifen würden. Für den Bruchteil einer Sekunde fragte sie sich, ob sie die anderen in ihren Plan einweihen sollte. Immerhin wollte sie auch nur, dass die Herrin der Flammen endlich auf Erden wandelte. Aber Alma und sie strebten das aus anderen Gründen an als die anderen Ingenia. Daher verwarf sie den Gedanken sofort wieder. Denn immer noch würde gelten, dass eine der anderen sterben musste, damit die Herrin der Flammen kommen konnte. Anders ging es nicht, und sie war sich sicher, dass besonders die ach so guten Ingenia sich dagegen wehren würden. Also schwieg sie weiterhin.

»Und wer ist der schwarze Rabe, der erwacht?«, fragte Videre angespannt. Sie machte mit ihrem Ton deutlich, dass sie an Terras Interpretation zweifelte. Terra hielt ihrem Blick stand. »König Regor zum Beispiel?«, fragte sie hart.

Videre zuckte zurück. »Was soll das heißen?«, fragte sie harsch und zeigte, wie angegriffen sie sich fühlte.

»Ich glaube, das Kitrinos hat uns allen in den letzten Wochen viel offenbart. Es scheint mir ein großes Interesse an der jungen Prinzessin der Sanya zu haben«, blieb Terra vage.

»Was willst du damit sagen?«

»Dass ich weiß, dass König Regor versucht, die Prinzessin der Sanya ermorden zu lassen«, fuhr Terra erbarmungslos fort und sah Videre fest an. Alle anderen Ingenia blickten die Herrin der Jagd an. Die in Felle und Leder gekleidete Frau trat einen verteidigenden Schritt zurück. Ihre jadegrün schimmernden Augen in dem schwarz bemalten Gesicht glommen in der Abenddämmerung. Sie schüttelte das schwarze Haar aus der Stirn und funkelte Missa an, als empfände sie Terras Wissen als Verrat. »Steckst du dahinter?«

Missa senkte müde ihren Kopf und schüttelte ihn. »Aber es überrascht mich auch nicht, dass das Kitrinos dies auch anderen offenbart hat.«

»Wem denn noch?«, wollte Videre wissen.

»Mir«, flüsterte Eleya.

Nun, das kam unerwartet. Tenis spürte die Aufregung in sich aufkeimen. Das Kitrinos hatte sie möglicherweise alle auf dieselbe Mission geschickt. Konnte das sein? Nun, dann hatte Terra alles Recht, sie hier zusammenzurufen. Denn das war in der Geschichte wirklich einmalig. Noch nie hatte sie von so etwas gehört.

»Warum will Regor sie töten, Videre?«, wollte Alma ruhig wissen. Tenis war immer wieder vom Talent ihrer Partnerin beeindruckt, ganz andere Emotionen zu heucheln, als sie eigentlich empfand.

»Das Kitrinos hat mir sehr früh gezeigt, dass Prinzessin Kalinka die Dunkelheit ist«, offenbarte Videre. »Mein König hat daraufhin entschieden, sie zu töten.«

Tenis schluckte. Verdammt. Das ging in die falsche Richtung. Videre hatte genau das benannt, was auch sie und Alma in der Herrin der Flammen sahen. Aber das sollten die anderen ja nicht begreifen, denn in ihrem Wahn, nach dem Guten zu streben, würden sie übersehen, was das Kitrinos von ihnen verlangte, und ihre Bestimmung nicht erfüllen. Am Ende würden sie noch versuchen, Tenis und Alma aufzuhalten.

»Wie meinst du das, *die Dunkelheit*?«, fragte Missa wachsam.

»So wie ich es sage. Prinzessin Kalinka ist die Dunkelheit. Dann hatte ich eine Vision, in der ich die junge Prinzessin in Flammen sah, und dachte, es wäre der Weg des Kitrinos, mir zu sagen, wie ich die Dunkelheit aufhalten könnte«, gestand sie.

»Beim heiligen Kitrinos. Ihr habt diesen Anschlag damals veranlasst«, begriff Saab. Sie war die Ingenia der Sanya und Prinzessin Kalinka eine ihrer Schützlinge, und dieses Geständnis konnte zu einem gefährlichen Kampf führen. Ob wohl eine neue Fehde entstehen würde? Eine zwischen Sanya und Anait? Hier kamen interessante Dinge ans Licht. Tenis genoss die Show wirklich sehr. Auch wenn sie aufpassen musste.

»Du hättest an meiner Stelle ebenso gehandelt«, verteidigte Videre sich.

Saab presste ihre Lippen zusammen, doch jeder erkannte den Zorn im angespannten Körper der Herrin des Todes. Ha, vielleicht könnte Tenis diesen Hass nutzen, damit Saab Videre umbrachte und so einen Platz für die Herrin der Flammen freiräumte. Ein verlockender Gedanke.

»Aber Kalinka hat überlebt«, erinnerte Terra sie alle. Und das stimmte. Keiner wusste so genau, wie und was danach passiert war, nur dass die kleine Prinzessin wohl von den Anamie entführt worden war.

»Was bedeutet, dass du ihre große Schwester grundlos umgebracht hast!«, warf Saab Videre vor.

»Ich habe niemanden umgebracht. Ich habe nur meinem König erzählt, was ich gesehen habe. Und da nicht klar war, ob die Dunkelheit im Blut der Familie liegt, hat er sich entschlossen, beide zu töten, auch wenn ich nur Kalinka in den Flammen gesehen habe. Und ausgerechnet Kalinka hat die Flammen überlebt.«

»Was nur meine These stützt, dass sie die Herrin der Flammen ist«, lenkte Terra schnell das Gespräch wieder in die Richtung, in die sie wollte.

Das war nun ein Argument, an dem sie alle zu knabbern hatten. Ein kleines vierjähriges Kind, das einen Brand überlebte und nach Jahren beim Feind zurückkehrte. Auf diese Rückkehr folgten zahlreiche Ereignisse des Kitrinos und schließlich diese Erschütterung der Macht. Kaum einer könnte jetzt noch leugnen, dass die Prinzessin die Herrin der Flammen sein würde. Nur hatten sie noch nicht begriffen, was dazu nötig war. Eine von ihnen musste sterben, damit die Präsenz der Herrin, die noch in der Sphäre des Kitrinos hing, ein Gefäß besetzte und die Herrin in Kalinka lebendig werden konnte. Tenis hatte bis heute nicht gewusst, wer das Gefäß werden würde, aber jetzt war sie sich ziemlich sicher.

Das hier hatte ihr also doch etwas gebracht. Jetzt mussten sie und Alma nur noch warten, bis Kalinka wieder in Ertatem war, und dann eine der anderen töten. Dann würde die Herrin endlich lebendig werden. So nah waren sie noch nie ihrem Ziel gewesen. Tenis vibrierte vor freudiger Erregung. Bald schon … bald.

31

Die Hufe unserer Sielas klapperten über den gepflasterten Boden. Unter einem mehrere Meter breiten Bogen aus ebenmäßigem weißgrauem Marmor hindurch ritten wir in einen Hof, der einer Oase glich. In der Mitte thronte ein runder sandfarbener Brunnen mit einer steinernen Nymphe in der Mitte. Sie trug einen großen Krug auf ihrer Schulter, aus dem stetig Wasser strömte. Unter dem Wasserstrom stand die rote Statue eines tobenden Jungen, der seinen Kopf aufgrund des auf ihn einprasselnden Wassers eingezogen hatte. Der zerknautschte Ausdruck kindlicher Alberei lag auf seinen steinernen Zügen. Im Rücken der Nymphe stand ein knorriger Baum in der Mitte des Brunnens, dessen tief hängende Äste bis über die Ränder des Brunnens reichten.

An einem dieser Äste stand ein Mädchen, das auf seinen Zehen balancierte und seinen Arm weit hinaufstreckte. Ihre zierlichen Finger knibbelten an einer roten Frucht. Immer wieder entglitt ihr die reife Köstlichkeit.

Als auch Dante und ich in den Hof einritten, spürte ich eine unerwartete Wärme. Die Luft war hier angenehm und entspannte meinen ausgekühlten Körper. Ich suchte nach dem Grund für die erhöhte Temperatur, doch ich entdeckte nichts Ungewöhnliches. Der glatte ebenmäßige Stein umfasste den gesamten Innenhof mit mehreren Gebäudeteilen, zwischen denen nicht einmal eine schmale Gasse Platz hätte.

Aus einem dieser Gebäudeteile wuselten Jelisa heraus und hinein. Sie trugen Körbe mit den unterschiedlichsten Inhalten. Ein Junge verharrte in seinem raschen Gang und blickte zum Brunnen in der Mitte des großen Innenhofes. Er wurde gerufen und eilte weiter. Doch sein Blick hing an dem sich streckenden kleinen Mädchen. Er stolperte und legte sich der Länge nach hin. Sein Korb purzelte um, und die Brote darin kullerten auf den gepflasterten Boden. Ein Tumult entstand um den Jungen, der hastig versuchte, das Brot wieder in den Korb zu stapeln. Der Mann, der ihn gerufen hatte, trat näher und verpasste dem Jungen einen Klaps auf den Hinterkopf. Der tollpatschige Bengel zog zerknirscht seinen Kopf ein und ließ die Schelte über sich ergehen, ziemlich gefasst für einen vielleicht zehn Jahre alten Jungen. Doch ich erwischte ihn dabei, wie er zwei Mal einen weiteren Blick zum Brunnen und dem kleinen Mädchen wagte.

Die Kleine hatte nichts von alledem mitbekommen. Sie war versunken in ihre Aufgabe und schien gerade zu überlegen, wie sie doch noch an die Frucht kommen sollte. Sie legte ihren Kopf schief und schielte die reife Köstlichkeit an, als könnte sie das Obst allein durch ihre Gedanken dazu bringen, in ihre Hände zu fallen. Gerade als das Mädchen sich auf den Rand des Brunnens stellte, um es anders zu versuchen, erklang der Takt vieler schwerer Schritte, der nicht nur das Mädchen aufblicken ließ, sondern auch meine Aufmerksamkeit forderte.

Ich entdeckte Palmiro, der gefolgt von beinahe zwanzig uniformierten Männern auf uns zuschritt. Eskar saß von seinem Reittier ab und trat den Männern entgegen.

»Was ist hier los?«, flüsterte ich über meine Schulter.

»Sie nehmen den Assistenten in Gewahrsam. Er wird ein Verfahren erhalten und dann eine Strafe. Der Botschafter darf den Angriff auf dich keineswegs dulden, um den Vertrag zwischen den Ländern nicht zu gefährden. Die Jelisa haben ein großes Interesse daran, dass das Bündnis mit den Aglaia nicht beschädigt wird«, erklärte Dante mir die Zusammenhänge.

Einen Moment erwog ich, weiter nachzufragen, welches Interesse die kleinen, stämmigen Jelisa an einem Bündnis mit den Aglaia hatten. Doch es interessierte mich überhaupt nicht. Was mich viel mehr interessierte, war, wie man mit derartiger Doppelmoral ungestraft davonkam. Auch wenn es vielleicht üblich bei den Jelisa war, so hatte der Botschafter seinen Assistenten doch missbraucht und in meinen Augen musste das gesühnt werden. Das war mindestens genauso schlimm wie der Angriff auf mich durch Kevo. Manchmal verachtete ich andere Kulturen. Jedenfalls dann, wenn sie so etwas duldeten.

Ich wandte meinen Blick wieder dem Jungen und dem Mädchen zu, die Szene versetzte mich in angenehmere Stimmung als meine wütenden Gedanken. Aber die Kleine hüpfte gerade vom Rand des Brunnens und eilte auf eine Tür in der marmornen Fassade zu, deren Holz auf edle Weise dunkel und glatt war. Sie verschwand im Schatten des Ganges und beendete die friedlich unschuldige Szene. Auch der Junge verschwand in einer der Türen und ging wieder seiner Arbeit nach. Enttäuscht senkte ich meinen Blick.

Dante saß hinter mir ab und sah zu mir hoch. Seit er so tief in mich geblickt hatte, waren vier volle und ein halber Tag vergangen. Fünf Nächte, in denen Dante nicht von meiner Seite gewichen war und ich erst hatte Schlaf finden können, wenn ich ihn auf unschuldige Weise berührte. Ich wurde abhängig von ihm. Ein gefährlicher und doch unvermeidbarer Zustand. Was immer da in mir war, es wuchs und wurde stärker. Es nahm mich und mein Denken ein. Es machte mir Angst.

Ich blickte hinab in Dantes wartendes Gesicht. Er wirkte entspannt. Wie konnte er mir immer noch begegnen, ohne mich zu verurteilen? Er müsste so vieles über mich denken, so viel Schlechtes. Aber da stand er und wartete darauf, dass ich bereit war abzusteigen. Ich war schlicht noch nicht in der Lage abzusteigen. Und er wartete, obwohl sie inzwischen alle warteten und es sicher lächerlich wirkte, dass ich hier noch immer saß. Ein Blick noch zu dem Brunnen mit der friedlichen glücklichen Szene der Statuen und dem mitten im Winter Früchte tragenden Baum, dann konnte ich mich aufraffen, schwang mein Bein über die Kruppe des Sielas und belastete dazu das andere Bein im Steigbügel. Ich ließ mich zu Boden gleiten und war in der Enge zwischen Siela und Dante wie in einem sicheren, abgeschlossenen Raum. *Tief einatmen … kurz innehalten und die Augen schließen. Einen Moment meinem Herzschlag nachhorchen und die Wärme um mich herum in mich aufsaugen …* dann war ich bereit, ließ den Sattel los und drehte mich zu Dante um. Als wüsste er ganz genau, was in mir vor sich ging, lächelte er mich an. Die Fältchen um seine Augen und die warmen Züge vermittelten mir das Gefühl, als hätte ich gerade wirklich etwas geleistet. Und ich wusste, dass es so war. Aber das Bewusstsein, dass ein einfaches Absteigen und sich einer neuen Kultur und möglichen neuen Feinden zu stellen mich so eine Überwindung kostete, fühlte sich erbärmlich und wie absolutes Versagen auf ganzer Linie an. Ich war eine Läuferin gewesen, verdammt, ich sollte zu mehr fähig sein.

Eskar setzte sich in Bewegung, und mir wurde klar, dass sie alle auf mich gewartet hatten. Der Verdacht der letzten Tage, dass nicht nur Dante begonnen hatte, mich zu erkennen, vertiefte sich. Briann war verdächtig still und vorurteilsfrei, Palmiro war immer da, wenn Dante mich auch nur einen winzigen Moment wegen körperlicher Bedürfnisse verlassen musste. Eskar passte das Tempo unserer Reise an meine Verfassung an, und Logan und Sasch füllten immer die Stille am Feuer, wenn ich eine verursacht hatte. Zum ersten Mal in meinem Leben hatte ich die Möglichkeit, schwach zu sein und loszulassen, dem Schmerz zu begegnen und ihn nicht runterschlucken zu müssen. Bisher hatte ich perfekt sein müssen, hatte meine Gefühle kaschieren und die Rolle der Anführerin ausfüllen müssen. Die Freiheit von uns vieren, von Nastja, Kassandra, Phineas und mir, hatte auf meinen Schultern gelastet. Jetzt nicht mehr, jetzt konnte ich atmen und musste mit dem Schaden umgehen, der die letzten Jahre sich durch mich hindurchgefressen hatte.

Die Uniformierten waren inzwischen größtenteils verschwunden, ich hatte nicht aufgepasst, wohin. Eskar lief mit einem, der zurückgeblieben war, und dem Botschafter auf einen Eingang zu. Wir folgten ihm in einen dunklen Gang, und die leisen Hintergrundgeräusche des Hofes verstummten. Erst durch das Ausbleiben wurde mir klar, dass im Hof Vögel gesungen und zahllose Stimmen ein Hintergrundmurmeln verursacht hatten.

Die Dunkelheit des Ganges raubte mir im ersten Moment meine Sicht. Doch meine Augen gewöhnten sich schnell an das gedämpfte Licht. »Ich möchte mich noch einmal entschuldigen«, erklang eine fremde tiefe Stimme. »Ihr braucht euch nicht bei mir entschuldigen. Er hat Prinzessin Kalinka angegriffen«, entgegnete Eskar. Der enge Gang und die gewölbte Decke trugen das Gespräch der beiden bis zu Dante und mir, als stünden die Männer direkt neben uns und wären nicht mehrere Meter weiter vorne im Gang. »Ich hoffe, dieser Vorfall wird die Vertragsunterzeichnung nicht überschatten«, fragte der Mann mehr, als dass er seine Sorge zum Ausdruck brachte.

»Das kommt darauf an, wie die Jelisa sich nun verhalten«, erinnerte Eskar ihn.

»Natürlich.«

Dieses Gespräch überraschte mich. So wie ich es verstanden hatte, baten die Aglaia um Unterstützung im Kampf gegen die Anamie, also waren doch wir eigentlich die Bittsteller. Das Gespräch wirkte aber ganz und gar nicht so.

Der Gang mündete in eine große Halle, von der aus in drei Richtungen Treppen abgingen. Wir bogen nach links und traten zwischen zwei Treppenaufgängen hindurch in einen weiteren Innenhof, der mit Glas überdacht war. Auch hier stellte sich das Gefühl von friedlichem Paradies ein. Brunnen plätscherten, Vögel zwitscherten, und Pflanzen über Pflanzen ließen diesen Ort wie nicht von dieser Welt erscheinen. Es war warm und angenehm. Ein gewundenes Netz aus zarten, gepflegten Wegen schlängelte sich durch das Grün. Hier und da waren Buchten an den Weg angelegt, auf denen Bänke und Tische standen. Überall hielten sich Jelisa in kleinen Gruppen auf, unterhielten sich und spazierten durch dieses kleine Paradies. Sie alle schienen auf einen bestimmten Punkt dieses Ortes zu achten. Es waren flüchtige Blicke, die Positionierung ihrer Körper und die Richtung, in die sie ihre Schritte lenkten. Alles zusammen ergab ein Gesamtbild. Auch ich sah in die Richtung und entdeckte in einem kleinen Hain eine Gruppe aus vier Personen, eine davon der Botschafter, der gerade eine Schriftrolle an einen stämmigen bärtigen Mann übergab. Die dritte Person der Gruppe war das Mädchen, das ich draußen gesehen hatte. Sie zuppelte am Gewand des bärtigen Mannes und blickte erwartungsvoll zu ihm auf. Und obwohl ich mir sicher war, dass er der König war und gerade diesen so offenbar kostbaren Vertrag in den Händen hatte, lächelte er auf das Mädchen herab und verwuschelte liebevoll sein Haar.

Mürrisch entzog sich die Kleine der Pranke des Königs, dann stemmte sie die Arme in ihre Hüften und sagte etwas, das den Mann herzhaft lachen ließ. Der ansteckende Laut echter Erheiterung trug grollend durch den gesamten Innenhof und ließ mich schmunzeln. Egal wohin ich blickte, niemand nahm Anstoß an so einer intimen und formlosen Szene. Die meisten lächelten ebenso amüsiert wie ich. Ich verstand diesen Ort nicht, aber ich mochte ihn.

Der Botschafter verneigte sich und zog sich zurück. Die letzte Person in der Gruppe, eine Frau, nahm das Mädchen und hob es auf ihren Arm. Das Mädchen schlang seine kleinen Ärmchen um den Hals der Frau, die nicht besonders auffällig gekleidet war, und doch war ich sofort sicher, dass sie die Königin und Mutter dieses Kindes war.

Der Mann strich seiner Tochter über die Wange und zauberte dann eine der roten reifen Früchte hinter seinem Rücken hervor. Das Mädchen strahlte über das ganze Gesicht und griff mit seinen kleinen Händen danach. Es zog den gewonnenen Schatz an seine Brust und strahlte über das ganze Gesicht. Der Mann lachte wieder das grollende, ansteckende Lachen, und die Frau zog sich mit dem Mädchen zurück, einen glückseligen Ausdruck in ihren weichen Gesichtszügen. Unser Führer hatte es zeitlich perfekt abgestimmt, denn in diesem Moment betraten wir den Weg zum König und seiner Insel in dem Hain.

»Mein König, darf ich Euch Eskar von den Schwarzklingen vorstellen«, übernahm der Uniformierte die Vorstellung. »Eskar von den Schwarzklingen, König Zaratho.«

Der stämmige Mann war mindestens einen Kopf kleiner als Eskar, und doch war er für einen Jelisa groß. Seine freundlichen Augen lächelten uns an, und sein Blick fand zielsicher meinen.

»Ihr müsst Prinzessin Kalinka sein«, sprach er mich direkt an. Eskar trat zur Seite und gab so den Blick auf mich frei. Unwillkürlich sah ich mich nach Briann um. Sie stand knapp hinter mir. Wir beide waren in das Schwarz der Schwarzklingen gekleidet, wir beide sahen wie Kriegerinnen aus, also woher hatte er das wissen können?

»Das bin ich, König Zaratho«, antwortete ich schnell, weil mein Zögern sonst als Unhöflichkeit hätte ausgelegt werden können.

Der Mann sah mich lange an und strahlte dann über das ganze Gesicht. »Ich sehe, Ihr hegt keinen Groll gegen mein Volk«, stellte er fest. Er fragte nicht, er wusste. Aber woher?

»Ihr habt scharfe Augen, mein König.«

Der Mann lächelte warm und freundlich. »Bei uns werden jene König, die einen Draht zum allsehenden Fluss haben. Also eigentlich habe ich scharfe Ohren und bloß zugehört.« Er lachte wieder sein grollendes Lachen. Meinte er das Kitrinos? Diese ungreifbare Macht in der Luft um uns herum schien in allen Ländern fernab der Küste eine Rolle zu spielen. Aber wie konnte es sein, dass die Anamie nie davon gehört hatten? Oder hatten sie davon gehört und es als Aberglauben abgetan wie ich zunächst auch?

»Ich möchte mich bei Euch entschuldigen, Prinzessin. Ich wünschte, ich könnte per Dekret alle Mitglieder meines Volkes von Straftaten abhalten, aber ein König hat manches

Mal weniger Kontrolle, als er sich wünscht«, erklärte er mir unnötigerweise. Das alles wusste ich selbst. Deshalb war ich ja auch nicht sauer auf ein ganzes Volk wegen der Tat eines Einzelnen. Zumal er bloß einen Auftrag angenommen hatte. Der, dem ich ein Dorn im Auge war, war König Regor, ein Aglaia, nicht Kevo.

»Danke, König Zaratho«, nahm ich die Entschuldigung an. Es war überflüssig, darauf zu beharren, dass er sich kaum für die Tat eines anderen entschuldigen konnte, er war nicht Kevo und nicht Regor. Er hatte mit all dem nichts zu tun. Aber das hier war auch eigentlich ein politischer Schritt und nichts, was wirklich mir galt.

Erst wollte ich es mir verkneifen, aber dann konnte ich es nicht, obwohl ich eigentlich wusste, dass ich damit diesen ominösen Vertrag der drei Länder möglicherweise gefährdete. Aber alle um mich herum schienen ihre egoistischen Ziele über diesen Vertrag zu stellen, Regor, Kevo und auch die Vassia. Daher fehlte mir die Zurückhaltung. »Ist euch bewusst, weshalb Kevo handelte, wie er es tat?«, fragte ich vorsichtig. Ich musste ja nicht gleich mit der Verurteilung dessen beginnen, was bei ihnen seit Jahren Bestand hatte. Eskar neben mir versteifte sich kaum merklich. Verständlich, ich stach hier in ein Wespennest.

Die Züge des Königs sanken in sich zusammen. Ein trauriger Ausdruck überschattete sein Gesicht. »Durchaus«, gab er leise zu.

»Liegt es auch nicht in Eurer Macht, dagegen anzugehen?«, mutmaßte ich, durch seine absolut unautoritäre Reaktion ermuntert.

»Vielleicht nach diesem Vorfall doch«, räumte er nachdenklich ein.

»Dann bin ich ja fast froh drum«, meinte ich leichthin, um

ihm zu zeigen, wie ernst es mir mit der Verurteilung von Gepflogenheiten war, die den Missbrauch von Niedriggestellten einfach so hinnahmen.

König Zaratho sah mir tief in die Augen, als ergründete er, was in mir vorging. Was immer er sah, er nahm mich ernst und nickte nur leicht. Ich verstand es als Versprechen. Wir hatten beide kaum etwas ausgesprochen, und doch hatte ich das Gefühl, etwas getan zu haben, einen Anstoß gegeben zu haben und dass sich vielleicht etwas ändern würde.

»Ich würde Euch anbieten, zu bleiben und ein paar Tage meine Gastfreundschaft zu genießen, aber mein Botschafter teilte mir mit, dass ihr vermutlich bald die Heimreise antreten wollt.«

Ich runzelte meine Stirn und schaute kurz zu Dante, der keinesfalls überrascht wirkte. Offenbar hatten die Schwarzklingen das schon unter sich besprochen. Zu gerne hätte ich nachgefragt, warum wir so schnell wieder abreisen würden. Aber er würde mir das später sicher erklären, wenn nicht ein ganzer Hofstaat zuhörte.

»Nun, Eskar von den Schwarzklingen, ich unterzeichne den Vertrag, den mein Botschafter in meinem Namen ausgehandelt hat. Füllt eure Vorräte auf und scheut euch nicht, nach etwas zu fragen oder eine Nacht zu bleiben«, verkündete der König und trat zu einem Tisch. Dort stand schon alles für die Unterzeichnung bereit. König Zaratho rollte den Vertrag aus und setzte sein Siegel und seine Unterschrift darauf. Das wiederholte er auf einem weiteren Vertrag und reichte ein Exemplar an Eskar, der es einrollte und in einem verschließbaren Köcher verstaute, den er an die Hüfte gebunden trug. Das war erstaunlich schlicht gewesen.

Der König schüttelte Eskar die Hand und sah dann mich wieder direkt an. »Würdet Ihr mich einen Moment begleiten,

Prinzessin Kalinka?«, fragte er mich.

Überrascht tauschte ich einen Blick mit Dante. Dann sah ich Eskar an, dessen Gesichtsausdruck eindeutig sagte, dass es meine Entscheidung war, ob ich der Aufforderung folgte oder nicht. Warum auch immer, aber mein Bauchgefühl sagte mir, dass ich dieses Angebot annehmen sollte. Also trat ich wortlos auf den König zu, warf aber Dante einen bittenden Blick zu. Er sollte mich begleiten. Noch einen Kampf ertrug ich nicht.

Die Männer verstanden meinen Wunsch. Eskar und die anderen verabschiedeten sich und bereiteten sicher unsere Abreise vor. Ich dagegen trat zum König, und Dante folgte uns dicht auf. König Zaratho warf ihm einen interessierten Blick zu, begann aber den Spaziergang und schlenderte mit mir über die Mosaikwege, die ihre eigene Geschichte erzählten.

»Ich danke Euch für die Chance zu diesem Gespräch«, begann er überraschend.

»Ich werde sehen, ob am Ende ich diejenigen sein werde, die zu danken hat«, öffnete ich für ihn das Feld.

König Zaratho lachte leise und nickte. »Als ich von Euch hörte, war ich gespannt, Euch kennenzulernen. Ihr seid noch beeindruckender als in meinen Vorstellungen.«

Solche Worte lösten sofort Unbehagen in mir aus. Hätte er nicht gerade sehr glücklich mit seiner Familie gewirkt, hätte ich behauptet, das sei ein Flirtversuch gewesen. So allerdings war ich einfach verwundert über sie.

»Es gibt andere, die Euch widersprechen würden.«

Der König nickte und wurde ernster. »Der allsehende Fluss hat mir das eine oder andere gezeigt, Prinzessin. Ich wünschte, Ihr würdet bleiben und ich könnte Euch besser kennenlernen. Aber ich verstehe Eure Eile und muss daher etwas rüder vorgehen, als Ihr es verdient.«

Ich spannte mich sofort wachsam an. Er bemerkte es. »Keine Sorge. Ich würde Euch niemals schaden wollen. Mein Bedauern gilt einem verbalen Überrumpeln, zu dem ich mich gezwungen sehe«, erklärte er schnell, und ich war geneigt, ihm zu glauben.

König Zaratho musterte mich abwartend, wie ich reagierte. Offenbar ermunterte ich ihn, denn er fuhr entspannter fort. »Sicher wisst Ihr inzwischen, dass Ihr das Gefäß einer Macht seid und einer großen noch dazu«, begann er tastend.

Ich sah nicht ein, ihm das zu bestätigen. Also schwieg ich und schlenderte an seiner Seite eine Wegbiegung entlang. Die Frage war doch, woher wusste er das?

»Als einer jener, die einen Zugang zum allsehenden Fluss haben, weiß ich, dass die Vassia hinter dieser Macht her sind und Euch deshalb bei sich behalten wollten. Und auch in Eurem Heimatland gibt es welche, die nach Eurer Macht trachten«, eröffnete er mir.

Der Weg schlängelte sich um einen kleinen Brunnen mit vielen dunklen moosbewachsenen Stufen, über die das Wasser immer tiefer plätscherte. Mir fiel auf, dass eben noch andere Jelisa hier gesessen hatten, jetzt aber alle verschwunden waren. Die Stimmen des sich unterhaltenden Hofstaats klangen die ganze Zeit etwa gleich weit entfernt. Ob sie uns auswichen? Es wirkte fast so. König Zaratho setzte sich auf die Kante des Brunnens und sah von unten lächelnd zu mir auf.

»Ich rate Euch, Eure Macht zu trainieren. Ihr solltet sie beherrschen, ehe Ihr das nächste Mal auf jemanden trefft, der danach trachtet, sie Euch zu nehmen«, kam er zu dem Punkt, dessentwegen er wohl mit mir hatte sprechen wollen. Ich musterte ihn. Konnte ich ihm trauen, oder verfolgte er seine eigenen Ziele? Vermutlich von beidem etwas. Das eine schloss das andere nicht unbedingt aus, aber er wirkte bisher sehr aufrichtig und authentisch. Entweder war er so gut im Manipulieren wie ein Läufer, oder er war ehrlich.

»Es klingt sehr leicht aus Eurem Mund«, hakte ich nach, denn im Grunde stimmte ich ihm auf rein sachlicher Ebene zu. Emotional gesehen war es schlicht irre, was da gerade passierte. Ein fremder König riet mir, eine Macht, die in mir erwacht war, kontrollieren zu lernen, um anderen übernatürlichen Wesen begegnen zu können, die mir meine Macht stehlen wollten. Herzlichen Glückwunsch, ich war in die Freiheit geflohen, um jetzt zu einer von allen Seiten Verfolgten zu werden. So hatte ich mir die Freiheit nicht einmal in meinen schlimmsten Träumen ausgemalt. Das Kämpfen … es würde niemals enden.

»Alles beginnt in Euch«, riet er mir. »Ihr müsst in Euch blicken, hineinsehen und ergründen. Wenn Ihr gesehen habt, müsst Ihr hören.«

Okay … das klang nach absolutem Schwachsinn.

»Und dann fühlen. Eine Macht in Eurem Innern wird immer zu Euch kommen, wenn Ihr bereit für sie seid. Und dann müsst Ihr sie nutzen, um sie kennen und schließlich beherrschen zu lernen. Es ist ein holpriger Weg, der eigentlich Zeit braucht. Zeit, die Ihr nicht habt.« Seine Stimme klang besorgt. Eigentlich wollte ich nicht nachfragen, denn alles was er jetzt gesagt hatte, klang nicht gerade weniger nach Schwachsinn. Aber wenn ich schon mal dabei war, konnte ich auch nachfragen.

»Wieso habe ich keine Zeit?«

König Zaratho richtete sich auf, und alle Heiterkeit war aus seinen Zügen gewichen. Seine Freundlichkeit und Güte waren verschwunden. Tiefe Sorge und etwas wie Schmerz trübte seine Züge, und ein kalter Schauer fuhr meinen Rücken hinab.

»Egal wie weit mich der allsehende Fluss zurückgeleitet hat, wann immer ich Euch sah, wart Ihr umgeben von Dunkelheit.«

Ich war versucht zu schnauben. Da hatten wir es ja. Als hätte ich es schon immer gewusst, nahm ich ausgerechnet diese Worte als wahr an. Doch dann fügte er etwas hinzu, das meine Welt erschütterte.

»Und diese Dunkelheit kam nicht von innen. Sie jagt Euch und nimmt Euch etwas. Ich weiß nicht, woher sie kommt, aber ich bin mir sicher, dass sie Euch schadet.«

Eine Dunkelheit? Jetzt im Ernst?

König Zaratho lachte leise. »Ich sehe Euch an der Nasenspitze an, dass Ihr mir kein Wort glaubt.«

Das war mal etwas, dem ich zustimmen konnte. Ich lächelte ihn an und nickte dabei leicht. König Zaratho lachte wieder sein grollendes Lachen. Der Laut beruhigte und entspannte mich.

»Nur mal angenommen, ich würde glauben, was Ihr mir sagt. Wenn diese Dunkelheit schon immer da war, wieso habe ich dann keine Zeit mehr?«, fragte ich wachsam nach.

Zaratho lächelte und erhob sich. Er war jetzt nur noch ein kleines Stückchen kleiner als ich. »Weil Eure Macht erwacht ist, während Euer Geist so zerrüttet und fragil wie nie zuvor ist. Diese Kombination könnte Euch zum Verhängnis werden. Ihr müsst lernen, Euch gegen die Dunkelheit zu wehren und Euch zu verteidigen. Andernfalls werden jene, die nach Eurer Macht trachten, oder diese Dunkelheit gewinnen.

König Zaratho lief wieder weiter, und ich schloss mich ihm an. »Glaubt nicht, ich würde rein selbstlos handeln.« Er lachte auf. »Ich befürchte, dass Eure Macht in Hände fällt, die mir und den Meinen schaden könnten. Daher hätte ich auch meine Vorteile davon, wenn Ihr Eure Macht beherrschen lernt«, räumte er ein.

Das war das erste Argument, das zu mir durchdrang und nicht direkt von meinem Argwohn abgeschmettert wurde. Traurig, aber wahr, ich glaubte einfach nicht, dass ein Herrscher selbstlos agierte.

»Ich werde Euren Rat in Erinnerung behalten und überdenken«, versprach ich ihm. Immerhin das konnte ich ihm zugestehen, und ehrlich gesagt würde all das sowieso noch eine Zeit lang in mir arbeiten, denn dieses Etwas in mir wurde immer lauter. Ich konnte gar nicht mehr leugnen oder verdrängen, dass ich wohl inzwischen auch eines dieser übernatürlichen Wesen war, von denen er mir gerade erzählt hatte und zu denen er wohl auch selbst gehörte. Dieser Teil unserer Welt war mir allerdings noch so fremd und neu, dass ich meine Probleme hatte, diese Konsequenz auch zu akzeptieren. Noch fühlte es sich schlicht wahnsinnig an, ernsthaft in Erwägung zu ziehen, dass das summende Vibrieren eine Macht war, die ich zu kontrollieren lernen konnte. Zumal ich bisher überhaupt nichts konnte, außer vielleicht innerlich vibrieren.

32

Wir ritten bis zur Abenddämmerung. Drei Stunden vorher waren wir auf einen Flusslauf getroffen, und seither ritten wir parallel zu dem immer breiter werdenden Strom. Das stetige Gluckern und Gurgeln war ein beruhigendes Geräusch.

Die Böschung wurde immer steiler, und so lenkten wir unsere Sielas in eine Reihe. Der schmale Pfad schlängelte sich parallel zum Flusslauf drei Meter unter uns. Ich wagte einen Blick hinunter und entspannte mich gleich etwas mehr. So steil, wie ich angenommen hatte, war es gar nicht, und die zahlreichen Sträucher und jungen Bäume würden einen Sturz schon abfangen.

Ich ließ meinen Blick die Reihe unserer Gruppe entlangschweifen. Vor uns ritten Eskar und Sasch, hinter uns Briann, Palmiro und Logan. Wir ritten in ihrer Mitte, und so langsam bekam ich den Eindruck, dass wir ziemlich langsam unterwegs waren.

»Irre ich mich oder sind wir langsamer als nötig?«, fragte ich Dante leise.

»Sind wir«, bestätigte Dante, und ich spürte seine Worte in meinem Rücken vibrieren. Wir saßen noch immer zusammen auf einem Siela. Seit der Botschafter und sein Assistent in Jesa zurückgeblieben waren, hatten alle anderen ein eigenes Reittier. Nur wir beiden hingen noch auf demselben

Tier zusammen. Ich wusste nicht wirklich, wieso, aber langsam stank es mir, kein eigenes Siela zu haben. Außerdem wären wir dann auch viel schneller. Wieso hatte Eskar sich kein weiteres Reittier zugelegt?

»Wieso sind wir so langsam? Ich dachte, wir haben es eilig.«

»Haben wir nicht.«

Ich fuhr halb herum und sah ihn überrascht an. »Nicht?«

Dante lächelte. »Nein.«

»Aber der Vertrag …«

»Ist unterzeichnet und damit gültig. Der König der Könige braucht ihn nicht so schnell zurück. Es wird etwa zwei bis drei Monate dauern, bis die Truppen der Vassia und Jelisa marschbereit sind. Eskar geht davon aus, dass die Vassia den Vorfall mit dir verschweigen werden, und wir handhaben es ebenso. Für den Versuch, dich zu töten, haben sie viele Kriegerinnen verloren. Eskar meint, wir wären quasi quitt, auch wenn ich anderer Meinung bin, verstehe ich die weitreichenden Konsequenzen, wenn wir es thematisieren. Jedenfalls dauert es dann noch mal einen halben bis ganzen Monat, bis sie zu unseren Truppen an der Front stoßen. Wir haben wirklich genug Zeit«, erklärte er mir.

»Warum sagt mir das keiner? Und warum sind wir dann nicht bei König Zaratho geblieben?« Ich wurde sauer!

»So nett er auch erscheint, wir trauen ihm nicht bedingungslos. Außerdem wäre es besser, wenn wir beide nicht zu lange an einem Ort bleiben.«

»Ach?«

»Ja, du weißt doch noch, warum wir die Schwarzklingen überhaupt begleitet haben. Es wäre nicht gerade klug, an einem so öffentlichen Ort zu bleiben und darauf zu warten, dass diejenigen, die hinter dir her sind, aufschließen können.

Oder dass sie mich erkennen und dann sicher wissen, wohin du geflohen bist. Also egal ob dieser Sika schon weiß, wo du bist, oder nicht, sich an einem königlichen Hof aufzuhalten wäre dumm.«

Ich versteifte mich. Ich war also dumm? Na, das konnte er haben. »Vorsicht, Prinz, dumme Mädchen neigen dazu, um sich zu schlagen!«, zischte ich zornig.

Dante versteifte sich in meinem Rücken. Ich richtete mich bewusst auf und drückte mein Kreuz durch, um ihn möglichst nicht mehr berühren zu müssen. »Morgen kannst du dir Briann vor die Brust setzen!«, fuhr ich ihn noch kalt an.

»Was soll das, Lin?«

»Was soll was?«, fragte ich kaltschnäuzig.

»Wieso bist du auf einmal so sauer auf mich?«

»Keine Ahnung. Vielleicht bin ich zu dumm, um mich selbst verstehen zu können«, zickte ich.

»Ich habe dich nie dumm genannt!«, stieß er, selbst wütend werdend, hervor.

»Stimmt, nur meinen Vorschlag!«, räumte ich kühl ein. Als wäre das besser!

»Weil er dumm war«, fuhr er mich an. Oh, dieser Mistkerl. Ich schnaubte wütend und verschränkte die Arme vor meiner Brust. Und obwohl es verdammt unangenehm war, so weit vorne zu sitzen, gab ich mir die größte Mühe, nicht wieder nach hinten an seine Brust zu rutschen. Der Rist des Sielas stieß bei jedem Schritt unangenehm in meinen Oberschenkel, aber die blauen Flecken nahm ich nur zu gerne in Kauf. Meine Wut war sowieso gerade so dominant, dass ich kaum spürte, wie der spitze Knochen sich immer wieder in mein Fleisch bohrte.

»Das ist albern!«, fuhr er mich nach einer Zeit des zornigen Schweigens an.

»Oh, natürlich. Nicht nur dumm, sondern auch albern. Die perfekte Prinzessin, was?«, schnaubte ich und hätte ihm am liebsten in den Arm gezwickt oder geboxt oder irgendwie anders leichte Schmerzen zugefügt.

»Mann, Lin!«, begehrte er frustriert auf, und ich musste hämisch grinsen. Geschah ihm ganz recht.

Eskar bog vor uns in ein schmales Tal ab, dessen Eingang einer Klamm ähnelte. Unsere Reittiere trotteten über laubbedeckten Boden zwischen zwei steil aufragenden Steinwänden hindurch. Das leise Rascheln war alles, was die Stille der hereinbrechenden Nacht durchschnitt. Die Klamm war etwa hundert Meter lang, dann öffneten die Steinwände sich zu einem schönen Tal. In der Dämmerung konnte ich nicht allzu viel erkennen, aber die Mischung aus Wald und Wiese war an und für sich schon einladend. Dazu bestand der Wald zu großen Teilen aus Nadelbäumen, die auch jetzt im Winter noch dicht und grün waren.

Eskar führte uns an den Rand des Waldes zu einer Ansammlung aus größeren Steinen, hinter denen man windgeschützt ein Lager aufschlagen konnte. Kaum dass Dante unser Siela gezügelt hatte, sprang ich auch schon ab und stapfte davon, mitten in den Wald hinein. »Ich sammele Feuerholz!«, knurrte ich über meine Schulter. Sie sollten den Teufel tun und mir hinterherkommen, vor allem dieser arrogante, sture Prinz nicht!

Ich schlug mich ins Unterholz, musste mich unter tief hängenden, schweren Ästen hindurchbücken und blieb immer mal wieder an dornigen Büschen hängen. Meine Wut kochte immer weiter hoch. Frustriert zerrte ich an dem dornenbesetzten Ast, der sich in meiner Hose verfangen hatte. Ich war es leid, sie vorsichtig vom Stoff zu lösen und riss mich einfach frei. Der Schmerz durchzuckte mich leicht. Ein Blick zeigte mir, dass ich sowohl den Stoff der Hose als auch meine Haut eingerissen hatte. »Verdammt!«, fluchte ich und stieß einen knurrenden Schrei aus. Ich ballte die Fäuste und stampfte auf dem Boden auf, und schon im nächsten Moment war mir meine lächerliche Reaktion peinlich. Flink sah ich mich um, ob mich jemand gesehen hatte. Erleichtert stieß ich die Luft bei der Erkenntnis aus, dass ich weit und breit allein war.

Meine Schultern sanken herab. Seufzend rieb ich mir über die Stirn und durch mein Haar. Das musste aufhören! Mal ganz davon abgesehen, dass ich durch mein Stampfen meinen immer noch leicht geprellten Fuß unnötig stark belastet und mir selbst damit wehgetan hatte.

Also widmete ich meine Aufmerksamkeit nun doch der Holzsuche und sammelte allerlei dickere und dünnere Äste. Das war alles die Schuld dieses arroganten Prinzen. Wer hatte ihm denn gesagt, dass er sich zu meinem Beschützer aufschwingen sollte? Niemand! Genau! Ich ganz sicher nicht!

Mir fiel ein, worum ich ihn gebeten hatte, als er erst nichts hatte essen wollen. Verdammt. *Ich* hatte ihn gebeten. Und zuvor schon mein Vater indirekt. Na gut, dann hatte er eben das Recht, sich als mein Beschützer aufzuführen. Aber er hatte nicht das Recht, mich dumm zu nennen. Ganz sicher nicht! Das war nicht fair. Ich war nicht dumm. Vielleicht traf ich mal die eine oder andere dumme Entscheidung, aber das machte jeder!

In meine Raserei vertieft, sammelte ich schnell meinen ganzen Arm voll, ungeachtet der Eignung des Holzes, das ich auf meine Arme stapelte. Mir stieg ein modriger Geruch in die Nase, und ich warf einen Blick auf das Holz in meinem Arm. Wieder entfuhr mir ein wütender, frustrierter Schrei, und ich ließ alles fallen. Die Hälfte der Äste war morsch. Morsches Holz brannte nicht wirklich gut. Dreck verdammter. Tränen der Wut brannten hinter meinen Lidern, aber das brachte auch nichts. Also sortierte ich mit abgehackten, wütenden Gesten das Holz und sammelte noch weiteres, ehe ich mir alles auf die Arme lud und den Rückweg antrat.

Vor lauter Wut hatte ich nicht auf meine Umgebung geachtet und musste mir eingestehen, dass ich nur so die grobe Richtung wusste, in der das Lager sein musste. Noch wütender werdend, weil so ein Versagen absolut überflüssig und unnötig war, stapfte ich zurück.

Nach quälend langen zehn Minuten trat ich aus dem Wald und entdeckte das Lager links von mir. Ich konnte nicht fassen, wie weit ich mich davon entfernt hatte, und stapfte zu der Gruppe, die von hier aus zum Glück hinter dem großen Steinhaufen verborgen war. Ich lief um die Steine herum, lud meine Beute kommentarlos und mit wenig Umsicht direkt neben der Feuerstelle ab und marschierte direkt wieder in den Wald. Meine Wut war kein bisschen verraucht, und kaum dass ich Dante entdeckte, kochte sie wieder hoch. Ich mied seinen Blick und verkroch mich direkt wieder in die Holzsuche. Der Typ konnte mir gestohlen bleiben. Es war nicht in Ordnung, dass er mich so bevormundete. Und überhaupt, er hielt mich immerhin für dumm und albern. Ich schnaubte wütend auf.

Ein Rascheln im Unterholz ließ mich anhalten und lauschen. Es erklang wieder schräg hinter mir. Ich drehte mich um, den Blick nach unten gerichtet, weil ich ein Tier erwartete, doch ich entdeckte Briann, die zwischen zwei Dornenbüschen hindurchtrat und mich fest musterte.

»Was willst du?«, fuhr ich sie in meiner wütenden Stimmung direkt an. Briann zog strafend eine Augenbraue hoch. Mir wurde klar, wie heftig ich sie angefahren hatte, und so seufzte ich. »Also, warum bist du hier?«, fragte ich diesmal ruhiger.

»Eskar schickt mich«, informierte sie mich. Ich stemmte die Hände in die Hüften. »Wieso?«

»Dante hat ihm erzählt, dass der König dir geraten hat, die Harmonie zwischen deinem Körper und deinem Geist herzustellen, um dich gegen die Dunkelheit, die dich bedroht, wehren zu können. Daraufhin hat Eskar beschlossen, unsere Heimreise mit einer etwas größeren Anzahl an Zwischenstopps zu bereichern, und mich gebeten, dir bei den ersten Schritten zu helfen.«

»Ich kann mir vorstellen, wie glücklich du darüber bist«, höhnte ich und verschränkte meine Arme vor der Brust. Sie war vermutlich gerade genauso aufgebracht wie ich.

Briann zuckte mit den Schultern. Sie wirkte nicht gerade unglücklich.

»Du meinst das ernst«, stellte ich fest. »Du willst mir tatsächlich helfen.«

»Ja«, kam die schlichte Antwort, die mich umhaute. Briann hasste mich. Besonders da Dante nicht von meiner Seite wich und Eskar mir gegenüber immer zuvorkommend und respektvoll war. Ich hatte den Eindruck, Briann setzte am meisten bei alledem zu, dass ich auch eine Frau war und ihr den Rang als einzige Frau hier ablief. Aber da stand sie, seelenruhig und wartete, dass ich mich auf sie einließ.

»Wieso du?«, fragte ich zerknirscht.

»Weil niemand darin so gut ist wie ich.«

»Worin?«

»Körper und Geist in Einklang zu bringen«, offenbarte sie. Was sollte ich darauf antworten? Meine Gedanken überschlugen sich. Sie, ausgerechnet sie? Briann wirkte nicht wirklich im Einklang mit sich selbst. Auf der anderen Seite war sie trotz ihrer unverkennbaren Wut niemals ausgerastet. Ich fragte mich prompt, warum sie es hatte lernen müssen. Hatte sie wie jeder ihr eigenes Päckchen zu tragen und dabei gelernt, mit ihrer Wut umzugehen? War sie so gut, wie sie behauptete? Und vor allem, konnte sie mir helfen? Würde sie mich vielleicht sogar besser verstehen, als ich annahm?

Dann war ihre veränderte Haltung mir gegenüber seit meinem Kampf vielleicht gar nicht einer neu entwickelten Abscheu zuzuschreiben. Vielleicht konnte sie sich jetzt eher mit mir identifizieren. Konnte das sein?

»Fein«, brachte ich zwischen zusammengebissenen Zähnen hervor.

Briann nickte, als hätte sie mit so viel Widerstreben meinerseits gerechnet. Sie setzte sich vor mich auf die kleine Lichtung. Dabei verschränkte sie die Beine unter sich, richtete ihren Rücken auf und legte die Hände auf ihren Knien ab. Sie sah mich ruhig an, erwartungsvoll und abwartend.

Mit einem Zögern, weil ich das Gefühl hatte, mich lächerlich zu machen, folgte ich ihrem Vorbild und setzte mich ebenfalls in den Schneidersitz. Briann sah mit leicht nach vorne geneigtem Kopf demonstrativ auf meine Knie. Ich verstand, dass ich sie nachahmen sollte. Ich richtete die Handflächen nach oben, legte die Handgelenke locker auf meinen Knien ab und sah sie fragend an.

Briann schien mit meiner Haltung zufrieden zu sein. Ich hatte ein Lächeln erwartet, doch das hätte nicht zu der Schwarzklinge gepasst. Dante hätte gelächelt, aber eben nicht Briann.

Die Kriegerin schloss ihre Augen. Jetzt im Ernst? Ich kam mir so dämlich dabei vor, und doch bemühte ich mich. Leider konnte ich meine Augen nicht lange geschlossen halten. Unter einem Lid schielte ich hervor und blickte zu Briann, die immer noch ruhig vor mir saß. Ihre Augen waren immer noch geschlossen, und sie atmete ruhig und flach, als würde sie schlafen.

»Augen zu«, ermahnte sie mich. Wie konnte sie das sehen? Ich inspizierte ihre Augenlider genauer, dabei beugte ich mich nach vorne. Sie konnte mich unmöglich durch ihre fest geschlossenen Lider sehen. Tief Luft holend lehnte ich mich zurück und schloss meine Augen, auch wenn es mir schwerfiel, nichts zu sehen.

Nachdem ich eine Weile lang nicht mehr getan hatte, als zu atmen und still zu sitzen, erklärte Briann zum ersten Mal etwas. »Körper und Geist in Einklang zu bringen ist ein langwieriger, fordernder Prozess. Es kostet Wochen, Monate, vielleicht sogar Jahre. Du bist ein traumatisiertes Wesen, bei dir würde ich eher auf Jahre tippen«, eröffnete sie mir, und ich wollte protestieren. Ich war gut in allem, was ich anpackte. Ich war extrem ehrgeizig und multitalentiert. Wenn ich mir was vornahm …

Die nüchterne Klarheit, mit der sie diese bitteren Worte ausgesprochen hatte, erstickte jedoch jeden Widerspruch. Sie fuhren direkt in mich hinein und warfen auf meinen vernarbten, verkrüppelten Kern ein Scheinwerferlicht. Ich war mir meiner dunklen Seele nie so bewusst wie in diesem Moment, und so erstarb der Protest auf meinen Lippen.

»Aber für das, was du lernen sollst, ist der vollkommene Einklang nicht sofort notwendig. Du solltest diesen Zustand zwar schon anstreben, aber für den Moment reicht es, deinen Geist zu reinigen«, erklärte sie.

Mir entfuhr ein ungläubiges Schnauben, und sie lächelte. Mir wurde bewusst, dass ich meine Augen wieder geöffnet hatte, und ich beeilte mich, sie wieder zu schließen. Seufzend versuchte ich meinen Trotz zu bekämpfen, ehe ich meine

Frage stellte. »Und wie soll das gehen?« Ich musste mir eingestehen, dass ich den Trotz nicht wirklich hatte heraushalten können, und ärgerte mich über mich selbst.

»Atme. Und konzentriere dich einfach nur auf deine Atmung.«

So schlichte Anweisungen, und doch fühlte ich mich überfordert damit. Ich atmete ein, hielt die Luft an und stieß sie dann wieder aus. So lange die Luft anzuhalten brachte gar nichts! Wütend auf mein Unvermögen, eine so einfache Anweisung nicht erfüllen zu können, drifteten meine Gedanken zu Dingen ab, die ich so allgemein nicht in der Lage war zu tun, egal wie fest ich es mir vornahm. Nicht mehr kämpfen zum Beispiel. Ich hätte mich ja einfach hinter Dante in dieser dummen Gondel verstecken können. Wenn es mir so ernst mit diesem Wunsch wäre, hätte ich ihn doch wohl an meiner Stelle kämpfen lassen können. Also welche masochistische Ader in mir hatte diesen verdammten Säbel gegriffen? War ich so scharf darauf zusammenzubrechen?

Dann war da noch die Tatsache, dass ich keine Hilfe annehmen konnte. Das Gefühl, etwas würde nur richtig gemacht werden, wenn ich es selbst anpackte, verstärkte das Problem noch. Könnte ich loslassen und andere die Probleme lösen lassen, wäre ich vielleicht auch in der Lage, mich das nächste Mal hinter Dante zu verstecken. Und überhaupt …

»Finde deinen Rhythmus. Tief ein und wieder aus. Nur das, nicht mehr. Achte auf die Bewegung deines Körpers, den Rhythmus deines Herzens. Ein und wieder aus.«

Puh. Also gut.

Tief ein … mein Brustkorb blähte sich und hob meine Schultern an. Mir wurde klar, wie sehr ich in mich zusammengesunken war und richtete mich auf. Mit durchgedrücktem Kreuz blähte mein Brustkorb sich weit auf, und ich hielt die Luft wieder an. Zu lange. Das Ausatmen war ein Stoßen, das einem Luftschnappen glich.

»Ein ruhiger Rhythmus, das ist kein Wettstreit. Atme einfach ein und wieder aus«, schalt sie mich, und ich war schon wieder dabei, in meine mürrischen Gedanken zu versinken. Diesmal bremste ich mich jedoch und atmete ganz tief aus. Ich ließ alles los, die Wut, die Unsicherheit, den Ehrgeiz und die Angst. Alles ließ ich mit meinem Atem aus mir herausströmen und spürte, wie meine Muskeln sich entspannten. Mein Körper wurde leichter.

Einatmen.

Ausatmen.

Die Entspannung sank tiefer in meine Muskeln, und mit jedem Ausatmen stieß ich etwas mehr von meinen Gedanken und Zweifeln aus.

»Spüre deine Muskeln. Mach sie dir bewusst. Finger … Unterarme … Oberarme … fühle sie und entspann dich. Gib die natürliche Spannung der Kriegerin in dir auf. Lass los«, flüsterte sie am Ende mit ruhiger Stimme und in langsamem Rhythmus. Jeden Muskel, den sie benannte, spürte ich intensiver, bewusster. Es war, als könnte ich sie sehen, in mir drin, unter meiner Haut. Da lagen sie und zogen sich mit jedem Atemzug weiter auseinander.

Bei jedem Ausatmen wurde ich ein kleines bisschen leichter, bis ich das Gefühl hatte zu schweben. Für einen kurzen Moment fühlte ich mich leicht und frei. Ich konnte ohne Widerstand atmen und dachte über nichts nach. Mein Blick war nach innen gerichtet, und ich hätte schwören können, dass ich tatsächlich sah, wie mein Brustkorb sich sanft und stetig blähte, die Muskeln sich anspannten und mein Lungenvolumen sich ausdehnte bis zu einem Maximum, in dem es eine Millisekunde verharrte, ehe es in sich zusammenfiel und die Luft wieder aus meiner Nase blies.

»Sehr gut«, erklang Brianns Stimme ruhig und zufrieden. Und für diesen Bruchteil des Moments spürte ich dieselbe Zufriedenheit in mir.

»Jetzt sieh in dich hinein. Finde diese Macht«, wies sie mich an und erinnerte mich an den Grund für diese seltsame Übung. Ihre Anweisung wirbelte meine innere Ruhe durcheinander und peitschte meine Gedanken wieder auf. Wie sollte ich denn bitte diese Macht finden? War ja nicht so, dass sie da irgendwo in mir saß, neben meiner Lunge, und darauf wartete, dass ich sie ansah. Sie winkte mir ja nicht zu.

Mir wurde bewusst, wie schnell ich den Zustand der Ruhe verlassen hatte, und war enttäuscht. Dann riss ich mich zusammen. Seit wann war ich so ein Jammerlappen? Also wirklich! Ich atmete bewusst, verdrängte alle Fragen, Zweifel und Gedanken und bekam den Zustand der Leichtigkeit wenigstens annähernd zurück. Und dann blickte ich in mich hinein, doch ich hatte meine Probleme damit. Es war ja nicht so, dass ich wirklich in mich hineinblicken konnte, sondern ich stellte mir mein Inneres vor, wie ich es gelernt hatte. Meine Organe, meine Adern und Muskeln, meine Knochen und etwas Diffuses, für mich nicht Greifbares wie mein Lymphsystem. Nur wo war diese Macht?

»Ich finde nichts«, stieß ich aus und überraschte mich damit vermutlich genauso wie Briann.

»Etwas in dir ist nicht normal.«

»Das Vibrieren!«, sagte ich sofort. Das war neu seit meinem Besuch bei den Vassia. Und es hatte mich auch nicht wieder verlassen.

»Dann hast du es doch.«

»Nein, es ist diffus, nicht lokalisierbar.«

»Muss es lokalisierbar sein?«

Ich wollte intuitiv Ja sagen, aber dann zögerte ich. Automatisch war ich davon ausgegangen. Die Königin der Vassia wie auch Zaratho hatten mich ein Gefäß genannt. Daher war ich davon ausgegangen, dass diese Macht wie ein Fremdkörper in meinem Körper lauerte und nicht dazugehörte. Aber dieses Vibrieren war delokalisiert. Es war überall zugleich und doch nirgendwo stark genug, um dort einen Ursprung vermuten zu können.

»Wie soll ich es finden, wenn ich es nicht lokalisieren kann?«, fragte ich unsicher.

Briann zögerte einen Moment, und ich öffnete unwillkürlich meine Augen. Sie sah mich nachdenklich an. Dann glätteten sich ihre Züge. »Ein Gefühl kannst du auch nicht lokalisieren, und doch spürst du es«, erinnerte sie mich. Und es stimmte. Egal ob Wut oder Freude, das Gefühl war überall, an manchen Orten stärker als an anderen, aber es war überall, genau wie dieses Vibrieren. Und doch erkannte ich das Gefühl eindeutig. Was das in mir war, erkannte ich aber noch nicht.

Ein weiteres Mal versank ich in meiner Konzentration und fokussierte mich statt auf meine Atmung diesmal auf das Vibrieren. Ich machte es mir bewusst, tastete danach und horchte auf meinen Körper. Nach und nach wurde es klarer, greifbarer. Das Vibrieren schrumpfte zu einem Summen und drang in den Hintergrund. Gleichzeitig spürte ich eine Wärme in meinem Körper von den Zehen bis in die Fingerspitzen, alles war warm.

»Wenn du einen kleinen Schritt vorangekommen bist, reicht das für heute«, entschied Briann, und ich öffnete meine Augen. Sie sah mich auffordernd an. Sie war sich sicher, dass ich Erfolg gehabt hatte. Wie konnte sie sich so sicher sein? Aber ich gab ihr recht. Aus meinem Training wusste ich, dass es besser war, mit einem kleinen Erfolg aufzuhören, als mitten in eine Frustration reinzulaufen, weil man noch nicht bereit für das endgültige Ziel war.

Ich erhob mich und klopfte mir kleinere Stöckchen und Laub von meiner Kleidung. Mir wurde bewusst, dass mein Hintern und meine Schenkel von hinten feucht waren. Sich im Winter mitten auf den laubbedeckten Boden zu hocken war vielleicht nicht die beste Idee gewesen.

Briann klopfte sich auch sauber und wandte sich dann dem Lager zu. Ich folgte ihr und dachte darüber nach, was ich eben gefühlt hatte. Es war entsetzlich wenig gewesen, ein winziger Fortschritt. Doch ich wusste nicht, wie viel dieser Fortschritt vom Gesamtweg war. Hatte ich einen wichtigen Schritt getan, der sich kleiner anfühlte, als er war, oder war es wirklich nur ein kleiner Schritt gewesen? Es fühlte sich groß an, dass ich für einen Moment Ruhe in das Chaos in meinem Innern hatte bringen können. Aber das konnte sich auch nur so anfühlen.

Brianns Rücken bewegte sich mit jedem schwingenden Schritt in einem rhythmischen Hin und Her. Es war hypnotisierend, und ich versank in meine Gedanken. Sie hatte mich ein traumatisiertes Wesen genannt. Und dann hatte sie mir geholfen, obwohl sie mich doch nicht leiden konnte. Ich war sicher, hätte sie Eskar auch nur signalisiert, dass sie mir nicht helfen wollte, hätte er sie nicht gezwungen. Also hatte sie diese Aufgabe angenommen, vielleicht sogar bereitwillig. Das verstand ich nur nicht.

»Wieso hilfst du mir?«, platzte es schließlich aus mir heraus.

Briann blieb stehen und schaute über ihre Schulter. Sie musterte mich, und was immer sie sah, ließ sie ganz herumfahren. Die Schwarzklinge sah mir fest in die Augen. »Weil Eskar mich darum gebeten hat.«

Ich schnaubte. »Du hättest ablehnen können.«

Briann verzog grinsend ihre Mund. »Wieso hätte ich das denn tun sollen?«

»Weil du mich hasst!«, stieß ich hervor.

Briann verlor ihre amüsierte Haltung und sah mich ernst an. »Ich hasse dich nicht.«

»Gut, dann kannst du mich eben nicht leiden«, präzisierte ich, weil ich mir sicher war, dass sie gerade nur spitzfindig war.

»Wie kommst du darauf?«

Ich wedelte in ihre Richtung und umfasste ihren ganzen Körper. Wie sollte ich das in Worte fassen?

Briann holte tief Luft. »Du erinnerst mich an meine eigene Vergangenheit. Das macht es mir schwer, in deiner Nähe zu sein. Aber ich hasse dich nicht.«

Ich wusste nicht, wieso, aber ich glaubte ihr.

»Dennoch solltest du mir nicht helfen!«, stieß ich zornig aus. Dieser Zustand der Leichtigkeit hatte etwas freigelegt, und es hämmerte von innen gegen sein fragil gewordenes Gefängnis. Mit jedem Atemzug bekam die Mauer weitere Risse, und es lechzte danach, freigelassen zu werden. Ohne es verhindern zu können, ließ ich dieses Etwas die Kontrolle übernehmen.

»Wieso, Lin?«, fragte Briann lauernd. Sie ahnte bereits, wohin ich gerade unterwegs war.

»Weil ich ein Monster bin!«, stieß ich hervor und spürte es durch seine Gefängniswand brechen. Mein Atem ging pumpend, meine Fäuste waren geballt, und der Schmerz überflutete mich und hinterließ nicht mehr als tiefschwarze Verachtung … für mich selbst.

»Du bist kein Monster«, antwortete Briann leise.

»Du hast doch gesehen, zu was ich fähig bin!«, schrie ich sie beinahe an und zeigte hinter mich in die vage Richtung des Palastes der Vassia. Zu dem Ort, an dem ich neunzehn Leben beendet oder beeinträchtigt hatte. So viel Blut, das an meinen Händen klebte.

»Ja, das habe ich.« Sie blieb ruhig und hielt meinem Blick stand.

»Wie kannst du dann behaupten, ich sei kein Monster?«, warf ich ihr mehr vor, als dass ich sie wirklich fragte.

»Weil du kein Monster bist.«

Ich schnaubte wütend auf. Mein Blick wurde mörderisch, kalt. Ich fixierte sie und ließ all die Dunkelheit in mir auf sie niederprasseln. »Ihr Blut klebt an meinen Händen. So viel Blut, das ich in meinem Leben vergossen habe. So viele Leben, die durch meine Taten beendet wurden. Ich habe gejagt, gemordet, gefoltert. Ich *bin* ein Monster, ob du es wahrhaben willst oder nicht!«, beharrte ich voll makabrer Selbstsicherheit.

Briann trat einen Schritt auf mich zu. Es wirkte, als beträte sie einen Raum, in dem nur wir beide waren, als würde sie die Welt um uns herum ausschließen. »Und all das zerstört dich, es frisst dich von innen heraus auf«, flüsterte sie und ihre Stimme brach. Sie wusste ganz genau, was in mir tobte. Sie kannte all das selbst. Dessen war ich mir plötzlich vollkommen sicher. Aufgewühlt blickte ich in ihre Augen. »Und genau deshalb bist du kein Monster. Einem Monster wären all die genommenen Leben egal. Ein Monster würde all das sogar genießen. Dich aber quält es. Du bist *kein* Monster, Lin.«

Meine Kehle wurde eng, und ich spürte den Druck von Tränen hinter meinen Augen. Meine Lippe zitterte, ehe ich auch nur ein Wort herausbringen konnte.

Brianns Blick grub sich in meinen, und das Verständnis in ihren Augen war überwältigender, als jedes Wort hätte sein können. »All das hast du nicht freiwillig getan«, erinnerte sie mich mit leiser Stimme.

»Das ist immer für alle die Entschuldigung. *Ich hatte keine Wahl*«, ätzte ich und schnaubte zornig auf. »Aber man hat immer die Wahl. Ich hätte meine Freiheit aufgeben und mich gegen all das wehren können. Also versuch nicht, mir einzureden, ich wäre nicht schuld daran«, verlangte ich zornig.

»Das will ich nicht«, kam die Antwort, die mir den Wind aus den Segeln nahm. Überrascht musterte ich sie und wusste nicht, worauf ich mich dann einstellen sollte. Was wollte sie sonst als Argument anführen?

»Es geht nicht darum, dass du keine Schuld daran trägst. Jeder trifft eine Wahl und verschuldet sich daher mit. Aber die Schuld liegt nicht allein auf deinen Schultern«, erklärte sie leise und durchdrang allen Trotz, alle Wut und mürrische Resignation. Ich konnte ihren Worten nicht widersprechen.

»Es bleibt, ich bin selbst an all dem schuld.«

»Ja«, flüsterte Briann, und ich konnte nicht anders, ich starrte sie fassungslos an. Ich hatte mit allem gerechnet, nur nicht damit. Aber es war die einzige Antwort, die ich akzeptieren konnte, weil ich selbst dieser Überzeugung war und einen Widerspruch als Verharmlosung und schnulzige Rückgratlosigkeit gewertet hätte.

»Siehst du, dann bin ich doch ein Monster«, flüsterte ich. Briann hatte mir alle Wut genommen und ein leidendes Häufchen Elend zurückgelassen. Wut war so viel leichter zu ertragen als das.

Briann überbrückte den letzten Abstand und umfasste meine Schultern. Sie sah mir ernst in die Augen. »Es geht mir nicht darum, dass du glauben sollst, dass du keine Verantwortung an deinen Handlungen hättest. Du hast grausame Dinge getan. Nie grundlos, aber es bleibt, dass du sie getan hast. Daran kann niemand etwas ändern.«

»Worum geht es dann?«, fragte ich mit hauchdünner Stimme. Ich fühlte mich vollkommen entblößt, nackt vor ihren wissenden Augen und bar jeden Selbstschutzes.

»Es geht darum, dir selbst zu verzeihen, Lin.«

Mir stockte der Atem. So schutzlos trafen ihre Worte mitten ins Schwarze. Mein Hals schnürte sich zu, und ich fühlte mich vollkommen ausgeliefert. Ich blinzelte heftig gegen die Feuchtigkeit an, die in meinen Augen aufstieg. Ihre warmen Hände drückten schwer auf meine Schultern, ließen mich in mir zusammensacken. Mein Körper krampfte sich zusammen, und ein schwerer Kloß setzte sich in meinem Hals fest.

Es geht darum, dir selbst zu verzeihen … Egal wie sehr ich dagegen ankämpfen wollte, ich wusste, dass sie recht hatte, und sah zum ersten Mal in all dieser Dunkelheit einen Funken Hoffnung, einen kleinen Lichtschimmer, der nach mir rief.

33

Seit fast zwei Wochen trieben wir dieses Spielchen nun schon. Wir ritten nicht einmal ein Drittel des Tages, dann rasteten wir und verlängerten die Rast unter einem Vorwand. Ich wusste nicht, wieso Eskar so ein Schauspiel daraus machte, aber ich hatte es geschluckt.

Jeden Tag unterhielten Eskar und ich uns über verschiedene Dinge, die ihn vom Feind interessierten, sofern ich sie wusste. Er merkte schnell, dass ich in taktische Stellungen auf dem Schlachtfeld selten eingeweiht worden war, doch welche politischen Manöver wir in welchen Ländern durchgeführt hatten, konnte ich ihm erzählen. Ich berichtete von den Läufern, ihren Stärken und den Schwächen des Systems und von allem, was ich eben wusste. Es war weniger, als ich für möglich gehalten hatte. Nicht selten musste ich mit *Weiß nicht* antworten.

Natürlich führte ich auch jeden Tag meine Übungen durch, meistens unterstützt von Briann, wobei ich versuchte, dem Rat von König Zaratho zu folgen. Erst sehen, dann hören und dann fühlen. Ich bekam es hin, zu sehen und zu fühlen. Wie und was ich allerdings hören sollte, entzog sich mir, und so hatte ich Briann gefragt. Das war vor zwei Tagen gewesen, und seither bereute ich es, sie gefragt zu haben …

Für heute war ich eigentlich durch mit meinen Übungen und saß mit den anderen am knisternden warmen Lagerfeuer. Wir aßen unser frisch zubereitetes Essen aus Rebusfleisch und Rotawurzeln. Das saftige Fleisch hatte einen köstlich würzigen Geschmack und war durch die heiße Flamme des Feuers außen kross und innen saftig. Es war unglaublich lecker. Aber ich hatte das Gefühl, alles was ich bisher in Freiheit gegessen hatte, schmeckte unglaublich lecker. Die Schwarzklingen plauderten über dies und das, rissen derbe Witze und ermöglichten mir, in mich selbst zu versinken. Ihr raues, tiefes Lachen schuf eine lockere Atmosphäre, und ihre Akzeptanz meiner eigenwilligen Versunkenheit half mir, meine Stimmung anzunehmen und mich auf das einzulassen, was Briann von mir forderte.

Seit unserem Streit waren Dante und ich eher still. Ich wusste, dass ich überreagiert hatte, und ebenso, dass ich mich entschuldigen sollte. Nur hatte ich es am Anfang nicht gekonnt, und jetzt fühlte es sich albern an, sich für etwas zu entschuldigen, was so weit zurücklag. Ich seufzte innerlich auf.

Briann und ihre dämliche Antwort. Hätte ich nur nicht gefragt. Denn das kam jetzt noch erschwerend hinzu. Sie hatte mir ihre Interpretation von *H*ören mitgeteilt, und dann hatten wir gemeinsam die Konsequenz daraus gezogen. Konsequenzen, die ich lieber nicht gezogen hätte, dann ginge es mir erheblich besser als jetzt. Ich wäre nicht so angespannt und fahrig. Meine aufgeriebene Stimmung sorgte dafür, dass ich nur so um mich patzte und regelmäßig meine Grenzen überschritt. Das hatte niemand verdient und machte die Aufgabe, die eigentlich vor mir lag, nur noch schwerer, als sie ohnehin schon war.

Blöde Briann!

Blöder Zaratho!

Scheiß dämliche Macht, die meinen Körper als Gefäß benutzte! Ich hatte nicht darum gebeten!

Brianns und meine Blicke trafen sich über dem flackernden Feuer, dessen Flammen in den dunklen Himmel züngelten. Die heiße Luft flirrte und erweckte den Eindruck, dass Briann hinter einer durchsichtigen Wand sitzen würde. Wie gerne würde ich sie und alle anderen aus meinem Leben ausschließen. Aber das wäre kurzsichtig. Die drohende Gefahr verschwand nicht, und ich kam der Beherrschung meiner Macht kaum dadurch näher, dass ich all das ignorierte und verdrängte.

Dante rückte verstohlen etwas näher. Sofort spannte ich mich wachsam an und blickte mich um. Ob abgesprochen oder nicht, Palmiro auf meiner anderen Seite erhob sich und ging zu seiner Schlafstätte, um irgendwas dort zu holen oder zu suchen. Jedenfalls ließ er uns allein, wenn hier draußen von so etwas die Rede sein konnte.

Als ich wieder zu Dante sah, traf ich auf seine braunen Augen, die mich entschlossen ansahen. »Können wir reden?«, fragte er mit belegter Stimme. Er war innerlich in Aufruhr, oder? Unsicher wendete ich meinen Blick ab und starrte auf die Holzschüssel in meiner Hand. Vielleicht bildete ich mir seine Unsicherheit nur ein.

»Worüber?«, fragte ich zeitschindend und linste aus den Augenwinkeln auf seine Reaktion.

Er verzog seinen Mund halb amüsiert, halb resigniert. Dann sanken seine Schultern herab, und er musste sich überwinden fortzufahren. Ich wusste nicht, ob ich ihn ermuntern oder seine Unsicherheit nutzen sollte, um dieses Gespräch mit einem spitzen Kommentar im Keim zu ersticken. Doch eigentlich wusste ich, was ich tun sollte …

»Seit wir uns gestritten haben …« Er brachte den Satz nicht zu Ende. Stattdessen starrte er in die Flammen und griff nach einem dünnen Ast zu seinen Füßen, der aus dem

Feuer herausgefallen sein musste, ehe er hatte verbrennen können. Dante begann, die aufgeplatzte Rinde von dem Stöckchen abzuschälen.

Wieder lockte mich der Gedanke, das Gespräch im Keim zu ersticken. Aber Brianns Schlussfolgerung saß mir im Nacken und drängte mich zum Gegenteil. Verdammter Mist.

»Ich weiß«, gestand ich leise ein.

Dante blickte auf und mir wieder direkt in die Augen. »Ich verstehe es nicht«, gestand er, ermuntert durch mein Einlenken.

»Was verstehst du nicht?«

»Diese Kälte zwischen uns. Sich zu streiten ist normal. So etwas passiert. Aber normalerweise klärt man es und versteht einander dann besser. Man kann es abhaken und weitermachen. Aber du verhältst dich, als hätte ich dich tief verletzt. Wenn das der Fall ist, tut es mir wirklich leid. Es war nicht meine Absicht. Und ich würde gerne verstehen, was ich getan habe. Wie sonst sollte ich den Fehler wiedergutmachen oder das nächste Mal verhindern?«, fragte er aufgebracht. Ich hatte ihn mürbe gemacht. So richtig. Er war sowohl wütend als auch zerknirscht. Sein Versuch, die Sache zu klären, wirkte wie ein Gang auf rohen Eiern. Ich hatte direkt Mitleid mit ihm.

»Wie ich mich verhalten habe, hat nichts mit dir zu tun«, stellte ich klar. Nach Brianns nüchterner Forderung, was mein nächster Schritt sein musste, hatte ich beinahe jede Sekunde darüber nachgedacht. Sie hatte mich aufgefordert, das, was mich in meinem Innern quälte und beschäftigte, mit einer Person auseinanderzunehmen. Denn wenn ich in mich horchte, war da meine Vergangenheit, die jede weitere Entwicklung blockierte, weil es sich so anfühlte, als dürfte ich nichts Besonderes sein, als hätte ich diese Macht schlicht nicht verdient. Ich war etwas Krankes, Kaputtes. Und ausgerechnet ich sollte diese Macht in mir tragen? Das war nicht richtig. Also wenn ich in mich horchte, musste ich erst diese Blockade einreißen, und Briann glaubte, dass ich das nur hinbekam, indem ich mich einer anderen Person anvertraute.

Lange hatte ich darüber nachgedacht, wem ich mich anvertrauen wollte, und immer wieder war Dantes Gesicht vor mir aufgetaucht. Ich ärgerte mich immer noch, dass ich nicht einfach Briann wählen konnte, aber nur bei Dante hatte ich das Gefühl, wirklich gesehen und vollkommen verstanden werden zu können. Aber allein die Vorstellung, irgendjemandem meine Ängste und Gefühle anzuvertrauen, hatte mich so abgeschreckt, dass ich Dante immer mehr gemieden hatte. Dazu kam unser Streit, für den ich mich immer noch nicht entschuldigt hatte. Es hatte sich potenziert und war von Tag zu Tag schlimmer statt besser geworden.

Dante hatte lange geschwiegen und offenbar versucht herauszufinden, was er von meiner Antwort halten sollte. »Aber du bist sauer auf mich«, beharrte er.

»Ich *war* sauer«, korrigierte ich.

»Weil du glaubst, ich hätte dich dumm und albern genannt. Aber du solltest wissen, dass ich weder das eine noch das andere von dir denke!«, brachte er seine Frustration zum Ausdruck. Ich hatte ihn mit meiner Reaktion verletzt, das wurde mir gerade klar.

Am liebsten hätte ich ihm erklärt, was in mir vorging und warum ich mich verhalten hatte, wie ich es getan hatte, aber alles was ich sagen wollte, hörte sich in meinem Kopf sofort nach einer Rechtfertigung an. Es gab nur vier Worte, die ich sagen konnte und auch sollte. Vier Worte, die mich unfassbar viel kosteten und von denen mir gerade bitter bewusst wurde, dass ich sie vielleicht noch nie in meinem Leben ausgesprochen hatte. Wann auch? Oder wem gegenüber?

Ich holte tief Luft und sammelte meinen Mut, kämpfte gegen das unangenehme Gefühl an, das einer Blockade gleich sich um meine Brust schnürte und es mir unfassbar schwer machte, ein Wort herauszubringen. Doch dann purzelten die Worte einfach aus mir heraus: »Es tut mir leid.«

Dante blickte überrascht auf. Seine Augen bohrten sich in meine. Die braunen Farbkleckse huschten hin und her, als würde er rennen und versuchen, die vorbeirauschenden Bilder zu erfassen. Ich glaubte, dass es bedeutete, dass ich ihn mit meinen Worten bewegt hatte. Mich jedenfalls hatte ich durcheinandergebracht. Angespannt wartete ich auf seine Reaktion. Mit angehaltenem Atem konnte ich die Spannung kaum ertragen. Was er wohl dachte?

»Mir tut es auch leid«, flüsterte er. »Ich wollte dich nicht verletzen.«

»Das weiß ich.«

Dantes Hand zuckte vor. Dann zögerte er, und ich sah abwartend auf seine Finger. Schließlich entschied er sich doch, meine Hand zu greifen und sie einmal sachte zu drücken. Die Wärme seiner Hand legte sich beruhigend über meine kalte Haut, die ein Spiegel meines Inneren war. Ich schaute von unseren Händen auf in sein Gesicht und sah die Unsicherheit und den Zweifel, den er empfand. Vielleicht war das gerade für ihn eine romantisch gemeinte Geste gewesen, oder er befürchtete, dass ich es genau so aufnahm. Aber ob er es nun so wollte oder nicht, für mich war Romantik gerade nicht drin. Dafür war ich nicht bereit, und schon gar nicht war ich in der Lage, etwas in dieser Richtung zu fühlen.

Meine Emotionen gingen viel tiefer, und ich erkannte dies als den Moment, den ich ergreifen sollte, um meine Aufgabe zu erfüllen. Wenn nicht jetzt, wann dann?

»Ich komme nicht voran«, sagte ich und wurde mir der Tatsache bewusst, dass ich für ihn völlig zusammenhangslos daherbrabbelte. »Mit meiner Macht, meine ich«, schob ich noch schnell nach.

»Aber du übst jeden Tag, und ich dachte, ihr würdet Fortschritte machen.« Okay, darüber konnte ich für den Anfang reden. Das war ein leichter Einstieg.

»Ja, und darin werde ich auch besser. Das Meditieren fällt mir immer leichter und kostet mich weniger Anstrengung, aber … ich weiß nicht, wie ich es sagen soll. Es bleibt irgendwie oberflächlich.«

Dante nickte. »Du kommst nicht weiter, verstehe.«

»Ja. Briann denkt, sie weiß, warum«, räumte ich ein.

»Und warum?«

Ich presste zögernd meine Lippen zusammen. Wie waren wir so schnell an diesen Punkt gekommen? Mist. »Sie glaubt, mich blockiert etwas, und ehrlich gesagt fühlt es sich auch so an.«

Dante nickte verstehend. Dann wartete er auf mehr und erkannte, wie viel es mich kostete, ihm mehr zu erzählen. »Briann hat dir sicher geraten, mit jemandem darüber zu sprechen«, mutmaßte er, und ich stimmte ihm wortlos zu.

Ich sah das Verständnis in seinen Augen, er schien es sich schon gedacht zu haben. »Reden hilft immer. Aber darüber zu reden ist auch schwer. Man entblößt sich, macht sich angreifbar …«, fuhr er fort.

Er verstand es verdammt gut. Überfordert starrte ich in die orange glimmende Glut am Grund des warmen Feuers.

»Wenn ich dir irgendwie helfen kann, egal wie, sag es. Mehr als Nein sagen, werde ich nicht tun, und ich werde dir nichts übelnehmen, egal wie schlimm du glaubst, dass es ist.«

Dante lächelte matt und sah dann ebenfalls ins Feuer. Er begann wieder, die Rinde von dem Ast in seinen Händen abzuschälen. Erst hatten mich seine Worte überrascht, und vielleicht hatte ich mich sogar etwas pikiert gefühlt, aber er wollte mir nur die Angst nehmen, die Hemmung, damit es mir leichter fiel. Er wollte mich nicht überreden, es ihm zu sagen, nur deutlich machen, dass er, egal wie, für mich da war.

»Briann sagt, es geht darum, mir selbst zu verzeihen«, flüsterte ich. Dante bearbeitete weiter seinen Stock.

»Das klingt sinnvoll.«

Ja, das fand ich auch. Und zum ersten Mal klang es möglich. »Ich weiß nur nicht, wie«, gestand ich.

Er löste das letzte bisschen Rinde von dem nun sehr hellen, kahl wirkenden Ästchen. »Weil du glaubst, du hättest es nicht verdient?«, mutmaßte er.

Ich runzelte nachdenklich meine Stirn. Mit meinen Händen stemmte ich mich von dem Baumstamm, auf dem ich saß, leicht in die Höhe und ließ mich wieder sinken. Die verräterische Unruhe meines Körpers offenbarte ihm sicher schon den Aufruhr in meinem Innern, aber ihm gegenüber glaubte ich, das nicht verbergen zu müssen.

»Kann sein«, räumte ich ein und rieb mir den feuchten Dreck von meinen Handflächen.

»Wieso?«, fragte er wertungsfrei nach. Ich musterte ihn genau. Ich konnte nicht glauben, dass jemand mich unvoreingenommen danach fragte. Aber bei ihm schien es tatsächlich so zu sein. Ruhig begegnete er meinem forschenden Blick. Die Worte purzelten über meine Lippen, ehe ich mich hätte bewusst entscheiden können: »Weil ich schreckliche Dinge getan habe.«

Dante sah mich ruhig und abwartend an. Sollte ich mehr sagen? Wollte ich mehr sagen?

»Ich habe mich schon mit Briann über Verantwortung und Schuld unterhalten. Darum geht es nicht. Ich denke, ich weiß nun, was ich dazu denke.«

»Worum geht es dann?«

»Die Panik, die Bilder, die ich sehe, den Schmerz, den ich fühle … es war immer wie die verdiente Strafe«, gestand ich leise.

»Das kenne ich.«

»Du?«, entfuhr es mir.

Er lächelte ein schmerzvolles Lächeln. Bitter und gequält. »Wir sind im Krieg, und ich bin der Prinz der Egor. Seit einem Jahr bin ich regelmäßig mit den Schwarzklingen auf Mission. Ich habe einiges getan, auf das ich nicht stolz bin. Das bedeutet nicht, dass ich mich mit dir vergleichen will. Ich möchte dir nur sagen, dass ich mich in dich hineinfühlen kann, denke ich zumindest«, ruderte er zurück, als wäre ihm mitten in der Aussage eingefallen, dass ich seine Worte falsch verstehen könnte.

»Anfangs habe ich ihre Gesichter im Schlaf gesehen, jede Nacht. Aber irgendwann wurden es zu viele. Das war noch schlimmer«, offenbarte ich. Es war der Punkt gewesen, an dem ich zum ersten Mal zerbrochen war. Das Leben hatte mich gelehrt, dass man nicht nur einmal zerbrechen konnte. Ein Teil von mir klaubte jedes Mal die Scherben ganz automatisch wieder zusammen, flickte dürftig und versuchte zu heilen oder zu verdrängen. Bis ich wieder brach … und wieder … und wieder.

Dante nickte erneut und schluckte schwer, als würde er das kennen. »In den Schlachten fallen so viele, dass ich manchmal nicht weiß, ob ich den tödlichen Stoß geführt habe oder andere.«

Ich starrte ihn an. Mir wurde eine bittere Wahrheit bewusst. »Jene, die ich in der Schlacht getötet habe, sind mir gar nicht mehr bewusst. Genau, weil ich nie weiß, ob ich oder ein anderer den tödlichen Streich geführt hat.«

»Der Krieg kostet uns alle viel, manche das Leben, andere ihre Seele. Aber niemand kommt unbeschadet daraus hervor.«

Wahre Worte. Worte, die mich und mein Leid relativierten. Ich war bei Weitem nicht allein. Sollte ich mich jetzt beleidigt oder beruhigt fühlen? Ich war mir nicht sicher.

»Manchmal finde ich, es gibt kaum jemanden, der so von alledem zerstört wurde wie ich, aber dann denke ich, es wäre egoistisch und krank, so zu denken. Als würde man sich hervortun wollen, etwas Besonderes sein und das Leid der anderen herabwürdigen wollen.« Nicht man, sondern ich, gestand ich mir gedanklich flüsternd ein.

Dante lächelte gequält. »Was du fühlst, wie hart es dich trifft und wie viel es dir nimmt, ist individuell. Man kann das mit niemand anderem vergleichen. Einer, der nur ein einziges Mal kämpfen musste und vielleicht nicht einmal ein Leben genommen hat, kann genauso daran zerbrechen wie jemand, der unzählige Leben genommen hat. Leid ist real, egal wie begründet oder unbegründet die Ursache erscheint. Es fühlt sich stark und überwältigend an. Jeder hat ein Recht darauf, sich zu fühlen, wie er sich eben fühlt. Keiner muss seine Gefühle kleinreden, nur weil der Grund einem anderen lächerlich erscheinen mag. Denn es geht nie um den Grund, sondern um das Gefühl, und das ist genauso stark, überwältigend und auffressend.«

»Du hast schon viel darüber nachgedacht«, stellte ich fest, und ich sah einen traurigen Ausdruck in seine Augen treten.

»Ich hatte in diesem Bunker viel Zeit nachzudenken«, stieß er angespannt hervor.

Das erinnerte mich an die Lage, in der er sechs Wochen verbracht hatte, die Folter, die er durchlebt hatte, und die seelische Qual, die damit einhergehen musste. Er hatte quälend viel Zeit gehabt nachzudenken.

Seine eigene Offenheit und die damit einhergehende Verletzlichkeit gaben mir erstaunlich viel Kraft und Mut. Vielleicht nahm es mir eher meine Angst und Sorge, aber ich traute mich nun, ganz offen zu sprechen. Ohne Hemmung, ohne etwas zurückzuhalten.

»Weißt du, ich fühle mich, als wäre ich kaputt, so kaputt, dass ich nicht wieder ganz werden kann. Ich bin eine ausgebildete Spionin, die nicht mehr kämpfen kann. Eine Prinzessin, die nie gelernt hat, königlich zu sein, eine Tochter, die nicht lieben kann, und eine Frau, die nur noch die schlechten Dinge sieht. Jeder Tag fühlt sich wie Versagen an. In keinem einzigen Bereich bin ich gut oder auch nur annehmbar. Das Einzige, was ich kann, ist kämpfen, aber jedes Mal, wenn ich es tue, frisst es mich weiter auf. Ich bin sicher, die Welt wäre ein besserer Ort ohne mich, aber ich habe nicht den Mut oder die Konsequenz, auch danach zu handeln«, stieß ich die tiefverborgene, bittere Wahrheit aus.

Dante schwieg einen Moment. Lange genug, damit ich fortfahren konnte. Jetzt, da ich einmal begonnen hatte, wollte ich nicht mehr aufhören und den Mut wieder verlieren. Seite an Seite saßen wir in der Dunkelheit der Nacht und blickten in die alles verzehrenden Flammen des wütenden Feuers.

»Sika hat mich geformt. Jahrelang habe ich alles getan, um ihm zu gefallen. Erst spät habe ich begonnen, Argwohn zu entwickeln. Der erste Massenmord, an dem ich beteiligt war, das erste Mal, als ich zerbrach, hat mich aufgerüttelt und

Zweifel gesät. Nicht genug, um volle sechs Jahre der Indoktrinierung zu bewältigen, aber genug, um bei jedem weiteren Zerbrechen tiefer zu gehen, bis ich mich von ihm lossagen konnte. Und dann kam der Moment, in dem ich unwiderruflich brach. Bis dahin konnte ich all die Schuld ihm in die Schuhe schieben, mir einreden, ich hätte es einfach nicht besser gewusst. Aber an diesem Tag, als ich begriff, wie er wirklich war, was ich tun musste und was ich für richtig hielt, da änderte sich das. Mir wurde klar, dass ich, wenn ich jemals würde fliehen wollen, sein Vertrauen gewinnen musste. Was ich danach alles tat … all dieses Grauen aus egoistischen Motiven. Wie viele andere leiden mussten, damit ich eines Tages frei sein konnte. All das habe ich bewusst in Kauf genommen. Natürlich, weil ich wusste, dass es sowieso passieren würde, aber *ich* habe es getan. *Ich* wurde zu diesem Monster«, stieß ich hervor und spürte den alten Hass auf mich selbst. Es war ein so vertrautes Gefühl, dass ich es willkommen hieß.

»Deshalb hat Briann gesagt, es geht darum, dir selbst zu verzeihen.«

»Hast du mir gerade zugehört?«

»Habe ich.«

»Wie kannst du dann von Verzeihen sprechen? Ich habe es nicht verdient, dass man mir verzeiht.«

Dantes Augen funkelten im Begreifen. Er schien die entscheidende Erkenntnis gehabt zu haben. »Aber andere haben dir verziehen, nicht wahr? Deshalb kannst du dir selbst nicht verzeihen, weil irgendjemand so handeln muss, wie du glaubst, es verdient zu haben. Irgendjemand muss dich verurteilen, und deshalb tust du es selbst«, brachte er es auf den Punkt, wie ich es nicht einmal in meinen Gedanken in der Lage war zu tun.

Überfordert von alldem wollte ich aufspringen und wegrennen, und ich stand auch auf. Aber ich wollte nicht mehr wegrennen. Zwischen Flucht und Kampf schwankend stand ich vor ihm, gegen den Drang ankämpfend davonzustürmen. Dante griff meine Hand, stand ebenfalls auf und zog mich einfach in seine Arme. Er hielt mich fest, unterstützte mich in meinem Kampf mit mir selbst. Ich war genug weggerannt. Vor mir selbst, vor meiner Vergangenheit. Es war Zeit, stehen zu bleiben. Ich konnte allerdings nur steif dastehen, unsicher, was ich tun sollte. Nicht fähig, mehr zu tun, als den Drang zu fliehen herunterzuschlucken.

Dante presste seinen Kopf in meine Halsbeuge und flüsterte mir eindringlich ins Ohr: »Es ist okay!«, versprach er. »Du darfst dir verzeihen, Lin.«

Immer noch stand ich steif da. Mit weit aufgerissenen Augen starrte ich in die Dunkelheit des Waldes, das heiße flackernde Feuer rechts von uns, verborgen durch seinen Körper.

»Es tut weh. Es wird immer wehtun. Aber du wolltest nie töten. Du wolltest nicht verletzten, nicht quälen und nicht foltern.«

Na und? Ich hatte es dennoch getan.

»Und du zahlst bereits einen Preis«, flüsterte er rau. »Jeden einzelnen Tag zahlst du den Preis. Du spürst den Schmerz, die Schuld, die Zweifel. Jeder Tag, jeder gottverdammte Atemzug quält dich. Allein dich zu verteidigen zerstört dich. Du bist zerbrochen, wieder und wieder. Unzählige Teile von dir hast du verloren. Dein ganzes Leben wurde dir geraubt. Freude, Liebe, Glück. All das hat man dir genommen. Du zahlst den Preis. Du musst dir nicht auch noch das selbst antun. Man hat dir genug angetan. Du selbst hast dir genug angetan«, sprach er eindringlich auf mich ein.

Es dauerte einen Moment, bis seine Worte zu mir durchdrangen. Langsam sickerten sie in mich hinein, und meine Arme fanden um seine Mitte. Meine Wange legte ich zögernd langsam auf seiner Brust ab. Dann schloss ich meine Augen und ließ los. Ich ließ einfach los und weinte mir all den Schmerz, die Verzweiflung und die selbst auferlegten Strafen von der Seele.

34

INGENIA
ELEYA – HERRIN DER LÜFTE

ÜBERLIEFERTE PROPHEZEIUNG DER INGENIA:

Bricht einst die alte Feindschaft ein
Der schwarze Rabe spät erwacht
Lebendig wird die Herrin sein
Mit glühend heißer Feuermacht

Eleya stand an der Klippe des Wasserfalls im Hinterland der Hauptstadt der Egor. Sie blickte hinab auf das weiß aufschäumende, rauschende Wasser, das in die Tiefen hinabstürzte und dort unten in einem dunklen Becken wirbelnde Strudel erzeugte. Die Wildheit des Wasserstroms war ein Widerhall dessen, was Eleya fühlte.

Das Kitrinos hatte sie zu einer Zeugin aus der Ferne gemacht. Sie wusste nicht, wieso, aber es schien ihr, als hätte das Kitrinos alle Ingenia aus Ertatem fortgeschickt, weg von der Hauptstadt, wo Dante und Lin in der vorherigen Nacht angekommen waren.

Als Beobachterin aus der Ferne konnte Eleya nur zusehen und versuchen zu verstehen, was vor sich ging. Nur wurde mit jedem Blick, den das Kitrinos ihr gewährte, ihr Wunsch, nach Ertatem zu reisen, immer größer. Doch die Signale waren eindeutig. Sie musste hierbleiben und konnte nicht mehr tun, als immer wieder hier hinaufzukommen, an diesen Knotenpunkt, zum Stein der Verbundenheit, an dem die Verbindung zum Kitrinos besonders stark war.

Hier oben vor der untergehenden Sonne, die hinter sich immer höher auftürmenden Wolken gefangen war und den Rand der Wolke wie Glut glimmen ließ. Das Rosarot der Abendsonne färbte die Ränder der Wolke, und in einem kleinen, beinahe rechteckigen Loch der grauen Massen war ein pastellfarbener Himmel zu erkennen, sanft und im Einklang mit der Welt.

Genauso wirkte alles, was das Kitrinos ihr zeigte. Hinter anschwellenden Gewitterwolken, die ein explodierendes Chaos mit sich brachten, verbarg sich das Gleichgewicht, wonach das Kitrinos strebte. Eleya wusste, dass die meisten Ingenia klar Stellung bezogen. Es gab jene, die eher dunkle Motive, und jene, die helle Motive verfolgten. Und beide konnte sie nicht verstehen. Denn ihrer Überzeugung nach musste alles im Einklang sein, auch Gut und Böse. Daher agierte sie gegen keine ihrer Schwestern. Es brauchte die Hellen und die Dunklen, damit ein Gleichgewicht herrschte. Sie vertraute und folgte blind dem Kitrinos. Daher harrte sie hier aus, obwohl sie die Bedrohung sah, die in Ertatem lauerte und Kalinka im Nacken saß. Dann gab es dort die Dunkelheit, die, kaum dass die Prinzessin den Palast betreten hatte, wieder an ihr klebte. Und es gab einen Feind, der im Schatten lauerte, einen den Eleya noch nicht gesehen hatte, also war es nicht Regor, keine Vassia und auch sonst keiner der eher kleineren Feinde wie Celeste. Und diese Unklarheit bereitete Eleya die größten Sorgen, denn Dante wusste nichts davon und konnte sich daher nicht dagegen wappnen.

Alles was gerade in Ertatem vor sich ging, drohte in naher Zukunft sich immer weiter aufzuschaukeln, bis es in einem enormen Chaos explodieren würde. Eleya hatte das dringende Bedürfnis, dort zu sein und Dante zu schützen. Das Seltsame war, dass sie inzwischen das ebenso große Bedürfnis hatte, Kalinka zu schützen, obwohl die Prinzessin nicht zu ihrer Familie gehörte. Aber das Kitrinos ließ sie so intensiv an den Erlebnissen und seit Neuestem auch an der Vergangenheit der Prinzessin teilhaben, dass Eleya diese Frau beinahe so gut kannte wie Dante, den sie seit so vielen Jahren begleitete.

Wenn Eleya wetten sollte, würde sie darauf wetten, dass Dante sich in die Prinzessin verliebt hatte und mit ihr seine Zukunft verbringen wollte. Und diese Ahnung verstärkte noch ihren Wunsch, Kalinka zu beschützen, für Dante und auch, weil diese arme Seele es verdient hatte, dass sie endlich einmal jemand schützte.

Die Sonne sank tiefer, und die glühenden Ränder der tief dunklen Wolken verglommen. Das Land hüllte sich in das trügerische Zwielicht zwischen Tag und Nacht. Eleya setzte sich auf den Stein der Verbundenheit, holte tief Luft, schloss ihre Augen und suchte den Strom des Kitrinos. Sie war gespannt, was sie heute sehen würde.

Mit jedem Atemzug sank Eleya in eine meditative Ruhe ihres Geistes, befreite sich von Wünschen, Sehnsüchten und Sorgen. Bis ihr Geist frei war für die Pfade der sie alles umgebenden Energie, ihrem Leiter und Herrn.

Eleya sank tiefer und tiefer in sich hinein, bis ihr Bewusstsein vom reißenden Strom der glimmenden Energie des Kitrinos in der Sphäre mitgerissen wurde, an den Ort und in die Zeit, die es ihr heute zeigen wollte.

Eleyas Ritt war schnell und wirbelnd. Die Farben und Formen um sie herum verschwammen zu undefinierten Klecksen, bis sich alles wieder zu einer unbekannten Szenerie zusammensetzte. Eleya war in einem Raum, kahle Wände, einfache Pritschen, sechs an der Zahl. Keine anderen Möbel, keine Bilder, keine Pflanzen. Es war eine spartanische Einrichtung, ungemütlich und kalt.

Die Metalltür, die in den Raum führte, wurde aufgestoßen, und sechs lachende Kinder traten ein. Sie balgten miteinander, tobten und sprangen durch das ungemütliche Zimmer. Mit einem warmen, zufriedenen Lächeln trat das letzte Kind ein, und Eleya wusste jetzt, welchen Ort und welche Zeit sie sah. Mit kurzgeschorenen Haaren, die ihr wild vom Kopf abstanden, und vor Begeisterung funkelnden Augen schloss die vielleicht gerade einmal achtjährige Lin die Tür hinter sich.

»Wir haben die voll fertiggemacht!«, lachte ein Junge in der Gruppe.

»Und wie!«, stimmte Lin ihm grinsend zu.

»Dein Trick war der Hammer. Sika wird uns alle heute Abend belohnen«, freute ein Mädchen sich und klopfte Lin anerkennend auf die Schulter. Sie wirkten wie ein eingeschweißtes Team.

»Ich wünsche mir Süßigkeiten!«, rief ein anderes Mädchen.

»Was?«, fragte das Mädchen neben Lin abgelenkt und sah die andere interessiert an. Alle wandten sich von Lin ab, und niemand bemerkte, was nun geschah. Hinter der Prinzessin sammelte sich eine dunkle Wolke, die ihr bedrohlich folgte, wie auf ein Kommando schoss die Wolke nach vorne und drang von hinten einmal durch die Prinzessin hindurch. Dieses Mal spürte die Prinzessin es, sie griff sich mit schmerzverzerrtem Gesicht an die Brust und riss ängstlich ihre Augen auf. Sie keuchte und rieb sich über ihr Brustbein.

Unsicher blickte sie sich um. Als wäre ihr kalt, erschauerte sie einmal. Dann wurde sie aus der Gruppe angesprochen, schüttelte das Gefühl ab und eilte zu ihren Freunden. Die Szene verschwamm vor Eleyas Augen, und als sie blinzelte, war sie wieder in der Gegenwart, an der Klippe des Wasserfalls.

Es brauchte einen Moment, ehe die Ingenia verstand, was das Kitrinos ihr heute gezeigt hatte. Wieder ging es um Kalinka und nicht ihre eigenen Schützlinge. Wieder hatte das Kitrinos ihr etwas aus der Vergangenheit der Prinzessin gezeigt und nicht aus ihrer Gegenwart. Wieder ging es um die Dunkelheit. Also warum diese Szene? Was hatte das Kitrinos ihr zeigen wollen?

Eleya dachte daran, dass Kalinka es damals gespürt hatte. Als Eleya solche Szenen später in Kalinkas Gefangenschaft bei den Anamie oder auch in der Gegenwart gesehen hatte, hatte die Prinzessin nicht mehr reagiert, wenn die Wolke der Dunkelheit sie durchfahren hatte. Wieso also damals?

Und wenn es das erste Mal gewesen war? Wenn das Kitrinos ihr gerade den allerersten Tag gezeigt hatte, an dem die Wolke aufgetaucht war? Dann würde es bedeuten, dass Kalinka die Dunkelheit durchaus spüren konnte. Vielleicht auch jetzt noch, nur dass sie sich so an dieses Gefühl gewöhnt hatte, dass sie es nicht mehr bewusst wahrnahm. Aber selbst wenn, was machte das für einen Unterschied? Darum konnte es nicht gehen.

Eleya versuchte herauszufinden, was das Kitrinos so wichtig an der Szene finden konnte. Und dann kam ihr ein erschreckender Gedanke. Wenn das der erste Tag der Begegnung mit der dunklen Wolke gewesen war, dann mussten die Ursache für die Wolke oder ihr Erschaffer dort gewesen sein. Und wenn diese Wolke Kalinka bis in den Palast begleitet hatte, aber nicht auf die Reise mit Dante, dann hatte Eleya jetzt eine vage Ahnung, was die Bedrohung war, die im Verborgenen lauerte. Jemand aus Anamia war Kalinka gefolgt. Und dieser Jemand raubte ihr noch immer etwas durch diese Wolke, und jetzt, da Kalinka nach Ertatem zurückgekehrt war, befand sie sich wieder im direkten Zugriffsfeld dieser Person.

Eleya sah auf die wirbelnden Wassermassen hinab und bekämpfte den Drang, nach Ertatem zu reisen, Kalinka zu packen und weit, weit wegzubringen. Die Kleine hatte genug erlebt. Warum nur wollte das Kitrinos Kalinka dort haben, wo der bunte Strauß an Verfolgern und Tätern in ihrem direkten Umfeld grenzenlos zu sein schien? Zum ersten Mal in ihrem Leben wünschte Eleya sich, gegen den Willen des Kitrinos zu handeln. Aber sie wusste, dass sie es damit nicht besser machen würde, weder für Dante noch für Lin.

35

Meine Schritte hallten im leeren unbeleuchteten Gang. Seit wir zurück waren, war irgendwie alles ganz anders, als ich erwartet hatte. Zwei Tage war ich nun wieder in Ertatem, und in diesen zwei Tagen hatte ich sowohl die Schwarzklingen als auch Dante kaum gesehen. Und vermutlich würde sich das auch die nächste Zeit nicht ändern, denn König Medo hatte Dante nach Egor gerufen, und die Schwarzklingen würden heute Nacht zu einer neuen Mission aufbrechen. Der einzige Lichtblick war Phineas, der hier auf meine Rückkehr gewartet hatte, statt mit Kassandra ins Landesinnere zu ziehen.

Irgendwann würde ich ihm sagen, dass ich seine Entscheidung für mich und gegen sein eigenes Glück missbilligte, aber im Moment war ich, so von meinen schützenden Mauern befreit, froh, jemanden zu haben, dem ich vertraute. All das Gerede und das ganze Training hatten bisher nur einen einzigen Effekt, ich war so entblößt und verletzlich wie niemals zuvor in meinem Leben.

Ich wusste, dass Dante mich nicht alleinlassen würde, aber dennoch musste er sich nach seinem Vater richten, weshalb er im Moment mehr ab- als anwesend war. Er hatte sich auf dieses Gespräch mit seinem Vater über die nähere Zukunft, zu dem ich ihn im Grunde gedrängt hatte, nur eingelassen, weil Phineas im Moment an meiner Seite wachte. Jetzt gerade aber war ich ihm entwischt, damit ich etwas erledigen konnte, was ich seit meiner Ankunft erledigen wollte und jetzt endlich auch konnte.

Der leere, unbeleuchtete Gang führte mich nach Norden und knickte dann nach Osten ab. Das Schloss war gigantisch, und inzwischen hatte ich begriffen, dass jeder Flügel seinen eigenen Einrichtungsstil hatte. Die Statuen in unserem Teil des Palastes gab es nicht überall. Hier wurden die Gänge von Gemälden dekoriert, und bei den Anait von Vasen. Die Dunya bevorzugten Pflanzen und so weiter. Nachdem ich das erst einmal begriffen hatte, half es mir, die Orientierung zu wahren, selbst wenn ich in einen mir bisher unbekannten Teil des Palastes gelangte.

Ich ließ Bilder von Wäldern und Wiesen, Wasserfällen und Stillleben an mir vorbeiziehen. Zielsicher marschierte ich den Gang weiter, entschlossen auf mein Ziel zu. Der Gang machte eine letzte Biegung und brachte mich vor eine zweiflügelige Tür mit zwei Uniformierten in Gelb. Die beiden Männer erkannten mich, denn ihre Gesichter verzogen sich abwertend und mürrisch.

Seit ich meine schützenden Mauern Stück für Stück einriss, fühlte ich mich ungewohnt unsicher. Nervös rieb ich meine schwitzenden Handflächen an meiner Hose trocken, während ich weiter zielstrebig auf die Uniformierten und den Eingang zum Flügel der Keseki zuhielt. Meine Unsicherheit kaschierend, reckte ich entschlossen mein Kinn in die Höhe und wandte meinen Blick nicht eine Sekunde von meinem Ziel ab.

»Öffnen«, forderte ich mit fester Stimme, als ich vor der Tür anhalten musste, weil die beiden grimmigen Männer sie mir nicht öffneten.

»Sanya sind unerwünscht im Flügel der Keseki«, bügelte einer der Männer mich mit gepresster Stimme ab.

Ich schnaubte arrogant auf. »Solange ich nicht verboten bin, werde ich tun, was ich für richtig halte!«, informierte ich sie und packte kurzerhand selbst einen der Griffe. Damit hatte ich sie überrascht. Ich nutzte den Moment und schlüpfte in den Gebäudeflügel. Die beiden stürmten mir hinterher, doch ich marschierte, sie ignorierend, weiter. Offenbar gab es doch eine Grenze, die sie noch nicht bereit waren zu überschreiten, denn keiner hielt mich fest und schleifte mich hinaus. Beinahe hätte ich gelacht über ihr Unvermögen, mich aufzuhalten, aber ich war froh darüber, daher verkniff ich mir den Spott.

Weder Dante noch Phineas waren begeistert gewesen von meinem Vorhaben. Deshalb hatte ich den seltenen Moment der Einsamkeit genutzt, um es alleine umzusetzen. Ich marschierte durch den Empfangsraum und dann direkt in den mir so bekannten Flügel, in dem Alaels Zimmer lag. Mit meinen beiden Schatten im Schlepptau hielt ich auf die weiße Tür zu und klopfte dann mit festen Bewegungen an. Ich war wild entschlossen, diesen Mist hier zu beenden.

Ich hatte es nicht glauben können, welche Gerüchte die Runde gemacht hatten, während ich auf der Reise und Attentaten gegen mein Leben ausgesetzt gewesen war. Die Tür wurde geöffnet und ein halb bekleideter, benommen wirkender Alael blinzelte mir überrascht entgegen. Schnell richtete er sich zu einer stolzen Haltung auf und sah grimmig auf mich herab. »Was willst du hier?«

»Mit dir reden!«, entschied ich, drückte die Tür ganz auf und quetschte mich an ihm vorbei in sein Zimmer. Alael sah mich mürrisch an. »Komm doch rein!«, ätzte er, eindeutig nicht begeistert über meinen Einbruch.

Mitten im Raum fuhr ich zu ihm herum und musterte ihn aus zusammengekniffenen Augen. »Schön, dass du mich nach zahlreichen Versuchen endlich empfängst«, schoss ich zurück, um ihm zu zeigen, dass ich mindestens so erbost war wie er und er diesen Überfall selbst verschuldet hatte.

»Ich wusste, dass du unter Barbaren aufgewachsen bist, aber ich dachte, meine kaum subtile Abfuhr hättest sogar du verstanden«, schoss er unter die Gürtellinie.

Mir lagen zahllose Antworten auf der Zunge. Hätte er mich jemals geliebt, würde er es jetzt nicht darauf anlegen, mich absichtlich zu verletzen. Ihm das aber unter die Nase zu reiben wäre eher kontraproduktiv. Und dann auch noch so niveaulos zu beleidigen, das sollte unter seiner Würde sein.

»Ich habe es durchaus verstanden, nur bin ich stur, besonders wenn es so wichtig ist.«

»Ach, es ist wichtig?«, höhnte er.

»Natürlich. Das habe ich dir ja auch schon in meinen Briefen geschrieben.«

Alael schnaubte. »In allen sechs, ja.« Ich hörte den Vorwurf durchaus heraus. Ich war immerhin erst seit zwei Tagen wieder in Ertatem. Da waren sechs Briefe viel, schon klar. Aber hören zu müssen, dass ich als wankelmütige Schlampe bezeichnet wurde, dass eine neue Fehde zwischen den Sanya und den Keseki sich entwickelte und dass man mich dafür verantwortlich machte, war einfach zu viel, um es stumm herunterzuschlucken. Ich war nicht stumm und schon gar nicht bereit, so etwas hinzunehmen. Das würde er auch noch begreifen und dann tatsächlich mal eine Facette von mir wirklich kennenlernen, meine wilde Entschlossenheit.

»Hättest du geantwortet, hätte ein Brief gereicht.«

»Ich wollte aber nicht antworten.«

»Ist mir aufgefallen.«

Alael musterte mich abweisend. »Was willst du von mir?«, stieß er zornig hervor.

»Mich entschuldigen, fürs Erste«, begann ich, so wie ich es mir vorgenommen hatte.

Alael richtete sich verblüfft auf. Damit hatte er nicht gerechnet. Ein arrogantes, hämisches Lächeln zierte seine Züge. Sein Kinn hebend schnaubte er amüsiert auf. »Also war deine Entscheidung wohl doch die falsche.«

»Nein, war sie nicht. Aber sie hat dich verletzt, und das hattest du nicht verdient.«

»Also stimmt es!«, stieß er wütend hervor und brachte mich aus dem Konzept.

»Was stimmt?«, fragte ich, meine Wut im Zaum haltend. Bisher hatte kein einziges der Gerüchte, die mir zu Ohren gekommen waren, gestimmt. Eines war haarsträubender als das nächste gewesen, und alle zielten darauf ab, mich fertig zu machen. Wer immer dahinter steckte, sollte dringend damit aufhören. Sonst gäbe es bald allen Grund für eine Fehde!

»Dass du mit Prinz Fors durchgebrannt bist«, brachte er zwischen zusammengepressten Zähnen hervor.

Einen winzigen Moment brauchte ich, um mich daran zu erinnern, dass Dante eigentlich Prinz Fors war und nicht jeder ihn Dante nannte. Dann begriff ich, was seine Worte bedeuteten, und Wut ballte sich in meinem Magen, auch wenn das eher eines von den harmlosen Gerüchten war.

»Nein, das stimmt nicht.«

»Bitte«, ätzte er.

»Hör mir mal zu, Alael. Ich war und bin dir immer noch sehr dankbar für dein Angebot. Du bist eigentlich ein guter Mann, wenn du mal aufhören würdest, so ein Arsch wie jetzt gerade zu sein. Aber du bist einer von den Guten. Deshalb konnte ich es dir nicht antun, dich zu heiraten, wenn du Gefühle hast, die ich nicht erwidern kann. Ich verstehe, wenn es im ersten Moment wehtut und du sauer bist, aber jetzt reicht es mal damit!«, fuhr ich ihn streng an.

»Du bildest dir zu viel ein«, blockte er mich ab, und ich öffnete und schloss meinen Mund wieder. Jetzt im Ernst? Wollte der Typ hier wirklich gerade leugnen, dass er mir seine Verliebtheit gestanden hatte? Das ließ mich sprachlos zurück.

»Ich bilde mir gar nichts ein. Es waren deine Worte!«

»Um dich rumzukriegen«, höhnte er, als wäre er derjenige, der mich mit gebrochenem Herzen zurückgelassen hätte. Wieder lagen mir Hunderte Antworten auf der Zunge, und alle wollten ihn anschreien, was für ein Idiot er war. Ich bremste meine Wut allerdings und schlug ihn mit seinen eigenen Waffen. »Dann sollte es ja auch kein Problem sein, dass ich Nein gesagt habe.«

»Ist es ja auch nicht.«

»Gut.«

»Gut!«

Ich lächelte. »Dann kannst du ja auch aufhören, dämliche Gerüchte über mich in die Welt zu setzen. Immerhin gibt es ja offensichtlich gar kein Problem zwischen uns.«

»Klar gibt es eins. Du nervst.«

Ich schnappte nach Luft, bremste mich, blähte wütend meine Wangen und stieß dann aus, was in mir tobte, ohne Kalkül und vollkommen meines Willens, eine Lösung zu finden, beraubt durch seinen erbärmlichen Vorwurf. »Ich war vier Wochen weg! Wie soll ich dich da genervt haben?«

»Du nervst jetzt!«

»Aber die scheiß Gerüchte hast du vorher in Umlauf gebracht.«

»Ich bitte dich!«, stöhnte er. »Ich habe keine Sekunde mehr an dich gedacht!«

»Natürlich« stieß ich zynisch aus.

»Jaha!« Alael machte sich komplett lächerlich, und bevor ich das auch tat, hielt ich meine nächste laute und ohne Zweifel beleidigende Antwort zurück, sah ihm fest in die Augen und ließ alle Fassade fallen.

»Vielleicht bist du doch keiner von den Guten. Denn jetzt gerade, Alael, bist du einfach nur ein Arschloch. Aus verletztem Stolz heraus jenen willentlich zu schaden, die einem angeblich so wichtig waren und so viel bedeutet haben, ist einfach nur rachsüchtig und erbärmlich«, brachte ich leise und tonlos heraus und sah ihn dabei mit der gesamten Enttäuschung, die in mir tobte, an.

»Nicht nur, dass du mir willentlich wehtust, aus Trotz heraus bist du sogar bereit, eine Fehde zwischen unseren Königshäusern zu starten. Das ist egoistisch und eines Thronfolgers vollkommen unwürdig.«

»Was weißt du schon?«, schrie er mich an.

»Dass ich mich offenbar in dir getäuscht habe. Ich habe dich respektiert.«

»Ich scheiß auf deinen Respekt.«

»Offenbar«, flüsterte ich und wandte mich ab. Ich verließ den Raum und lief schnurstracks an den beiden Wachen vorbei, die betreten ihren Blick abwandten. Wenigstens hatten nicht alle ihren Verstand verloren, und vielleicht würde das eine oder andere Gerücht jetzt endlich seine Macht verlieren.

»Was willst du denn hier?«, rief ein schlanker Mann aus, in den ich fast hineingerannt wäre. Als ich meinen Kopf hob, erkannte ich Alaels Vater. Verdammter Mist!

»Mich bei Alael entschuldigen!«, stieß ich aus und der Mann starrte mich verdattert an.

»Sieht nicht so aus«, stellte er fest, sobald er sich gefangen hatte.

»Hab ich aber. Nur wollte der Prinz es nicht hören und ist lieber stur geblieben.«

»Denkst du nicht, er hat das Recht dazu?«, fragte der König der Keseki, und sein Ton machte deutlich, dass er jedenfalls der Ansicht war.

»Hat er?«

»Du hast die Verlobung gelöst!«, erinnerte der Mann mich.

»Und das gibt ihm das Recht, Lügen über mich zu verbreiten und eine Feindschaft zwischen unseren Domänen anzufachen, die einmal zu einer Fehde anwachsen könnte?«

Diesmal hatte er nicht sofort eine Antwort parat und wirkte auch nicht mehr ganz so erzieherisch und tadelnd. Ich wollte nicht mit ihm weiter diskutieren, also setzte ich nur leise nach: »Ich habe die Verlobung gelöst, weil ich nicht wollte, dass er eine lieblose Ehe führen muss, damit ich bekomme, was ich will. Verzeiht mir, mein König, ich hielt meine Entscheidung für moralisch richtig und selbstlos«, stieß ich angegriffen hervor. »Ich wollte ihn nicht verletzen und habe mich nun zum zweiten Mal entschuldigt. Aber wenn es Feindschaft ist, die Ihr und Euer Sohn Euch wünschen, bekommt er sie. Ich dulde es nicht, dass solche Gerüchte über mich verbreitet werden! Er ist gerade der Egoistische, Unmoralische, nicht ich!« Ich wandte mich ab und ließ ihn sprachlos stehen. Wütend rauschte ich davon.

Mit geballten Fäusten und vor mich hin murrend betrat ich den Gang mit den Gemälden, in dem hinter der Biegung Phineas lässig an die Wand gelehnt stand. Als er mich entdeckte, verzog er tadelnd seinen Mund.

»Spar's dir!«, blaffte ich.

»Ich habe dir die ganze Zeit gesagt, lass es.«

»Tja, ich habe eben nicht auf dich gehört.«

Phineas lachte leise. »Das sehe ich.«

»Lass es einfach, Phin. Ich bin nicht in Stimmung.«

Mein ältester Freund lächelte milde, und seine warme braungebrannte Haut schlug die mir so vertrauten Fältchen. »Komm, ich weiß, was dich aufheitert.«

»Wirklich? Das könnte ich jetzt echt gebrauchen.«

Phineas hielt mir seine Hand hin, und wie damals, als wir beide noch Kinder waren, legte ich meine in seine und genoss die Wärme und Vertrautheit, die sonst nicht Teil meines Lebens waren.

36

Gemeinsam saßen wir auf einer hölzernen breiten Liege. Hier zu liegen, den Vögeln zu lauschen, den Duft all der blühenden Blumen in mich aufzunehmen und die Wärme des Dachgartens zu genießen nahm meine Wut und Enttäuschung von mir.

Der Dachgarten der Sanya war mir nie so wertvoll gewesen wie in diesem Moment. Er glich einem gigantischen Gewächshaus, zwischen zwei Türmen des Schlosses errichtet und mit einem gläsernen Dach, unter dem selbst die Wintersonne stark genug war, um alles zu wärmen.

»Es ist friedlich hier, nicht wahr?«, murmelte Phineas mit geschlossenen Augen.

»Ist es.« Sanft hoben meine Mundwinkel sich zu einem zufriedenen Lächeln, wodurch ich mich noch etwas weiter entspannte. Dank Brianns Übungen fiel es mir gar nicht so schwer, meine Wut hinauszuatmen und Ruhe zu finden.

»Du wirkst so entspannt, Lin«, bemerkte er.

»Weil ich es bin.«

»Das ist neu.«

Ich lächelte. »Ich weiß.«

»Was ist passiert?«, fragte er mit seltsam eindringlichem Ton.

Ich öffnete die Augen und drehte meinen entspannt zurückgelegten Kopf zur Seite, um ihn ansehen zu können. Mir wurde klar, dass ich ihm noch nichts von all den Ereignissen auf der Reise erzählt hatte.

»Lauter irres Zeug«, fasste ich all meine Erlebnisse zusammen und musste auflachen. Das traf es ziemlich perfekt.

»Zum Beispiel?«

»Ein Attentat auf mein Leben?«, schlug ich vor.

Phineas lachte ungläubig auf. »Wie kannst du dann entspannen?«

»Ich kenne den Auftraggeber«, entgegnete ich und war mir der Absurdität bewusst. Regor war ja nicht weniger gefährlich dadurch, dass ich von seinen Absichten wusste. Und doch fühlte es sich so an.

»Lebt er noch?«, wollte Phineas mit fester Stimme wissen. Ich ahnte, in welche Richtung seine Gedanken gingen.

»Tut er.«

»Wieso?«

»Weil ich einen anderen Weg finden muss, ihn zu besiegen. Ich bin jetzt Prinzessin und keine Läuferin mehr.«

Phineas schwieg einen Moment, presste seine Lippen zusammen und wechselte dann das Thema. »Du hast also mit Alael und seinem Vater gesprochen wegen all der Gerüchte.«

»Genau.«

»Wieso nicht mit Celeste?«, fragte Phineas berechtigterweise. Immerhin wusste ich, dass sie an mindestens der Hälfte all des Mists beteiligt war und sicher Alael noch ermuntert hatte, sich wie ein Arschloch zu verhalten.

»Das mache ich noch«, nahm ich mir vor.

»Solltest du«, bekräftigte er meine Absicht.

»Ach ja?«

»Natürlich. Von Anfang an wollte sie den Kerl, und nur du standest ihr im Weg. Sie kämpft immer noch gegen dich, weil sie dich immer noch für eine Konkurrentin hält. Wenn du ihr klarmachst, dass du das nicht bist, wird sie ihre Energie wieder auf den Kampf um den Prinzen konzentrieren«, schlussfolgerte er, und ich war geneigt, ihm zuzustimmen.

»Das ist 'ne Idee.«

Phineas lachte. »'türlich. Ist ja auch von mir!«

Das brachte mich auch zum Lachen. »Vielleicht sollte ich dabei verschweigen, dass wir mal kurz verlobt waren.«

»Oh ja, unbedingt«, stimmte Phineas mir amüsiert zu.

Grinsend drehte ich meinen Kopf zurück und blickte durch die Glasscheiben hinauf in den Himmel, der langsam zuzog. »Denkst du, es schneit heute noch?«

»Was?«

Phineas folgte meinem Blick und lachte. »Was für ein Themenwechsel«, beschwerte er sich. Aber für mich war das Thema abgehakt, und ich wollte es so gerne einmal schneien sehen. Seit wir durch diesen Pass geritten waren, war mir klar geworden, dass ich nie Schneeflocken hatte fallen sehen. Hier in Ertatem schneite es jeden Winter mehrmals. Und ich wollte es unbedingt sehen.

»Hey ihr beiden«, grüßte Dante, als er zu uns an die Bank trat. Ich sah zu ihm auf und lächelte. Erst hatte ich es gut gefunden, dass wir nicht mehr 24/7 aufeinander hingen, aber so langsam hatte ich begonnen, ihn zu vermissen. Also rückte ich zur Seite, näher an Phineas heran, um ihm Platz auf der hölzernen geschwungenen Liege zu machen. »Hi.«

Dante lächelte und hockte sich neben mich, ohne sich hinzulegen. »Ich habe endlich meinen Vater erwischt.«

»Und?«

»Du wirst es nicht glauben. Er hat mit Regor geredet. Also eigentlich hat er ihm gedroht«, präzisierte Dante und warf einen kurzen, unsicheren Blick zu Phineas, den ich sofort verstand. »Ich vertraue ihm!«, unterstrich ich schnell, und

Dantes Schultern entspannten sich. Dann fuhr er fort: »Mein Vater hat Regor davor gewarnt, dich anzugreifen. Er hat erklärt, dass du unter unserem Schutz stehst.«

»Regor? Der Auftraggeber?«, zog Phineas die richtigen Schlüsse. Ich nickte, und sein Gesicht verdüsterte sich.

»Wieso sollte ihn das aufhalten?«, fragte ich Dante, während ich Phineas beruhigend eine Hand auf den Arm legte, ich hatte den aufkeimenden Hass in seinem Blick bemerkt.

»Ein König kann einen König anklagen. Regor könnte zum Tode verurteilt werden, wenn rauskommt, dass er eine Königliche hat töten lassen.«

»Im Ernst?«

»Ja, aber nur im Nachhinein und auch nur, wenn das Motiv nicht der Schutz des Gesamtvolkes ist«, schränkte er ein.

»Ich verstehe nicht?« Wie sollte uns das helfen. Da waren eine Menge Bedingungen und Einschränkungen.

»Es hat sich herausgestellt, dass mein Vater weiß, dass Regor das Feuer damals hat legen lassen, bei dem deine Schwester umgekommen ist«, eröffnete Dante mir. Fassungslos starrte ich ihn an. Meine Schwester … ich hatte keinerlei Erinnerungen an sie, und doch sollte ich wütend und traurig sein. Und irgendwie war ich das auch. Dieses Feuer war der Anfang meines Leides gewesen, es hatte mich von meinem Vater getrennt, der für mich gestorben wäre, um mich zu beschützen. Dieses Feuer hatte mich getötet, langsam und von innen heraus. Es hatte mir mein Leben genommen.

»Dann lasst ihn hinrichten. Dann ist er sicher keine Gefahr mehr!«, stieß Phineas neben mir aus. Ich hatte ihn über diese Offenbarung beinahe vergessen.

»Das war auch meine Antwort«, sagte Dante.

»Nein!«, stieß ich aus, und beide sahen mich überrascht an. »Keine Morde meinetwegen«, flüsterte ich, und Dante verstand es sofort. Er drückte kurz meine Hand. »Mein Vater denkt wie du. Er hat Regor nur klargemacht, dass er Bescheid weiß und andere auch, um sich selbst abzusichern. Eskar besitzt nun auch dieses Wissen. Regor kann nicht mehr gegen dich intrigieren, ohne die Todesstrafe in Kauf zu nehmen und seine gesamte Familie in Ungnade zu stürzen.«

Langsam, nur sehr langsam begriff ich, dass eine Gefahr nun gebannt war. Ein Lächeln breitete sich auf meinem Gesicht aus, und schließlich ergriff ich Dantes Hand und drückte sie. »Danke!«

Er erwiderte mein Lächeln warm.

Phineas schnaubte. »Der Prinz und Held. Wo ist deine glänzende Rüstung?«

Ich lachte und Dante ebenso. Phineas grinste, und für einen Moment herrschte Frieden in mir und in meiner Welt.

»Wenn du schon dabei bist, weißt du, wo Celeste ist, ich glaube, Lin will mit ihr sprechen«, arbeitete Phineas gleich den nächsten Punkt ab.

Dantes fragender Blick traf meinen. Also erklärte ich es ihm. »Ich war bei Alael, um die Wogen zu glätten. War nicht so erfolgreich, aber vielleicht bin ich bei seinem Vater durchgedrungen. Phineas hatte die Idee, es bei Celeste auch zu versuchen, weil er bei ihr die Hauptquelle für die Gerüchte sieht«, erklärte ich es Dante.

Der Prinz der Egor sah über meine Schulter Phineas prüfend an. »Gut möglich«, räumte er ein. Dann sah er mich wieder an und drang erneut tiefer in mich ein, als es sonst jemand vermochte.

»Celeste ist draußen auf dem Hof und bereitet sich auf die Jagd vor.«

»Welche Jagd?«

»Es gibt eine Winterjagd, die eingeleitet wird, wenn man den Frühling nahen spürt. Die soll in der nächsten Woche stattfinden.«

»Na dann!«, stieß ich voller Tatendrang aus. Angespornt durch den Erfolg, den wir gegen Regor erstritten hatten, war ich entschlossen, auch diesen Mist zu bekämpfen und aus der Welt zu schaffen. »Ich gehe jetzt mal und führe ein Gespräch unter Frauen«, entschied ich und klatschte motiviert auf meine Oberschenkel. Dann stand ich auf und machte mich auf den Weg.

»Soll ich …«, kam es gleich von beiden, und ich wusste ganz genau, was sie mir anbieten wollten. Die Blicke, die sie tauschten, zeigten, wie unbehaglich ihnen zumute war, doch ehe es ihnen richtig unangenehm werden konnte, antwortete ich. »Nein danke, Jungs. Ich muss das alleine machen.«

Damit machte ich mich auf den Weg. Das Schloss war riesig, daher dauerte es fast zehn Minuten, bis ich aus dem Schloss heraus und hinüber zu den Ställen marschiert war, wo Celeste gerade ein braunes Siela striegelte.

»Celeste? Kann ich dich kurz mal sprechen?«, bat ich, noch während ich auf sie zuging. Die Tochter des Doje der Keseki drehte sich mit wenig erfreuter Miene zu mir um.

»Hi, ich wollte nur kurz mit dir reden, dauert auch nicht lange.«

Celeste wirkte in ihrer Schönheit trotz des Ärgers in ihren Zügen äußerst attraktiv. Ich fragte mich, ob sie immer auf ihr hübsches Äußeres reduziert wurde. Vermutlich war sie klug und ehrgeizig. Es war nicht fair, sie nur nach ihrer äußeren Erscheinung zu beurteilen, und doch tat ich es immer wieder. Dann allerdings fielen mir die seltsamen Vorkommnisse rund um sie und ihre Ziele ein, und prompt war mein Mitleid dahin.

»Vielleicht hast du es mitbekommen, dass das ein oder andere Gerücht über mich kursiert. Deshalb dachte ich, ich stelle mal was klar«, begann ich.

»Was interessieren mich Gerüchte über dich?«, fragte sie schnippisch und wandte sich ihrem Reittier zu.

»Tun sie sicher nicht. Deswegen geht es ja auch ganz schnell. Weißt du, irgendjemand hat behauptet, Alael und ich hätten vielleicht was miteinander. Ist natürlich absoluter Blödsinn. Der Prinz spricht nicht mal mit mir. Wir hassen uns eher, als dass wir uns mögen. Sicher haben diejenigen, die das erzählt haben, was verwechselt. Immerhin war ich gerade vier Wochen mit Dante unterwegs, also Prinz Fors. Und wir beide hängen immer zusammen rum. Wir sind auch nicht zusammen oder so, nur Freunde. Aber da würde ich es verstehen, wenn das Gerücht entsteht.«

Celeste hatte nicht wirklich reagiert und stand immer noch mit dem Rücken zu mir. Aber ihre Körpersprache verriet mir genug. Als sie sich gefangen hatte, drehte sie sich zu mir um und sah mich eindringlich an. »Was willst du, Nervensäge?«

»Gar nichts. Na ja, doch. Ich dachte, du könntest mir helfen, das klarzustellen.«

»Wieso sollte ich?«

Ich zuckte mit den Achseln. »Weil du eine gute Aglaia bist?«

Sie schnaubte arrogant. »Ich kümmere mich sicher nicht um deinen Mist. Verschwinde.«

Ich blickte zwar zerknirscht drein, konnte aber meine zufriedene Genugtuung kaum verbergen, daher sah ich zu, dass ich davonkam. »Ich dachte, du hilfst mir«, murmelte ich niedergeschlagen und lief mit hängenden Schultern davon, auch wenn ich mir das Grinsen, kaum dass ich ihr den Rücken zugekehrt hatte, nicht mehr verkneifen konnte. Phineas' Vorschlag war super. Celeste würde nun von ganz allein dafür sorgen, dass der Mist, der über Alael und mich geredet wurde, aufhörte, und dann würden die meisten Gerüchte sich auch in Luft auflösen. Nur das, was ich ihr über Dante und mich gesagt hatte, würde sich vermutlich weiterhin halten.

37

Wütend stapfte ich im Dachgarten auf und ab. Es hätte so gut laufen können, aber nein!

»Lin, bitte«, versuchte Dante mich zu beruhigen.

»Nein, nichts bitte. Das ist einfach alles scheiße!«

»Wieso regen dich die paar Gerüchte so auf?«, warf Phineas ein, und wir beide sahen ihn wütend an. Sofort hob er in Unschuldsgeste die Hände und hielt klugerweise seine Klappe.

Doch Phineas hatte eigentlich einen Punkt. Ich hatte mit den Gerüchten gerechnet, also warum regten sie mich jetzt so auf? Naja, da war einmal die irgendwie neu entstehende Feindschaft zwischen den Keseki und den Sanya. Dafür wollte ich nicht verantwortlich sein, zumal rational betrachtet mein Vorgehen wirklich aus den richtigen Motiven heraus stattgefunden hatte. Und nun legte man mir ganz andere Motive in den Mund, die ich so nie denken und fühlen würde. Sie unterstellten mir einen gewissen Vorsatz, Alael zu verletzen. Das würde ich nie tun. Ich hasste das alles so sehr, weil ich es ungerecht fand, was man mir da vorwarf. So herzlos und kalt manipulierend könnte ich nie sein. Und ich wollte auch nicht, dass das ganze verdammte Schloss so von mir dachte.

»Du kannst an seinem Verhalten nichts ändern«, erinnerte Dante mich.

»Ich weiß«, seufzte ich resigniert.

»Und mit der Zeit werden die Gerüchte sich verflüchtigen.«

»Weil sich dann ein Bild von mir festgesetzt hat, ein falsches Bild!«, stieß ich aus und warf Dante einen zögernden Blick zu.

»Vergiss es«, bügelte er sofort ab, denn er wusste ganz genau, dass ich wieder kurz davor gewesen war, ihn zu bitten, Abstand zu halten. Dass Dante immerzu bei mir war, schürte die Gerüchte, dass wir beide eine Affäre hätten. Und wie ich es anfangs ganz richtig vermutet hatte, ging es bei Alaels Verhalten vor allem um verletzten Stolz, und der wurde nur weiter genährt durch die Behauptung, dass ich ihn für Dante verlassen hatte und nicht, wie ich beteuerte, um ihm eine lieblose Ehe zu ersparen. Und ehrlich gesagt war ich es langsam leid, das wieder und wieder zu betonen. Alael war taub für diese Wahrheit.

»Es würde aber die meisten Probleme lösen, wenn wir nicht ständig zusammen gesehen werden würden«, warf ich ein wie schon das erste Mal, als wir darüber gesprochen hatten.

»Und dich in Gefahr bringen. Ob Regor wirklich stillhält, wissen wir nicht, und Sika könnte inzwischen wissen, wo du bist. Ich bin nicht bereit, dich ohne Schutz zu lassen und dadurch dein Leben zu riskieren, damit dieser Idiot sich endlich mal einkriegt«, hielt er wie auch schon vor zwei Tagen dagegen.

»Ich weiß«, seufzte ich. Das sah ich ja auch ein. »Das ist nur alles so frustrierend. Celeste ist wieder im Hass- und Rachemodus, Alael wird auch nicht besser, und meine scheiß Macht wird auch nicht zugänglicher!«, redete ich mich in Rage. Dabei fiel mir gar nicht auf, was ich da offenbarte. Ich hatte mich so an Dante und Phineas in meiner Nähe gewöhnt und war so in meinem Frust gefangen, dass ich gerade meinem ältesten Freund verraten hatte, was ich bisher vor allen hier in Ertatem geheim gehalten hatte, selbst vor meinem Vater.

»Deine was?«, fragte Phineas natürlich sofort.

Ich antwortete nicht.

»Lin!«, drohte er, stand auf und kam auf mich zu.

Dante schwieg betreten. Das war meine Sache, und deshalb mischte er sich auch nicht ein. Er hatte mich schon gefragt, warum ich Phineas nichts erzählt hatte, obwohl ich ihm doch vertraute. Aber seit ich in Ertatem zurück war, war das Summen erst leiser geworden und schließlich sogar verstummt, als wäre meine Macht verschwunden. Und weil ich sowieso nicht wusste, was diese Macht überhaupt war und wie ich sie nutzen könnte, fühlte es sich lächerlich an, irgendjemandem davon zu erzählen.

»Raus mit der Sprache«, bohrte Phineas weiter.

Ich zögerte noch, doch lügen wollte ich auch nicht, vor allem nicht Phineas gegenüber. Also seufzte ich resigniert auf. Mit dem Fuß über den rauen Boden scharrend, gestand ich leise: »Kann sein, dass ich auf der Reise entdeckt habe, dass eine Macht in mir schlummert.«

Stille.

Schon klar. Er war genauso rational, analytisch und nicht gläubig aufgewachsen wie ich. Hätte ich es nicht gespürt, würde ich es ja auch nicht glauben, und Phineas hatte all das Übernatürliche, das offenbar mit diesem nicht greifbaren Kitrinos zusammenhing, nicht gesehen.

»Was kannst du?«

»Nichts. Deshalb habe ich auch nichts gesagt. Seit ich wieder hier bin, schweigt meine Macht«, stieß ich frustrierter aus, als ich mir eingestanden hatte zu sein. Hm, ich hatte mich damit angefreundet und dafür trainiert. Dieses Schweigen jetzt war ganz schön enttäuschend.

»Verdammt«, stieß Phineas fahrig aus.

»Ich weiß. Ich konnte auch nicht glauben, dass so was existiert und mir das dann auch noch passiert.« Geknickt hob ich meinen Blick und sah meinem ältesten Freund in die Augen. Etwas stimmte nicht. Sein Blick verursachte eine Gänsehaut. Ich hätte nicht sagen können, was, aber etwas war falsch.

Im nächsten Moment wirbelte er auch schon herum und knockte Dante mit einem gezielten Schlag gegen die Schläfe einfach aus, vollendete die Drehung, und dann spürte ich den scharfen Schmerz einer Nadel, die meine Haut am Hals durchstieß. Ich griff an die Stelle und zog eine feine Metallnadel aus meiner Haut. Sofort spürte ich den Rausch durch meine Adern rennen und meine Sinne benebeln. Fassungslos blickte ich auf den bewusstlosen Dante, der zu Phineas' Füßen lag und nicht die geringste Chance zur Gegenwehr gehabt hatte. Dann sah ich meinem ältesten Freund ins Gesicht und konnte trotz der Taubheit in meinen Armen und Ohren nicht glauben, dass ausgerechnet Phineas ein Verräter sein sollte.

»Was tust du?«, flüsterte ich matt mit tauben Lippen.

»Ich erfülle meinen Auftrag!«, erklärte er fest und ohne den Hauch von Reue, Schuld oder Scham. Als mir schwarz vor Augen wurde und ich das Gefühl für meinen Körper verlor, konnte ich nur noch denken, dass ihm plötzlich der immerzu leicht unsichere Zug um die Lippen gefehlt hatte. Phineas war ein Läufer, immer gewesen. Er war nie geflohen, hatte seine Rolle nie abgelegt. Phineas war ein Getreuer.

***

Der pelzige Geschmack in meinem Mund weckte mich auf. Mit meinen erwachenden Sinnen schob Schmerz sich in mein Bewusstsein und vertrieb die Mattigkeit der Nacht. Ich wollte mir die Augen reiben und die Trübung vertreiben, doch meine Bewegung wurde gebremst. Der Schmerz und Druck weckten mich ganz, und ich wurde mir meiner Haltung bewusst. Meine Hände waren auf den Rücken gefesselt! Dann drangen weitere Wahrnehmungen in mein Bewusstsein vor. Es roch nach feuchter Erde, und die Luft war kühl, nicht so kalt wie die Winterluft in Ertatem, ich war südlicher. Dazu Geräusche, vertraute Geräusche … verhasste Geräusche.

»Endlich bist du wach«, knurrte eine vertraute und doch vollkommen fremde Stimme. Die Wärme fehlte. Phineas hatte seine Rolle perfekt gespielt.

»Wieso?«, fragte ich schlicht.

Er lachte schnaubend. »Wieso bist du so eine Verräterin?«, warf er mir zornig vor. Ach ja, Getreuer. Die gebrochenen, manipulierten Kinder, die zu fanatisch loyalen Killermaschinen erzogen worden waren. Wenn ich daran dachte, wie genial er den Abtrünnigen gespielt hatte, über Jahre hinweg, würde ich sagen, er war der Beste von uns und niemals ich.

»Weil sie Barbaren sind.«

Phineas schüttelte seinen Kopf, während ich mich aufrichtete und in eine sitzende Position brachte. Mich umschauend, erkannte ich, dass ich in einer kleinen, heruntergekommenen Holzhütte war. Direkt hier, wo mein Kopf lag, war ein großes Loch in der Außenwand, durch das ich die kühle Luft und den erdigen Geruch von draußen wahrnehmen konnte. Da ich die Schlachtgeräusche hören konnte, waren wir nicht weit von der Front entfernt. Angestrengt dachte ich darüber nach, ob ich einen Ort wie diesen hier kannte, aber mir wollte keiner einfallen.

Meine Handgelenke schmerzten verdammt stark. Ich versuchte, sie zu bewegen und so herauszufinden, wie ich mich befreien könnte, doch kaum, dass ich gegen sie drückte, wurden sie heiß und brannten in mein Fleisch. Ich stieß ein unterdrücktes Stöhnen aus und atmete gepresst gegen den Schmerz an.

Überrascht sah ich in Phineas' zufrieden grinsendes Gesicht. Er wirkte eiskalt und wie der Fanatiker, der er offenbar schon immer gewesen war. Wie hatte mir das nur all die Jahre entgehen können?

»Sika wird es freuen, dass die Fesseln ihren Dienst leisten.«

»Was sind das für Scheißdinger?«, stieß ich wütend aus.

»Ach Lin, wie du die Lüge glauben konntest, du wärst die Beste von uns, ist mir immer noch ein Rätsel. Immerzu standen deine dumme Moral und dein Herz dir im Weg. Und schwer von Begriff bist du auch noch«, säuselte Phineas, kam näher und beugte sich zu mir herab. Am Boden sitzend, mit den Händen im Rücken, konnte ich ihm nicht mehr ausweichen, als meinen Kopf zur Seite zu drehen. »Du warst nie die Beste von uns. Nur die Mächtigste.«

Verwirrt runzelte ich meine Stirn und sah ihn nun doch an. »Du warst vom ersten Tag an mein Auftrag, und ich habe ihn perfekt ausgeführt«, warf er sich stolz in die Brust.

»Was für ein Auftrag?«

»Du trägst eine Macht in dir, die Sika hätte gefährlich werden können. Deshalb hat er mich gefunden und ausgebildet. Uliana können Macht nehmen. Also wurde ich zum ersten und einzigen ulianischen Läufer«, erklärte er mir stolz.

»Deshalb verstummte das Summen, als ich wieder in Ertatem war«, begriff ich, und er grinste mich an. »Jetzt hast du es verstanden.«

»Und das mit Kassandra? Deine Gefühle für sie?«

»Eine Finte, um dein Vertrauen zu gewinnen«, erklärte er stolz. Und darauf durfte er nüchtern betrachtet tatsächlich stolz sein, denn das Schauspiel war perfekt gewesen, überzeugend. Und tatsächlich war der Tag, an dem ich begriffen hatte, dass er Kassandra sehr mochte, und Sika ihn für diese Gefühle begonnen hatte zu quälen, der Tag, an dem ich angefangen hatte, ihm vollkommen zu vertrauen. Dabei hatten Sika und er unter einer Decke gesteckt.

»Wieso bringst du mich jetzt zurück, anstatt mich zu töten?«, wollte ich nun wissen. Nach diesem Verrat war alle Energie aus mir herausgeflossen. Ich fühlte mich matt, mutlos und besiegt. Dante war noch in Ertatem, wenn er überhaupt noch lebte, und niemand wusste, wo ich war. Mein Leben war vorbei, egal ob Sika mich tötete oder wieder in Gewahrsam nahm.

»Wegen der Fesseln«, erklärte er, ohne dass ich es verstand. Offenbar sprach mein Blick Bände, denn er erklärte es mir. »Als Sika entdeckte, was in dir schlummert, hat er vom obersten General Gelder und Personal für Forschung bekommen, denn du warst der Beweis, dass in den anderen Ländern Mächte existieren, die uns gefährlich werden könnten.«

Ich musste auflachen. Verwirrt sah er mich an. »Uns?«, fragte ich. »Du bist nicht mehr als eine Marionette ohne eigenen Willen.«

Phineas sah mich kalt an. »Du hast mich in zwölf gemeinsamen Jahren nicht von deiner Sicht auf die Welt überzeugen können und doch versuchst du es noch immer?«, höhnte er.

Ich schüttelte meinen Kopf. »Ich versuche gar nichts. Ich

mache mir selbst klar, dass die Gehirnwäsche unserer Erziehung bei dir gewirkt hat und du niemals Phineas warst. Du bist eine Rolle, die Figur, die sie so wollten, kein eigenes Wesen. Du hast keine eigenen Gefühle, keinen eigenen Willen. Ein Roboter wäre so lebendig wie du.«

»Was für einen Scheißdreck du redest. Nur weil ich nicht deiner Meinung bin, bin ich doch keine willenlose Maschine.«

»Du bist *wie* eine willenlose Maschine, weil du als Persönlichkeit gar nicht existierst. Du glaubst, was sie wollen, dass du es glaubst, du fühlst, was sie wollen, dass du es fühlst, und du tust, was sie wollen, dass du es tust. Phineas existiert nicht. Du bist nur ein Rädchen von vielen in ihrer Maschinerie des Krieges.«

»Spar dir deinen Atem, Lin. Du wirst mich nicht überzeugen.«

Ich lachte. »Natürlich nicht, sonst würde das ja widerlegen, was ich gerade gesagt habe.«

Phineas hielt einen Moment noch meinen Blick, dann trat er an die dreckige, trübe Scheibe und sah hinaus. Er wartete auf etwas, einen Zeitpunkt. Wollte ich wissen, worauf? Spielte das denn überhaupt noch eine Rolle?

»Also will Sika mich für Experimente zurück«, gestand ich mir ein. Meine Erkenntnis malte das Bild einer Zukunft, die noch schlimmer war, als zu sterben oder wieder zur Läuferin zu werden. Andererseits vielleicht auch nicht. Ich würde immerhin nie wieder gegen meine moralischen Prinzipien handeln müssen, um das Trugbild der Getreuen aufrechtzuerhalten. Seltsam tröstlich sickerte diese Erkenntnis in meinen Verstand und nahm meine Angst und Anspannung mit sich.

»Es ist so weit!«, stieß Phineas aus und kam auf mich zu.

Er packte mich grob am Oberarm und riss mich auf meine Beine.

»Wofür?«, fragte ich harsch und wand mich in seinem festen Griff.

»Heimzugehen«, versprach Phineas. Die Aussicht jagte mir eine Gänsehaut über den Rücken. Mein einstiger Freund löste überraschend meine Fesseln und schubste mich vorwärts. Ich stolperte, hielt mich aber aufrecht.

Verwirrt sah ich über meine Schulter und dann zur Tür. Für den Bruchteil einer Sekunde spielte ich mit dem Gedanken zu fliehen, aber Phineas hatte bewiesen, dass er ein gerissener Läufer war, und mit derartig viel Geduld, Beharrlichkeit und Durchhaltevermögen agiert, dass er sich so einen Fehler wie diesen sicher nicht leisten würde. Und doch keimte Hoffnung in mir auf. Ein Blick auf sein barbarisches, genussvolles Grinsen allerdings erstickte die Hoffnung im Keim.

»Klüger, als ich dachte«, räumte er ein.

»Ich habe dir immer gesagt, dass sie klug ist«, erklang die verhasste Stimme, und alles kam auf einen Schlag zurück, die Anspannung, die in Fleisch und Blut übergegangene Tarnung, sogar die Haltung. Als ich mich aufgerichtet zur Tür wandte, stand im Rahmen mein Entführer, der Tyrann meiner Kindheit. »Sika.«

»Willkommen daheim, Lin.«

Ich spuckte ihm vor die Füße.

Sika war mit zwei schnellen Schritten bei mir, packte rüde mein Kinn und hob gewaltsam meinen Kopf, sodass ich ihm ins Gesicht sehen musste. »Zuerst wirst du zusehen, wie ich deine Mitverräterin umbringe, und dann wirst du wesentlich dazu beitragen, dass ich dein Volk besiege und von dieser Erde tilge«, versprach er mir, und ich wusste, dass er all dies tun würde. Er konnte eigentlich nur Nastja meinen, denn sie war an der Front, um gegen sie Anamie zu kämpfen. Kassandra wenigstens war außerhalb seiner Reichweite.

Zum ersten Mal in meinem Leben spürte ich Wut und Widerstand in mir aufkommen, als er vom Tod von Aglaia sprach. Sie waren mein Volk, und inzwischen hatte ich auch eine Bindung zu ihnen aufgebaut. Ich dachte an Dante und meinen Vater, an die Schwarzklingen und sogar an Alael, Celeste und alle anderen. Sie waren meine Leute, mein Volk. Und ich wollte sie beschützen und nicht für ihren Tod verantwortlich sein. Aber das ging nur, wenn ich konsequent durchzog, was schon so viele Jahre unter der Oberfläche geschlummert hatte. Ich konnte sie nur beschützen, wenn ich starb.

»Lass Nastja in Ruhe!«, stieß ich wütend hervor und spuckte ihm dann mitten ins Gesicht. Zur Belohnung erhielt ich einen festen Schlag, der meinen Kopf zur Seite schleuderte. Der Schmerz breitete sich von meinem Kiefer in meinen gesamten Kopf aus. Aber das war es wert gewesen.

»Das treiben wir dir schon aus«, versprach Sika mir hasserfüllt.

»Niemals!«

Phineas packte mich von hinten und, kaum dass er meine Haut berührte, spürte ich eine bittere Kälte in mir und einen Schmerz in meiner Brust. Mir kam das Gefühl vertraut vor, nur viel stärker. Was hatte er gesagt: Er hatte mir seit jeher genommen, was in mir schlummerte? Das also war das Gefühl. Er raubte mir meine Macht, sorgte dafür, dass ich wehrlos war. Ich wusste gar nicht, wen ich mehr hassen sollte, den Getreuen mit Gehirnwäsche oder den Bastard, der ihm das angetan hatte.

Gemeinsam verließen wir die Hütte und traten in einen lichten Wald. Die Geräusche der nahen Schlacht wurden lauter, und nun konnte ich sie besser lokalisieren. Wir waren in einem höheren Gelände als die Front, und sofort ahnte ich, wo wir uns befanden. Wir waren am Rand von Küpras Bergen, denn die Westberge gingen in Steppe und Feld über, kein Wald weit und breit. So viel trennte mich dann gar nicht von Ertatem. Es war nicht einmal ein ganzer Tagesmarsch. Das war beinahe noch bitterer.

Phineas bugsierte mich den Berg hinunter, immer weiter auf die Frontlinie zu. Sika ging uns voran, und nach zwanzig Minuten hielt er an. In der Deckung eines Dornenbusches wartete er, bis ich neben ihm kniete. Da ich nicht freiwillig folgte, trat Phineas mir von hinten in die Kniekehlen und drückte mich zu Boden. Aber es war mir egal, ich trotzte ihnen und würde das für den Rest meines Lebens tun. Sie hatten sich das falsche Opfer ausgesucht.

»Na, siehst du sie?«, fragte Sika amüsiert.

Kurz war ich verwirrt. Dann folgte ich seinem Blick und konnte zwischen den Ästen hindurch die Körper in der Dämmerung sehen, die aufeinander einschlugen. Das Licht war surreal, alles war so plastisch und doch nicht ganz klar. Eine einzigartige Mischung aus Dunkelheit und Helligkeit. Licht, das ich eigentlich mochte. Es war Schönheit im Moment des sterbenden Tages. Schönheit, die einem leicht entging und doch jeden Tag begleitete. Aber inmitten dieses schönen Lichts entdeckte ich den unverkennbaren zierlichen Körper meiner Schwester im Herzen. Voller Inbrunst und Geschick wühlte Nastja sich durch die Front und hinterließ ein Meer aus leblosen oder sich windenden Körpern des Feindes. Ein anmutiger Racheengel, geboren, um zu töten, jene, die uns unser Leben geraubt hatten. In diesem Moment fand ich nichts schöner als sie. Nicht einmal Celestes perfekte Schönheit oder das einzigartige Licht konnten da mithalten. Klein, immer unterschätzt und doch außergewöhnlich pflügte die Kriegerin sich durch die schiere Übermacht der Anamie.

Sika lehnte sich zu mir herüber. »Präg dir jedes Detail genau ein«, flüsterte er, und sein widerlicher Atem kitzelte über die nackte Haut meiner Ohrmuschel. Ein Schauer rann meinen Rücken hinab. »Es ist das letzte Mal, dass du sie siehst.«

Ich holte tief Luft und presste meine Lippen zusammen.

»Ist sie nicht wunderschön?«, fragte er beinahe wehmütig. »Schade, dass du sie mit hineinziehen und ihre Gedanken verpesten musstest. Heute stirbt sie. Deinetwegen«, fuhr er erbarmungslos fort und genoss ohne Zweifel, was seine Worte anrichteten. Ich wusste, dass all das allein seine Schuld war. Unsere geraubte Kindheit, unsere gebrochenen Seelen, Phineas, alles war seine Schuld, nicht meine. Und doch konnte ich seinen Worten nichts entgegensetzen.

Sika zückte seine Schwerter, die wie üblich am ledernen Hüftgürtel zu beiden Seiten baumelten. Seine schlanken Hände umschlossen die Hefte, und sein kaltes Grinsen aus den typischen eisblauen Augen durchdrang mich und hinterließ Todesangst. Nicht um mich, sondern um meine geliebte Schwester.

Sika durchbrach das Dickicht und trat auf das Schlachtfeld. Phineas bugsierte mich mit, hielt mich aber fernab der eigentlichen Kampflinie, im Rücken der anamischen Truppen.

Alles um mich herum trat in den Hintergrund. Die Kampfgeräusche verstummten zu einem dumpfen Rauschen, während meine Augen Sika und Nastja abwechselnd fixierten. Sie sah ihn nicht kommen.

»Nastja!«, schrie ich aus Leibeskräften.

Phineas trat mir in die Knie und schlug mir von der Seite gegen die Schläfe. »Klappe!«

Aber ich würde meine Schwester nicht im Stich lassen, koste es, was es wolle. »NASTJA!«, schrie ich erneut, ehe seine Faust meinen Kiefer traf und der sengende Schmerz mich derart betäubte, dass ich für einen Moment nicht sprechen konnte. Dennoch brachte ich einen Blick hinüber zustande und sah befriedigt, dass sie ihn entdeckt hatte. Nastja stand erhobenen Hauptes in einem Meer aus leblosen Körpern, mit zwei kurzen Säbeln bewaffnet, in der ledernen Panzerrüstung der Aglaia, die ihr eine höhere Beweglichkeit schenkte als die metallene Panzerrüstung der Anamie.

Nastja lächelte düster. Ich wusste, dass ihr Traum gerade in Erfüllung ging.

Phineas griff in diesem Moment in mein Haar und riss meinen Kopf zurück. Er brachte eine Klinge an meine Kehle und zischte: »Jetzt stirbt die Erste. Und du wirst zusehen.«

38

Der feuchte Schlamm fraß sich durch meine Hose bis zu meinen Knien und biss als unangenehme Kälte in meine Haut. Das widerliche Gefühl war aber nichts im Vergleich zu allem anderen, das in mir tobte.

Mit aufkeimender Angst, die mir bis in die Knochen kroch, beobachtete ich Sika, wie er sich über das Feld zu Nastja vorkämpfte. Der groß gewachsene, schlanke Mann mit dem gestählten, sehnigen Körper eines jungen Kriegers marschierte voller Selbstvertrauen auf die zierliche kleine Elfe zu. Die Blicke der beiden trafen sich, und beide grinsten dem anderen voller Hass und Entschlossenheit entgegen.

Ich wusste um Nastjas Fähigkeiten, ihren Hass und ihren Rachedurst. Auf eine seltsame Weise war dieser Moment die Erfüllung all ihrer Wünsche und Sehnsüchte. Und aus diesem Grund freute ich mich ein winziges bisschen für sie. Aber die Schlacht um mich herum schürte meine Panik, die Klinge an meiner Kehle und der harte Griff in meinem Haar verdammten mich zu Bewegungsunfähigkeit, und jede Faser meines Körpers stand im Widerstreit zwischen Vorpreschen und Nastja beim Ermorden des Mannes zu helfen, der unser Leben zerstört hatte, und der blanken Flucht. Beinahe war es ein Segen, still gestellt zu sein, so musste ich mich nicht entscheiden.

Sika hieb mit seinen beiden Schwertern mal rechts, mal links seines Marsches in die kämpfenden Körper und bahnte sich so seinen Weg, als würde er sich eine Bresche durchs Gestrüpp schlagen, nur dass er in Körper hieb statt in Pflanzen. Ein Schauer rann meinen Rücken hinab, und ich schüttelte mich.

»Hör auf zu zappeln!«, wies Phineas mich an und stieß schmerzhaft mit der Faust in meinem Haar gegen meinen Kopf. Der drückende Schmerz gesellte sich zu all dem anderen Schmerz in meinem Körper und schien etwas in mir zu entfesseln. So überflutet von der Pein, brodelte der alte Kampfeswillen immer weiter auf und drohte über die Ränder des Käfigs zu schwappen, in dem ich ihn verborgen hatte, als ich dieses Steinfeld in die Freiheit verlassen hatte.

Sika kam endlich bei Nastja an, die sich keinen Schritt auf ihn zubewegt hatte. Die zierliche Kämpferin in der ledernen Rüstung verbreiterte leicht ihren Stand und linste ihren Widersacher mit einem erwartungsvollen Grinsen aus gesenkten Lidern an. Sie war bereit. Das war ihr Moment.

Für einen Augenblick war ich überfordert. Der Lärm des Kampfes stürmte auf mich ein und brandeten gegen meine Sinne. Körper wuselten durcheinander und verdeckten immer wieder kurz die Sicht auf die beiden Kontrahenten.

Als ich sie wieder entdeckte, drehte Nastja ihre beiden Säbel einmal um ihre Handgelenke und sagte etwas, das ich aus dieser Entfernung nicht verstand, schon gar nicht über den Schlachtenlärm hinweg. Aber ich erinnerte mich an ein Gespräch, das wir beide einmal geführt hatten. Von der ersten Sekunde an hatte Nastja beidhändig trainiert und bald darauf sich für die beiden Säbel als ihre Waffen entschieden. Dieses eine Mal hatte ich sie gefragt, wieso. Ihre Antwort klingelte mir jetzt in den Ohren: *Sollte ich jemals jemandem mit zwei Schwertern gegenüberstehen, wird er mich unterschätzen, während die Säbel der perfekte Gegenpart sein werden.* Aussagen wie diese hatten immer die Ahnung geweckt, dass Nastja nur trainierte, um sich eines Tages Sika stellen zu können. Aber erst im Thronsaal der Aglaia hatte ich es mir schließlich eingestanden.

Wie sehr ich mir wünschte, dass sie recht behalten würde. Für mich völlig unvorhergesehen, preschte Sika plötzlich los, und der Kampf begann. Die beiden schlugen in wilden, flinken Folgen aufeinander ein und parierten die Streiche ihres Gegners. Objektiv betrachtet war es ein atemberaubendes Schauspiel zweier begnadeter Kämpfer. Doch mir gefiel Sikas Kraft nicht, mit der er auf die so zierlich wirkenden Säbel der so kleinen Person mit ihren dünnen Ärmchen, dem dünnen Hals und den kurzen Füßen einschlug. Es wirkte, als hätte Nastja nicht die geringste Chance gegen so einen Übergegner.

Nur war Nastja eine außergewöhnliche Kriegerin, eine von diesem Bastard ausgebildete Kriegerin. Sie kannte seine Stärken … und seine Schwächen. Es war zu schnell, um es zu sehen, aber im nächsten Moment sprangen die beiden auseinander, und Nastja grinste wild, während Sika ungläubig auf sein Bein blickte.

»Sie hat ihn getroffen«, murmelte Phineas fassungslos, und ich war mir sicher, er hatte es nicht laut sagen wollen.

Und wie sie ihn getroffen hatte. Noch bevor er sie getroffen hatte. Heißer Stolz brandete in mir auf. Hoffnung entstand tief in meinem Innern und begann zu wachsen, stark und schnell.

Sika fasste seine Schwerter entschlossener und jagte wieder auf Nastja zu. Die Folge an Schlägen und Paraden, die jetzt auf die Nerianerin einprasselte, war hart und so flink, dass die Bewegungen vor meinem Auge verschwammen. Nastja kam in Bedrängnis und stolperte rückwärts über einen leblosen

Körper. Sie fing sich zwar ab, konnte durch das Schlingern aber die Finte Sikas nicht abwehren, und das Schwert bohrte sich hart in Nastjas Schulter.

Der Schrei blieb mir in der Kehle stecken. Impulsive Gedanken und Reaktionen hatte ich zwar noch, aber sie an die Oberfläche zu lassen, war mir ausgetrieben worden. Alles um mich herum stieß mich zurück in die Person, die ich als Läuferin gewesen war. Ob gut oder schlecht, wusste ich nicht, aber ich wusste, dass ich Nastjas nächsten Erfolg nutzen musste, um mich aus Phineas' Griff zu winden. Der Getreue war gefesselt von dem Kampf und würde es nicht ertragen, wenn die Person, die ihn geformt hatte, unterlag.

Im Moment allerdings sah es erst mal schlecht für Nastja aus. Sie kämpfte zwar weiter, aber nur noch mit dem Arm ihrer unverletzten Schulter. Der Kriegerin mit den strohblonden Dreadlocks würde ich zwar auch eine entsprechende Finte zutrauen, aber es war auch möglich, dass sie in diesem Kampf unterlag. Eine Aussicht, die mich gerade seltsam emotionslos ließ. Auch ein Nebeneffekt meines Flashbacks in mein Läuferdasein.

»Wieso, Phineas?«, entfuhr es mir, als Nastja unter einer harten Folge Schläge in die Knie ging und ich für den Moment glaubte, sie würde tatsächlich verlieren.

»Wieso was?«, fragte er harsch und ruckte schmerzhaft an meinen Haaren.

»Wieso lässt du zu, dass Nastja und Kassandra leiden? Es geht doch offensichtlich um mich. Ich war dein Auftrag. Die beiden haben das nicht verdient.« Eigentlich wollte ich so nur herausfinden, was sie mit Kassandra planten. Denn ich hatte den Eindruck, Nastjas und mein Schicksal waren bereits besiegelt. Die kleine Kriegerin parierte nur noch am Boden knieend die auf sie einprasselnden Schläge. Es war vorbei. Gleich würde Sika durch ihre Verteidigung brechen.

»Keine Sorge, Kassandra wirst du gar nicht mehr miterleben. Die ist was Persönliches und kommt nach euch beiden«, drohte er, und eine Gänsehaut überzog meinen Körper. Also würden sie auch Kassandra büßen lassen. Was hatte ich denn anderes erwartet?

Hinter dem Kampf, den Nastja führte, gab es einen Tumult, der mich ablenkte. Dort hinten, inmitten eines Haufens Anamie, die auf eine einzige Person losgingen, tauchte eine in unzählige Schichten Fell und Leder gekleidete Frau auf, deren Gesicht im Schatten einer tiefsitzenden Kapuze lag. Sie schritt von azurblau gewandeten Kriegern umringt zielstrebig auf Nastja und Sika zu. Azurblau? Sie kam von den Sanya. Von meinem Vater!

Hoffnung stieg in mir auf und flutete meinen Körper. In einem verzweifelten Aufbäumen wehrte ich mich gegen Phineas' Griff. Ein Anamie brach durch den Ring azurblauer Kämpfer und führte einen Streich gegen die Frau, die auswich, ihn packte und dann seinen in sich zusammensinkenden Körper unbeachtet links liegen ließ. Ich heftete meinen fassungslosen Blick auf den leblosen Anamie, der nicht mehr aufstand. Er war … ich hätte bewusstlos gesagt, aber irgendwie glaubte ich das nicht. Er war tot. Sie hatte ihn mit einer einzigen Berührung getötet. Mein Blick fand die Frau, die ohne Zweifel die Ingenia der Sanya sein musste. Was hatte Alael gesagt, die Herrin des Willens gehörte nicht einmal zu den Stärksten? Nein, das tat sie nicht. Die Ingenia der Sanya aber offensichtlich schon, wenn sie durch eine einzige Berührung Leben nehmen konnte.

Sika entdeckte in diesem Moment die Ingenia, die auf ihn zuhielt und ihn fixierte. Für den Bruchteil einer Sekunde durch ihr Herannahen abgelenkt, war dies der eine Moment, auf den Nastja gewartet hatte. Sie trieb von unten ihren Säbel in Sikas Bauch, der aufgespießt vornüberkippte. Er hielt sich auf seinen Beinen, aber Nastja zog erbarmungslos den Säbel aus seinem Bauch, sprang auf die Beine und hieb mit weit über ihrem Kopf ausholender Bewegung auf seinen nach vorne gelehnten Körper ein. Wie in einem Traum fokussierte sich mein ganzes Sein auf den Körper meines Tyrannen, der für einen surrealen Moment immer noch in nach vorne gebeugter Haltung verharrte, während der Kopf des Mannes zu Boden fiel. Und wie ein Nachhall dieser grotesken Beobachtung sackte auch Sikas Körper nun zu Boden, wo er liegen blieb.

Dumpf hörte ich Phineas' entsetzten Schrei in meinem Rücken. Er riss an meinen Haaren, sodass ich in sie greifen musste und wild hin und her geschleudert wurde. Und doch fixierte ich die Szene dort vorne inmitten der Schlacht. Nastja griff nach etwas und hob es hoch. Mit einem markerschütternden Schrei des Triumphes hielt sie den Kopf unseres Peinigers in die Höhe. Die Schlacht um sie herum erstarb für einen Moment, und alle blickten zu der kleinen Kriegerin, die einen General der Anamie enthauptet hatte. Es war vorbei.

Tränen rannen über meine Wangen, Tränen der Befreiung von seiner Macht über mich, Tränen des Schocks und der Ungläubigkeit. In mir tobte es wild, und ich war überfordert mit allem.

»Das wirst du büßen!«, schrie Phineas in meinem Rücken und preschte los, mitten durch die starrenden und stehenden Kämpfer hindurch auf Nastja zu, die ihn gar nicht kommen sah, weil sie siegestrunken immer noch den abgetrennten Kopf in die Höhe hielt. Das Blut rann an ihrem Arm herab und tränkte die cremefarbene Wolle ihres Unterhemdes. Sie würde Phineas nicht mehr rechtzeitig entdecken.

Benommen von der Szene kam ich endlich auf die Beine und wusste doch, ich würde nicht rechtzeitig dort ankommen. Dennoch versuchte ich es, denn Sikas Tod hatte die Kälte in mir vertrieben, und nun fühlte ich. Ich fühlte Angst um meine Schwester im Herzen, Angst um meine Freundin, blanke Panik bei dem Gedanken, sie gleich zu verlieren.

Phineas kam bei Nastja an, wie auch die Ingenia der Sanya, die ich ganz vergessen hatte. Sie packte Phineas' Hand mit dem Schwert, das gerade auf Nastja niedersausen wollte. Nastja fuhr herum und sah ihn aus schreckgeweiteten Augen an, während der Körper der Ingenia in einem harten Ruck zusammenzuckte.

Phineas hatte eine zweite Waffe gezückt und den Dolch der Ingenia in die Körpermitte gestoßen. Die Frau ließ Phineas' Hand los und griff nach der Waffe in ihrem Körper. Nastja sah, was Phineas getan hatte, und nun scholl ein ganz anderer markerschütternder Schrei über das Feld zu mir herüber. Ein Schrei voller Schmerz und Leid.

Nastja fing die zu Boden gehende Frau an ihrer Seite auf und führte sie langsam zum Grund. Ich rannte bereits auf die Gruppe zu. Phineas würde diese Gelegenheit nicht verstreichen lassen. Doch nun stand er vier Männern in Azurblau gegenüber, die einen schützenden Kreis um Nastja und die Frau bildeten. Sie kämpften gegen Phineas, aber er war ein Läufer, einer wie Nastja und ich. Er konnte sich behaupten.

Meine Beine trugen mich über das Feld und brannten von der Geschwindigkeit, die ich ihnen abverlangte. Ich umrundete die kämpfenden Männer und kam schlitternd neben Nastja und der Frau auf den Boden. Nastjas Gesicht war tränenüberströmt, während sie in fahrigen Gesten das Haar aus dem schmerzverzerrten Gesicht der Frau strich. Meine Freundin hob ihren überraschten Blick mir entgegen. »Lin?«, fragte sie mit tränenerstickter Stimme.

Die Ingenia öffnete ihre Augen und sah mich aus gelbglühenden Kreisen an. Stille senkte sich über die Welt. Alles wurde stumm gestellt. Auch wenn Nastjas Lippen sich noch bewegten, hörte ich sie nicht mehr. Ich hörte nur noch das Summen in meinem Innern, das so schnell anschwoll, erst zu einem Vibrieren und dann zu einem scharfen Ton, der dem Sprengen einer Mauer glich.

In den Blick der Ingenia versunken spürte ich die Mauern brechen und meine Macht meinen Körper durchdringen. Die Ingenia griff nach mir, und ich fing ihre matte Hand mit meiner auf, umschloss ihre kalten Finger mit meinen, und etwas strömte zwischen uns beiden hin und her. Ein sanftes Lächeln breitete sich auf den nun zufrieden entspannten Zügen der Ingenia aus. Sie ließ meinen Blick los und sah nun Nastja an. Mit blassen zitternden Fingern strich sie über die tränennassen Spuren auf Nastjas Wangen. »Es wird jetzt alles gut«, versprach sie leise und schloss dann ihre Augen. Ihr Körper entspannte sich, und sie stieß einen letzten Atemzug aus.

Gebannt starrten Nastja und ich auf den Brustkorb der Frau, der sich nicht mehr heben wollte.

»Nein!«, schrie Nastja verzweifelt in die Welt hinaus. »Saab!«, schrie sie die Frau an und rüttelte an ihren Schultern. Ich wusste, es war zu Ende. Ich wusste, die Frau war gestorben. Die tiefe Verzweiflung meiner Freundin drang auch in mich, und aller Siegestaumel, den Sikas Tod ausgelöst hatte, war wie weggewischt. Ich sah, wie Nastja zusammenbrach, und wollte gerade meine Hände von denen der Ingenia lösen, als etwas Seltsames passierte.

Was da in mir erwacht war, schwoll an und drückte gegen meine Handflächen. Ich ließ es los, und es strömte über unsere verbundenen Hände in den Körper der leblosen Frau. Sie bäumte sich auf, und Nastja verstummte. Die Ingenia wurde in die Höhe gehoben, und obwohl ihre Arme und Beine schlaff herabhingen, pulsierte ihr Körper.

Nastja und ich sprangen entsetzt auf. Unschlüssig, was wir tun sollten, blickten wir auf den schwebenden Körper, der aller Augen auf sich zog und die Schlacht ein weiteres Mal zum Erliegen brachte.

Etwas war anders. In mir. Wie wir da so stumm starrend standen, wurde ich mir der Bewegung um mich herum bewusst. Schatten huschten überall um uns herum. Sie sprangen in der Luft herum, gestaltlos und doch in körperähnlichen Formen. Inmitten dieser dunklen Schatten glomm einer in golden pulsierenden Wellen. Dieser eine schwebte kontinuierlich auf die nach oben gewölbte Brust der leblosen Ingenia zu. Ein anderer Schatten, der sich noch an den Körper der Frau klammerte, begegnete dem golden pulsierenden und verschmolz mit ihm. Gemeinsam drangen sie in die Brust der Frau ein, und sie sank wieder zu Boden, wo sie einen tiefen nach Luft schnappenden Atemzug tat und dann ihre goldgelb glimmenden Augen öffnete.

Ich war Zeuge von etwas Unglaublichem geworden, und ich war mir absolut sicher, dass ich es als Einzige gesehen hatte. Benommen sah ich dabei zu, wie Nastja wieder auf die Knie fiel und in fassungsloser Freude der Ingenia um den Hals sank. Die beiden lagen sich in den Armen und hielten den anderen mit aller Macht fest. Was war hier gerade passiert?

39

INGENIA
SAAB – HERRIN DES TODES

ÜBERLIEFERTE PROPHEZEIUNG DER INGENIA:
Bricht einst die alte Feindschaft ein
Der schwarze Rabe spät erwacht
Lebendig wird die Herrin sein
Mit glühend heißer Feuermacht

Saab spürte die Wärme der Frau, die sie inzwischen aus tiefstem Herzen liebte. Was gerade eben geschehen war, konnte sie noch nicht ganz fassen, und doch strömte das unbändige Glück in jede noch so entfernte Ecke ihres Körpers.

Sie war gestorben. Aber Lin hatte sie zurückgeholt. Die Prinzessin hatte endlich ihre Bestimmung gefunden. Nur langsam löste Saab sich von Nastja und blickte zu Prinzessin Kalinka, die benommen vor ihr stand, unfähig zu handeln.

»Danke, Lin«, brachte sie lächelnd heraus.

Die Prinzessin blinzelte sie verständnislos an. Saab lächelte nur. Endlich war es so weit. Die Prophezeiung hatte sich erfüllt, und die bisher in der Sphäre schwebenden Mächte hatten ihren Bestimmungsort erreicht. Saab wollte endlich von diesem Schlachtfeld herunter und Lin dabei begleiten, zu entdecken, wer sie war.

»Was hat Lin getan?«, wollte Nastja wissen.

»Sie hat meine Seele an meinen Körper gebunden, sodass ich mit der Macht, die nun meinen Körper als Gefäß nutzt, zurückkommen konnte«, erklärte Saab lächelnd. Sie spürte es in sich, warm und heiß. Die Macht pulsierte und verschmolz mit ihrem Körper. Saab hatte es immer gehofft, aber jetzt endlich konnte sie sicher sein, dass sie weiterhin sie selbst bleiben würde.

»Was hab ich gemacht?«, fragte Lin tonlos.

Saab lächelte und kam auf ihre Beine. Nastja stütze sie sofort, und Saab genoss diese Form der Zuneigung, auch wenn sie die Stütze nun vermutlich nie wieder brauchen würde.

»Komm, wir verlassen dieses Feld und kehren heim. Dann erkläre ich dir alles, und wir entdecken gemeinsam, wozu du fähig bist«, ermunterte sie Lin.

Die Prinzessin schluckte schwer. »All diese Schatten bilde ich mir also nicht ein?«, fragte sie mit zitternder Stimme.

Saab und Nastja blickten sich um, und während die Kriegerin verständnislos ihren Kopf schüttelte, wusste Saab doch genau, was Lin sah, die Seelen der Sterbenden. »Nein, das bildest du dir nicht ein.«

Lin schluckte noch einmal. »Geht das irgendwann wieder weg?«

Saab lachte leise. »Leider nicht, nein. Aber so viele wie auf einem Schlachtfeld gibt es sonst nirgendwo«, beruhigte sie die erschrockene junge Frau. Saab wusste, wie viel Leid ihr Schützling hatte ertragen müssen. Sie hatte Lin nie wirklich aus den Augen verloren, auch wenn sie nicht selbst hatte nach ihr sehen können. So viel Leid, das Saab hätte vielleicht verhindern können. Aber Lins Bestimmung war nun mal diese hier. Und dafür hatte Lin dieses leidvolle, grausame Leben

leben müssen. Nur so hatte sie zu diesem Zeitpunkt hier an diesem Ort sein können.

»Was bin ich?«, fragte Lin tonlos.

»Du, Prinzessin Kalinka, bist der schwarze Rabe.« Saab lächelte sanft. »Und wie die Prophezeiung es vorhergesagt hat, bist du spät erwacht, genau zu dem Zeitpunkt, als ich wiederauferstanden bin, um die Macht der Herrin der Flammen in mir aufzunehmen«, erklärte sie es.

»Ich verstehe kein Wort«, gestand Lin.

Saab lachte leise. »Lass uns gehen. Das hier ist nicht der Ort für ein langes ruhiges Gespräch.«

»Ähm, Leute, wir haben ein Problem«, mischte Nastja sich ein und schaute sich in alle Richtungen um. Saab folgte ihrem Blick und erkannte, dass die Schlacht sich gedreht hatte und sie nun eingekesselt vom Feind fernab der eigentlichen Frontlinie standen. Ein Blick zu ihren Begleitern zeigte ihr, dass auch die sie nicht hier rausbringen konnten, denn dieser Phineas zog gerade sein Schwert aus dem letzten azurblau gewandeten Körper. Sein Blick aus dunklen Augen traf ihren und früher einmal hätte sie Angst gehabt. Jetzt allerdings …

40

Ich sah ein Lächeln auf dem Gesicht der Ingenia entstehen. *Die Herrin der Flammen* hatte sie gesagt. Ich versuchte, dieses Theaterstück, das wir ganz zu Anfang gespielt hatten, mit dem in Einklang zu bringen, was heute hier passiert war. Nicht ein Detail wollte übereinstimmen.

Die Ingenia trat einen Schritt auf Phineas zu, der mit einem hungrigen Blick sein Messer schwang und irre grinste. Sein Anblick jagte mir eine Gänsehaut über den Rücken. Er hatte andere Anamie um sich geschart, die uns nun gemächlich umrundeten. Wir waren umzingelt.

»Lin!«, rief Nastja und warf mir dann einen ihrer Säbel zu. Ihre Verletzung legte eine ihrer Schultern lahm und behinderte sie. Also war es klüger, mir die Waffe zu geben. Theoretisch.

Die Angst kroch meinen Arm hinauf und begann, eine eiskalte Schicht aus Panik und Handlungsunfähigkeit über mich zu legen. Wie aufsteigendes Wasser schnürte die alte Panik mir die Brust und dann die Kehle zu. Atmen fiel mir auf einmal ziemlich schwer.

»Jetzt werdet ihr büßen!«, schrie Phineas mit einem eiskalten Lächeln. Als wäre es das Kommando loszuschlagen, sprangen die Männer um uns herum auf uns zu. Ich sah einem entgegen und fühlte mich taub und träge. Garantiert würde ich zu langsam sein. Panisch zuckte ich zusammen, doch eine grell leuchtende Feuersbrunst jagte über ihn hinweg und in einem Kreis um uns herum. Mit meinem Blick folgte ich gebannt dem überraschenden Flammenmeer. Die Schmerzensschreie gingen mir unter die Haut. Zitternd sah ich die brennenden Männer davonrennen, während die Hitze wie der zeitverzögerte Donner erst jetzt gegen meine Haut schlug. Schützend hob ich meine Arme vor mein Gesicht, das in der Hitze brannte.

Das Rauschen und Wüten der Feuersbrunst hielt zahllose Atemzüge an, und rund um uns herum ertönten Schreie. Es war Grauen erregend, und ich hatte Mühe, meine Orientierung zu behalten. Dann war es plötzlich vorbei.

Ich senkte meine schützenden Arme und sah mich flink um. Der grasbedeckte schlammige Boden um uns herum war pechschwarz verfärbt. Einst grünes Gras kringelte sich wie versenkte schwarze Würmer, manche glühten noch nach und verglommen im kalten Wind des schwindenden Winters.

Überall rannten brennende Männer, wälzten sich auf dem Boden und schrien vor Schmerz und Todesangst. Die Herrin der Flammen! Voller Entsetzten fuhr ich herum und sah Saab schwer atmen, aus ihren an den Seiten gespreizten Händen tanzten immer noch Flammen. Nun verstand ich, weshalb es Legenden und eine Prophezeiung über sie gab. Ihre Macht war mit nichts auf dieser Welt vergleichbar.

Weiter hinter Saab, am Rand des Schlachtfelds, entdeckte ich in diesem Moment eine Silhouette, die mir bekannt vorkam. Ich kniff meine Augen zusammen, um sie genauer zu erkennen. Sie bewegte sich auf uns zu, zusammen mit einer ganzen Meute an purpurnen Kriegern. Er musste es sein. Also lebte er noch. Freude stieg in mir auf, und für einen Moment war ich unsagbar glücklich und erleichtert. Phineas hatte ihn nicht getötet!

Saab drehte sich ebenfalls in die Richtung, mein Gesicht musste Bände sprechen. Endlich, das Grauen war vorbei, Sika war tot, und Dante kam, um mich hier herauszuholen. Sika würde mir nie wieder gefährlich werden. Ich war frei, hatte meinen Vater gefunden und einen Mann, der mich verstand und mich sah, wie ich war. Dante war mein bester Freund geworden, mein engster Vertrauter. Mein Leben voller Leid und Qual, voller Kämpfen und Intrigen war vorbei. Endlich war es vorbei! Wenn die Legenden stimmten, würde Saab nun das Ende des Krieges herbeiführen, und dann konnte ich in Frieden meine Wunden lecken und zusammenklauben, was von mir übrig war, und in Freiheit leben, mit Dante und Nastja. Die selige Erleichterung und erschöpfte Ruhe, die mir dieser Gedanke schenkte, waren nicht in Worte zu fassen.

Von hinten schlug etwas in meinen Körper ein. Zeitversetzt spürte ich einen Druck an meiner Schulter. »Du wirst niemals frei sein!«, dröhnte ein raues Flüstern in mein Ohr. Der Schmerz explodierte in meinem Innern. Fassungslos blickte ich an mir herab und sah eine blutrot verschmierte Klinge aus meiner Brust ragen. Wie in Zeitlupe sah ich das Blut an der Klinge herablaufen, sich zu einem Tropfen sammeln und zu Boden sinken. Mein Körper wurde seltsam taub. Der Schmerz trat in den Hintergrund, und meine Sinne wurden stumpf. Ich hatte so etwas so oft von außen beobachtet. Unzählige Male hatte ich es gesehen. Es war der Moment, kurz bevor jemand starb.

Ich hob meinen Blick und sah Dante, der mir in maßlosem Entsetzen entgegensah, nun deutlich näher bei mir, aber lange nicht nah genug, um irgendetwas ausrichten zu können. Ich sah seine Angst und seine Verzweiflung. Als letztes Bild von ihm hätte ich lieber ein Lächeln gesehen. Wie gerne ich ihm die Sorge genommen und die Angst aus seinen Zügen gestreichelt hätte. Doch das war mir nicht vergönnt. Das Letzte, was ich sah, war Dante, wie er in verzweifelter Wut versuchte, sich zu mir durchzuschlagen. Dann wurde die Welt um mich stumm und schwarz.

TO BE CONTINUED ...

DANKSAGUNG

Ich danke dir dafür, dass du Lin und ihrer Geschichte eine Chance gegeben hast. Ohne dich wäre es für mich nicht möglich, Geschichten in die Welt zu entlassen. Nur anhand deiner Rückmeldung kann ich mich als Autorin weiterentwickeln und stetig verbessern. Ohne dich könnte ich also meinen Traum nicht leben. Vielen Dank!

Neben dir als Leser_in gibt es noch einen ganzen Kreis an Personen, ohne die ich dieses Buch nie auf seine Reise hätte schicken können. Danke, Charlotte Kliemann, für ein tolles Lektorat. Deine kompetente Arbeit hat mich wieder ein Stück voran gebracht und aus Lins Geschichte das Beste herausgeholt, das in ihr steckt.

Die tollen Illustrationen, die ihr in diesem Buch bewundern dürft, sind dem kreativen Geist und der Feder von @ ananevesart entsprungen. Für Cover und die schönen kleinen Details darf ich der talentierten Anna Fuchsia danken.

Auch bei diesem Buchbaby hat mich wieder mein tolles Kreativkrückenteam tatkräftig mit Meinungen, Rückmeldungen und Ideen begleitet. Danke, ihr seid die Besten!

Seit diesem Jahr begleiten mich außerdem außergewöhnliche Kolleginnen, die wirklich jeden Schaffensschritt dieser Dilogie mitgegangen sind. Seien es nun Schreibdates, Brainstormings oder einfach nur ein offenes Ohr für meine Zweifel und Ängste, ihr wart der Antrieb in meinem Rücken, der mich nach jedem Straucheln hat weitermachen lassen. Danke, Nina MacKay, und danke an alle Queens of Couchpotato. Ein besonderer Dank geht an dieser Stelle an Francesca Peluso und Laura Nickel, die beide mit ihren einzigartigen Fähigkeiten dieses Buch mitgestaltet haben. Vielen Dank!

Last but not least gebührt mein innigster Dank aber meinem Mann. Ohne ein einziges Buch dieser Dilogie verkauft zu haben, schaffst du es noch vor Erscheinung, dass ich schon jetzt stolz auf meine Leistung bin. Ein Gefühl, das mir rar und daher umso wertvoller ist. Ohne dich wäre ich nicht, wer ich bin, und schon gar nicht an diesem Punkt. Ich liebe dich aus ganzem Herzen.

TRIGGERWARNUNG

Das Buch enthält detailliert erzählte Gewaltszenen, wie Kampfhandlungen auf einem Schlachtfeld, das Köpfen einer Person sowie beschriebene Verletzungen während einer Schlacht.

Darüber hinaus werden die Narben und damit einhergehenden Konsequenzen durch seelischen Missbrauch wiederkehrend thematisiert. In diesem Zusammenhang spielen nicht verwundene Traumata eine Rolle, die teilweise aufgearbeitet werden, deren Bitterkeit und Ungerechtigkeit aber einen glücklichen Ausgang der Szenen in der momentanen Entwicklung der Protagonistin noch unmöglich machen.

Wortverzeichnis

Wayfi	Technologisierter Kompass, der neben Himmelsrichtungen, die topografischen Beschaffenheiten in einem Radius von zehn Kilometern scannt und als Hologramm projizieren kann.
Yeka (w)	Horntragendes, massiges Nutztier, das durch seine vielen Muskeln zum Ziehen schwerer Karren eingesetzt wird.
Yunx (m)	Ebenfalls horntragendes Nutztier, deutlich kleiner als ein Yeka und daher nur für die Fleischgewinnung gehalten. Wird bevorzugt als Jungtier geschlachtet.
Bogner	Mit Pfeil und Bogen jagende Aglaia, die Gasthäuser mit Wildfleisch beliefern. Die Felle und Gedärme der Beutetiere behalten sie für sich, um mit Kräuterkauzen zu handeln.
Kräuterkauz	Person (meist männlich), die sich in der Nutzung von Kräutern auskennt und alternative Medizin betreibt.
Kimci	Kräutertee, der kalt und leicht gezuckert serviert wird.
Seska	Nektarvogel mit extrem schneller Schlagfrequenz der grün irisierenden Flügel.
Ingenia	Heilige der Aglaia mit besonderen Fähigkeiten. Jede Domäne hat ihre eigene Ingenia.

Kitrinos	Energie, die alles Lebendige dieser Welt miteinander verbindet. Einige glauben, das Kitrinos würde ihnen ihren Weg vor bestimmen und sie zurück auf ihren Pfad leiten, sollten sie einmal davon abkommen.
Skimmer	Kann Karten in Hologramme umwandeln.
Sisi	Flauschiges, vierbeiniges kleines Raubtier, das die Nähe von Zweibeinern sucht. Kuschelt gerne, schlägt aber ebenso oft mit ausgefahrenen Krallen nach der fütternden Hand.
Japsibeeren	Früchte eines hohen Strauches, die zu ihrer vollen Reife tief violett werden und süßsauer schmecken.
Sielas	Vierbeiniges Reittier mit Hufen aus Horn. Trittsicher auf den meisten Wegen. Kann große Lasten tragen, ist aber auch sehr flink und ausdauernd.
Rotawurzeln	Weiße Wurzeln, die gekocht eine nahrhafte Nahrung mit hohem Brennwert und ausreichend Spurenelementen bieten.
Rebus	Vierbeiniger Bewohner steiler Hänge mit eigenwilligem Geruch. Die Hufe sind per fekt für das steinige Gelände, und das kurze borstige Fell eignet sich hervorragend für die Isolation von Mänteln oder Schuhen gegen Schnee.

PERSONENVERZEICHNIS

Die Läufer

Phineas	Uliana	bevorzugter Stil: Hinterhalt
Nastja	Nerianer	bevorzugter Stil: Nah kampf
Kassandra	Taiga	bevorzugter Stil: Gift
Lin	Aglaia	bevorzugter Stil: Schwertkampf

Ingenia

Videre	Herrin der Jagd	Anait
Missa	Herrin der Geister	Nephilia
Alma	Herrin der Sinne	Leonit
Diane	Herrin der Nacht	Dunya
Eleya	Herrin der Lüfte	Egor
Tenis	Herrin des Willens	Keseki
Terra	Herrin des Lebens	Kasha
Saab	Herrin des Todes	Sanya

Aglaia

Alael	Keseki	Prinz
Celeste	Keseki	Tochter des Doje
Dante	Egor	Prinz
Medo	Egor	König
Eskar	Schwarzklinge	Leiter
Sasch	Schwarzklinge	erster Mann

Briann	Schwarzklinge	Nahkämpferin
Logan	Schwarzklinge	Taktiker
Palmiro	Schwarzklinge	Mann fürs Grobe
Ereos	Sanya	König
Larak	Sanya	Doje
Hektor	Sanya	Prinz, Thronerbe
Regor	Anait	König

Wichtige Personen aus anderen Ländern

Sika	Anamie	Leiter des Läuferprogramms
Sofia	Vassia	Botschafterin
Ela	Vassia	Königin
Zaratho	Jelisa	König
Kevo	Jelisa	Assistent des Botschafters

Über die Autorin...

Neujahr 1990 wurde Jessica Wismar als zweite von vier Töchtern geboren. Was mit 13 Jahren als emotionales Ventil diente, wurde über die Jahre zu einer Leidenschaft und Texte, die zunächst nur für sie selbst bestimmt waren, dürfen jetzt auch andere begeistern. Als Mittlere war es für Jessica schon immer wichtig auch die andere Seite zu verstehen, was sie in ihre Charaktere einfließen lässt. Dadurch werden die Figuren facettenreich, was einen bis zum letzten Wort mitfiebern lässt.

Weitere Veröffentlichungen der Autorin:

Eloise – Hinter den Mauern des Feindes
(2020 im Impress-Verlag)

Eloise – Inmitten der Dunkelheit
(2020 im Impress-Verlag)

Kämpfe für das Gute und wachse über dich hinaus!

Die Welt, in der Eloise lebt, ist rau und unerbittlich. Der Großteil der Menschen ist mittellos und lebt im Elend, Verrat und Verfolgung sind an der Tagesordnung. Doch Eloise hat ein gutes Herz – und sie ist eine Kämpferin. Stets darauf bedacht, im Verborgenen zu wirken, setzt sie sich für die Armen ein, auch wenn sie dabei ein hohes Risiko eingeht. Damit ist sie schon lange zu einer Legende geworden, deren wahre Identität kaum jemand kennt. Eines Tages aber geschieht das Unvermeidliche: Eloise wird enttarnt. Und obwohl auf ihre Taten die Todesstrafe steht, scheint es einen Mann zu geben, der das Urteil abwenden kann.

»Die rote Königin« meets »Robin Hood«
Jessica Wismar hat mit Eloise eine starke und entschlossene Heldin erschaffen, die bereit ist, für ihre Überzeugungen alles zu riskieren. Dieser Fantasy-Liebesroman ist ein Muss für alle, die gern packende und zugleich romantische Buchserien lesen.

Printed in Poland
by Amazon Fulfillment
Poland Sp. z o.o., Wrocław

45409854R00244